KB161326

THEORY OF
PARADISE

VOL. 2

낙원의 이론 2

ⓒ정선우 2019

초판1쇄 인쇄	2019년 7월 1일
초판6쇄 발행	2024년 2월 20일
지은이	정선우
펴낸이	박대일
편집	이문영 · 임유리 · 박지해 · 이지영 · 김하랑 · 임지원
교정	박준용
마케팅	임유미 · 백소연
표지디자인	이매진
내지디자인	박현주
펴낸곳	파란미디어
출판등록	2004년 9월 14일 제313-2004-00214호
주소	03992 서울시 마포구 동교로23길 14 국제빌딩 6층
전화	02.3141.5589 영업부 070.4616.2012 편집부
팩스	02.6499.5589
전자우편	paranbook@gmail.com
카페	http://cafe.naver.com/paranmedia
인스타그램	@paranmedia
ISBN	978-89-6371-667-1(04810)
	978-89-6371-665-7(전4권)

* 이 책의 판권은 지은이와 파란미디어에 있습니다.
　이 책 내용의 전부 또는 일부를 재사용하려면 반드시 양측의 서면 동의를 받아야 합니다.

* 잘못된 책은 구입하신 서점에서 바꾸어 드립니다.

VOL. 2

낙원의
이론

THEORY OF PARADISE

정선우 장편소설

파란

차
례

004. 자각

삐, 삐, 삐, 삐, 삐……

또렷한 기계음. 차가운 회색 천장. 싸한 소독약 냄새.

왼쪽 모니터에서 푸른 선이 파도처럼 초 단위로 오르내리고 있었다. 침식 회복률을 나타내는 그래프였다.

유은우는 도시연합군 연구실 인큐베이터에 누워 있었다. 희고 얇은 옷은 팔꿈치까지 걷어 올려져, 팔뚝에 수십 개의 가느다란 관이 삽입되어 있었다. 피부가 창백하고 온기가 없어, 팔에 관이 꽂힌 것이 아니라 팔에서 관이 자라난 것처럼 보였다.

유은우는 느리게 호흡하면서 천천히 눈을 깜박였다. 할 수 있는 것도 그뿐이었고, 허용된 것도 그뿐이었다. 유은우는 자신이 살아 있지도 죽어 있지도 않은 상태임을 잘 알았다. 연구원들은 유은우의 느린 회복에 애달아했고, 유은우는 연구원들의 조급함이 두려웠다. 가끔 사고가 오래된 필름처럼 뚝뚝 끊기거나, 아무리 눈을 크게 떠도 셔터가 내려진 듯 시야가 깜깜해지면, 이제야 이 지루한 생명 연장이 끝나는구나 안도했다. 그러다 꿈처럼 달게 의식을 잃으면, 어김없이 가슴에 충격이 가해지곤 했다. 몇 명의 연구원들이 교대 근무를 하며 유은우의 곁에 달라붙어 있었다. 그들이 군으로부터 부여받은 임무는, 유은우가 저승으로 가는 기차에 몰래 숨어들 때마다 기어코 찾아내서 머리채를 휘어잡아 끌어내리는 일이었다.

연구원들은 다행이라고 했다. 우리가 이 가여운 생명을 또 한 번 살려 냈다고.

유은우는 그들을 이해할 수 없었다. 나를 구해 왔으면 이제 그만 편안하게 해 주어야 하는 것 아닌가. 고통에 이골이 난 유은우도, 다시 의식이 돌아올 때면 견딜 수 없게 춥고 아팠다. 연구원들이 새로운 관을 삽입하거나 뱃속에 남아 있는 기계 잔해들을 긁어내는 것보다, 숨의 연장이 더 지긋지긋했다. 그들은 유은우를 반란군으로부터 구출했다고 자랑스러워했으나, 유은우는 여전히 어두운 터널 속을 헤매고 있었다.

"어제보다 체온이 올라갔어. 잠도 새벽에 깨지 않고 통으로 잘 잤고. 여기 수면 리듬을 보면……."

"오늘부터 R12 투여할까?"

"아니, 그건 아직. 못 이겨 낼 것 같아."

"어? 우리 순둥이 나 보는 것 같아."

코에 두꺼운 안경을 쓰고 머리는 까치집이 된 연구원 노석원이 버튼을 눌러 인큐베이터 유리 덮개를 열었다. 그가 안경을 추켜올리더니 유은우의 코앞까지 얼굴을 디밀었다.

"순둥아, 오늘 기분이 어때?"

노석원이 작게 속삭였다. 이 자식 또 시작이네. 귀찮게. 유은우는 일부러 다른 쪽으로 시선을 두었다. 노석원은 비동조자로 일반교육 과정 수료 후 바로 군의 연구원으로 발탁되었다. 그는 처음으로 맡게 된 연구가 유은우의 침식 치료라는 것에 대단히 흥분했다. 그는 유은우의 차트를 거꾸로 들고 한참을 고개를 갸우뚱하며 보고 있거나, 유은우의 맥을 짚다가 인큐베이터 안에 볼펜을 떨어뜨리고 가는 등의 상식 밖의 실수를 너무 자주 저지르곤 했다.

모니터를 살피던 연구원이 혀를 차며 노석원을 밀어 유은우에게서 떨어뜨렸다.

"야, 그렇게 가까이 가지 마. 너 며칠째 씻지도 않았지? 유은우 치료는커녕 네가 병을 옮길 판이야."

"아아, 분명히 날 보는 것 같았는데."

"신기해서 보는 거겠지. 저렇게 더러운 놈도 멀쩡히 취직해서 사회활동을 하는구나, 하면서."

"아니야. 우리 순둥이는 그런 못된 생각 안 해. 눈 맑은 것 좀 봐. 분명 크게 될 거야."

"살아 있는 것만도 기적이야."

"그러니까. 그 기적이 계속 이어질 수도 있지. 동조율도 100이나 되고. 본격적으로 훈련받기 시작하면 얼마나 더 강해질까?"

"야야, 너 조심해. 너무 감정이입하고 그러지 마라. 얘 김서혁 거야."

"나도 알아. 내가 뭘 어떻게 한대? 그냥 기대가 된다는 거지. 순둥아, 나중에 크게 한 자리 잡으면 나 잊지 말아 줘."

노석원이 진지하게 헛소리를 하면서 덮개를 닫았다. 연구원이 혀를 차며 한마디 했다.

"노석원 너 유은우한테 순둥이라고 부르지 마라. 김서혁한테 걸려서 쫓겨나고 싶어?"

꼭 우유에 풍당 빠졌다가 건져진 강아지처럼 생겼다고 해서 김서혁이 대충 지은, 흔해빠진 유은우라는 이름이 도무지 입에 붙지 않는다며, 노석원은 고집 있게 유은우를 순둥이라 불렀다. 유은우는 어이가 없었다. 순둥이 좋아하네. 본인은 무슨 나사 하나 빠진 것처럼 제대로 하는 것도 없으면서. 늘 바보처럼 헤헤 웃고 돌아다니는 노석원이었지만 우울한 얼굴을 할 때가 있긴 했다. 유은우가 새로운 약물에 적응하지 못하고 괴로워하면, 그는 새벽에 몰래 와서는 당직자가 졸고 있는 틈을 타 유은우에게 진통제를 주사했다. 그러고는 유은우의 숨이 안정을 찾을 때까지 가만히 지켜보다가 가곤 했다.

유은우는 언젠가 입이 트이면, 반드시 노석원에게 부탁을 하리라 굳게 마음먹고 있었다. 진통제는 끝까지 주사해 달라고. 그리하여 이 모든 것이 끝장날 수 있도록. 다른 연구원이라면 몰라도, 노석원은 들어줄 것 같았다. 그런 느낌이 들었다.

"어, 윤환아."

노석원이 알은체를 했다. 도시연합군 제복을 갖춰 입은 군인이 뚜벅뚜벅 걸어 들어왔다. 정윤환이 한쪽 손을 바지 주머니에 꽂은 채 몸을 어숫하게 기울여 인큐베이터 안의 유은우를 힐끔 보더니, 노석원을 향해 말했다.

"나 안정제 좀."

"뭐? 또? 왜?"

"잔말 말고 주기나 해."

"나 참, 너 그러다 큰일 난다."

타박하면서도, 노석원은 약장으로 가서 녹색 액체가 든 납작한 케이스를 꺼내 휙 던졌다. 노석원의 희박한 운동신경이 반영되어 엉뚱한 방향으로 던져진 그것을, 정윤환은 쉽게 공중에서 낚아챘다. 신경안정제를 제복 코트 주머니에 넣으며 정윤환이 턱짓으로 유은우를 가리켰다.

"전리품 목숨이 너무 질긴 거 아냐? 연구팀은 예산이 남아도나 보지."

"우리 순둥이 내가 꼭 살린다. 그런 말 하지 마라."

노석원이 허리에 두 팔을 얹으며 대답했다. 정윤환이 코웃음을 쳤다. 그때였다. 요란한 경보음이 울렸다.

— 모의 훈련을 시작합니다. B동의 모든 연구원은 즉시 지하 대피소로 집결 바랍니다. 다시 한번 알립니다. 모의 훈련을 시작합니다. B동의 모든 연구원은······.

"으악, 비상!"

노석원이 허둥지둥 슬리퍼를 벗고 구두로 갈아 신었다. 다른 연구원들은 진즉 바람처럼 달려가고 없었다. 노석원이 문밖으로 달려 나가다 말고, 다시 유은우의 인큐베이터로 돌아와 차트를 들춰 보았다. 그가 인상을 구겼다.

"아으, 김동근 이 자식은 당번 주제에 또 어딜 간 거야!"

발을 동동 구르는 노석원을 향해 정윤환이 심드렁하게 말했다.

"그냥 네가 지키고 있으면 되잖아."

"안 돼. 이번에도 비상 빠지면 나 진짜 평가 낮게 나온단 말이야. 난 지금 순둥이 담당 시간도 아닌데 비상 빠졌다는 명분이 없잖아, 명분이!"

노석원이 머리를 마구 쥐어뜯다가 손가락으로 정윤환과 유은우를 번갈아 가리켰다.

"윤환이 네가 좀 봐줘. 알았지? 금방 올 테니까!"

"나 바빠."

"모니터 볼 줄 알지? 이상 있으면 나한테 전화하고, 잠시만 있어 줘!"

그리고 재빠르게 사라졌다.

정윤환이 바람 빠지는 소리를 냈다. 그는 자리를 지키기는커녕 뚜벅뚜벅 걸어 연구실을 나갔다. 문턱을 막 넘으려다 말고, 그가 돌아보았다. 눈이 서늘했다. 정윤환이 다시 이쪽으로 걸어왔다.

그가 인큐베이터 가까이 섰다. 유리 너머로 유은우를 가만히 바라보다가, 정윤환은 손을 뻗었다. 그가 유은우 바로 옆에 꽂혀 있는 코드를 잡았다. 생명 연장 장치의 본체가 연결되어, 연구원들은 그것을 생명줄이라고 불렀다.

정윤환이 유은우를 똑바로 바라보면서 코드를 뽑았다.

다음 순간, 유은우는 현실로 돌아왔다.

가쁜 숨. 현기증. 처음부터 누워 있어서 그나마 나았다.

"또 실패네."

서재희가 숨을 골랐다. 유은우는 대답하지 못했다. 어차피 보여 줄 기억이 없었으니까.

"왜 이렇게 오래된 과거로 가는 게 힘들지? 책장이 가면 갈수록 뻑뻑해져서 잘 안 넘어가. 어쩔 수 없이 대강 펼쳤는데 역시 좀 힘들어도 더 과거로 넘겼어야 했어……."

허공을 더듬던 서재희의 까만 눈동자가 나붓이 이쪽으로 떨어졌다.

"내가 미안하네. 나 때문에 힘들었던 과거를 자꾸 반복하게 해서."

의외의 사과에 유은우는 고개를 저었다.

"어차피 잘 떠오르지도 않던 기억이라 이참에 다시 되돌아봐서 좋았어요."

반은 진심이었다. 유은우는 노석원이라는 연구원이 자꾸 자신을 찾아왔다가 접수처에서부터 거절당하고 돌아갔다는 소리를 들어도, 그게 누군가 했었다. 한 번은 만난 적도 있었다. 노석원이 군 연구팀에서 용 연구소로 소속을 옮긴다며 이번이 마지막 기회라고 간곡히 부탁한 덕분인지 어쨌는지 상부에서 허가가 떨어졌을 때였다. 거의 울먹이면서 어디 아픈 데 없냐고 묻는 그와 마주 앉아, 유은우는 인큐베이터에서의 기억은 희미하다고 대답했다. 노석원은 유은우에게, 체질에 맞는 음식과 피해야 할 음식, 알레르기 반응을 일으키는 특정 약물이 빽빽하게 적힌 메모를 전하며, 씩씩하게 살라고 말했었다. 그러고 보니 안경 너머로 일렁이던 눈동자가 따뜻했던 것 같다.

오늘 알고 보니, 그는 꽤나 유은우를 극진히 보살폈던 게 틀림없었다. 왠지 작은 추억을 찾은 것 같았다. 하나 좋은 일에는 마가 끼는 법. 동시에 정윤환의 인성을 다시 한번 확인하는 계기도 되었다. 아주 작정하고 살인을 하고 다니네.

"제가 많은 부분을 잊어버렸었나 봐요. 자꾸 새로운 게 나오는 걸 보니. 이렇게라도 알게 돼서 다행이라고 생각해요."

하지만 서재희는 생각이 다른 것 같았다.

"나쁜 기억은 모르는 게 좋을 수도 있는데. 난 필요한 것만 보고 싶은데 서툴러서 너한테 미안해. 정말로."

서재희는 유은우를 꽉 안고 놓질 않았다. 막 물에서 건져진 것처럼 호흡이 널을 뛰었으나, 서재희의 손길은 급한 데 없이 부드러웠다. 언제부터인지 몰라도, 그는 유은우의 등을 조심조심 쓰다듬고 있었다. 그 느린 박자와 달리, 서재희의 심장이 얼마나 빨리 뛰는지, 이 사람 이러다가 심장 터져 죽으면 어떡하나 싶을 정도였다. 둘 다 교복 셔츠에 조끼에 재킷까지 톡톡히 입고 있는데도 맨살이 닿은 것처럼 서재희의 심장박동이 또렷이 전달되었다. 어찌나 세찬지, 그의 심장이 아니라 그의 온몸이 쿵쿵 떨리는 것 같았다.

선배, 괜찮아요? 막 물으려던 찰나였다. 서재희가 작게 물었다.

"괜찮아?"

누가 누굴 걱정하나 싶어서 유은우는 살짝 고개를 들고 서재희를 보았다. 여전히 폭 안겨 있어서 서재희의 표정은 보지 못했다. 열이 올라 불그레한, 그의 귓가와 목덜미만 보였다.

"선배, 열나요?"

유은우는 몸을 꿈지럭거려서 손을 들어 서재희의 이마를 짚으려 했다. 서재희의 팔에 힘이 꽉 들어갔다. 그가 고개가 휙 돌려 유은우의 손을 피했다. 그가 다급히 말했다.

"가만히. 나 지금 참느라고 너무 힘들어."

"많이 아파요?"

서재희는 대답이 없었다. 숨만 거칠었다. 유은우는 서재희의 이마를 짚으려던 손을 내려 서재희의 쇄골을 아주 조심스레 짚었다. 서재희의 전신이 팽팽하게 당겨져 경직되는 게 고스란히 느껴졌다.

"여기 지금 피 나죠."

"……나 참고 있어."

"미안해요."

유은우는 즉각 손을 떼었다. 많이 아프겠지. 셔츠에 피가 비치지 않도록 서재희가 미리 널찍한 밴드를 붙인다는 건 알고 있었으나, 처음 기억을 본 날 서서히 번지던 핏기가 아직도 눈에 선했다.

솔직하게 털어놓을까. 기억 같은 거 없다고 말할까.

피를 내어 주고 온디딤을 쓰면서까지 내 과거로 파고드는데 늘 허탕치고 돌아가는 서재희를 마냥 관망할 자신이 없었다. 그러나 거짓말이었다고 털어놓기에는 용기가 필요했다. 그와 멀어질 수도 있다는 두려움을 이겨 낼 용기. 유은우는 서재희를 약간 밀어냈다. 서로 조금 멀어지는 듯했으나 서재희가 단단하게 등을 안고 있어 얼마 못 가 턱 걸렸다. 그 틈으로 유은우는 서재희를 올려다보았다. 이제 보니 서재희는 귓가나 목덜미뿐만 아니라 낯까지 눈에 띄게 상기되어 있었다.

"선배."

유은우는 속삭여 물었다.

"찾는 게 뭐예요?"

서재희는 눈을 깜박였다.

"선배는 제가 반란군에 납치되었을 때의 기억을 원한다고 했어요. 그런데 우리 한 번도 성공한 적 없잖아요. 기억 자체가 존재하는지도 알 수 없고요. 그러니까 선배의 목적을 구체적으로 알면 제가 다른 방식으로 도움을 줄 수 있을까 해서요."

덧붙였다.

"전 항상 받기만 해서."

"무슨 소리야. 나도 너한테 많이 받아."

"준 적 없어요. 필요한 기억, 한 번도 못 봤잖아요."

"상관없어."

그리 대답하고는, 서재희는 유은우보다 더 놀란 기색을 했다. 입에서 생각 없이 튀어나와 곤란해 보여, 유은우는 캐묻지 않기로 했다. 대신 제게 장마처럼 쏟아지는 서재희의 시선이 묵직하게 버거워, 유은우는 잡고 있던 그의 재킷을 끌어당기며 눈가를 그의 가슴에 묻었다. 한 호흡 뒤에 소스라치게 놀랐다. 이유 없이 안긴 셈이 아닌가. 서재희가 뿌리치지 않은 게 용했다. 깨닫고 나니 정신이 혼미했다. 그렇다고 먼저 다가간 것을 없던 일로 하기도 어려워 유은우는 더 붙지도 떨어지지도 못하고 그대로 가만히 멈춰 있었다. 닿은 이마로 쿵쿵 서재희의 심장 소리가 빨라졌다.

내가 먼저 당겨서 서재희가 놀랐으면 어쩌지. 내가 자신을 좋아한다고 생각하면 어쩌지.

"찾는 게 있어."

유은우는 제 뒤통수로 서재희의 손길이 닿는 걸 느꼈다. 머리카락 사이로 그의 손가락이 미끄러졌다. 이 손길은 모르고 하는 걸까. 내가 나도 모르게 먼저 안긴 것처럼. 의문을 떠나 손길을 따라 일어서는 소름이 발끝까지 아찔했다. 어지러운 가운데, 유은우는 서재희의 목소리를 놓칠까 신경을 곤두세웠다.

"용의 심장."

농담하는 투가 아니었다. 그래서 유은우도 진지하게 대답했다.

"1000년이 넘도록 아무도 못 찾았어요."

"누군가 감추고 있을 거야. 아주 깊숙이. 용의 심장은 애초에 도시에 반입된 적이 없어. 사해에서 사라졌지. 하지만 분명히 존재해. 아직도 사해 일부 지역에서 심장박동이 측정되거든."

서재희의 목소리가 어스름처럼 스몄다.

"네가 반란군에서 살인병기로 길러질 때, 분명 반란군의 고위 간부들이 널 관리했을 거야. 그들은 사해를 훤하게 꿰고 있어. 도시의 비호 없이 정화 기계만으로 1000년 넘게 버텨 왔으니까. 사해에 머무는 그들이라면 이미 용의 심장을 가지고 있거나, 하다못해 나보다는 많이 알고 있을 거야. 운이 좋다면, 용의 심장을 감췄다는 옛 계약자의 후손이 네 기억에 남아 있을지도 몰라."

황종길이 언급하고 정윤환이 지지했던 계약자란 개념을, 서재희는 자연스레 발음했다.

"선배도 계약자가 있었다고 믿어요?"

"믿고 말고의 문제가 아니야. 모든 지표가 그쪽을 가리켜. 계약자의 존재를 증명하는 많은 문헌과 연구 결과가 있어. 도시연합에서 기를 쓰고 은폐하는 것뿐이야."

유은우는 그만, 덜컥 겁이 났다.

서재희의 말마디마다 무게가 지나쳤다. 정부에 자신의 존재 가치를 증명하는 것이 유은우의 최우선 목표인 지금, 서재희는 정부의 비리를 파헤치려 하고 있었다.

발 들여도 될까.

그런데 까끌까끌한 목으로 마른침을 삼키며 서재희를 보는 순간, 그 모든 계산이 흩어져 사라졌다. 다만, 누군가가 얇고 긴 침을 가슴으로 쭉 집어넣는 듯, 살면서 한 번도 느껴 보지 못한 이상한 통증이 번졌다.

서재희의 까만 눈이 심해처럼 고요했다.

그것은 유은우가 익히 아는 표정이었다. 눈물이 날 정도로 부러워서 가슴 깊이 새겨 두었던 눈빛이었다. 가족이 있는 군인이 전장에서 죽을 때, 피에 젖은 손으로 제 품에 있는 사진을 더듬어 꺼내어 유은우에게 쥐어 줄 때 그들은 그런 끝이 안 보이는 눈빛을 했다. 유은우가 아무리 가지려 애를 써도, 신기루처럼 흩어지던 맹목적인 감정이 서재희에게 고여 있었다.

서재희의 그 눈에 완전히 매료되어, 유은우는 물었다.

"용의 심장을 찾으면요?"

"심장 한가운데 칼을 박을 거야."

거침없는 대답이 서늘했다. 서재희의 가슴을 짚고 있던 유은우의 손이 설핏 힘을 잃고 미끄러졌다. 쥐고 있던 목마가 톡 침대에 떨어졌다.

"전부 연결되어 있어. 용의 심장만 없애면 다 끝나."

"뭐가 끝나는데요?"

서재희는 바로 대답하지 않았다. 유은우에게 말할지 말지 망설인다기보다, 제 깊은 속에서 단어를 길어 올리느라 시간이 걸리는 듯 보였다. 이윽고 서재희가 말했다. 목소리는, 아주 오랫동안 품어 살핀 물고기를 꺼내 보이듯 깊게 울렸다.

"용으로 건설된 여덟 도시……."

"도시연합이요?"

"……내가 부수려고."

도시연합 중앙학교 교장 임유현은, 서재희에게 부지깽이 같은 사람이었다.

훅 불면 꺼질 듯 늙게 여윈 몸뚱이. 소름끼치게 느린 발걸음. 넓은 소매에서 퍼지는 향냄새. 오래되어 고집스레 응축된 얼굴의 주름. 초점이 없는 것인지 여러 가지를 동시에 보고 있는 것인지 가늠이 되지 않는, 그럼에도 형형한 눈.

임유현의 모든 것이, 오래전에 타 버린 서재희의 마음을 헤집어, 재로 덮여 있던 분노가 새롭게 살아나 전신으로 번지게 했다.

수년 전, 반란군의 폭격으로 초토화가 된 제8도시 2-1구역에서 둘은 처음 만났다. 당시 서재희는 인생 최악의 순간을 맞이하고 있었고, 나중에야 알았지만 임유현은 그런 서재희를 앞에 두고 환희에 떨었을 것이다.

오가는 이가 드물어 사람보다 산짐승이 많은 제8도시 변두리에 갑자기 웬 폭격인지 이해할 수 없었다. 서재희는 기초학교에서 열심히 배웠던 모든 설계와 타격을 동원해서, 부서진 고향집의 잔해 속에서 간신히 부모를 끌어냈다. 피투성이가 된 어머니의 손목을 잡아 맥을 확인하고, 반쯤 뭉개진 아버지의 코에 귀를 가져다 대어 숨을 확인했다. 시야가 흐려질까 봐 울지 못했다. 혹여나 도시연합군 소속 구조반이 지나가는 걸 보지 못하고 놓치게 될까 봐. 이대로 영원히 혼자가 될까 봐.

귀가 먹먹했다. 비상 사이렌이 뒤늦게 울리고 있었다. 높고 일정한 음이 양쪽 귀를 송곳처럼 관통했다. 그 균일한 소리는 어떤 붉고 질긴 선처럼, 갑자기 밀어닥친 이 모든 불행을 가지런히 엮어 잇고 있었다. 앞으로 네 인생은 이 비상 사이렌의 주파수에 꿰인 채 절대 벗어나지 못할 거라는 듯.

까마귀 떼처럼 하늘을 뒤덮었던 반란군의 함선은 수 분 후에야 사라졌다. 그 뒤에 도시연합군의 구조반이 도착했다. 그들은 신속하고 노련하게 죽은 자와 죽어 가는 자를 가려냈다. 서재희의 부모는 응급조치가 되어 구급선에 실렸다. 서재희는 그 뒤를 정신없이 따라가다가 한 군인이 손을 들어 제지하기에 멈춰 섰다. 화려한 제복 코트와 그 위에 달린 수많은 문장이 버거워 보이는, 겨울나무처럼 앙상하게 마른 체구의 남자였다. 그가 거미 다리처럼 가느다란 손가락을 뻗어 한곳을 가리켰다. 형편없이 무너져 내린 서재희의 고향집이었다.

"네가 했나?"

탁하게 쉰 목소리로 그가 물었다. 서재희는 꼬박꼬박 챙겨 보는 뉴스에서 그의 수척한 얼굴을 질리도록 봐 왔다. 도시연합군 총사령관 임유현. 머리가 멍해졌다. 아무리 반란군의 폭격 수습을 위해 도시연합군이 투입되어야 한다지만, 왜 하필 이런 시골까지 총사령관이 직접……. 서재희는 바로 대답하는 대신 빠르게 주위를 살폈다. 부지런히 부상자를 옮기고 화재를 진압하는 군인들 사이에서, 서재희 앞에 선 남자만 홀로 여유로웠다. 임유현이 의도하는 바를 알면서도, 서재희는 부러 어긋난 대답을 했다. 대화가 길어져 엮이는 것을 피하고 싶었다. 본능과 같았다.

"제가 한 게 아닙니다. 반란군이……."

"물론 반란군의 폭격으로 부서졌겠지. 내 말은, 저렇게 잔해를 들어내고 파헤친 사람이 너냐는 말이다."

섣불리 대답해선 안 된다는 직감이 한층 진해졌다. 평범한 동정심이나 단순한 호기심에서 비롯된 질문이 아니란 느낌이 강했던 것이다. 서재희는 입을 다물고 한 걸음 뒤로 물러섰다. 폭격으로 하루아침에 집이 파괴되어 충격으로 제정신이 아닌 흔한 아이 중 하나로 비춰져, 그저 적당히 넘어가길 바랐다.

임유현은 그런 서재희를 물끄러미 보더니, 손을 뻗어 서재희의 홀스터에서 총을 뽑아 갔다. 총에 새겨진 서명을 확인한 그는, 고향집 잔해에 아스라이 남아 빛나는 서재희의 서명을 턱짓으로 가리키며 다시 물었다.

"네가 그 서재희냐? 제8도시 기초학교 수석? 올해로 4년째 연합대회에서 우승한 팀 리더 아니신가? 이런 시골에 처박혀 있을 줄이야. 부모가 무지렁이라 네 교육엔 전혀 신경을 안 쓰나 보지?"

임유현이 혀를 찼다.

"어떤 설계를 어떤 순서로 배치했지?"

"죄송합니다. 기억이 잘 안 납니다. 부모님께서 밑에 갇혀 있어서 저도 모르게 정신없이 하다 보니 운이 좋아 이렇게 된 것 같습니다."

"운이 좋아?"

"네."

임유현이 손짓을 하자 가까이 있던 군인 하나가 재빨리 달려왔다. 임유현이 조용히 지시했다.

"이 아이의 부모 구급선에 실었나? 끌어내서 어디 적당히 던져 버려."

어린아이 장난 같은 반항은 거기서 끝이 났다. 임유현을 똑바로 보며 떨지 않을 자신이 없어, 서재희는 고개를 떨어뜨리고 바닥만 보며 설명할 수 없는 것까지 설명하려 노력했다. 이내 서재희가 고개를 들었을 때, 임유현은 그를 빤히 응시하고 있었다.

"그러니까 너는 중력 설계를 이용하지 않았어. 그렇지?"

"무너진 잔해들이 어떻게 얽히고설켜 있는지 모르는 상태에서 어설프게 중력 설계를 쓰게 되면 범위 설정 혼동이 일어납니다. 부모님이 더 다칠 수도 있었습니다. 전 집 한 채 정도의 범위에 중력 설계를 걸 정도로 그렇게 설계 실력이 좋지 못합니다."

"그 어쭙잖은 설계 실력으로 연합대회에서 우승했지. 네 영상을 봤어. 너는 고급 설계를 전혀 쓰지 않고, 대신 머리를 쓰더군. 기초 설계들을 적절히 배치해서 고급 설계에 상응하는 효과를 내는 건 우리한테도 어려운 일이다. 응용학교 학생인 네가 그걸 하고 있어. 그럼 굳이 저 서까래를 지렛대 삼은 이유는 뭐지? 반대쪽 기둥을 기준점으로 삼는 게 더 쉽지 않아?"

"그렇게 하면 반동으로 전봇대가 쓰러지게 됩니다."

"전봇대가 쓰러지면 안 되는 이유라도?"

"전봇대가 쓰러지는 위치에 고양이가 살아요. 이제 막 태어난 지 얼마 안 되어서."

임유현은 한참 동안 물끄러미 서재희를 보았다. 이윽고 그가 말했다.

"아직 너무 무르구나. 후원자가 있나?"

서재희도 본인의 재능을 알았다. 온갖 대회에서 우승하고 사방에서 감탄하니 모를 수가 없었다. 후원을 제안하는 사람은 차고 넘치도록 많았다. 하지만 서재희의 부모는 그 어떤 후원도 받지 않겠다 선언한 상태였고, 서재희 또한 남에게 돈을 받고 인생을 저당 잡힐 정도의 궁핍은 느끼지 못했다. 그는 심지어 도시연합 중앙학교에 지원할 생각도 없었다. 그럼에도 왜 그리 팀전 성적이 우수하냐고 물어 오면, 그냥 눈에 훤히 다 보이니 일부러 패하기가 어렵다고 대답했다. 어디 한 군데 하자가 있어 어디에도 소속되지 못하고 외면받는 식빵 가장자리 같은 동조자들이라도, 서재희가 잘 배치하면 탁월한 역량을 발휘했다. 하다 보니 우승이었고, 그런 날은 일기에 쓸 만한 즐거운 일이 하나 추가되는 것뿐이었다. 남보다 뛰어난 이 안목이, 평온한 삶을 위협하리라 예상한 적은 없었다.

"저는 후원이 필요 없습니다."

서재희는 응용학교를 졸업한 뒤, 부모님이 일궈 놓은 농사를 그대로 물려받으려 했다. 정부에서는 제8도시의 1차산업을 적극 지원하고 있었으나 많은 청년들이 떠나고 있었다. 입만 열면 이놈의 촌구석 반드시 벗어나겠다고 치를 떠는 또래와 달리, 서재희는 폐허가 된 땅을 일구어 파묻혀 있던 기계들이 조금씩 움직이고 자라나는 것에 기쁨을 느꼈다. 그것을 거두어 도시연합으로 보내면 탈곡하여 기계를 떨어내고 식물의 씨앗을 건져 낼 수 있다고 했다. 정말로 살아 있는 씨앗을. 잎사귀가 펼쳐지고 꽃이 피어나고 열매가 맺히는. 그건 세상에 존재하는, 몇 안 되는 보람 있는 일이었다.

"나는 자식이 없고 너는 부모가 없지."

이게 무슨 말인가. 서재희는 알 수 없었다. 서재희의 부모는 많이 다치긴 했으나 그래도 아직 살아 있었으며, 어디까지 회복될지는 누구도 알 수 없었다. 임유현 본인도 서재희의 부모가 구급선에 실리는 걸 똑똑히 봤으면서 어째서 벌써 부모가 없다고 확신하는가. 서재희는 멍하니 그를 마주 보았다. 설마 그렇게 만들겠다는 뜻인가.

"내가 널 권력의 정점에 올려놓을 것이다."

임유현이 그리 단정했을 때, 서재희는 미처 알지 못했다. 생전 처음 보는 낯선 사람이 갑자기 나타나 자신의 인생을 완벽하게 틀어쥐고 흔들리라는 것을. 또 그런 삶이 생각보다 길게 이어지리라는 것을. 그런 걸 짐작하기엔 너무 어린 나이였다.

그리고 서재희가 깨달았을 땐, 이미 벗어날 수 없었다. 너무 멀리 와 버려서 돌아가는 길에 많은 희생이 필요했다. 예컨대 서재희는 부모를 포기할 수 없었다. 비록 제1도시 중앙병원에 누워 숨만 간신히 쉬고 있더라도, 하나밖에 없는 아들을 알아보지 못한 것이 몇 년째더라도 제 손으로 포기할 수 없었다. 가장 소중한 것이 제 발목을 잡고 있었다.

다시는 소중한 것을 만들지 않으리라 결심했다. 그러면 내가 너무 힘들어지니까. 여기서 더 힘들어지면 버틸 수 없을지도 모르니까.

"얼마나 남았지?"

그리 묻고 임유현은 기침을 했다. 금방이라도 꺼질 것처럼 숨이 가르랑거렸으나 그의 눈빛만은 처음 만났을 때처럼 형형했다. 자신을 바라보는 임유현의 시선을 느끼면서도 서재희는 모른 척 서류만 뒤적였다. 정윤환이 옆에서 한숨을 쉬는 기척이 났다. 대답은 차예원이 했다.

"현재 상반기 리스트의 여섯 명 중 두 명이 제거되었습니다. 파견 전까지 이 정도로 유지하려고 했으나, 도시연합에서 변경 요청이 들어왔습니다. 기존 명단에서 박정원을 가장 후순위로 빼라고 합니다."

임유현이 코웃음 쳤다.

"박경성이 드디어 백기를 들었나 보군."

"다온의 새 사업은 접고 이번 선거를 전적으로 돕겠다는 뜻을 밝혔습니다. 하나 구두일 뿐 현재 직접 걸어온 것이 없으니 아예 제외하지는 말고 후순위로만 두라고요."

"가장 최근에 제거된 게 백정명의 아들 맞나?"

"네. 백일서입니다. 일단 교내 병원에 입원자로 이름은 올려 두었습니다만 오래 끌 수는 없습니다. 백정명 의원이 하루에도 몇 번씩 찾아옵니다. 시신이 아깝긴 합니다만 조만간 정리하여 유골을 보내야 할 것 같습니다."

"진짜를 보내. 백정명은 설계 추적에 능해. 어떻게 살해되었는지 알아낼 수도 있으니까 방심하지 말고 세탁은 정윤환이 직접 하도록."

서재희는 정윤환의 미끈한 목에 핏대가 도드라지는 것을 바라보았다. 그러나 정윤환은 그리하겠다고 깔끔하게 대답했다.

"내가 차인호에게 상반기 여섯은 너무 적다고 했다. 선거 앞두고 너무 안일한 것 아니냐고. 거기에 별말은 없나? 물갈이해야 하지 않나?"

차예원은 정중하게 고개를 저었다.

"충분하다 하셨습니다."

임유현이 혀를 찼다. 그의 매서운 눈이 정확히 서재희를 향했다. 서재희는 관성으로 일어섰다. 결재판을 들어 임유현 앞에 단정히 펼쳐 놓았다. 서재희가 다시 소리 없이 자리에 앉는 동안, 임유현은 천천히 명단을 훑어보았다.

"그놈은 찾았나? 얼마 전에 도서관 휴게실에서 팩스를 날렸던."

"네."

서재희가 대답했다. 왼쪽 뺨으로 정윤환의 시선이 따갑게 꽂혔으나, 마주 눈길을 주는 실수는 하지 않았다. 임유현이 다시 명단을 내려다보았다.

"누구지?"

"백일서로 확인됩니다. 학생회실의 보안을 해제한 것과 같은 패턴이 백일서의 이프에서도 발견⋯⋯."

말이 채 끝나기도 전에 차예원에게 날카로이 팔을 잡혔다. 그녀가 낮게 외쳤다.

"백일서 아니라니까!"

서재희는 아무 말 않고 임유현만 똑바로 응시했다. 차예원이 서재희의 팔을 밀치더니 임유현을 향해 상체를 꼿꼿이 세웠다.

"교장 선생님, 백일서가 기숙사에서 퇴실한다고 학생 배지를 찍은 게 새벽 3시 3분입니다. 팩스가 수신된 게 3시 24분. 남자 기숙사에서 도서관까지 가서 팩스를 전송했다기에 21분은 너무 촉박합니다. 그리고 잠옷을 입고 있었어요. 미리 작정했다면 그런 불편한 차림은 아니었겠죠. 제가 백일서를 바로 처분한 건 실수였습니다. 좀 더 추궁했어야 했는데⋯⋯."

"빡빡하게 구네."

정윤환이 의자 등받이에 기대며 심드렁하게 말을 이었다.

"그럼 그게 무슨 좋은 일이라고 벌벌 기어서 광고하며 가냐? 전속력으로 뛰어서 가지. 남의 눈에 안 띄게 해치우려면 나라도 뛰어가겠다. 잠옷은 일부러 느슨해 보이려고 입었겠지. 그럼 내가 범인이요, 복면 쓰고 가리? 웃기고 앉았네."

차예원은 무어라 쏘아붙일 기세였으나 임유현을 힐끔 보고 입을 다물었다. 그러나 임유현은 막상 차예원이나 정윤환은 거들떠보지도 않았다. 그는 서재희만 응시하고 있었다. 서재희 또한 그 시선을 능란하게 받아넘겼다.

임유현이 말했다.

"백일서는 온하나비에서 쪽지를 받고 상대를 만나러 갔어. 그 상대는 추적이 됐나?"

서재희는 책을 읽듯 대답했다.

"4학년 김건우입니다. 그는 황종길 교수와 역사연구 모임을 하고 있습니다. 정윤환의 설계 추적 결과에 의하면 마네킹에 반복 설계를 건 장본인 또한 김건우로 보입니다. 다만 동아리실 바닥을 폭파한 설계자는 정윤환도 추적이 어렵다고 합니다."

"미리 예약을 걸어 놓고 편법으로 연장한 것 같습니다. 일부러 서명이 휘발되게끔. 아무리 저라도 시간은 못 당합니다."

정윤환이 덧붙이는 보고에 임유현이 눈을 찌푸렸다. 그가 정윤환에게 말했다.

"예약 걸어 놓고 연장? 아직도 그런 시답잖은 편법이 가능한가? 패턴은 뽑아 놨겠지? 정리해서 내일 오전까지 보고해. 다음 주에 바로 총 업그레이드 버전이 보급된다. 내가 기술팀에 연락해서 그 사례도 추가해서 보완하라고 말해 놓겠다."

"……내일 오전까지는 어렵습니다. 목요일까지 시간을 주십시오."

"어렵다?"

임유현이 코웃음을 쳤다. 서재희는 임유현의 뒤에 있는 유리창을 통해 정윤환을 건너다보았다. 경직된 정윤환을 보니 한숨이 절로 나왔다. 정윤환은 거짓말을 술술 뱉을 성정이 아니었다. 날이 갈수록 거짓말이 미덕인 순간이 이토록 자주 닥치는데, 정윤환의 표정은 도저히 나아질 기미가 보이지 않았다. 타고나길 그래서.

"교장 선생님."

서재희가 아주 부드럽게 끼어들었다.

"추측컨대, 백일서에게 낙원의 이론에 대해 묻는 쪽지를 날린 장본인은 그 동아리실 열쇠를 가지고 드나드는 역사연구 모임 학생 넷으로 좁혀집니다. 5학년 이해영, 3학년 전소원, 3학년 최재욱, 1학년 손도연입니다. 최근 그 동아리실에서 외부 망을 통해 학생회 권한을 획득하여 낙원의 이론 시스템에 접근하려 한 기록은 명단 뒤에 별첨하였습니다."

임유현이 잠깐 서재희에게 붙였던 시선을 다시 정윤환에게 돌렸다. 그가 카랑카랑하게 말했다.

"정선재가 보는 눈이 없어."

정윤환이 잠긴 목소리로 대답했다.

"저희 아버지와 황종길 교수가 막역한 사이임을 배제하더라도, 더 이상 역사연구 모임은 건드리지 않는 것이 좋다고 판단됩니다. 황종길을 무조건적으로 억압하기에 그는 유적지 탐사에 없어서는 안 될 인물이라는 게 제 사견입니다. 그가 죽으면 손해입니다. 자살이든 타살이든."

"어디 좀 쓸 만하다 싶으면 너무 설친단 말이지. 하나같이."

임유현이 쯧 혀를 차더니 이어 말했다.

"김건우도 넣어. 상반기 여섯은 너무 적다."

서재희는 입 안이 마르는 것을 느꼈다.

"교장 선생님……."

"그렇게 튀는 놈을 살려 둔다고? 백일서와 둘이서 주고받은 쪽지는 나도 보고받았다. 단어가 아주 정확히 이어지던데. 용. 예언. 본부. 기준. 시스템. 망설일 이유가 있나?"

"교장 선생님, 김건우는 패턴 해석에 굉장히 뛰어난 학생입니다. 게다가 제6도시 출신으로 노동자 계급의 편부 가정에서 자랐으며, 낙원의 이론에서 기득권에 무해하다는 판정을 지속적으로 받아 왔습니다. 패턴 과목을 제외하고는 성적이 상당히 낮은 편이니 자연스레 유급으로 처리하면 어떨까요. 사회에 나가면 분명 도움이……."

"그만. 서재희, 내가 널 처음 봤을 때도 얘기했지. 너무 무르다고. 머리가 좋은 놈들이 파헤치기 시작하면 끝이 없어. 멍청한 놈들만 존재한다면 낙원의 이론은 필요 없다. 시스템에 의심을 품는 똑똑한 놈들 때문에 우리가 이 짓을 하고 있는 거야. 너희가 조금이라도 실력이 떨어졌거나, 조금이라도 어설프게 낙원의 이론에 접근했다면……."

임유현이 명단을 탁, 소리 나게 탁자에 던졌다. 종이가 훅 떠올랐다가 가라앉았다.

"······이 명단에 너희 이름이 적혔을 거다. 잘 알 텐데?"

"이의를 제기합니다."

정윤환이 손을 들어, 서재희는 한숨을 눌렀다. 안 될 걸 알면서도 매번 학생들의 처분을 다시 고려해 달라고 청하는 자신도 자신이었지만, 기어코 한마디 하는 정윤환도 정윤환이었다. 거짓말은 못 하고 감정은 뺄고.

"교장 선생님께서 말씀하신 그 조건에 하나 더 추가해도 될까요. '조금이라도 아버지의 입김이 덜 들어갔다면'도 넣어야 할 것 같습니다."

차예원이 하찮다는 듯 웃었다. 정윤환이 거침없이 말했다.

"낙원의 이론 후보 조건에 맞지도 않는 사람이 지금 후보라고 확정된 상황에서, 더 이상 예언이 무슨 의미가 있습니까? 그렇다면 이 지긋지긋한 짓거리도 더 이상 의미 없는 것 같은데. 그냥 도시연합이 그렇게 하고 싶어서 예언 핑계 대는 것 아닙니까? 말 잘 듣는 놈들만 남겨서 안고 가겠다고, 도시연합에서 감시할 수 있는 정도로 동조자의 숫자를 정하고 시스템에서 조금만 벗어나면 싹 죽이고. 누가 봐도 범죄인데 명분이 있을 리 없으니, 별 거지같은 예언이니 뭐니 허울 좋게 갖다 붙여서, 그것도 예언에서 자기 편리한 것만 쏙쏙 뽑아다가, 다른 건 죄 무시하고······."

"윤환이 네가 뭔데 그런 말을 해?"

차예원이 정윤환의 말을 잘라 냈다. 그녀는 불이 붙은 것 같은 눈으로 정윤환을 마주 보았다. 차예원의 입꼬리가 비스듬히 올라갔다. 정윤환이 한쪽 눈썹을 올렸다.

"콧대가 아주 하늘을 찌르는구나. 낙원의 이론으로 도시가 성립해. 하루 이틀도 아니고 1000년 동안 인간을 생존시킨 시스템을, 네가 뭔데 그렇게 우습게 만들어? 하긴 그렇게 저 잘난 줄만 아니까 사출 전에 총 점검도 안 했겠지. 네 실수 하나로 팀원을 전부 몰살시키고도 입이 잘 움직이나 봐? 나라면 찍소리 않고 살겠어."

정윤환이 서늘하게 웃었다.

"너나 입 닥쳐. 사해에 갖다 처박기 전에."

차예원은 얼굴이 벌겋게 달아올랐으나 더 이상 대꾸하지 않았다. 정윤환은 차갑게 가라앉아 섬뜩한 낯을 하고 있었다. 둘 다 임유현 앞이라 간신히 꼬리를 접고 있었다. 무려 3년이나 해묵은 그들의 감정을 돌아볼 때, 이건 산들바람 수준이었다. 작년에 둘이 총도 뽑지 않고 몸으로 한바탕 뒹굴어 싸웠던 일은 아직도 종종 학생 휴게실에서 회자되곤 한다.

"서재희."

서재희는 다시금 긴장하며 임유현을 바라보았다.

"네."

"관리자 신청은 언제 하나."

서재희는 더욱 신중하게 표정을 감추었다. 임유현뿐만 아니라 정윤환과 차예원도 이쪽을 주시하고 있었다. 그 둘 또한, 서재희가 관리자 등록을 미루는 것에 회의적이었다. 이 문제에 관해서 서재희의 편은 어디에도 없었다.

"정윤환과 차예원은 등록했고 너만 남은 지 몇 달이 지났다. 모든 조건이 충족되는데 왜 신청하지 않는 거지? 남들은 갖고 싶어 안달하는 자리를 오만하게 유예하는 너 때문에 내가 13위원 앞에서까지 변명해야 하나?"

잠시 침묵이 이어졌다. 임유현의 탐색하는 눈빛을 서재희는 느리게 감내했다. 임유현이 탁자에 놓인 명단과, 서재희의 말끔한 얼굴을 번갈아 보았다. 그가 글자를 적어 내리듯 또렷이 말했다.

"도시연합이 네게 청문회를 언급했다는 것은, 그들이 직접 널 처리할 수도 있다는 무언의 협박이다. 그걸 안다면, 하루 빨리 등록하는 게 좋을 텐데. 차예원하고 관계가 소원하다는 소문까지 돌고 있는 마당에 그렇게까지 위험을 무릅쓸 필요가 있나? 차인호가 너한테 따로 말했다던데. 위원회에서는 서재희 네가 다른 생각을 품고 있는 것 같다고 의심하는 자들이 있어. 심증은 있지만 물증을 대지 못할 뿐. 차인호도, 나도, 더 이상 널 무조건적으로 케어해 주기 힘든 상황이다. 언제까지 낙원의 이론을 서면으로 받아 볼 거냐? 관리자로 등록되어 직접 다루는 순간, 너는 네 한계를 뛰어넘을 텐데."

"졸업 전에만 하면 되는 걸로 알고 있습니다."

"그러려고 내가 널 데려와 후원한 줄 아냐. 네게 실망이 커."

서재희는 웃음이 터지려는 걸 겨우 삼켰다.

"교장 선생님, 남이 들으면 제가 언제 후원해 달라고 구걸이라도 한 줄 알겠습니다."

"내가 널 거기 그대로 두었다면 넌 돌봐 주는 이 없는 천애의 고아가 되었거나 별 볼 일 없는 후원자 밑에 들어가 이용이나 당했을 거야."

"그것 참 생각만 해도 끔찍하네요. 말씀을 들으니 저는 정말 운이 좋은 것 같습니다. 점령해 봤자 별 소득도 없는 깡촌에 하필 반란군 폭격이 떨어진 것도 그렇고, 그런 사사로운 충돌에 임유현 총사령관님께서 친히 걸음 해 주신 것도 그렇고, 머리는 다치지 않았다는 의사 소견을 분명히 들었음에도 불구하고 저희 부모님 의식이 여전히 돌아오지 않는 것도 그렇고. 이런 최악의 상황에서 전 도시연합 중앙학교에서 승승장구하고 낙원의 이론 후보로 확정까지. 정말 출세했네요. 시골에서 촌부로 살아갈 뻔한 저를 이리 거두어 주시어 감사할 따름입니다. 다시 태어나도 이런 후원자를 만나기란 하늘의 별 따기지요. 누군가 일부러 직접 상황을 조작하지 않는 한."

"네가 지금 위치를 모르고 까부는구나."

서재희는 이 서늘한 공간에서, 홀로 자꾸만 뜨거워졌다. 다 타 버려서 아무것도 남지 않은 줄 알았는데, 자그만 불씨는 꺼지지 않고 남아, 문득문득 화하게 타올랐다. 그는 고개를 숙이고 숨을 골랐다. 두 손으로 남은 재를 끌어 모아 불길 위를 덮어 내렸다. 자기 자신마저 산화되지 않도록 분을 속으로 삼키는 것은 자주 있는 일이었지만 오늘은 유독 힘들었다.

툭, 누군가가 탁자 밑으로 서재희의 정강이를 세게 걷어찼다. 서재희는 눈을 찡그리며 고개를 들었다. 정윤환이 턱을 괴고 자신을 보고 있었다. 그만하면 됐다, 그의 눈이 말하고 있었다. 저는 저 하고 싶은 말 다 해 놓고 남에게 훈수라니. 그래도 덕분에 한결 머리가 차갑게 식었다.

서재희가 자세를 고쳐 앉자 임유현이 말했다. 명령조였다.

"차인호가 너한테 말한 게 있을 거다."

"네, 그러죠. 듣던 중 쉬운 일이네요. 차예원, 우리 어떡할까? 내일부터 손이라도 잡고 다닐까? 아니면 점심을 같이 먹을까? 뭐가 좋겠어. 네가 원하는 쪽으로 할게. 소문이 빨리 퍼지려면 뭐가 좋을지 네가 말해 줘."

대충 말했다. 차예원은 대답이 없었다. 서재희는 고개를 돌려 오른쪽에 앉은 그녀를 보았다. 차예원은 고개를 숙이고 있었다. 길게 윤이 나는 까만 머리칼이 흘러내려 표정이 보이지 않았다. 자존심 상했으려나. 좀 더 부드럽게 말했어야 했나 후회가 들었다. 차예원의 기분을 고려한 것은 아니고, 임유현 앞에서 차예원 달래는 꼴을 보여야 하는 것이 싫었다.

'그럼 싫어하는 건요?'

그러고 보니 유은우가 물었었다. '나도 싫어하는 게 있어.' 웃으며 대답하고 평범한 대화를 자연스레 잇고 싶었다. 그러나 막상 떠오르는 싫은 것들은, 남에게 고스란히 드러내지 못할 것들이라, 그저 없다는 대답밖에 도리가 없었다. 평소 제 혀처럼 쉬운 거짓말을, 그때만큼은 하고 싶지 않아서.

서재희는, 마치 제가 아픈 듯 안타까운 눈을 하던 유은우를 생각했다. 자신을 위해 속상해하던 유은우를 떠올리는 것만으로도 명치가 짜릿했다. 평소 동정이라면 딱 질색이었는데 어째서.

"밥."

차예원이 못 박았다. 서재희는 다시 그녀를 보았다.

"밥 먹자. 매일매일. 아침, 점심, 저녁, 전부."

"나 아침 안 먹어."

"그럼 점심이랑 저녁. 재희야, 얼굴 펴. 우리 서로 기숙사 방 들락날락하는 것보다 마주 보고 밥 한 끼 먹는 게 훨씬 고상하지 않니? 난 너처럼 머리가 좋지 않아서 이 이상은 딱히 생각나는 게 없네."

"식사 시간 10분 전까지 식당 앞으로 와."

이제 밥도 편하게 못 먹겠네. 될 대로 되라는 심정이었다.

차예원은 조금 들뜬 것 같았다. 그녀는 금세 생기발랄해져서는, 온디딤에 관한 과제를 꺼내 임유현에게 보이고, 열정적으로 자신의 의견을 피력했다. 정윤환은 아예 과제가 있었는지조차 까먹고 있었다. 서재희는 적당히 분량만 채운 것을 내놓았다.

언제나처럼, 온디딤에 관한 토론은 차예원 위주로 벌어졌다. 어마어마한 뒷배경과 예쁘장한 외모를 제하고는 특별할 것 없는 차예원이 온디딤에 두각을 드러내는 것을 알았을 때, 임유현은 감탄했다. 역시 낙원의 이론 후보가 틀림없다고. 임유현이 얼마나 안심하던지, 그날은 마치 잔칫날 같았다. 그때 정윤환이 서재희 쪽으로 몸을 기울여 귓속말했다.

'야, 저게 말이 되냐? 애초에 후보가 아닌 애를 후보에 앉혀 놓고, 뭐 하나 잘하면 후보가 확실하다고 좋아한다는 게. 예언은 아무 효력도 없네. 그냥 윗사람들 입맛대로 믿고 싶은 것만 믿을 뿐이야. 케케묵은 도구나 다름없잖아. 예언을 믿었던 과거의 내가 한심하다.'

어쨌든 차예원이 온디딤에 소질이 있는 것은 사실이었다. 그녀는 특히 목걸이를 통해 그림자를 불러내어 제 분신처럼 이용할 줄 알았는데, 그것은 주로 손을 대지 않고 학생들을 제거하는 데 유용하게 쓰였다. 학생들을 걸러 내는 것에 큰 거부감을 느끼고 익숙해지는 데에 긴 시간이 걸렸던 서재희와 정윤환에 비해, 차예원은 그 행위 자체에는 큰 감흥이 없어 보였다. 그녀는 항상 말했다.

'도시연합이 감당할 수 있는 동조자의 수와 성향은 정해져 있어. 어떻게 다 끌어안고 갈 수 있겠어? 다수의 생존을 위해 소수의 희생이 불가피할 때도 있는 거지. 낙원의 이론은 최적의 시스템이야. 우리는 그것을 유지하는 세 기둥으로 선택받았어. 내게 과분한 영광으로 생각해. 진심이야.'

그녀는 그 소수의 희생에 자신이 포함되지 않는다는 확신이 있었다.

그렇게 잃을 것 하나 없는 차예원이 전부 잃은 서재희를 좋아한다는 것은, 서재희로서도 의아했다. 자신을 찍어 누르려고 안달이 난 차예원의 행동이, 깨뜨려서라도 가지기 위해서라는 것쯤은 알았다. 비틀리긴 했어도 차예원이 그토록 끈질기게 무언가를 탐하는 건 본 적이 없었다. 그러니 이건 차예원에게 어떤 사랑일 수도 있겠다고 생각한다.

신기했다. 사람이 사람을 좋아하는 게 그렇게 쉬울 수 있다는 것이. 사람 좋아하는 것도 여유가 있어야 가능한 것이겠지. 여유라면, 서재희가 아는 사람 중에 차예원이 가장 많이 가지고 있었다. 그래서 차예원이 상대를 열렬히 좋아하는 것 같았다. 그 대상이 서재희 자신이라는 것은 유감이었다.

셋이 교장실을 나왔을 때는 이미 오후 4시가 훌쩍 넘어 있었다. 그것도 정윤환이 불만을 표시하며 대놓고 조는 바람에 임유현이 백번 양보해서 일찍 끝내 준 덕분이었다. 서재희는 옷매무새를 정돈하고 성큼성큼 복도를 걸었다. 본관에서 나오자마자, 차예원이 불쑥 서재희의 손목을 잡았다. 서재희가 손을 빼내자, 차예원이 다시 잡았다. 그녀가 밝게 말했다.

"이따 같이 저녁 먹자. 식당에서 볼까?"

"나 오늘은 저녁 안 먹으려고. 입맛이 없네. 내일 시간 맞으면 점심이나 먹자."

"너 하고 싶은 대로 하고 살 거면, 도시연합장 예비 사위 타이틀은 이자까지 쳐서 내어놓지 그래."

"나도 좀 살자. 앞으로 평생 너랑 밥 먹으며 살 텐데. 내가 스트레스 받아 자살하면 그것도 네 손해 아닌가? 죽기 전에 유언을 대단하게 남길 거거든."

차예원은 대답 없이 서재희를 빤히 응시했다. 그녀가 불쑥 말했다.

"범인은 백일서가 아니라 유은우라고 내가 몇 번이나 말했잖아."

서재희가 차분히 대답했다.

"증거 없다며."

차예원은 기가 찬다는 얼굴이었다.

"유은우 본인 입으로 직접 나한테 말했다니까! 감싸는 것도 정도껏 해."

"녹음도 안 했다며."

"……네가 언제부터 내게 증거를 요구할 위치였어?"

"우리가 언제부터 이렇게 밑도 끝도 없이 신뢰하는 사이였는지 나야말로 궁금하네."

"내가 말했으면 증거는 네가 찾아야지. 네가 지금 뭐 때문에 내 약혼자로 덕 보고 있는데?"

"증거도 없이 그리 확신할 정도면 아까 교장 선생님께 말씀드리지 그랬어. 지금 와서 내 반응 살피려고 아무 말이나 던지는 거 부끄럽지도 않아?"

"……그래. 네 마음 잘 알았어."

차예원이 억지로 웃어 보였다. 그녀가 차갑게 속삭였다.

"유은우 잘못되면 재희 네 탓인 줄 알아."

"차예원."

"네가 자초한 거라고."

차예원은 서재희의 손목을 놓고 가 버렸다. 서재희는 그녀의 뒷모습을 보면서, 차예원은 물론이고 임유현과 차인호마저 기를 쓰고 탐내는 제 재능을 뿌리째 뽑아다가 창조주가 보는 앞에서 지옥 가장 깊은 용광로에 처넣고 싶다고 생각했다. 서재희가 막 걸음을 옮기려는데, 또 누군가에게 팔을 잡혔다. 돌아보니 이번엔 정윤환이었다.

"잠깐 얘기 좀 할까."

둘은 지나다니는 학생들을 피해 비교적 한산한 별관 옆에 마련된 벤치로 갔다. 잠깐 얘기 좀 하자던 정윤환은, 막상 둘만 남으니 벽에 등을 기대고 선 채 말이 없었다. 서재희는 재촉하지 않고, 벤치에 앉아 저만치 용 사육실에서 진행되고 있는 수업을 지켜보았다. 유리 온실이라 그 안에서 진행되는 강의가 고스란히 보였다. 까무잡잡한 피부의 최 교수가 앞치마를 두르고 강의 자료를 홀로그램으로 띄우고 있었다. 그 앞에는 희고 둥근 사람 머리통만 한 용의 알이 수십 개 놓여 있었다. 학생들은 옹기종기 모여 서서 용의 알을 조심스레 살피고 있었다.

'용의 사육과 교감' 수업은 학점을 거저 주는 거나 마찬가지였다. 용의 알을 선택해서 용이 깨어나면 그 입에다가 말린 무당벌레만 수시로 부어 주면 되었다. 용은 스스로 자라났다.

유은우 시간표에도 내가 저 수업 넣었었는데.

'용의 사육과 교감'은 쉬운 만큼 수강 신청 경쟁이 치열했다. 조금이라도 편하게 점수를 따라는 의미에서 서재희는 무리해서 유은우를 수강자 명단에 집어넣었었다. 서재희는 멀어서 희끄무레한 학생들의 얼굴을 하나하나 살폈다. 아니나 다를까,

다른 학생들 무리와 좀 떨어진 구석에, 유은우가 오도카니 서 있었다.

다른 애들이랑 여전히 어울리지 못하는구나 싶어서 안타까운 마음에 자세히 살폈다. 유은우의 표정이 심각했다. 어떤 알을 골라 가질까 호기심에 들뜬 다른 학생들과 판이하게 달랐다. 그녀의 동그란 눈은, 아직 채 깨어나지 않은 용의 알이 아닌, 온실 안쪽에 닭장처럼 마련된 사육 칸에 한 마리씩 들어 있는 새끼 용들에게 붙박여 있었다.

"너 나한테 할 말 없냐?"

정윤환이 말을 툭 던졌다. 서재희는 그를 물끄러미 보았다. 정윤환이 다시 말했다.

"학생 휴게실에서 유은우 배지 주웠어. 꼭 그게 아니더라도 유은우가 6.5층에서 자료 빼다가 팩스 전송한 거 너도 알고, 나도 알고, 차예원도 알아. 왜 감싸?"

서재희는 미간을 좁혔다.

"나 아직 유은우한테서 원하는 정보 못 얻었어."

"교장한테 말하면 되잖아. 유은우가 팩스를 전송한 범인이지만, 정보를 얻을 게 있으니 처분을 유예해 달라고."

"교장이랑 말 섞으며 길게 협상하고 싶지 않아서 거짓말한 것뿐이야."

정윤환이 서재희의 옆자리에 털썩 앉았다. 그가 두 손을 깍지 끼더니 서재희를 보았다.

"혹시나 해서 물어보는데, 너 유은우 좋아하냐?"

이건 또 무슨 말인가. 대화가 희한하게 튀고 있었다. 서재희는 습관처럼 웃었다. 하지만 정윤환은 정색을 유지했다. 정윤환이 이렇게 진지한 적이 있었나. 서재희는 가볍게 대답했다.

"내가 누구 좋아할 만큼 그렇게 여유 있어 보이냐. 사랑 같은 건 차예원이나 하는 거지."

"너 여유 없는 건 아는데, 너답지가 않아서. 유은우한테서 정보 뺀다는 거 말고 다른 게 더 있는 느낌이라."

"없는데."

"네가 네 마음을 잘 모르는 거 아니야?"

"난 주제 파악이 특기야. 소중한 건 병원에 누워 계시는 부모님으로 족해. 더 이상은 안 만들어. 나도 살아야지."

정윤환은 더 이상 묻지 않았다. 서재희는 온실을 가만히 바라보았다. 학생들이 앞 다투어 알을 고르고 있었다. 예쁜 알이 좋은 알이었다. 진줏빛으로 윤기가 도는 완벽한 타원형의 알은, 순식간에 안목 좋은 학생들의 차지가 되었다. 지금 달려가서 골라도 모자랄 판에, 유은우는 멀찌감치 서서 도무지 움직일 생각을 않고 있었다. 홀로 심각한 표정은 여전했다.

"쟨 알도 안 고르고 뭐 하고 있나. 하여간."

정윤환이 말했다. 그도 온실의 유은우를 알아본 모양이었다. 정윤환이 다시 말했다.

"유은우가 나한테 묻더라고. 낙원의 이론이 뭐냐고."

한 호흡 있다가, 서재희는 그만 웃음이 터졌다. 정윤환도 피식 웃었다.

"시스템에 접근하고 있는 줄은 알았지만, 또 이렇게 대놓고 물어볼 줄은 몰랐네. 그런데 아, 정말, 뭐라고 해야 하나. 정예군이 귀여워했다는 소문은 들었지만."

유은우 귀엽지. 서재희도 백번 동의했다. 유은우는 본인이 하는 행동이 귀여운지 어떤지 모르고 내키는 대로 하는 거겠지만, 옆에서 지켜보고 있으면 속이 몽글몽글해져서 자꾸 웃음이 났다. 씩씩하고, 반짝반짝 빛났다. 그리고 생각보다 강인했다.

그러나 그 모든 것을 떠나, 서재희는, 유은우가 귀엽다는 소리를 빙빙 돌려서 하는 정윤환이 그저 생경했다. 서재희의 시선을 느꼈는지, 정윤환의 낯이 급속도로 가라앉았다. 그는 제 얼굴을 한 번 거칠게 문질러 웃음기를 지우고 서재희를 보았다. 정윤환이 말했다.

"차인호가 조만간 임유현 배신할 것 같아."

서재희는 빠르게 주위를 훑었다. 아무도 없었다. 둘뿐이었다. 서재희는 목소리를 낮추었다.

"……나한테도 제안했었어. 임유현 같이 치자고."

"제대로 된 기반 하나 없어서 혼자서는 김서혁한테도 밀리는 차인호가 임유현을 잘도 치겠다. 임유현 없이 내년에 재당선된다는 보장도 없는데."

"차인호는 평생 임유현 측근으로 살았어. 대가는 받았지만 자존심은 뭉개졌지. 임유현 뒤치다꺼리를 차예원한테까지 물려주고 싶지는 않을 거야."

머리를 쓸어 넘기는 정윤환의 손이 가늘게 떨렸다. 정윤환이 바지 뒷주머니에서 호흡기를 꺼내 한 손에 들고, 다시 주머니를 더 뒤지다가 한숨을 쉬었다.

"약 있어?"

신경안정제 그렇게 남용하다간 몸이 남아나질 않는다고 타박하려다가 말았다. 서재희는 재킷 안주머니에서 녹색 액체가 든 납작한 케이스를 꺼내 정윤환에게 건넸다. 정윤환은 그것을 받아 호흡기에 끼우려다가 눈을 가늘게 뜨고 케이스를 뒤집었다.

"야, 이거 사용 기한 일주일 넘었는데."

"그래? 난 약물 잘 안 써서 몰랐네. 그럼 그냥 버려."

정윤환은 구시렁거리면서도 그것을 그냥 호흡기에 끼우고 액체를 들이마셨다가 훅 내뿜었다. 수증기가 공기 중으로 떠올랐다가 흩어졌다. 호흡기를 든 정윤환의 손은 여전히 떨리고 있었다. 그가 침을 한 번 삼키더니 말했다.

"이번에 용 연구소에서 새끼 한 마리가 거의 3주를 온전하게 버텼대. 여태 전부 2주를 못 넘기고 변형되었는데. 만약에 이번에 그 새끼 용이 한 달을 버티고 성체로 탈바꿈하는 데 성공하면, 임유현은 독단적으로 그 용을 쥐고 무언가를 할 계획인가봐. 차인호는 그걸 경계하는 것 같아."

무겁게 흩어지는 수증기 사이로 정윤환의 뺨이 굳어졌다. 그는 지쳐 있었으나, 멈출 생각은 없어 보였다.

"서재희, 넌 봤어? 임유현 청사진. 우리 아빠 말로는 도저히 정상적인 사고가 아니라던데."

"봤지."

보기만 했을까. 임유현은 지속적으로 제 꿈을 녹여 서재희의 귀로 흘려 넣었다. 그 끔찍한 계획이 귓속으로 뜨겁게 스미어 뇌의 주물에서 식어 딱딱해지기 전에 한쪽 귀로 흘려 내는 것은 쉬운 일이 아니었다. 어쨌든 수년간 끈질기게 이어진 임유현의 세뇌에도, 서재희는 아직 버티고 있었다. 조용히 말했다.

"용이 성체가 되면 아홉 조각으로 나눌 수 있어. 뿔, 심장, 날개, 꼬리, 다리 넷, 머리와 자궁이 포함된 몸통. 1000년 전에 제국이 반란군에게 심장을 빼앗기고 남은 여덟 조각으로 여덟 도시를 세운 것처럼, 임유현도 용의 성체로 새로운 아홉 도시를 건설할 생각이야."

"그건 차인호도 마찬가지잖아. 도시연합의 염원이야. 용의 성체로 도시를 확장해서 인간의 터전을 넓히는 것은."

"목적이 달라."

서재희는 엄지로 관자놀이를 누르며 덧붙였다.

"차인호는 모든 시민들을 위해 도시를 확장하려고 하지. 앞으로 100년 뒤면, 도시에 수용 가능한 인구가 포화에 이르니까. 하지만 임유현은 시민이라고 다 똑같은 인간이라고 생각하지 않아. 그는 새로운 도시에 이주시킬 시민의 명단을 따로 가지고 있어. 낙원의 이론으로 추출한. 어떤 기준으로 시스템을 돌려서 명단을 뽑았는지까지는 모르겠어. 굳이 알고 싶지도 않고. 본인 취향이 가미되었겠지. 웃기지도 않아."

서재희는 진짜로 웃음이 나오려고 했다. 그가 말을 이었다.

"임유현이 그리는 미래는 격이 달라. 차인호가 '시민이 난민

보다 우월하다.'고 할 때, 임유현은 '시민 중 더 진화한 인간이 있다.'고 믿어. 그래서 그가 도시연합장 자리도 탐하지 않는 거야. 자신의 기준에 미치지도 못하는 버러지들을 관리하는 일은 번거로울 뿐이거든. 본인이 귀찮아서 차인호를 허수아비로 세워 둘 뿐이지. 임유현이 과거 김서혁에게 밀리기 전에 총사령관이었을 때보다, 교장인 지금이 더 생기 있다고 하는 세간의 농담이 왜 나왔겠어. 인간들을 줄 세우고 목숨을 체에 걸러, 본인의 기준에 완벽한 인간들만 골라다가 그 위에 신으로 군림하고 싶은 임유현 적성에 딱이거든."

정윤환이 호흡기를 물고 깊이 빨아들였다. 수증기와 함께 그가 말을 뱉었다.

"우리 아빠가 왜 고개만 젓고 말을 안 해 줬는지 알겠다."

"너희 아빠도 처음에야 고개 저으시겠지만 곧 넘어갈지도 몰라. 교장이 손수 그 이야기를 해 준 이유는, 너희 가족 전체가 리스트에 포함되어서일 거야. 처음 그 계획을 들으면 오만하다 못해 미쳤다고 생각하지. 하지만 계속 들으면 달라져. 호응하는 사람들이 많아. 그러니 임유현이 여태 건재하지."

"지난번에 교장이 나한테 현재의 도시는 베타테스트라고 했어. 그때는 무슨 뜻인지 몰랐는데."

"꿈이 원대할 뿐 아니라 매우 구체적이야. 임유현의 목표는 신도시를 건설하여 자신이 선별한 소수의 인간만 거주를 허락한 후, 기존의 도시를 식민지화하는 거야. 임유현이 손수 통치할 신도시에 노동자는 존재하지 않아. 오직 지식의 향유와 문화의 융성만 있을 뿐이지. 그는 새로운 도시를 건설할 구역도 미리 점찍어 두었어. 도시연합과 용 연구소에서 도시 확장 프로젝트로 공식 발표한 구역과는 전혀 달라. 그는 기존의 도시와 새로운 도시를 철도로 연결할 생각이 없어. 그는 자신이 선택한 인간 외의 인간은 해충처럼 생각해서, 동등한 교류는 필요 없다고 생각하거든. 기존의 도시에서 물자를 정기 함선으로 착취하겠다고 정교한 루트까지 짜 두었어."

"그게 가능해?"

"내가 짰지."

정윤환이 입에서 호흡기를 뺐다. 그의 옅은 눈이 서재희를 향했다. 질책하는 눈은 결코 아니었다. 서재희가 입을 열었다.

"그 사람 리스트의 상위권에 내 이름이 들어가 있어. 그가 나를 놓지 못하는 이유야. 임유현은 자신이 죽고 나서 내가 자신의 뒤를 잇길 바라."

"유은우도 있어?"

서재희는 저도 모르게 미간을 좁혔다. 정윤환이 수증기를 후 불어 뱉었다. 정윤환의 시선은 아래 어딘가 머물고 있었고, 손마디엔 호흡기가 아슬아슬하게 걸려 있었다. 정윤환이 다시 물었다.

"임유현 리스트에 유은우도 있냐고."

물음 끝에 정윤환의 시선이 서재희에게 올라붙었다.

"그건 정윤환 네가 더 잘 알지 않나?"

정윤환이 피식 웃었다.

"서재희, 장난해? 난 언제나 모든 면에서 너보다 몰라."

"그럴 리가. 임유현이 너한테 개인적 지시 내린 거 아니었어? 유은우 회유해서 데려오라고. 그 임무를 직접 수행하고 있으면서, 리스트에 유은우가 있냐고 묻는 건, 진짜 몰라서라고 할 수는 없지. 내가 유은우를 감싸고 있는지 아직도 떠보는 거라면 그만둬. 나는 유은우와 일종의 거래를 했지. 개인적 감정은 없어."

정윤환이 한 손으로 호흡기에서 케이스를 따닥 분리했다. 옅은 녹색 기가 남은 케이스가 흙바닥으로 떨어졌다. 정윤환은 발로 그것을 밟아 부스러뜨렸다. 서재희가 조용히 말했다.

"유은우 마음 돌리기 어려울걸. 김서혁에게 충성을 다하던데. 상대가 김서혁이라서가 아니라, 유은우 성격이 원래 그런 것 같아."

정윤환이 코웃음 쳤다.

"너한테 숨기려 시도한 내가 바보지. 정확히 알고 있네. 유은우, 내 말은 귓등으로도 안 들어. 쪼그만 게 팔팔해 가지고. 교장 앞에서 하루하루 변명하느라 내가 죽게 생겼어."

웃느라 환한 정윤환을 보고 있자니, 서재희는 묘한 기분이 들었다. 아무리 봐도 협박은커녕 예뻐하는 것 같은데. 서재희가 매끄럽게 말했다.

"교장한테 유은우 대쪽 같다고, 못 하겠다고 해. 그럼 본격적으로 유은우 처분에 들어갈 테고, 나도 어쩔 수 없이 유은우하고 페어 해제할 거야. 그게 정윤환 네가 바라던 바 아니야?

유은우 죽어도 넌 상관없잖아."

"교장이 나 가만 안 둘걸."

정윤환이 상황을 일축했다. 언제 웃었냐는 듯 딱딱했다.

"아무튼 정보 고맙다. 아빠한테는 중심 잘 잡으라고 해야겠어. 차인호가 임유현 치는 거 도와 달라고 했나 봐. 임유현은 차인호 견제해 달라고 요청했고. 그러게 아빠는 진즉에 정치질 좀 그만두라니까. 표적이 된다고 제발 은퇴하라고 그렇게 말을 했는데."

정윤환이 손끝으로 눈썹을 문지르며 한숨을 쉬었다. 그가 말을 이었다.

"동맹이 끝날 때도 되었지. 당장 올해 차예원 졸업하잖아. 차인호는 임유현의 그림자를 제거하고 도시연합장 자리를 물려주고 싶을 거야. 임유현은 차예원 또한 꼭두각시로 만들고 싶을 테고. 둘 다 그걸 잘 아니까 서재희 너한테 예민해지는 거고. 네가 둘 사이를 그나마 연결해 주고 있어서."

서재희는 익숙하게 미소 지었다.

"어딜 가나 날 원하는 이들뿐이라 인생이 참 즐거워."

정윤환이 소리 내어 웃었다. 그가 물었다.

"김서혁은 너한테 접촉 안 해?"

"여태 한 번도 없었어."

"이상하네. 너한테 욕심 안 날 리가 없는데."

"그러게."

김서혁의 의중만큼은 서재희라도 읽기 어려웠다. 우선, 거물

치고 늘 사해로 나돌아 다녀 정보가 거의 없었다. 그나마 가까스로 건지더라도 맞는 정보인지 판단이 유독 어려웠다. 조각들은 통일성 없이 파편화되어 있을 뿐 아니라 서로 충돌하기까지 했다.

예를 들어, 김서혁은 난민 인권 신장의 대표 주자였다. 그러나 동시에 난민들의 정신적 지주인 반란군을 소탕하는 군의 가장 최상위에 앉아 있었다. 훌륭한 지휘관으로 군과 시민의 압도적인 지지를 받으면서도, 막상 정치인은 단 한 명도 제편으로 끌어들이지 못했다. 항간에는 용의 성체를 키워서 도시 건설에 사용하지 않고 사해에 풀어 오염된 온이 정화되는지 시도해 보자는, 위험부담이 큰 주장을 내세우기 때문에 그어떤 정치인도 김서혁과 손을 잡으려 하지 않는다는 설이 있었으나 확실치는 않았다. 또한 김서혁은, 정윤환이 기초학교에 다닐 때부터 그를 스카우트하기 위해 끊임없이 노력했으나, 막상 당시 비슷하게 주목을 받은 서재희에게는 눈길 한번준 적이 없었다.

접점이 없어 파악이 어려웠다. 그러나 무시하기엔 너무나 영향력이 큰 인물이라, 서재희는 김서혁의 뒤를 밟는 데 오래 공을 들여왔다. 늘 허탕만 치다가 겨우 숨겨진 과거 하나 알아낸게 최근이었다. 김서혁이 사실 유적지 출신으로, 도시로 팔려와 입양과 파양을 반복하며 불안정하게 성장했다는. 제1도시부유층 자제라는 거짓 껍데기는 한 겹 벗겼으나 그뿐이었다.

사실, 유은우의 기억을 뒤질 때마다 등장하는 김서혁은, 반란군을 알아내겠다는 소기의 목적에는 못 미치나 그래도 서재희에게 좋은 기회였다. 처음에 서재희는, 자신이 모르는 김서혁의 어떤 면모를 발견하려고 애썼다. 그러나 초심은 날이 갈수록 묘하게 힘을 잃었다. 서재희는 가끔, 김서혁의 책상에 어떤 서류가 놓여 있는지보다, 김서혁이 유은우를 어떤 각도로 보고 있는지에 집중하는 자신을 깨닫고는 소스라쳤다.

"네가 임유현의 사람이라는 게 확실해서 오히려 건들지 않는 건지도 모르지."

"글쎄."

동의할 수 없었다. 서재희와 임유현의 관계가 원만하지 않다는 걸 김서혁이 모를 리 없었다. 오히려 그에게 나는 좋은 기회일 텐데.

"아니면 서재희 네가 먼저 접근해 오기를 기다리는지도 몰라."

정윤환이 중얼거렸다. 나른한 시선은 온실에 두고 있었다.

다른 학생들이 전부 알을 하나씩 고르자, 유은우도 마지못해 앞으로 나섰다. 유은우는 별로 고민하지도 않고, 서너 개 남은 알 중에서 하나를 선뜻 골랐다. 시커먼 반점이 있고 한쪽이 찌그러진, 가장 못생긴 알이었다. 줘도 안 가질 것 같은 그 알을 꼭 껴안고, 유은우는 그제야 좀 만족스러운 표정을 지었다.

"저 강의, 수강 신청 치열한데 서재희 네가 넣어 준 거 아니냐."

"맞아."

"좋은 점수 받긴 글렀네. 저런 알은 부화하지도 못하고 썩을 텐데."

정윤환은 자리를 털고 일어났다. 더 이상 손을 떨지는 않았
지만 안색이 창백했다.

"서재희, 웬만하면 파견 전에 관리자 신청해. 상황이 더 악화
되기 전에. 후보로 확정된 놈이 청문회 협박까지 받고, 그게 말
이 되냐?"

"내가 제거되면 또 다른 후보가 나타나겠지."

"그래도 개중에 네가 나으니까 그렇지."

"그냥 내가 좋다고 솔직하게 말해."

정윤환이 맥 빠진 듯 웃었다. 그는 인사도 없이 휘적휘적 가
버렸다.

"선배! 재희 선배!"

강의가 끝났는지 온실에서 학생들이 와르르 쏟아져 나오며,
약속한 듯 이쪽으로 몰려왔다. 다들 뺨이 상기되어 너도나도
앞 다투어 서재희를 불러 댔다.

"선배, 이번에 팀 다시 짜시나요?"

"파견 수업 공고는 언제 떠요?"

"팀 재구성은 아직 확실하게 나온 것이 없어. 공고도 마찬가
지야."

서재희는 부드럽게 웃으면서 눈으로는 황급히 유은우를 찾
았다. 유은우는 어느새 온실을 빠져나와 종종걸음으로 저만치
걸어가고 있었다.

"저기, 잠깐. 내가 지금 좀 바빠서."

서재희는 달라붙는 학생들을 간신히 피해서 유은우를 뒤쫓았다. 뒤에서 학생들의 따가운 시선이 느껴졌기에, 바로 유은우에게 말을 걸지는 않았다. 조금 떨어져 걷다가 모퉁이를 돌아 사람이 좀 한적한 곳에서 서재희는 유은우를 불러 세웠다.

"유은우, 수업 끝났어?"

유은우는 제 이름이 다 끝나기도 전에 엄청나게 빠른 반응속도로 휙 돌아보더니, 서재희임을 알아보고 유순한 눈을 했다. 게다가 총총 걸어서 서재희에게 가까이 오기까지 했다. 처음에 만났을 때는 총부터 움켜잡곤 했는데. 장족의 발전이었다. 자꾸 기분이 좋아졌다.

"선배, 나 방금 용 키우기 수업 들었어요. 알도 골랐어요."

"그랬어? 잘 골랐어?"

"네."

유은우가 뿌듯한 얼굴을 했다. 서재희는 저도 모르게 빙그레 웃었다.

"진줏빛으로 윤기가 도는 완벽한 타원형의 알을 골라야 해. 알 상태는 잘 보고 골랐어?"

"교수님께서 설명은 그렇게 하셨는데, 저는 왠지 마음 쓰이는 알이 있어서요. 그냥 그걸로 골랐어요. 조금 못생긴 알인데, 자세히 보면 괜찮아요."

조금 못생긴 게 아니라 심하게 못생겼던데. 서재희는 약간 당황해서 되물었다.

"왜 하필 그런 알이 마음 쓰였어?"

"그냥……. 하자가 있으니까 아무도 안 골라 가고 혼자 덩그러니 있고, 저 닮아서요."

가슴이 따끔했다. 서재희는 손을 뻗어서 바람에 흐트러진 유은우의 머리칼을 정돈해 주었다.

"너랑 닮은 알이면, 그 알에서 태어나는 용이 제일 씩씩하겠다."

유은우가 눈을 동그랗게 뜨더니, 서재희를 빤히 보았다. 서재희는 괜한 소리를 했다 싶어 바로 후회했다. 요즘 들어 제멋대로 날뛰기 시작한 제 입이 한심스러웠다. 얼른 본론을 꺼냈다.

"지금 전시관 갈래?"

전시관은 학교 중앙에서 한참 벗어나 가장자리에 겨우 걸치듯 위치했다. 한때는 개방하기도 했으나, 현재는 도시연합이 온디딤에 관한 모든 정보를 차단하고 동조자가 허가 없이 그것을 다루는 것을 금지하면서, 거대한 창고로 변모한 지 오래였다. 1년에 한두 번, 각 도시에서 수집된 온디딤이 반입될 때만 열리고, 그 외엔 늘 잠겨 있었다. 서재희도 학생회가 관리를 떠넘기기에 카드키를 받아 두었을 뿐이지, 제대로 와 본 것은 1학년 이후로 처음이었다.

"지상 1층부터 3층까지엔 도시연합 이후 동조자들의 온디딤이 보관되어 있어. 연도별로."

"선배 자리도 있겠네요."

"응. 진짜는 내가 가지고 있으니 내 자리엔 가짜가 놓여 있어. 정윤환도, 차예원도, 그밖에 이름만 들어도 알 만한 사람들

건 전부 가짜라고 보면 돼. 다들 빼돌려서 알음알음 쓰니까."

복도는 오랫동안 관리하지 않아 서늘했다.

"지하 1층과 지하 2층엔 도시연합이 유적지에서 발굴한 제국시대의 온디딤이 보관되어 있어. 지상은 각 온디딤마다 유리함 안에 보관되어 있어서 꺼내기 힘들고, 하나라도 비면 눈에 잘 띄니까 지하로 내려가자."

각종 보안장치가 나올 때마다 서재희는 학생 배지를 가져다 댔다. 엘리베이터는 지하 2층에서 멈추어 섰다. 복도 끝의 전시실에서 서재희는 마지막으로 보안을 해제했다. 그러나 문은 오랫동안 쓰지 않았는지 뻑뻑하여 잘 열리지 않았다. 서재희는 어깨를 문에 붙여 강하여 밀었다. 그제야 문이 녹슨 소리를 내며 열렸다.

벽에는 긴 검과 활들이 빽빽하게 걸려 있었고, 한쪽 구석 나무통에는 각양각색의 화살이 한가득 꽂혀 있었다. 잘게 갈아 낸 유리가 다닥다닥 붙은 채찍이며, 창, 도끼, 철퇴, 해머, 곤봉, 단검……. 서재희도 몰래 잠깐이나마 온디딤을 공부한 적이 있어, 그나마 이름 정도 알아보는 수준이었다. 낯선 것들은 이름표를 보려고 했으나, 누렇게 뜨거나 잉크가 날아가서 어떤 이름표는 빈 종이만 남아 있었다. 얼마나 오래되었는지, 사방에 먼지가 수북했다.

"와."

유은우는 입구에서 입을 딱 벌리고 있다가, 서재희가 미처 제지하기도 전에 후다닥 안으로 달려가서 두 손을 가슴에 꼭 모아 쥐고 이것저것 열정적으로 살펴보았다. 낯선 것에 대한 두려움보다는, 어쩐지 신이 난 것 같았다.

"손대면 안 돼. 알았지? 보기만 해. 발 조심해! 넘어지겠다. 뛰지 마. 진정해."

서재희는 유은우의 뒤를 끊임없이 따라다니면서, 유은우가 천장에 매달린 아름답고 긴 검에 정신을 빼앗겨 뒷걸음질 치다가 바닥에 가로질러 놓인 창에 발이 걸리기 전에, 얼른 번쩍 안아 들어 안전한 곳에 놓아주고, 유은우가 겁도 없이 홱홱 고개를 돌려 대다가 벽에 걸린 검에 머리칼이 걸리지 않도록 계속해서 손으로 유은우의 머리 위쪽을 지붕처럼 받쳐 주었다.

"이제 그만 돌아다니고 하나 골라. 약속대로 하나만 만져 보고 돌아갈 거야."

"저 저거 잡아 볼래요."

유은우가 가리킨 것은 전시실에서 가장 거대한 무기였다. 성인 남자 키만 한 해머였는데, 얼마나 무시무시하게 생겼는지 그냥 바라만 봐도 몇 대 맞고 시작하는 것 같은 위용이 있었다.

"……저건 안 돼. 그리고 잡는 게 아니라 만지는 거야. 손만 대는 거야."

"그럼 저거!"

유은우는 더 조르지도 않고 바로 다른 무기를 선택했다. 이번엔 활시위를 당기기도 힘들 만큼 억세 보이는 거대한 활이었다.

"……할 수 있을 만한 걸 골라 보겠니."

온디딤이라도 잡아서 강해지고 싶은 마음은 이해하겠는데, 너무 위험하잖아. 서재희는 불안한 마음에, 일단 유은우를 잡아당겨서 품 안에 가두었다. 강아지가 눈밭을 뛰어다니는 것처럼 정신없는 모습이, 가만히 뒀다가는 큰일 날 것 같았다.

"가만있어 봐. 내가 골라 줄게."

유은우를 꼭 붙들고, 서재희는 바로 옆에 있는 유리로 만들어진 함을 보았다. 칼날이 너무 희어서 새파랗게까지 보이는, 짧고 투박한 단검이 들어 있었다. 유은우가 서재희의 품에서 눈을 깜박였다.

"과도?"

"단검. 이건 엄밀히 말해 무기는 아니야. 제국에 행사가 있을 때, 당시 동조자들이 아름다움을 뽐내기 위해서 온을 시각적으로 다루었던, 뭐라고 해야 하나, 이를테면 온을 연주하는 악기 같은 거야."

"예술품?"

"비슷해."

서재희는 유리함을 열고, 아주 천천히 손가락 하나만 단검에 대 보았다. 총으로 온을 다룰 때는 느끼지 못했던, 서늘하고 날카로운 느낌이 났다. 투박한 손잡이를 만지는 것뿐인데, 잘 벼린 칼날에 쓸리는 것처럼 온몸에 소름이 돋았다. 다행히 온이 역류하는, 그 특유의 뒤틀리는 감각까지는 없었다.

이 정도면 괜찮겠지.

서재희는 총을 뽑았다. 자신의 모든 힘을 짜내어 유은우의 몸에 보호 설계를 두르고 또 둘렀다. 혹시 몰라서 반사 설계도 걸고, 차단 설계도 걸고, 제가 할 수 있는 모든 설계란 설계는 다 걸어 주었다. 자신이 정윤환처럼 설계 천재가 아니란 것이, 살면서 처음으로 안타까웠다. 마지막으로 한 걸음 떨어져서 정확히 단검을 향해 총을 겨누었다. 유은우의 동조율이 워낙 압도적이라, 어쩌면 손에 단검이 달라붙어 떨어지지 않을 수도 있었다. 그럴 경우, 단검을 파괴해야 했다.

"아주 천천히 잡아야 해. 조금이라도 이상한 느낌이 있으면 바로 손 떼는 거야. 알았지? 내가 계속 옆에 있을 거니까 너무 걱정하지 말고."

조마조마한 서재희와 달리, 유은우는 크게 걱정하는 기색이 없었다. 하지만 서재희의 조언에 따라 제법 천천히 손을 내밀었다. 손끝이 닿았다. 유은우가 고개를 갸웃했다.

"왜 그래? 이상해?"

"에어컨 만지는 것 같아요. 시원하다."

유은우의 손가락이 천천히 단검 손잡이를 감싸 쥐었다. 그리고 단검을 들어 올렸다. 새파란 칼날이 일렁였다. 푸른 잎사귀가 환영처럼 뻗어 나왔다. 흰 꽃이 드문드문 피어나고 지면서 그 꽃잎이 눈처럼 휘날렸다.

"선배, 나 이거 어떻게 쓰는지 알 것 같아요."

유은우가 멍하니 말했다. 서재희가 단단히 총을 겨눈 앞에서 유은우는 손아귀 안에서 단검을 한 바퀴 휘리릭 돌려 잡았다. 그 위험한 온디딤을 마치 포크나 그런 것처럼 너무 아무렇지도 않게 다루고 있어, 그 광경이 계속해서 피어나는 잎사귀와 꽃들로 마치 축복 같아, 서재희는 지금 이것이 꿈인가 했다.

"어떻게 쓰는지 알 것 같아. 설계를 그냥 못 그렸던 것처럼, 이건 그냥 돼요."

유은우가 중얼거렸다. 눈에 눈물이 그렁그렁했다. 그녀가 단검을 가로로 똑바로 휘둘렀다. 그 잔상을 따라 잎사귀가 피어오르고, 꽃잎이 흩날렸다. 날카로운 동작을 따라, 잔상이 세차게 휘돌자 눈이 어지러웠다. 유은우가 꽃처럼 웃었다.

삶에 짙은 순간들이 있다.

잔잔히 흐르던 물살이 막다른 길을 만나 거세게 굽이치듯이, 크게 베어 물었던 빵에서 생각지도 못한 크림이 와르르 쏟아지듯이, 영원할 거라 믿었던 고향집이 순식간에 무너지듯이, 내 손으로 어찌할 수 없이 전신으로 닥쳐오는 그런 순간들이 있다.

내게 짙은 순간은 항상 힘들었는데.

푸른 잎사귀가 넝쿨처럼 뻗어 가는 가운데, 흰 꽃이 휘날렸다. 유은우가 단검을 쥐지 않은 손으로 단검의 칼날 위를 훅 쓸어 내며 손을 살짝 오므리더니, 그 성긴 주먹을 서재희 앞으로 뻗어 펼쳤다.

"선배, 이거 봐요. 예쁘죠."

유은우가 오목하게 받친 손아귀 위로, 흰 꽃이 연잎처럼 떠 있었다. 유은우가 손을 요령 있게 움직이자, 꽃은 빙그르르 돌다가 흩어져 사라졌다. 서재희는 그 꽃 너머로 유은우를 보았다. 눈은 활짝 웃고, 뺨은 상기되고, 뽀얀 이마에 앞머리가 흩어진, 반짝이는 생기로 찬란한.

서재희도 마주 웃었다.

"응. 너무 예쁘다."

유은우는 두 손으로 음료를 꼭 쥐고, 비장한 얼굴로 식사를 내려다보았다.

오늘도 어김없이 스트레스 완화식이었다. 코팅된 알약이 섞인 딱딱한 에너지 바. 기체 형태로 흡입하여 섭취하는 에너지 팩. 갖가지 색깔이 섞여 음식이라기보다 장난감처럼 보이는 시리얼. 매주 수요일마다 나오는 시럽이 하나. 후식으로 복숭아 푸딩.

유은우는 일단 오른손으로 음료 병을 쥐고 왼손으로 뚜껑을 잡아 돌리기 시작했다. 자꾸만 손이 헛돌아 무릎에 몇 번이나 떨어뜨리고 다시 줍기를 반복했다.

평소 쓰는 법 없던 왼손은 서툴렀고, 익숙한 오른손은 부들부들 떨리고 있었다. 남들 밥 절반을 먹고도 남을 시간에 겨우 병 하나 따고, 유은우는 오래달리기라도 한 것처럼 진이 다 빠지고 말았다. 이젠 멀쩡하던 왼손까지 저렸다.

이게 뭐 하는 짓이람.

오른손은 파들파들 쉼 없이 경련하고 있었다. 숟가락은 아예 쥐지도 못하고, 밥그릇 잡는 것조차 쉽지 않을 정도로. 유은우는 자신의 오른손 손목에 평범하게 채워진 손목시계를 바라보았다. 초침이 평화롭게 똑딱똑딱 움직였다. 그걸 유지하는 유은우는 죽을 맛이었지만.

시계 잠깐만 뺄까? 밥 먹을 때만이라도.

유은우는 왼손으로 시곗줄을 만지작거렸으나 차마 풀지 못했다. 어제 그 창고 같던 전시실에서 서재희가 했던 말이 떠올랐기 때문이다. 그는, 단검을 들고 마냥 가슴이 벅찬 유은우를 향해 차분하게 조언했다.

"그냥 된다는 게 제일 위험해. 어느 날 갑자기, 그냥 안 되면, 그냥 온이 역류하면, 그땐 어떡할 거야? 그냥 당할 거야? 역류는 침식의 원인 중 하나야. 원리를 분석해서 논문까지는 못 쓰더라도, 너는 최소한 네 나름의 방식으로 이해하고 직접 감각을 익혀야 해. 그래야 상황을 통제할 수 있어."

서재희는 총으로 벽을 한번 쏘았다. 캉, 소리와 함께 벽에 걸려 있던 장검 하나가 공중으로 훅 튀어 올랐다가 바닥으로 챙강 떨어졌다. 서재희가 가까이 가서 몸을 굽히고 조심스럽게 검 손잡이에 손을 댔다. 그가 약하게 미간을 좁혔다가, 이윽고 허리를 펴면서 유은우를 보았다.

"이거 잡아 볼래? 그건 장난감이고, 이건 무기. 다르니까 천천히."

유은우는 냉큼 단검을 유리함에 집어넣고 서재희 옆으로 뛰어가서 쪼그리고 앉았다. 유심히 검을 들여다보았다. 빛을 빨아들이듯 새카만 칼날이 길어, 차예원이 부리던 검은 뱀을 떠올리게 했다. 조심스레 검 손잡이를 잡았다. 아까 단검을 잡았을 때처럼 쨍하게 시원한 온도는 같았지만, 그 방향은 확실히 달랐다. 차가운 기운은 피부 표면에만 머무르는 것이 아니라, 피부 속으로 찔러 들어왔다. 에어컨 바람에 손이 스치는 것과 같았던 전과 달리, 이번에는 손이 스펀지가 되어 얼음물을 흡수하는 것 같았다. 긴 칼날에서 일렁거리는 푸른빛이 유은우의 손을 타고 팔꿈치까지 스멀스멀 올라왔다. 유은우는 검을 놓으려고 하다가 그게 마음대로 되지 않자 가슴이 철렁했다. 검을 잡는 것까지만 자유고, 그 외의 것은 마음대로 되는 것이 하나도 없었다.

"어? 어? 이거 왜 안 떨어져……."

"움직이지 마."

서재희가 검을 향해 총을 겨누고 방아쇠를 당겼다. 탕, 검이 그 타격을 맞고 쩍 갈라지는 소리를 내면서, 유은우의 손아귀에서 겨우 떨어져 나갔다. 서재희가 서둘러 유은우의 손을 잡더니 가만히 살펴보았다. 유은우도 서재희에게 잡힌 제 손을 빤히 보았다. 검이 떨어져 나갈 때는 손바닥이 찢기는 것처럼 아팠는데, 정작 손아귀는 희한하게 멀쩡했다.

"이 정도면 너한테 굉장히 잘 맞는 거야. 보통은 역류하거든. 이렇게."

서재희가 유은우의 눈앞으로 자신의 오른손을 들어 보였다. 유은우보다 앞서서 시험 삼아 검을 만졌던 손이었다. 곧고 긴

손가락 끝이, 가느다랗게 여러 방향으로 베여 피가 맺혀 있었다. 그걸 보고 있자니 유은우는 제 손끝이 다 따가웠다. 정작 서재희는 아무렇지도 않은 얼굴로 조용히 말을 이었다.

"총 없이 온을 다루려면, 네가 총이 되어야 해."

서재희가 바닥 저쪽으로 내팽개쳐진 검을 가리켰다. 방금 그의 타격으로 칼날에 실금이 가 있었다.

"저걸로 온을 다루려면, 여과도 제어도 다 네 스스로 해야 해."

유은우는 검에서 시선을 떼고 물끄러미 서재희를 올려다보았다.

"왜 손에 달라붙은 걸까요. 아까 과도는 그런 무서운 느낌은 안 들었는데."

"과도가 아니라 단검이야. 단검은 눈요기용이라 그냥 바깥에서 온을 건드리는 수준이지만, 저 검은 진짜 무기야. 무기를 잡는 순간 온이 네 몸속으로 그대로 들어가고, 휘돌아서 다시 검을 통해 나와. 아직 미숙해서 힘 조절이 어려워 온이 네 몸속으로 빨려 들어가기만 하고 제대로 나오질 못해서 무기가 손에 달라붙은 것뿐이야. 그게 심해지면 온이 몸 안에서 역류하면서 피부를 찢고 나오는 것이고. 이렇게."

서재희가 다시 피가 나오는 제 손끝을 가볍게 들어 보였다.

"너무 걱정할 것 없어. 넌 손잡이를 전체적으로 잡았는데도 손아귀에 상처 하나 없잖아. 매끄럽지 못해서 그렇지 온이 네 몸을 제대로 돌긴 돈다는 말이야. 연습하면 잘될 거야. 특히 넌 더 잘해 내겠지. 넌 특별하잖아."

서재희가 너무 당연하다는 듯이 말해서, 유은우는 고개를 갸웃했다. 서재희가 웃었다.

"너 설계 공부 열심히 했잖아. 절대 포기하지 않고. 아예 불가능한 설계에 비하면 이건 네게 아주 쉬울 거야. 익숙하지 않을 뿐이지 네게 맞는 방식이니까. 단지 노력이 필요한데, 노력이라면 너 자신 있잖아."

유은우는 서재희의 해진 손끝을 응시했다.

그는 평소 유지하던 기준에서 많이 벗어난 모습이었다. 먼지 구덩이나 다름없는 전시실에서 이리 뛰고 저리 뛰었으니 그럴 만도 했다. 머리는 헝클어졌고, 교복은 지저분했고, 손에선 피가 배어 나왔다. 그래서 그런지 훨씬 사람 같았다. 잘 마른 빨래처럼 정갈하던 평소보다, 지금의 흐트러진 모습이 훨씬 그의 속내와 가까워 보였다. 그는 유은우에게 온디딤에 관한 정보를 그저 나열할 뿐이었지만, 그 설명이 나오기까지 분명 말 못 할 사정과 복잡한 감정이 얽혔을 터였다. 서재희가 본인 입으로 말하지 않았던가. 온디딤에 관한 정보는 차단되었다고.

유은우의 빤한 시선을 고스란히 받던 서재희가 이윽고 제 손을 가볍게 말아 쥐었다. 상처가 자연스럽게 시야에서 사라졌다. 그제야 유은우는 서재희의 눈을 보았다.

"선배는 어떻게 그렇게 잘 알아요?"

"나도 잘은 몰라. 무기 이름하고, 간단한 특징 정도만. 공부하다가 그만뒀기 때문에."

"온디딤은 정규교육 과정에서 빠져 있다면서요. 정보를 빼내기 힘들었을 텐데, 총으로도 부족함이 없는 선배가 왜 굳이?"

서재희는 잠시 말이 없었다. 언젠가 그랬던 것처럼, '이런 것까지 설명할 의무는 우리 페어 조건에 없잖아.' 하고 딱 자를 것 같아 유은우는 사실 기대하지 않았다. 하지만 뜻밖에도, 서재희는 약간의 뜸을 들였을 뿐, 유은우의 질문을 피하지 않았다.

"온디딤의 가장 좋은 점은 흔적이 남지 않는다는 거야. 총을 쓰면 서명이 남잖아. 금방 휘발되기는 하지만, 특유의 패턴 같은 것도 추적이 가능하고. 지문처럼. 게다가 도시연합이 배포하는 프로그램은 정보 수집 기능이 필히 깔려 있어서, 개인이 불법으로 프로그램을 조작하지 않는 한, 어떤 설계와 타격을 썼는지부터 심지어 방아쇠에 언제 손가락을 걸었는지까지 기록이 싹 남아 버려. 그래서 온디딤을 공부했어. 온디딤을 쓰면, 도시연합의 눈을 피할 수 있으니까."

서재희의 뺨으로, 귓가로, 전시실의 먼지들이 햇살과 뭉쳐 반짝이며 유영했다. 감정의 주름도, 목소리의 고저도 없었다. 유은우는, 서재희가 문득문득 저리 말끔하게 감정을 걷어 내는 이유가, 단지 그의 결벽증 같은 버릇이거나, 혹은 감당하기 힘들어 감정의 팔다리를 꺾어다가 제 속 밑바닥에 처박아 두었거나, 둘 중 하나라고 생각했다.

"자유를 원한 거예요?"

"그런 건 사치고. 자유라기보다는……."

그제야 서재희가 미소 지었다.

"……나에겐 정의였을 것이고, 도시연합에겐 범법 행위였겠지, 아마도?"

서재희가 큰일 날 말을 아무렇지도 않게 뱉고, 매끄럽게 본론으로 넘어갔다.

"제국이 통치할 때는 동조자 교육 시설이란 게 애초에 존재하지도 않았어. 왜냐하면 가르치고 가르침을 받는 게 불가능했기 때문이야. 할 수 있는 사람은 그냥 하고, 못 하는 사람은 그냥 못 했어. 옛 문헌에 따르면, 고대의 동조자들은 온을 다루는 것에 대한 설명을 요구받을 때마다, 눈을 깜박이고 손을 들고 다리로 걷는 것처럼 그저 자연스럽게 되니 나도 모르겠다고 대답했다고 해. 타고난 거지. 하지만 아무리 그냥 된다고 해도 연습은 필요하겠지. 그렇지? 갓난아이도 처음부터 뛰어다닐 수는 없잖아. 기고 서고 넘어지면서 터득하는 거지. 그런 의미에서 평범해 보이는 무기를 찾아보자. 눈에 띄지 않아서 평소에도 단련할 수 있고, 무엇보다 네가 감당할 만한 무기를."

어려운 요구였다. 전시실의 온갖 것들이 '나는 흉기요.' 대놓고 표출하고 있었다. 날카로운 칼날, 무식한 덩치, 어떤 것은 1000년이 지난 지금도 피가 배어 불그스레했다. 한 대 얻어맞으면 영혼까지 바스러질 것 같은 둔중한 도끼를 바라보면서, 유은우는 이런 걸 전시실 밖으로 들고 나갔다간 바로 유치장 신세를 질 거라고 생각했다. 처음에는 뭐든지 잡을 수 있을 것 같았는데, 소름끼치게 손아귀에 달라붙던 검을 직접 겪고 나니, 이젠 잘못해서 머리카락이라도 닿을까 겁이 났다.

"피부 안 닿게 조심해."

서재희는 총을 쏴서 무기를 공중으로 팡팡 튀어 오르게 했다. 그가 그리 뒤지는 동안, 유은우는 임시방편으로 교복 재킷을 벗어서 손을 단단히 감쌌다. 맨살이 닿지 않도록 주의하며 무기들을 살펴보았다. 그러다 나중에는, 전시실 문간에 기대 세워져 있는 대걸레를 집어 들었다. 두꺼운 거미줄을 대충 걷어 내고, 대걸레를 거꾸로 잡고 그 손잡이로 주위를 부지런히 쑤시고 다녔다.

"가장 진화한 걸 찾아야 해. 제국시대 때는 자연 발현된 온디딤뿐만 아니라 공방에서 온디딤을 직접 제작하기도 했거든. 기술이 사해에 파묻혀서 우린 꿈도 못 꾸지만. 기술이 발전할수록 온디딤은 휴대하기 쉬워져. 시기별로 정리가 되어 있으면 쉽게 찾을 텐데, 여기는 정말……."

서재희가 오토바이를 보며 한숨을 쉬었다. 그의 말 그대로였다. 정리가 안 되어도 너무 안 되어 암담했다. 하지만 고물상을 방불케 하는 그곳에서, 유은우는 기어코 무기 같지 않은 무언가를 건져 내는 데 성공했다. 문제는, 너무 평범해 보여서 이게 과연 무기인가 의심스럽다는 데 있었다.

"선배, 이거 어때요? 쉬워 보이는데."

유은우가 대걸레 손잡이 끝으로 그것을 달랑 걸어 올려서, 서재희에게 쭉 내밀었다. 평범한 기계식 손목시계였다. 시곗바늘은 멈춰 있었다.

"이름표가 용케도 붙어 있네. 흐리긴 한데……."

서재희가 눈을 가늘게 뜨고 시곗줄에 매달려 있는 이름표를 읽었다.

"습득일. 제8도시력 1024년 3월 5일. 습득자. 도시연합군 총사령관 김서혁. 습득 장소. 제3유적지 반란군 본부. 특이사항. 없음."

서재희가 중얼거렸다.

"네가 구조된 날짜잖아."

"제가 구조된 날짜예요."

둘이 동시에 말했다. 유은우는 당황했다. 자신이야 김서혁이 생일 케이크를 준비해 준 날이라 기억한다지만, 서재희가 정확하게 알 줄은 몰랐다. 물론 역사상 중요한 날이긴 했다. 그러나 이렇게 즉각 반응할 줄은 몰랐다. 게다가 서재희가 시계를 응시하던 눈을 들어 유은우와 맞추더니 미소를 지었기 때문에, 유은우는 왠지 뺨이 확 달아올랐다. 애써 태연한 척했다. 서재희는 곧 굽혔던 몸을 바로 하더니 팔짱을 꼈다. 까만 눈이 시계를 날카롭게 응시했다.

"쓸 만한지 아닌지는, 만져 보면 알겠지."

서재희가 손을 뻗었다.

유은우는 황급히 대걸레를 거두었다. 그 바람에 시계가 찰각거리며 바닥을 굴렀다. 유은우는 대걸레를 아무렇게나 내던지고 얼른 서재희에게로 뛰어갔다. 등으로 그를 밀어 막으면서 빠르게 말했다.

"제가 할게요. 제가 할 수 있어요. 선배 손에서 계속 피 나요."

서재희는 당황했는지, 유은우가 미는 대로 몇 걸음 밀리다가, 이내 버티고 섰다. 유은우는 뒤를 돌아보았다. 서재희가 웃음을 참고 있었다.

"괜찮아. 살짝 손대는 정도는."

서재희가 자못 단호하게 유은우를 번쩍 들더니 옆에 톡 내려놓았다. 그가 시계 쪽으로 막 발을 내딛었다. 유은우는 다급히 그의 팔을 꽉 잡고, 온 체중을 실어 그를 뒤로 당겼다. 그래 봤자 체격 차이가 나서 서재희의 몸은 조금도 유은우 쪽으로 기울어지지 않았다. 하지만 그는 유은우를 내치는 대신, 멈춰 서서 마주 보았다. 유은우가 비 맞은 강아지 몸 털듯이 고개를 마구 저었다.

"제가 할게요!"

"위험하대도. 테스트는 내가 하는 게 나아. 살짝만 만져도 바로 반응이 오니까. 오히려 네가 무감하게 '괜찮네, 괜찮네.' 하면서 계속 잡고 있다가 삽시간에 역류하는 수가 있어. 아까도 봐. 손에 딱 달라붙었잖아. 나 없었으면 어쩔 뻔했어?"

"그러니까 제가 한다고요. 제 일이니까, 제가 한다고요."

"우리 일이지. 페어 맺었잖아."

그러니까 그 페어가 켕겼다. 유은우는 있지도 않은 기억을 보여 주겠다는 대가로, 서재희의 보호 설계를 고스란히 두르고 있었다. 그것만 해도 마음이 편치 않은데, 서재희는 자꾸만 자신에게 뭔가를 주려고 한다. 기억을 본다는 것을 전제로 깔고 신경 써 주는 게 분명했다.

어쩔 수 없이, 자꾸만 서재희의 오른손에 시선이 갔다. 상처가 가늘지만 깊은지, 여전히 피가 나고 있었다. 너무 미안해서 어디 땅굴이라도 파고 들어가고 싶었다. 줄 수 있는 게 없는 처지로, 받기만 하는 것도 고역이었다. 게다가 없는 기억이 있는 척, 뻔뻔한 거짓말까지 하지 않았던가.

나 때문에 죽으면 어떡해.

상상만으로도 숨이 막혔다. 유은우는 서재희와 제대로 눈도 못 마주치고, 하지만 그의 팔은 여전히 필사적으로 붙잡아 당긴 채 어색하게 말했다.

"해제해요. 선배 목숨까지 책임 못 져요. 페어 해제하고, 제가 직접 잡을게요. 이거 평범한 시계 같아 보여도 괜히 손댔다가 어떻게 될지 모르니까……."

"유은우."

서재희가 간단하게 유은우의 손아귀에서 자신의 팔을 비틀어 빼냈다. 진즉 뿌리칠 수도 있었던 것을, 그냥 잡혀 준 것 같았다. 그가 유은우의 어깨를 꼭 붙잡더니 또렷하게 말했다.

"페어 해제는 싫다니까."

"왜요?"

"왜냐니, 당연히……."

서재희가 말끝을 흐렸다. 그리 단호하게 싫다기에 무슨 거창한 이유라도 있는 줄 알았더니, 대답 한마디 못 하고 본인이 도리어 당혹스러운 표정을 짓고 있었다. 유은우는 멀거니 그를 보았다.

"선배?"

서재희는 여전히 생각이 꽉 막혀 혼란스러운 표정이었다. 유은우의 어깨를 잡고 있던 그의 손에서 힘이 스르르 빠졌다.

　"선배는 제 기억이 필요하다고 했죠. 선배 입장에서 바라봤을 때, 지금 제가 위험을 감수하고 온디딤에 관심을 가지는 건 선배한테 하등의 이익이 없는 일이지만, 제가 간곡히 부탁해서 도와주러 이렇게 와 있는 거잖아요. 그것만도 너무 고마운데 더 이상 받으려니까 목이 막혀서 안 되겠어요. 안전하게 페어 해제하고, 제가 직접 할게요. 저 죽어 버려서 기억 못 보게 될까 봐 걱정하는 거라면, 조심스럽게 천천히 할게요. 사실 선배한테 비효율적이잖아요. 이렇게 위험한 상황에서 저랑 굳이 페어를 유지하는 것도 그렇고, 굳이 저 대신 무기 테스트하는 것도 그렇고."

　1 더하기 1이 2인 것처럼, 해가 지고 달이 뜨는 것처럼 합당한 논리였다. 그리 똑 부러지는 서재희 앞에서 왜 내가 상황을 또박또박 읊고 있나 묘한 기분을 느끼면서, 유은우는 천천히 이어 말했다.

　"그런데 왜 선배는 페어 해제 안 하려고 해요?"

　서재희는 여전히 대답을 못 했다. 그는 몇 번이나 입을 달싹였으나, 한마디도 뱉지 못하고 그저 유은우를 바라만 보았다. 없던 이야기도 만들어 낼 것처럼 사람 다루는 게 능수능란하던 그였는데, 어린아이처럼 어쩔 줄 몰라 하는 것이 그답지 않아 유은우마저 혼란스러웠다.

　"나는…….'

서재희가 겨우 운을 떼었다. 그뿐이었다. 유은우는 제 귀가 먹어서 서재희의 작은 말소리가 안 들리는 건가 싶어 유심히 그의 입술을 바라보았지만, 서재희는 이내 대답을 포기하고 대신 고개를 숙였다. 그는 지금 자신이 어떤 상황인지 본인도 모르고 있는 것 같았다. 끈 떨어진 부표처럼 헤매는 서재희를 보면서 유은우는 심상찮다는 예감이 들었다. 설마 아니겠지.

"선배, 저 좋아해요?"

"아니?"

이번엔 대답이 즉각 나왔다. 자판기 버튼을 누르면 캔 음료가 툭 떨어지듯이 아주 단박에. 그리 대답함으로 반드시 그래야 한다는 것처럼, 강한 의지가 엿보였다. 동시에, 갈 데 없이 흔들리던 서재희의 동공이 제법 초점을 찾았다. 유은우의 어깨를 잡은 그의 손에도 한결 힘이 들어갔다. 그럼에도 유은우는 여전히 확신할 수 없었다.

"아니면 아닌 거지, 왜 의문문이에요?"

"나는 그런 거 안 해."

"그런 게 뭔데요?"

"누구 좋아하고 아끼고 그런 거."

"왜요?"

"너무 힘들어서."

말끝에 서재희가 얼른 유은우의 어깨에서 손을 떼었다. 그러더니 유은우의 시선을 피해 어색하게 다른 곳을 보았다. 유은우는 그런 그를 말끄러미 쳐다보았다.

"누굴 좋아하고 아끼고 하는 게, 힘들다고 선배 마음대로 안 하고 그럴 수는 없을 텐데요?"

서재희가 다시 유은우를 보았다. 웃음기가 싹 가신 채, 그가 자못 진지하게 말했다.

"감정은 통제할 수 있어."

"안 될걸요?"

서재희가 팔짱을 꼈다.

"그걸 네가 어떻게 알아? 너 누구 좋아해 본 적 있어?"

"그걸 꼭 해 봐야 아나요. 주위 사람들 둘러보면 답이 딱 나오는 것을. 사랑에 빠지면 정신 못 차려요. 사람 바보 되는 거 순식간이던데 뭘 어떻게 통제하겠어요."

"그럼 네가 생각하는 사랑은 뭔데?"

"선택지가 하나밖에 없는 것."

잠시 침묵이 흘렀다.

"자신에게 불리한 걸 알면서도 선택지가 하나밖에 없는 것. 본인이 원해서 온갖 핑계를 대며 비이성적 판단을 합리화하는 거요. 가령 전투를 나갔다가 사해에 두 사람이 낙오되었는데, 한 사람이 자신의 마지막 보호칩을 다른 사람에게 기꺼이 주는. 그러니까⋯⋯."

유은우가 또박또박 말했다.

"⋯⋯지금 선배가 내린 그 비효율적인 선택처럼."

서재희가 고개를 저었다.

"아냐. 달라. 난 마땅한 이유가 있어."

"뭔데요?"

"나는……."

서재희가 말을 하다 말고 흠칫했다. 그의 시선이 유은우 너머를 향하고 있었다. 유은우는 바짝 긴장하며 얼른 뒤를 돌아보았다. 빼곡한 무기들과 그 사이를 반짝이며 나는 먼지. 그 외에 아무것도 없었다. 유은우는 아차 싶어, 다시 서재희를 보았다.

서재희가 허리를 굽히고 시계를 줍고 있었다.

"선배! 제가 한다니까!"

서재희가 손 안에서 시계를 굴리며 싱긋 웃었다.

"우리 괜히 말씨름했다. 이거 그냥 시계야. 보통 시계. 아무것도 안 느껴지는데."

유은우는 그만 맥이 빠졌다. 서재희가 그런 유은우를 가만히 보더니, 다시 시계를 유심히 살폈다.

"근데 이거 자세히 보니까 좀 예쁘다."

그러더니 서재희가 시계를 불쑥 내밀었다.

"기념으로 가져갈래? 어차피 주인도 없는 것 같은데."

대체 뭘 기념하라는 건지 알 수 없었지만, 일단 받았다. 시계는 차갑고, 매끈하고, 은근히 무게가 나갔으며, 서재희의 말대로 온디딤 특유의 기운이 조금도 느껴지지 않았다.

"뭐든 적당한 걸로, 해 지기 전에 찾으면 좋을 텐데."

서재희는 아무 일도 없었다는 듯 다시 무기들을 살피기 시작했다. 그는 유은우가 한 질문에 제대로 된 대답은 하나도 내놓지 않았고, 또 그럴 생각도 없어 보였다. 유은우는 그의 뒷모습을 좇다가, 왼쪽 손목에 시계를 차 보았다. 시계 알이 큰 편이 아님에도, 이상하게 묵직했다. 유은우는 이리저리 시계를 더듬다가, 글라스를 꾹 눌러 보았다.

동그란 시계의 케이스가 시곗줄에서 딸깍 분리되더니 잠깐 공중에 머물렀다.

그리고 폭발했다. 시계 부품들이 제각기 맹렬하게 튀어 올라 얽히며 급속도로 팽창했다. 금속이 맞물리는 기괴한 소리를 동반한 그 괴물 같은 성장은, 3미터가량의 지름을 확보하고서야 가까스로 멈추었다. 그것은 공중에 떠 있는 거대한 방패와 같았다. 유은우의 왼쪽을 완전히 점령한 시계 방패는 유은우의 왼손이 움직일 때마다 자석에 이끌리듯 바싹 붙어 따라 이동했다. 야수처럼 날뛰는 검은색과 은색의 톱니바퀴 위로 드리워진 시계 침 세 개는 새까맣게 벼려져 그 날이 칼처럼 번득였다.

예상치 못한 폭발에 주위에 쌓여 있거나 걸려 있던 무기들이 사정없이 무너져 굴렀다. 서재희가 총을 뽑아 그것들이 유은우와 자신을 덮치지 않도록 막아 냈다. 한바탕 금속이 부딪치는 굉음이 쏟아지고, 서재희의 설계가 불꽃놀이처럼 터지며 유은우를 보호했다. 그리고 그 모든 것이 가라앉자 사방의 먼지가 안개처럼 자욱했다. 유은우는 마구 기침을 하면서 따가운 눈을 문질렀다. 코가 매워 눈물이 났다. 훌쩍이며 고개를 들자, 저만치 서재희가 서 있었다.

그가 총을 홀스터에 꽂으며 따뜻하게 웃었다.

"찾았네."

"찾았어요."

유은우는 가슴이 벅차 숨 쉬기도 어려웠다. 손끝 발끝은 물론, 피부 아래 혹은 배 속까지 뭔가가 시원하게 휘감아 도는 느낌이 났다. 전신으로 흡수되며, 동시에 전신으로 빠져나갔다. 흐르는 물살에 푹 젖어서 나 자신이 사라지는 것 같은 노곤한 감각마저 들었다. 생전 처음 겪는 감각인데도 너무나 자연스러워, 눈물이 나려 했다.

유은우는 몇 번의 호흡만에, 3미터 가까이 팽창했던 시계를 차곡차곡 접어 원래의 크기로 줄어들게 하는 데 성공했다. 중간에 톱니바퀴가 삐걱거리며 튀어 나가거나, 힘 조절이 어려워 다시 폭발하기도 했지만, 어쨌든 평범한 시계의 형태로 되돌릴 수 있었다.

서재희가 손을 뻗어 유은우가 왼쪽 손목에 찬 시계를 조심스레 더듬다가 크게 감싸 쥐었다. 시계를 찬 상태에서는 타인이 만져도 해를 입지 않는다는 것을 재차 확인하고, 유은우는 왼쪽 손목에서 시계를 끌러 냈다. 손목은 발갛게 부어 있었지만, 쓸리거나 베인 흔적 없이 멀쩡했다. 서재희가 다가와 유은우의 손에서 시계를 가져갔다. 그가 시계를 가볍게 쥐었다 놓았다 하다가, 시계 고리를 찰칵 끼워 보았다. 순간, 그가 숨을 삼키며 시계를 내쳤다. 시계가 찰칵 바닥을 굴렀다.

"고리를 끼워야 무기로 완전해지나 봐. 그래서 내가 아까 몰라봤어."

아픔에 눈을 찡그리면서도, 서재희는 차분하게 말했다. 서재희가 그러거나 말거나 유은우는 얼른 그의 손을 잡아당겨 보았다. 아스팔트 바닥에 심하게 쓸린 것처럼 손바닥이 까져 있었다. 유은우는 저도 모르게 화가 났다. 굳이 안 해도 될 일을, 서재희는 너무 꼼꼼하게 따져 대고 있었다. 빚이 눈덩이처럼 불어나는 소리가 들렸다.

"선배, 손이…….."

"나는 너한테 해 준 게 없어. 전시관 문 열어 주고, 무기 살짝살짝 손만 대 보고, 아무나 쉽게 할 수 있는 것뿐이야. 뭔가를 해내고 결론짓는 건 항상 너 자신이지. 내가 끼치는 영향은 거의 없어. 그러니까 나한테 고마워할 이유도, 미안해할 이유도 없어."

그가 너무 단호하게 선을 그어서, 유은우는 더 이상 아무 말도 하지 못했다. 유은우는 바닥에 떨어진 시계를 주웠다. 서재희의 손바닥은 사정없이 할퀴었던 시계인데, 유은우는 조금 시원한 느낌만 들 뿐, 아무렇지도 않았다.

"너 오른손잡이니까 무기도 오른손으로 다룰 거지?"

유은우는 고개를 끄덕였다. 서재희가 유은우의 오른쪽 손목을 가만히 어루만졌다.

"그럼 시계는 오른쪽 손목에 차는 게 좋겠다. 잘 때만 빼고 하루 종일 하는 게 좋을 것 같아. 하루라도 빨리 익혀야 모의 전투도 잘 치를 테니까."

처음에 서재희가 그리 제안했을 때는 아주 쉬울 거라 생각했다. 총 말고도 손에 쥐고 싸울 수 있는 나만의 무기가 생겼다는 사실, 게다가 그것을 입 안의 혀처럼 잘 다룰 수 있다는 것에 완전히 심취했던 것이다. 실제로 어제 시계를 찬 채 서재희와 전시관을 나오고, 혼자서 저녁을 먹고, 기숙사에서 잠자리에 들기 전에 시계를 끄를 때까지도, 온디딤을 제어하는 것은 전혀 어렵지 않았다.

오만함의 대가는 오늘 아침 잠에서 깨면서부터 톡톡히 치러야 했다. 안 하던 운동을 격하게 한 것처럼 온몸의 근육이 뻐근했다. 유은우는 숨을 헐떡이면서 한참이나 일어나지 못했다. 세포 하나하나까지 스산하게 아팠다. 군에서 이를 악물고 배웠던 심리안정술을 되짚어 호흡에 신경 쓰며 몸의 힘을 풀었다. 고통이 느리게 가셨다. 유은우는 창백해진 손등으로 이마의 식은땀을 훔치면서, 지난밤 탁자에 고이 모셔 둔 시계를 노려보았다.

이걸 차, 말아?

유은우는 샤워를 하면서도, 머리를 말리면서도, 교복 셔츠의 단추를 꿰면서도, 가방에 책을 챙기면서도 계속해서 고민했다. 그만큼 몸 상태가 좋지 않았다. 괜히 무리해서 시계를 차고 나갔다가 제대로 제어하지 못하고 어제처럼 폭발할지도 모른다고 생각하면 앞이 깜깜했다. 하지만 여유를 부리기엔 주어진 시간이 턱없이 부족했다. 모의 전투까지 일주일도 채 남지 않았다.

'특히 넌 더 잘해 내겠지. 넌 특별하잖아.'

서재희의 말이 떠올라, 유은우는 결국 시계를 찼다. 특별하다는 서재희의 말에 동의하는 것은 아니었다. 하지만 유은우는 자신이 처한 상황이 특별하다는 것은 인정했다. 확실히 그랬다.

　우선, 허벅지의 홀스터에는 총이 멀쩡하게 꽂혀 있었지만 무용지물이었다. 도시연합이 기술을 갈고닦아 안전성이 수없이 검증된, 역사상 가장 강력한 무기인 총은 제대로 쓰지도 못하고, 굳이 온디딤을 차고 위험을 감수하고 있었다. 게다가 남들 편하게 식사할 점심시간에, 오른손을 달달 떨고 왼손은 익숙지 못해서 밥도 제대로 못 먹고 있었다. 하나하나 꼽아 보니 특별한 점이 한두 가지가 아니라, 생각할수록 우울해졌다.

　유은우는 풀 죽은 표정으로 힘겹게 뜬 시리얼에 음료를 붓고 왼손으로 서툴게나마 퍼먹기 시작했다. 잠깐만 시계를 끄르고 편하게 오른손으로 밥을 먹을까 하는 충동이 들었으나, 자존심이 허락지 않았다.

　"야, 이거 봤냐? 유은우랑 정윤환이랑 사귀어."

　"쉿, 듣겠다."

　컥, 유은우는 그만 입 안에 있던 걸 다 뱉어 버릴 뻔했다. 식당 드문드문 앉은 학생들이 유은우와 눈이 마주치자마자 황급히 고개를 돌리고 모른 척했다. 그들 중 한 명이 급하게 이프를 끄는 것을, 유은우는 매의 눈으로 포착했다. 파란 배경의 사이트가 낯이 익었다.

　이건 또 무슨 날벼락이야.

　유은우는 숟가락을 팽개치고 이프를 눌렀다. 바로 온하나비 사이트에 접속했다. 오른손 손가락이 부들부들 떨렸지만 엄청난 집중력이 있으니 문제없었다. 이런 열정으로 밥을 먹었으면 벌써 다 먹었을 거라 생각하며 도시연합 중앙학교 카테고리에 들어갔다. 게시판을 서너 페이지까지 왔다 갔다 훑어보았으나 정윤환과 유은우의 염문설은 코빼기도 안 보였다. 유은우는 사이트를 헤매다가 익명게시판을 클릭했다. 게시물 제목만 봐도 욕이 절로 나왔다.

리더한테 유은우 스카우트하자고 했다가 처맞을 뻔 —75
유은우랑 팀 하면 우선권 세 개 가져오는 거 가능?? —122
유은우는 모르겠는데 정윤환은 확실히 유은우 좋아함 —302
(정보 공유) 재희 선배 팀 얼마나 물갈이 될까? —299
정윤환, 유은우 보러 수업 들어왔더라 —153

제목 서너 개 걸러 한 개꼴로 유은우와 정윤환을 바리바리 엮어 놓았다. 너무 황당해서 속이 뒤집히려 했다. 아무거나 대충 클릭해 보았다. 시답잖은 헛소문이나 몇 줄 있겠지 싶었는데, 그런 유은우의 예상을 깨끗하게 뒤집고, 웬 사진들이 와르르 이어졌다.

정윤환이 유은우에게 배지 달아 주는 사진. 강의 시간에 정윤환이 유은우에게 바짝 붙어 귓속말을 하고 있는 사진. 유은우가 정윤환을 향해 고개를 갸웃하는 사진. 유은우는 책을 보고, 정윤환은 엎드려 그런 유은우를 가만히 응시하는 사진, 사진, 사진……

이게 뭐야.

팔에 소름이 확 돋았다. 유은우는 정윤환 이름 석 자만 들어도 속에서 불이 나는데, 사진만 보면 알콩달콩 다정한 커플이 따로 없었다. 누가 보면 유은우가 돈 주고 일부러 찍어 달라고 했나 싶을 만큼, 구도며 빛이며 포즈며 기막히게 잘 찍은 사진들이라 더 황당했다. 사진 밑에 글은 딱 한 줄뿐이었다.

사랑이 사람을 변하게 한다더니 정윤환이 산증인임. 정윤환 시험 칠 때 말고 일반 수업 시간에 참석한 거 진짜 처음 본다.

그 밑의 댓글은 더 가관이었다.

ㄴ 정윤환 절대 강의실 안 들어오는데 이날도 그냥 수업 시작하기 전에 나갈 줄 알았는데 계속 있더라?? 진짜 놀람. 근데 들어와서 계속 유은우만 봄ㅋㅋㅋㅋ 둘이 딱 붙어 가지고 눈에서 꿀이 뚝뚝 떨어져ㅋㅋㅋㅋㅋㅋㅋ
ㄴ 악ㅋㅋ넌 저게 눈에서 꿀 떨어지는 걸로 보이냐? 유은우랑 팀 먹고 자기는 편하게 설계만 하려고 수 쓰는 거임.
ㄴ 이날 같이 수업 들었던 사람 있어요? 유은우가 뭐라고 하니까 정윤환이 막 웃었다던데 진짜인가요?
ㄴ ㅇㅇ 나 있었음. 교수가 뭐라고 지적할 정도로 크게 웃음.... 너네가 그때 그 정윤환 봤으면 단순하게 유은우랑 팀 되려고 친한 척하는 게 아닌 걸 알거다. 좋아하는 거 확실함. 대놓고 연애질하던데 빡치네.

└ 정윤환 잘생기긴 잘생겼어. 그냥 폰으로 찍은 건데 화보 같다......ㅎ

└ 좋아하긴 뭘 좋아해ㅋㅋㅋㅋ 백퍼 유은우랑 한팀 먹으려고 꼬시는 거임. 정윤환 실력이면 유은우 케어 가능. 군에서도 갱생 못 시킨 살인병기를 정윤환 혼자 입맛대로 다루는 걸 보여 주면서 본인 가치를 더 올릴 생각이겠지.

└ 유은우 정윤환 싫어하는 거 같아. 맨날 속으로 욕하는 표정임.

└ 그럼 정윤환을 누가 좋아하겠냐ㅋㅋㅋㅋㅋㅋㅋㅋㅋ

└ 유은우 개불쌍하다 진짜ㅠㅠㅠㅠ 나 전에 정윤환이 유은우 막 손목 잡아끌고 가는 거 봤는데 비 맞은 강아지 같았음ㅠㅠㅠㅠ 정윤환은 사람을 왜 그렇게 막 끌고 감? 너무하더라 진짜!

└ 정윤환 개싸가지ㅋㅋㅋ 재희 선배는 왜 정윤환이 반말하는 거 가만 내버려둠? 성인군자다.

└ 정윤환이 서재희보다 세 살이나 많은데?? 정윤환이 군에 있다가 1학년부터 시작해서 지금 3학년인 것뿐이지 나이는 졸업반을 능가하는 어르신임. 모르면 닥쳐.

└ 아 그러냐 나이도 많은 게 그딴 짓 하냐! 더 재수 없네.

└ 유은우도 특례입학이잖아ㅎㅎㅎ 유은우는 몇 살이야? 얼굴은 애긴데ㅎㅎ

└ ∞ 좀 귀여운 듯. 정윤환도 얼굴 보나 보다.

└ 유은우 22. 유은우도 원래대로면 2학년이지. 1학년들은 앞으로 유은우한테 꼬박꼬박 존대해라.

└ 이제 와서 무슨 존댓말ㅋㅋㅋ 유은우는 이제 정윤환하고 팀 맺

고 곧 세상 하직할 일만 남았다.

ㄴ 선배님들, 3년 전에 무슨 일 있었나요? 설명 좀 해 주세요!ᄴ

ㄴ 정윤환이 1학년 때 서재희 자기 팀에서 빼 버리고 그대로 끌고 파견 나갔다가 다 죽고 지 혼자 살아 돌아옴. 서재희가 절대 나가지 말라고 했는데 자기 실력 믿고 밀어붙였다가 맥도 못 쳤다고 하더라고. 그때 기상이 최악이었대. 교수들이 그냥 학교로 돌아가자고 할 정도로. 그런데 그때 정윤환이랑 팀 먹고 나가서 전멸한 애들이 엘리트 중의 엘리트였어. 걔네 살아 있었으면 우리 지금 등수 다섯 칸씩 싹 밀렸을 듯.

ㄴ 정윤환 때문에 3학년 숫자가 제일 적은 거예요?

ㄴ 아니. 그건 그냥 3학년들이 제일 실력이 떨어져서. 정윤환이랑은 상관없음. 정윤환 그때 애들 전멸시키고 자기도 양심은 있는지 그 뒤로는 파견 나가도 팀으로 안 해.

ㄴ 파견도 개인으로 뛴다고? 미쳤네.

ㄴ 필기시험 치지도 않고 파견으로만 순위권 안에 들어감. 도서관에서 정윤환 파견 영상 빌려 봐. 맨날 예약 차 있으니까 바로는 못 봄. 기다려야 돼. 그런데 그거 한번 보면 본인 실력에 자괴감이 들 수도 있으니까 모의 전투 끝나고 보는 거 추천.

ㄴ 그래서 둘이 사귀냐고.

ㄴ 네가 물어보라고ㅋㅋㅋㅋㅋㅋㅋㅋㅋ

유은우는 이프를 꺼 버렸다.

괜히 봤어.

너무 억울하고 기가 막혀서 속이 홧홧했다. 누가 누구랑 사귄다고? 내가? 정윤환이랑? 학생들의 상상력에 경의를 표하면서, 유은우는 씨근덕거리는 숨을 겨우 진정시켰다. 시리얼을 크게 한입 퍼서 물었다. 입 안에 정윤환을 넣고 잘근잘근 씹는다 생각하니 턱이 부지런히 움직여졌다.

"재희 선배. 진짜다. 진짜 사귀네."

"예원 선배랑 같이 왔어."

"원래 둘이 자주 밥 같이 먹지 않았어?"

"아니. 파견부 학생회 조인할 때만. 단둘이서 같이 온 건 처음이야. 예원 선배가 1학년 때부터 입버릇처럼 말했잖아. 자기는 남친 생기면 매일매일 밥 둘이서만 같이 먹을 거라고."

"어차피 사귀는 거 아니었냐. 뭐 이리 호들갑이야."

"아냐. 둘이 사실은 별로 사이 안 좋다고, 파혼할지도 모른다고 소문 돌았거든. 간부 애들은 안다던데."

유은우는 입에 숟가락을 달랑 문 채 학생들의 시선을 따라갔다. 서재희가 차예원 맞은편 의자를 끌어내고 있었다. 그가 주위 학생들의 인사를 서글서글하게 받았다. 손바닥에 붙여져 있는 반창고만 아니면, 어제 전시관에서 먼지를 뒤집어썼던 그 서재희라는 것을 믿기 힘들 정도로, 빈틈없이 정갈했다.

'선배, 저 좋아해요?'

유은우는 갑자기 이마부터 목뒤까지 화끈거렸다. 괜히 물어봤어. 어쩌자고 그런 걸 물어봤을까. 서재희가 너무 그답지 않게 흐트러진 모습을 보여서, 설마하고 착각하고 말았다. 유은우의 짧은 인생에서, 사람이 자신도 모르게 갑자기 확 변하는 사례는 사랑뿐이었던 것이다.

차예원이 몸을 기울이며 웃자, 서재희도 미소를 지었다. 너무 완벽해서 틈이라고는 없어 보였다.

바보같이 착각해서.

유은우는 숟가락을 내려놓았다. 입 안에 남은 시리얼이 까끌까끌 모래처럼 느껴져 겨우 삼켰다. 절반도 못 먹은 식사는 밀어 두고, 유은우는 알약을 시럽과 함께 삼켰다. 마지막으로 복숭아 푸딩만 먹고 식당을 뜨려는데, 오른손이 후들거려 포장이 잘 안 뜯어졌다. 아까 눈에 불을 켜고 온하나비 뒤질 때까지는 별문제 없었는데, 힘을 다 썼는지 손이 자꾸만 헛돌았다. 유은우는 낑낑거리며 푸딩과 씨름했다.

"뭐 하냐."

혀 차는 소리와 함께 웬 손이 불쑥 나타나 유은우가 쥐고 있던 복숭아 푸딩을 쏙 가져갔다. 밥 먹을 땐 개도 안 건드린다는데 이젠 먹는 것까지 방해받는구나 싶어, 유은우는 최대한 사나운 얼굴로 무장하고 홱 옆을 돌아보았다가, 상대의 반반한 얼굴을 코앞에서 마주하고 반사적으로 몸을 뒤로 물렸다. 하마터면 의자에서 굴러 떨어질 뻔했다.

"뜯어 줘?"

정윤환이 상큼하게 웃었다. 그가 옆자리에 털썩 앉더니 유은우에게서 갈취한 푸딩 껍데기를 손쉽게 촤악 뜯어냈다. 달달한 복숭아 향이 훅 끼쳤다. 정윤환이 유은우의 시리얼 그릇에 덩그러니 놓여 있던 숟가락을 냉큼 가져가더니 거리낌 없이 쪽 빨아먹고, 그걸로 푸딩을 크게 한 숟갈 퍼서 먹었다. 그러고는 한 입을 가장한 두 입 분량이 사라진 푸딩을 유은우 앞에 놓고 숟가락을 강제로 유은우의 손에 쥐어 주었다.

"너 이런 거 많이 안 먹어 봤지. 군에서는 당을 제한하니까."

애초부터 유은우의 푸딩이었는데, 마치 내가 너 먹으라고 딱 한 입만 먹었다는 듯 선심 쓰는 정윤환의 말투에 유은우는 그나마 남아 있던 식욕마저 전부 잃고 말았다. 정윤환의 입에 들어갔다 나온 숟가락이라 더 치가 떨렸다. 유은우는 왼손으로 시위하듯 더듬더듬 식사를 정리했다.

"왜 왼손 써? 너 오른손잡이 아냐?"

"오른손 아파서요."

"왜 아파."

"지난번에 선배가 제 손 걷어차서 그 상처가 깊어져서 마비 온 것 같아요."

정윤환이 피식 웃었다.

"쓸데없는 소리 하는 걸 보니 별거 아닌가 보네."

지금 어디로 가도 여기보다 나을 것 같았다. 유은우는 얼른 식사 봉투를 쥐고 일어서려다가, 정윤환이 어깨를 누르는 바람에 도로 주저앉았다. 유은우는 치미는 욕을 간신히 삼키며 정윤환을 보았다. 그가 한 손으로 유은우의 어깨를 잡고 협박조로 말했다.

"이프 켜."

"왜요."

"네 시간표 나한테 보내."

"내가 왜 그래야 돼요."

"잔말 말고 해."

"설마 제 수업 따라다니려는 거 아니죠."

"뭐 어때."

정윤환이 태연하게 대답했다. 유은우는 가슴이 철렁했다. 사이트에서 사진 찍힌 것만 봐도 깜짝깜짝 놀라서 심장마비가 올 것 같은데, 이젠 아예 같이 다니려고?

"보내. 시간표."

제길. 유은우는 최대한 천천히 이프를 켜고 메신저에 접속했다. 시간표를 끌어다가 정윤환에게 전송시켰다.

"내가 충고 하나 할까."

별로 듣고 싶지 않았지만 정윤환이 굳이 한다니까 유은우는 그냥 듣고만 있었다.

"온하나비 접속은 시간 낭비야. 네 정신 건강을 위해서라면 그딴 데 들어가지 마라."

남이사. 대충 고개를 주억거렸다. 그러다 뺨에 따가운 시선을 느꼈다. 유은우는 반사적으로 그쪽을 보았다. 저만치서 서재희가 유은우에게 시선을 두고 있었다. 서재희는 그린 듯 온화하던 분위기는 온데간데없이 무표정했는데, 유은우와 눈이 마주치자마자 입꼬리를 살짝 당겨 올렸다. 그러나 묘하게 딱딱하여, 유은우는 저도 모르게 고개를 돌렸다. 정윤환이 턱을 괴고 제 이프로 유은우의 시간표를 보고 있었다.

"선배."

"왜."

유은우를 보지도 않고 정윤환이 건성으로 대답했다. 그는 유은우의 시간표 중 '심리안정술'을 빨간색으로 체크하고 있었다.

"선배 1학년 때 무슨 일 있었어요?"

나른하게 움직이던 정윤환의 손이 뚝 멈췄다.

"너 정신 안 차릴래? 내가 온하나비 신경 끄라고 아까 말했을 텐데. 자꾸 거기 이야기 끌고 오는 이유가 뭐야."

유은우는 주위를 한 차례 둘러보고 목소리를 한층 낮추었다.

"낙원의 이론이랑 관계있어요?"

"너 진짜……."

정윤환이 턱을 괴고 있던 자세를 풀었다. 매끄럽게 허리를 곧추세우고 유은우를 똑바로 바라보았다. 살기가 돌았다.

"……적당히 해라."

유은우는 멈추지 않았다. 정윤환의 귓가로 다가붙었다. 그러나 유은우가 미처 입을 열기도 전에, 정윤환이 몸을 뒤로 빼면서 유은우의 얼굴을 손으로 덮어 쭉 밀어냈다.

"하지 말라고."

"6.5층이요."

정윤환이 한숨을 쉬며 손끝으로 이마를 문질렀다.

"돌겠네."

이번엔 유은우가 정윤환의 멱살을 잡았다. 넥타이 없이 빈 옷깃은 쉬이 잡혀 딸려 왔다. 멈칫하는 그의 귓가에 속삭였다.

"책자 표지에 쓰여 있었어요. 낙원의 이론 추출. 추출이라는 것은 어떤 집단에서 일부를 뽑아낸다는 거죠. 책자엔 소수의 명단이 있었으니까, 낙원의 이론은 광범위한 명단을 뜻하겠지요. 일부를 뽑아내는 사람은 보나마나 도시연합의 높은 분들이겠고, 기준은 그 높으신 분들을 위협하는지 아닌지가 되겠네요. 성적은 조작하고, 위험 분자는 살해하고. 그런데 이상하네. 왜 내 눈엔 선배가 거기서 자꾸 벗어나려는 것처럼 보일까."

정윤환이 제 멱살을 잡은 유은우의 손을 거칠게 쳐 냈다.

"너 지금 나한테 이래도 돼?"

"사해에 파견 나가서 팀원들을 전멸시키고 혼자 돌아왔다고 했죠? 선배 팀이 그 정도로 피해를 입었는데, 왜 다른 팀들은 어땠었는지 말이 없는 건가요? 아예 모함 밖으로 나가지도 않은 건가? 그러면 선배 팀만 나갔다가 죽었다는 말이 나와야 하는데 또 그런 말은 없단 말이죠. 그렇다면 모든 팀이 사해로 나가긴 나갔고, 피해는 선배 팀만 입었단 결론이 나요. 선배 같은 실력자가 있는데 왜 그렇게 되었을까? 단순 사고가 아니라고 생각하는데요."

"……우리 팀이 지나치게 멀리 나갔어."

"그러니까 어째서요."

정윤환은 힐끔 사위를 둘러보았다. 그가 이를 악물고 뱉었다.

"그만해."

"엘리트 중의 엘리트들이 사망했다고 들었어요. 그렇다면 가설은 두 가지. 첫째, 위에서 선배에게 그들을 멀리 끌고 나가 사망하도록 방치하라고 시켰고 선배가 그걸 훌륭히 수행한 경우. 둘째, 선배와 그 학생들이 합심하여 무언가를 꾀하다가 반격을 당해서 사망하고 선배만 그 설계 실력으로 겨우 살아 돌아온 경우."

"유은우."

"첫째는 말이 안 돼요. 왜냐하면 선배가 그렇게 일을 성실히 잘 수행한다면 위에서 지속적으로 써먹었을 테니까. 선배는 파견 때마다 팀을 이루었을 테고, 계속해서 팀원 중 일부를 일부러 낙오시켰을 거예요. 하지만 선배는 그 뒤로 파견조차 개인으로 나갔죠. 그럼 두 번째 가설이 맞겠는데."

정윤환은 숨도 쉬지 않고 유은우를 보고 있었다.

"선배 1학년 때 낙원의 이론에 반항했어요? 김서혁 편도 아니고, 임유현 편도 아니고, 그럼 혹시……."

유은우는 일부러 말을 흐렸다. 반란군이라는 단어는 뱉지 않는 게 좋았다. 정윤환도 바보는 아닐 테니, 유은우가 지금 어딜 짚고 있는지 능히 눈치챌 터였다. 그러니 유은우는 정윤환의 반응만 살피면 되었다. 그러나 정윤환은 잠깐 색깔이 없어졌다가, 다음 순간 씩 예쁘게 웃었다. 정윤환이 손을 내밀어 유은우의 머리칼을 가볍게 쓰다듬었다. 전혀 예상치 못한 반응이라 유은우는 움츠러든 채 그의 손길을 받았다.

"이거 페어 부작용인가? 너 어째 서재희 느낌 난다?"

……내가 잘못 짚었나?

"머리를 쓸데없이 너무 굴리잖아. 정수리에 김 나겠다."

정윤환이 입술을 모으더니 가볍게 바람을 불었다. 휘파람 소리가 났다. 유은우는 제 앞머리가 정윤환의 입바람에 흩어지는 것을 느꼈다.

"뭐라고 반박할 여지도 없는 단순 사고였어. 내 욕심으로 멀리 나갔고, 내 실수로 전부 죽었어. 아무리 나라도 가슴 아픈 일이니까……."

정윤환은 여전히 웃고 있었다. 하나 명백한 경고였다.

"……앞으로 입조심해 줬으면 좋겠다."

뭐지? 아닌가? 진짜 단순 사고였나? 정윤환은 그저 임유현의 지시를 받아 김서혁의 뒤를 캐는 스파이일 뿐인 건가? 내가 너무 깊이 들어갔나? 유은우는 몸을 뒤로 빼며 정윤환에게서 느리게 떨어졌다. 회심의 일격이라 생각했건만 소득이 없었다. 실망이 컸다.

드디어 뭐 하나 건지나 싶었는데.

유은우는 맥없이 식사 봉투를 쥐었다.

"시간표 줬으니까 됐죠. 다 보셨으면 저 갑니다."

유은우는 자리에서 일어나려는 순간, 정윤환에게 팔을 잡혔다. 거칠게 당기는 힘에 도로 의자에 주저앉았다. 중심을 잃으면서 유은우는 정윤환의 어깨에 이마를 살짝 부딪쳤다. 인상을 쓰며 고개를 들었다. 정윤환은 유은우를 보고 있지 않았다. 그는 유은우의 팔만 힘 있게 틀어쥔 채, 저만치 앉은 서재희를 보고 있었다. 반면에 서재희는 이쪽을 보고 있지 않았다. 서재희는 몰려든 학생들을 향해 서글서글하게 무어라 말하고 있었다.

"왜 보는 건데."

정윤환이 내뱉은 말에 유은우는 흠칫 그를 보았다. 팔을 그러쥔 그의 손아귀에 힘이 더해졌다. 정윤환은 서재희를 노려보고 있었다. 그가 중얼거렸다.

"왜 그렇게 보냐고."

잎사귀는 작고 여려, 마치 녹색 물방울이 공중에 흩어지다 멈춘 것처럼 보였다.

유은우는 왼손으로 식물을 한 차례 쓸어 보았다. 앙증맞은 이파리들은 물기를 머금어 촉촉했다. 풀 냄새와 흙 비린내가 싱그럽게 끼쳤다. 유은우는 토분을 꼭 끌어안았다. 막 태어난 강아지 보듬듯, 풍성한 잎들을 자꾸만 쓰다듬어 보았다. 손가락 사이로 생명이 엉겼다.

식물이 귀한 시대였다.

군에서 권력의 정점을 찍은 김서혁의 집무실에도 화분은 고작 서너 개뿐이었다. 도시연합이 모든 식물을 통제하고 있었다. 그들은 제8도시에서 추수되는 기계 부스러기가 들러붙은 반식물을 사들여, 그것을 탈곡하여 진짜 씨앗을 건져 낸 다음, 엄격한 기준에 맞춰 각 도시의 식물원으로 배급하였다. '할당받은 식물을 살뜰히 관리하여 가지가 튼실하게 뻗고 잎이 풍성하게 피어나도록 하겠습니다!' 시장들의 한결같은 공약이었다.

식물이라는 최전선이 형편없이 무너진 생태계에서 무엇 하나 온전한 게 있을 리 없었다. 자연스러운 수순으로, 동물도 비틀렸다. 살과 뼈로만 오롯이 이뤄져 피가 흐르는, 멀쩡한 동물은 사라진 지 오래였다. 하다못해 음식물 쓰레기를 뒤지는 도둑고양이조차 다리 한 짝 정도는 기계가 들러붙어 기생하고 있었다. 광장의 골칫거리가 된 비둘기도 길거리를 뒤뚱뒤뚱 돌아다니며 가끔 나사못 따위를 게워 내곤 했다. 도시연합은 기계에 침식된 반동물들을, 무단 투기 쓰레기 수거하듯 정기적으로 제거했다.

식용 육류는 공장에서 만들어졌다. 길러진다기보다 부풀려졌다. 사지 멀쩡히 살아 움직이는 짐승은 잡아먹기에 너무 비쌌다. 모두 조각조각 부위별로 나뉘어져서 분열 촉진제를 주사 맞고 비대하게 부풀면, 잘라 내어 유통되고, 보기 좋게 요리되어 식탁에 올랐다. 과정이야 어쨌든, 접시에 놓인 최종적인 결과물은 그럴듯했다.

인간들이 따뜻한 집 한쪽을 기꺼이 내줄 만한, 거부감 없이 정상적인 몰골을 유지한 애완동물은 그 가격이 집 한 채를 호가했다. 군인들은 임무를 마치고 돌아오는 모함에서 술에 취해 자주 농담했다. 나 어릴 때 햄스터 키워 봤다. 우리 집엔 푸들이 열세 마리 있어.

인간만이 모든 것을 밟고 서서 간신히 본연의 모습을 유지하고 있었다.

유은우는 가장 최근에 언제 식물을 봤는지 기억을 더듬어 보았다. 놀랍게도, 멀리 갈 것도 없었다. 서재희의 방에 사람 키만 한 선인장이 있지 않았던가. 그것은 먼지 한 점 없이 매끈하여 흔한 모형처럼 보였지만, 서랍에 식물 영양제가 있었던 걸로 봐서 엄연한 생물임이 분명했다. 그 정도 크기의 선인장이면 가격이 얼마나 나갈지 감도 안 잡혔다. 게다가 양파나 대파도 아니고, 선인장을 키워서 무엇에 쓴단 말인가. 사치품도 그런 사치품이 없었다. 파견부장 자리가 좋긴 좋은가 보다. 새삼 그런 생각을 했다.

"트리안."

옆에서 정윤환이 한마디 했다. 유은우는 잎사귀를 훑던 손을 멈추고 그를 보았다. 정윤환이 재차 말했다.

"트리안. 그거 이름이야."

"안 물어봤어요."

유은우가 퉁명스레 대답했다. 지나가는 날벌레 이름이라도, 정윤환에게 뭔가 도움을 받는 것은 절대로 사양하고 싶었다. 정윤환이 헛웃음을 짓더니 장난스럽게 받아쳤다.

"아, 그래? 나도 너한테 말한 거 아냐. 허공에 대고 혼잣말했어."

둘은 심리안정술 강의실 한가운데, 각자 방석을 하나씩 차지하고 앉아 있었다. 입학 초에 정윤환이 유은우의 멱살을 틀어쥐고 서재희와의 페어 조건이 뭐냐고 으박질렀던 그곳이었다.

점심시간에 정윤환은 유은우의 시간표를 받아 확인하더니,

곧바로 심리안정술 수업이 있음을 알고 유은우의 뒤를 어슬렁 어슬렁 따라왔다. 유은우는 수업이고 뭐고 다 팽개칠 심산으로 복도에서 도주를 시도했으나, 정윤환이 유은우의 발을 걸어 넘어뜨리고 이어 친근하게 어깨를 꼭 감싸 안는 바람에 꼼짝없이 여기까지 끌려왔다. 같이 수업을 들어서 당최 무엇을 얻으려는 것인지, 옆에 딱 달라붙은 정윤환이 너무 불편해, 몇 숟가락 뜨지도 못한 점심밥이 속에서 역류하려 했다.

게다가, 잘 정돈된 강의실에서 풍기는 피 냄새는 여전했다. 다른 학생들은 전혀 못 느끼는 모양이었다. 그들은 강의실에 들어오자마자, 벽에 나란한 선반에서 식물이 소복하게 담긴 토분을 하나씩 골라내고는, 강의실 바닥에 깔린 방석에 앉았다. 정윤환을 의식하는 모양인지 그리 소란스럽지는 않았지만, 역한 냄새를 참는 인상은 전혀 없어 보였다. 반면에, 유은우는 가끔 호흡이 곤란할 정도로 욕지기가 치밀어, 중간중간 소매로 코를 막아야 했다. 배는 고프고, 사방에서 피비린내는 진동하고, 시계를 찬 오른손은 여전히 덜덜 떨리는 와중에, 옆에 정윤환까지 철썩 붙어 있으니, 그야말로 총체적 난국이 따로 없었다. 유은우는 고통스러운 요소를 하나라도 덜어 보고자 작은 목소리로나마 항의해 보았다.

"선배, 왜 자꾸 저 따라와요?"

"야, 우리 자리 옮길래? 문이랑 가까우면 좋잖아. 중간에 나가고 싶을 때 바로 나갈 수도 있고."

아직 수업 시작하지도 않았는데 나갈 궁리부터 하고 있었다.

정윤환이 무릎에 두었던 자기 토분을 한 손으로 달랑 잡더니 벌떡 일어서서 뒤로 갔다. 유은우는 시침을 뚝 떼고 못 본 척 했다. 정윤환이 멀어졌다가 다시 휘적휘적 가까이 오더니 유은우의 뒷덜미를 잡아채 일으켜 세웠다. 유은우는 어쩔 수 없이 토분을 끌어안은 채 뒷자리로 끌려갔다.

"여기가 딱이다."

정윤환은 뒷문 바로 앞에 놓인 방석에다가 유은우를 강제로 눌러 앉혔다. 그리고 다른 방석을 대강 발로 걷어차서 벽에 붙인 후, 유은우와 벽 사이에 쏙 자리 잡았다. 남들은 다 교단 쪽을 향해 앉아 있는데, 혼자서 벽에 등을 기대고 정면으로 유은우의 오른쪽을 바라보는 기행을 아무렇지도 않게 저지르고 있었다. 이어 정윤환은 자신이 골라 온, 넓고 두꺼운 잎의 식물 토분을 대충 옆에 치워 놓고 이프로 게임을 하기 시작했다. 강의가 목적이 아니라, 대놓고 유은우를 감시하러 온 게 틀림없었다. 대체 뭘 감시하러 온 것인지 알 수 없다는 게 낭패였다. 유은우는 다시 한번 저항을 시도했다.

"전 앞자리……."

"난 여기가 좋아."

정윤환이 유은우의 말을 잘라먹으며 눈을 부라렸다. 깡패 같으니라고. 한숨이 절로 나왔으나, 그래도 정윤환이랑 같이 수업을 들으러 오니 좋은 점이 아주 없는 것도 아니었다. 우선, 자리 때문에 실랑이를 벌일 일이 없었다. 정윤환의 등장만으로도 다른 학생들이 자리를 알아서 피해 주니 유은우는 그냥 앉기만 하면 되었다. 아니나 다를까 두 사람이 강의실 중간에서 맨 뒤로 자리를 이동하자마자, 뒷자리에 앉아 있던 다른 학생들이 하나 둘씩 정윤환의 눈치를 보면서 주섬주섬 토분을 챙겨 들고 떨어져 앉았다. 편하긴 편하네. 유은우는 흘깃 정윤환을 보았다. 한량처럼 게임만 하고 있어도 잘생긴 얼굴은 어디 가지 않았다. 그래, 마음을 다스리자. 굉장히 잘생긴 투견을 끌고 왔다고 생각하는 거야. 좀 많이 재수 없긴 하지만, 정윤환이랑 같이 있으면 애들이랑 사사건건 부딪칠 일도 없으니 얼마나 좋아…….

어디서 찰칵 소리가 들렸다.

"야, 찍었어?"

"아니. 우리 자리 좀 옮기자. 여기서는 가려서 안 보이잖아."

설마 또 사진 찍힌 건가. 유은우는 눈을 치켜뜨고 강의실을 샅샅이 뒤졌다. 이프로 카메라를 띄워 조준하다가 유은우와 눈이 마주친 학생이 한두 명이 아닌지라, 누가 방금 사진을 찍었는지 가늠하기 힘들었다. 유은우는 얼른 온하나비 익명게시판을 확인했다.

지금 유은우랑 정윤환 심리안정술 강의실에 같이 왔어!!!!! —57

내 이럴 줄 알았다. 유은우는 입술을 꽉 깨물며 글을 클릭했다. 벽에 기대어 유은우를 향해 앉은 정윤환과, 침통한 표정의 유은우가 고스란히 찍혀 올라가 있었다. 이것들이 보자 보자 하니까……. 속에서 열불이 났다. 심호흡을 하며 강의실을 한

번 더 훑어본 후, 스크롤을 내려 보았다.

　ㅠㅠㅠ처음에 둘이 같이 강의실 중간에 앉았다가 정윤환이 유은우 끌고 맨 뒷자리로 갔어ㅠㅠ 정윤환은 자기가 좋아하는 유은우 데리고 평소 지 하던 대로 땡땡이치러 가고 싶었으나, 의외로 성실함이 증명된 유은우가 고집을 부려 함께 강의를 들으러 오고... 정윤환이 못 이기는 척 강의실 왔다가 너무 적응 안 되고 쪽팔려서 중간에 유은우 데리고 나가려고 문가로 자리를 옮긴 것은 아닌지... 조심스레 추측해 봅니다...ㅎ

　└ 중앙학교 5년차지만 이렇게 핫한 커플은 처음 본다ㅋㅋㅋㅋㅋㅋㅋ 그 정윤환이 연애할 줄 누가 알았겠니ㅋㅋㅋㅋㅋ 정윤환도 남자입니다ㅋㅋㅋㅋ

　└ 단지 같은 팀 되려고 저렇게까지 따라오지는 않을 듯. 그렇다고 내 생각에 둘이 사귀는 것 같지는 않고. 왜냐하면 유은우 표정이 너무 연애 감정이랑 동떨어짐. 다른 이유가 있을 것 같은데?

　└ 둘이 결혼하면 정윤환 은근히 유은우한테 져 주며 살듯.

　└ 정윤환 연애하니까 깽판도 안 치고 넘 좋아!!!!! 오래 갔음 좋겠다!!

　└ 맞아ㅋㅋㅋㅋ 정윤환 요새 모의 전투실 안 온 지 꽤 됐지? 유은우 뒤꽁무니 쫓아다니느라 바쁜 듯^^ 평화롭다.

　└ 유은우 의외로 성실. 지난번에 테스트할 때도 웬만하면 창피해서라도 그만할 텐데 설계 계속 시도함.. 수업 빠진 적 거의 없고.

　└ 나 좀 설렌다ㅠ 정윤환이 딴사람 시선 하나도 신ㄴ경 안 쓰고

유은우만 보고 저렇게 앉아 있는 게ㅠㅠㅠ 상남자 스타일ㅋㅋㅋ 무심하게 이프 만지고 있지만 속으로는 유은우 너무 좋아서 부끄 럽타고 있는 게 아닐지?

ㄴ 야... 그건 너무 나갔다. 인간적으로 그 정돈 아니잖아....

유은우는 더 이상 읽지 못하고 이프를 껐다. 게시판 댓글 올라오는 속도를 보니, 한두 번 재미 삼아 회자되고 끝날 소문은 아닌 것 같았다. 학교에 사귀는 학생들이 한둘도 아닌데 왜 유독 이쪽으로 관심이 집중되는지 모를 일이었다. 황당함을 넘어 다른 방향으로 염려되기 시작했다.

김서혁 귀에도 들어가면 어떡하지? 학교로 보내 났더니 연애 질이나 한다는, 염병할 헛소문이 군에까지 퍼진다면. 같이 뛰었던 군인들은 또 얼마나 비웃을까. 생각만 해도 끔찍하여 치가 떨리다가, 어느 순간 가슴 한구석이 싸해졌다. 김서혁은 이제 유은우에 대해 완전히 잊어버렸을지도 모른다.

그래도 이대로 있을 수는 없어.

유은우는 고개를 홱 돌려 정윤환을 보았다. 그는 의욕이 하나도 없는 표정으로 게임을 하고 있었다. 재미있어서 열정적으로 하는 것은 아니고, 시간 때우려고 마지못해 하는 느낌이 왔다. 대체 저럴 거면 왜 이렇게까지 졸졸 따라다녀서 사람 곤란하게 만드는지, 답답해서 속이 터지려고 했다. 정윤환이 유은우의 시선을 느끼고는 고개를 들었다. 그가 한쪽 눈썹을 치켜세웠다.

"뭐."

"선배가 자꾸 따라와서 이상한 소문 돌잖아요."

유은우는 이프로 온하나비 화면을 띄웠다. 네모난 화면을 손으로 톡 쳐서 정윤환 코앞으로 갖다 붙였다. 정윤환이 입으로 바람을 불어 화면을 꺼뜨렸다.

"치워. 내가 거기 들어가지 말라고 했지?"

유은우는 손으로 입을 가리고, 그에게 바짝 붙었다.

"선배는 이런 거 우습게 보일지 몰라도, 저는 아니에요. 이런 거 올라오는 거 진짜 싫어요. 선배 대체 나한테 왜 이래요? 아까 시간표 보고 심리안정술만 체크하는 거 같던데, 앞으로도 계속 따라올 거예요, 아니면 심리안정술만 따라다닐 거예요? 마냥 당해서 억울하니 이유나 좀 들읍시다. 이유를 못 말하겠으면 좀 떨어져서 앉아 주든가."

정윤환이 유은우를 정면으로 바라보았다.

"너는 나랑 사귄다고 소문나는 게 그렇게 싫냐?"

"그럼 좋겠어요?"

"머리가 텅텅 빈 것들이 아무것도 모르고 떠드는 헛소문이잖아. 그러려니 넘기지 못하고 정정해 주는 수고를 기꺼이 치를 만큼, 그렇게 싫어?"

"여덟 도시를 통틀어 단 한 사람이라도, 저랑 선배가 사귄다고 오해하는 건 사양입니다. 이러다 군에까지 소문이 흘러 들어가면……."

"흘러 들어가면? 군에서는 내가 아깝다고 생각하겠지. 왜 그렇게 싫은데? 영광 아니냐? 외모로 보나 실력으로 보나 내가 어디 빠지는 것도 아니고."

"잘생기면 뭐 해. 성격이 더, 음, 크흠."

"너 방금 내 성격 더럽다고 하려고 했지."

정윤환이 눈을 가늘게 떴다. 그가 벽에 기댔던 등을 떼며 유은우에게로 기울었다. 그러더니 유은우의 손을 잡아당겨 자신의 입도 함께 가렸다. 유은우의 손바닥 뒤에 서로의 입가를 감추고, 그가 작게 속삭였다.

"그럼 미리 말해 둘게. 나는 심리안정술은 필히 참석할 것이고, 그 외에 따로 필요하다 생각하면 언제든지 네 시간표에 내 일정을 맞출 거야. 이유는, 내 나름대로 확인할 것이 있어서. 그리고 나는 남들이 너랑 나랑 엮어 대든 지나가는 개랑 엮어 대든 아무 상관이 없으니까 내 마음대로 할 거야. 네가 정 그렇게 신경 쓰이면, 어디서 확실한 남친 하나 만들어서 방패막이로 세워 두든가. 그리고, 어떻게 게시판에 돌아다니는 댓글을 일일이 신경 쓰냐? 스트레스 받아 죽을 일 있어? 그냥 긍정적으로 생각하고 넘겨. 인생 피곤하게 사네."

"긍정? 아니, 상황이 거지 같은데 어떻게 긍정적으로 생각해요?"

"잘생긴 설계 천재랑 사귄다고 소문나면 대대손손 영광이지, 뭐가 거지 같아."

잘났네, 정말. 유은우는 제 손을 홱 잡아당겨 정윤환의 손을 뿌리쳤다. 앉은 채 엉덩이로 방석을 밀며 한 뼘 떨어져 앉았다.

정윤환이 여유롭게 씩 웃었다.

뻔뻔하긴. 제 잘못은 하나도 없고, 당하는 나보고 긍정적으로 생각하라니.

해도 해도 너무했다. 절대로 물러나지 않겠다고 다짐하며, 유은우는 과장된 동작으로 일어섰다. 다들 대화 소리를 낮추며 수업을 준비하는 조용한 분위기에서 유은우 혼자 갑자기 벌떡 일어서니, 안 그래도 숨죽이고 달라붙던 시선들이 이제 대놓고 집중되었다. 정윤환이 고개를 들더니 의아하다는 눈으로 유은우를 보았다. 누가 동영상이라도 촬영해 줬으면. 유은우는 숨을 한번 들이쉬고 두 주먹을 꼭 말아 쥐었다. 정확한 발음으로 크게 외쳤다.

"선배, 싫다는데 왜 자꾸 따라다녀요. 선배랑 사귄다고 소문 났잖아요!"

정적이 흘렀다.

정윤환의 얼굴에 당황하는 기색이 올라와, 유은우는 더욱 자신감을 얻었다. 허리에 손을 얹고 크게 외쳤다.

"그만 좀 따라다녀요! 사람 귀찮게 하지 말고!"

유은우는, 강의실에 가득 찬 모든 학생들의 시선을 뒤통수에 달아매고, 허리를 굽혀 가방을 집어 들었다. 시계를 찬 오른손이 떨리지 않도록 온 신경을 집중하면서, 골라 두었던 토분도 들어 올렸다. 가까운 벽 선반에 토분을 올려놓고, 씩씩하게 문으로 향했다. 웬만하면 수업을 빼먹고 싶지 않았으나, 남들 수군거리는 틈에 속없이 껴 있는 것도 사람 할 짓이 못 된다는 판단에서였다. 어차피 100점짜리 답안을 써 봤자 10점으로 탈바꿈될 텐데 이까짓 수업 안 들으면 그만이라는 생각마저 들었다. 정윤환 엿이나 먹으라고 속으로 퍼부으면서 유은우는 문손잡이를 잡았다.

"애기, 화났어?"

뭐라고? 온몸이 얼어붙었다. 유은우는 천천히 옆을 보았다. 어느새 정윤환이 자리에서 일어나, 장난기 가득한 얼굴로 자신을 보고 있었다. 잘못 들었나 싶어 유은우가 주춤하는 사이, 정윤환의 미소가 더욱 짙어졌다.

"그렇게 화내고 가 버리면 오빠가 너무 속상하잖아."

말꼬리를 애교스럽게 늘어뜨리더니, 정윤환의 낯에서 웃음기가 싹 사라졌다.

한판 붙어 보자 이거지.

유은우는 기 싸움에서 밀리지 않으려고 애쓰며 그의 사나운 시선을 똑바로 받아 냈다. 정윤환은 문과 가장 가까운 맨 뒷자리에서 일어나 유은우를 향해 서 있었기 때문에, 그 서늘한 얼굴은 오직 유은우만 볼 수 있었다. 정윤환의 등 뒤에 있는 학생들은 그저 그가 뱉어 낸 촉촉한 헛소리만 들을 거라 생각하니 절로 치가 떨렸다. 학생들이 저 냉정한 얼굴을 똑똑히 봐 두어야 더 이상 사귀니 어쩌니 그런 헛소리를 하지 않을 텐데.

위치가 너무 안 좋아.

유은우는 꽉 악문 잇새로 말했다.

"선배, 지금……."

"나는 원래 이런 시시껄렁한 수업은 수준 낮아서 오지도 않아. 순전히 너랑 같이 꼬옥 붙어 있고 싶어서 여기까지 온 거야. 그런데…….."

정윤환이 아이 어르듯 부드럽게 말했다. 눈은 하나도 웃고 있지 않았다.

"……네가 나한테 이러면 안 되지. 안 그래? 사람 서운하게."

정윤환이 큰 보폭으로 성큼성큼 가까이 왔다. 유은우는 저도 모르게 문손잡이에서 손을 놓고 주춤 물러서다가, 다시 꿋꿋하게 버티고 섰다. 설마 이딴 식으로 나올 줄이야. 대체 뭐라고 해야 하지, 뭐라고 해야……. 머리가 공회전을 거듭하는 동안, 정윤환은 긴 다리로 몇 걸음만에 유은우의 코앞에 와서 섰다. 이제 그의 그늘이 완전히 드리워져, 유은우는 다른 학생들에게 자신의 억울한 표정도 보일 수 없게 되었다.

"그, 잠깐, 우리 사귀는 거 아니잖아요. 나는 선배 좋아한 적도 없고, 당연히 선배도…….."

유은우는 지금 이 상황이 부디 사랑싸움으로 보이지 않길 바라며, 정윤환의 달달한 헛소리 밑에 깊게 깔린 내막을 누군가가 조금이라도 알아채길 바라는 마음에서, 궁여지책으로 학생들에게 얼굴이라도 보이기 위해 발을 빙글 돌려 정윤환의 옆으로 가려 했다. 삽시간에 무산되었다. 정윤환이 유은우의 허리를 거칠게 잡아챘던 것이다. 그가 다른 한 손으로 유은우의 등을 받치며 젖은 목소리로 말했다.

"왜 자꾸 나 힘들게 해. 내가 너 때문에 요새 잠도 제대로 못

자는데, 하루 종일 네 생각뿐인데 네가 이렇게 행동하면 내 마음이 어떻겠어?"

말문이 막혔다. 뇌에 부하가 걸려 유은우는 감히 숨도 못 쉬고 그리 안겨 있었다. 정신이 풀린 틈을 타, 오른쪽 손목에 찬 시계가 덜그럭 소리를 냈다. 안 돼. 유은우는 필사적으로 시계에 집중했다. 터지면 안 돼. 차라리 지금 안전하게 시계를 풀어 버릴까 싶다가, 바로 마음을 고쳐먹었다. 갑자기 시계를 푸는 행위는 남들이 보기에 너무 엉뚱해 보일 것 같았다. 온디딤 연습하는 것까지 정윤환이 눈치채게 되면 상황은 최악으로 치달을 게 뻔했다.

"내 눈 똑바로 봐."

아무도 듣지 못하도록, 정윤환이 얕게 속삭였다. 유은우는 마른침을 삼키며 그를 보았다.

"자꾸 이런 식으로 나 열 받게 하면, 그땐 이 정도 소꿉놀이로 안 끝나. 다른 애들 다 보는 앞에서 진하게 키스하고 싶지 않으면 적당히 해. 내가 몇 번이나 말했지? 나는 상관없다고."

사람을 종잇장처럼 눌러 버리는 그 압박감에 유은우는 제대로 대답도 못 하고 쪼그라들었다. 예전에 이곳에서 멱살을 잡혀 벽으로 밀어붙여졌을 때처럼, 이가 달달 떨리려고 했다. 자꾸만 시계가 달각거렸다. 유은우는 숨을 참으며 시계에 온 정신을 쏟아 부었다. 도발을 하더라도 시계는 풀고 했어야 했는데. 후회해도 이미 늦었다.

"사람 보는 눈이 그게 뭐냐. 표정 안 풀어? 명색이 네 남자 친구인데."

그러더니 정윤환이 몸을 낮게 굽히면서 한쪽 팔을 유은우의 무릎 뒤로 쑥 집어넣었다. 속절없이 안긴 채 훌쩍 들렸다. 시야가 어지럽게 높아졌다. 유은우는 저도 모르게 정윤환의 목을 감싸 안으며 매달렸다. 그가 성큼성큼 걸을 때마다 몸이 흔들렸다. 웅성거리는 소리가 났다. 사진 몇 장 피하려다 동영상 찍힐 판이라 속이 끓었다. 도저히 맨정신으로 다른 사람을 볼 자신이 없어, 유은우는 눈을 꼭 감고 고개를 푹 숙였다.

"애기, 여기 앉아."

정윤환이 유은우를 방석 위로 던졌다. 이어서 그는, 아까 유은우가 골랐다가 다시 선반에 놓아두었던 토분도 되가져와 유은우 앞에 탁 내려놓고는 머리를 쓱쓱 쓰다듬었다. 그러더니 주위를 살벌하게 돌아보았다.

"뭘 힐끔힐끔 보고 지랄이야. 부러우면 너네도 사귀든가. 그리고……."

정윤환이 차갑게 이어 말했다.

"……앞으로 온하나비 그 개 같은 사이트에 우리 사진 올리는 놈은, 끝까지 추적해서 손가락을 뜯어 버린다. 학생회, 파견부 둘 다 교내망 추적 가능한 거 알지? 명심해."

그래도 누군가는 사진을 찍을 테고 소문은 일파만파 퍼지겠지.

유은우는 모든 걸 체념했다. 이왕 사진 찍힐 거 예쁘게나 찍으라고 정윤환이 엉망으로 흩뜨려 놓고 간 머리칼을 손가락으로 빗어 얌전히 정돈했다.

본전도 못 건졌어.

진짜 군에까지 소문이 퍼져 버리면 어떡하지. 인생이 통탄스러웠다. 가만히 참았으면 중간이라도 갈 것을, 괜히 정윤환 심기만 건드린 꼴이 되고 말았다. 아까 애기 어쩌고 할 때 뒤도 안 돌아보고 나갔어야 했나. 창피함을 무릅쓰고 시도한 것치고 도무지 건진 게 없어, 분함을 넘어서 허탈하기까지 했다.

"왜, 민망하냐? 이거 네가 먼저 시작했다. 나는 장단만 맞췄으니까."

옆에서 정윤환이 실소했다. 유은우는 뭐라고 대꾸하는 대신, 몸을 정윤환의 반대쪽으로 비스듬히 틀었다. 무언가 꺼내는 것처럼 가장하면서 두 손을 가방 안으로 집어넣은 채, 왼손으로 오른쪽 손목의 시계를 다급히 감싸 눌렀다. 손아귀 안에서 시계 침이 날카롭게 날뛰며 손바닥이 확 찢기는 느낌이 났다. 한 계다. 유은우는 이를 악물고 시계를 풀었다. 금방이라도 폭발할 듯 달그락거리며 부품이 튀어 오르던 시계는, 거짓말처럼 평범하게 돌아왔다. 유은우는 시계를 가방 안에 쑤셔 넣고, 손수건을 찾아 피가 배어나는 왼손을 꾹 눌렀다. 시계를 찼던 오른쪽 손목은 퉁퉁 부어올라 있었다.

그러고 보니 서재희가 생각났다. 아까 식당에서 봤을 때 넓은 반창고를 붙여 가려져 있었지만, 그 아래 상처가 어땠는지는 눈앞에 선했다. 자신보다 먼저 검을 만지느라 날카롭게 헤집어진 손끝. 시계를 잘못 만졌다가 아스팔트 바닥에 갈린 것처럼 한바탕 쓸려 버린 손바닥.

거기다 정윤환에게 속절없이 끌려 다니는 상황을 얹고, 사람 우습게 보는 헛소문까지 더하고 나니, 지금 해야 할 일이 명백해졌다.

내가, 어떻게든, 반드시, 다루고 만다.

이를 악물고 그리 생각했다. 유은우는 얼얼한 오른쪽 손목을 몇 번 털어 긴장을 풀고, 다시 시계를 찼다.

"너무 여린 식물은 좋지 않아요. 어느 정도 성장한 상태가 좋습니다. 거기 2학년. 그 토분은 올려 두고 다른 것으로 고르세요. 그건 덜 자랐어요. 저쪽 고무나무로 고르겠어요?"

심리안정술 교수는 40대 중반으로, 호리호리하고 가냘픈 인상을 가지고 있었다. 그녀가 교단에 놓인 자줏빛 방석에 살포시 앉자, 하늘하늘하게 풍성한 소매가 붕 떠올랐다가 사르르 가라앉았다.

"도시연합에서 지난주 금요일에 온 여과 프로그램 상위 버전을 배포합니다. 이번에는 그동안 문제가 많았던 설계 중복 오차가 개선되었으므로, 여러분은 필히 총을 업그레이드시켜야 합니다. 따라서 오늘은 상위 버전에 대비하기 위하여 30분 정도 강의 시간을 연장할 거예요."

불만의 목소리는 없었다. 학생들은 바짝 긴장하며 교수에게 집중했다. 총에 깔린 프로그램을 업그레이드하게 되면, 초기에 적응할 때 어지럼증이나 이명을 동반할 수 있다. 모의 전투가 코앞이었다. 총의 최신 상태에 빨리 익숙해질수록 유리했다.

"다들 토분을 두 손으로 감싸세요. 눈을 감고, 심호흡합니다. 천천히⋯⋯."

유은우는 도무지 몰입할 수가 없었다. 교수가 시키는 대로 토분도 감싸 쥐고, 눈도 감고, 심호흡도 하는데 아무 느낌이 없었다. 유은우가 김서혁에게 배웠던 심리안정술은 이런 식이 아니었다.

'동조자들이 온을 다루게 되면, 필히 몸에 독소가 쌓이게 돼. 가끔은 의식하고 풀어 주어야 한다. 불안정한 초보의 경우 식물로 정화하곤 해. 비싸도 효과가 탁월하니까. 하지만 그건 평화롭게 출퇴근하고 집에서 작은 식물 하나쯤은 기르고 있는 일반 동조자들이나 가능한 일이고, 서민 동조자나 능숙한 군인은 식물 없이도 할 줄 알아야 해. 그러니까 넌 처음부터 없이 훈련한다. 이건 평소에 마음을 가다듬어 스트레스를 완화할 때도 효과가 좋아. 네가 이걸 배워서 성격이 조금이라도 차분해졌으면 좋겠는데⋯⋯. 우선 눈을 감고, 몸을 이완시키고, 호흡에 집중해. 네 손과 발이 따뜻해지고 있다고 상상하면서. 생각은 떠오르는 대로 흘려보내. 네 생각은 중요한 게 아니야⋯⋯.'

유은우는 실눈을 뜨고 주위 학생들을 보았다. 다들 완전히 내면으로 침잠해 있었다. 창문은 닫혀 있어 바람 한 점 들어오지 않는데도, 학생들이 잡고 있는 토분의 식물은 잎을 떨거나 가지를 휘거나 혹은 드물게 말라비틀어졌다. 한공간에서 다 함께 심리안정술을 다루는 것은 유은우에게 처음이었다. 군에서는 이렇게 대놓고 집단으로 하지 않았다. 다들 내색하지 않고 혼자 알아서 했다.

유은우는 몇 번이나 교수가 가르치는 대로 시도해 보다가, 포기하고 토분을 놓았다. 심리안정술은 깊이 빠지면 다시 수면 위로 올라오는 데 시간이 걸리므로, 시계는 잠깐 풀기로 했다. 김서혁에게 배운 대로 눈을 감고 어깨부터 천천히 힘을 뺐다. 그제야 익숙하게 편안해졌다.

피 냄새가 짙어졌다.

여태까지와 차원이 달라, 유은우는 참지 못하고 소매로 코를 막았다. 얼결에 눈을 떴다. 놀라서 숨을 들이켰다.

사위가 새빨갰다.

나란히 앉아 있는 학생들 사이로 핏기가 넘실거렸다. 붉은 연기가 엉기고 흩어지면서, 비 오는 날 물안개처럼 바닥을 휩쓸고 있었다.

이게 뭐지?

유은우는 다급히 눈을 비비고 다시 주위를 둘러보았다. 누군가가 거대한 가습기에 물 대신 피를 넣어 강의실에 흩뿌리고 있는 것 같았다. 유은우는 방석에 앉은 채 주춤 뒤로 몸을 물렸다. 아무렇지도 않게 심리안정술을 진행하고 있는 교수와 학생들 사이로, 까맣고 못생긴 짐승이 바닥을 더듬으며 기어 다니고 있었다.

용이 고개를 들어 유은우를 보았다.

구멍이 뚫려 텅 빈 가슴에서 피가 자꾸만 흘러넘쳤다. 용이 가느다랗게 쌕쌕거리는 목소리로 말했다.

"또 만났구나."

언젠가 꿈속에서 마주쳤던 그 용이 틀림없었다. 유은우는, 인간이 미지의 생명체를 접하면 으레 그렇듯이, 본능적인 두려움에 사로잡혔다. 가슴이 쿵쾅쿵쾅 뛰었다. 동시에 헷갈렸다. 멀쩡하던 강의실이 진짜인가, 피를 흘리는 용이 진짜인가. 현실 같은 악몽인가, 악몽 같은 현실인가.

용이 애원했다.

"나 좀 죽여 줘. 너무 아프고 힘들어. 이제 그만하고 싶어……."

유은우는 얼어붙은 채 홀린 듯 용을 바라보았다. 용이 입을 찢으며 울부짖었다.

"제발 나 좀……!"

허억, 유은우는 숨을 토하며 거꾸러졌다. 속이 꽉 틀어 막혀 숨이 잘 쉬어지지 않았다. 누군가가 유은우를 익숙하게 당겨 품으로 끌어안았다. 그 가슴팍에 머리가 기대어지자 안정감이 생겼다. 등을 토닥이는 느낌이 났다. 유은우는 격렬하게 기침을 하며 겨우 호흡을 잡았다. 천천히 정신이 들었다. 분명 강의실에 있었는데 복도로 나앉아 있었다. 정윤환이 바로 옆에 붙어 앉아 있었다. 그의 길쭉한 두 다리가 유은우를 완전히 꽉 가두고 있어 살짝 움직이기도 힘들었다.

"이거 놔요."

정신없는 와중에도 유은우는 얼른 정윤환의 가슴팍에서 뺨을 떼고, 단단히 얽힌 다리 사이에서 빠져나가려고 용을 썼다. 정윤환이 유은우를 가볍게 제압하여 당겼다. 그의 눈가가 열이 올라 붉었다.

"너 발작했어. 설마 했는데."

"내, 내가요?"

"그래. 조짐이 보이기에 내가 바로 데리고 나왔어. 이럴 줄 알고 문가에 앉자고 했잖아. 나한테 고마운 줄 알아. 넌 이런 걸 주의해야 해. 나랑 사귄다는 소문 같은 건 아무것도 아니야. 바로 이런 걸 안 들키게 조심해야 한다고."

머리가 멍해졌다. 정윤환은 한숨을 쉬며 예고 없이 다리를 풀었다. 유은우는 기우뚱 엎어졌다가 벽을 붙잡으며 무릎으로 일어섰다. 복도 창문으로 강의실을 들여다보았다. 멀쩡했다. 피도, 용도 없었다. 학생들은 교수의 지시에 따라 천천히 호흡을 달리하고 있었다.

유은우는 돌아섰다. 벽에 등을 대고 주르르 주저앉았다. 다리가 후들후들 떨렸다.

"뭐 봤어?"

유은우는 흠칫 고개를 들었다. 정윤환이 유은우를 빤히 보고 있었다. 그가 유은우의 어깨를 잡아 흔들면서 작은 목소리로, 하지만 다급하게 물었다.

"서재희랑 나는 항상 다른 걸 봤어. 넌 뭘 봤어?"

이거 알아내려고 내 수업 따라왔구나. 유은우는 혼란스러웠다. 대체 이건 뭐지.

"작고 까만……."

막 입을 여는데 눈물방울이 열매처럼 깨끗하게 똑 떨어졌다.

유은우는 당황하여 손등으로 눈가를 비볐다. 그것을 기점으로 눈물이 주르륵 터져 나왔다.

"어?"

왜 눈물이 나는지 모를 일이었다.

"야, 야, 왜 울어."

정윤환이 당황했다.

"어? 저도, 흡, 모르겠…….."

댐이 폭파된 것처럼 걷잡을 수 없이 눈물이 터져 나와 유은우도 당황스럽긴 마찬가지였다. 너무 놀라서 잠깐 동안 '어어.' 하는 사이에 세수라도 한 것처럼 두 뺨이 흠뻑 젖어 버렸다. 턱 끝으로 눈물이 모여 후둑후둑 쏟아졌다. 앞섶이 금방 흥건해졌다.

"아, 진짜. 왜 우냐고, 갑자기."

정윤환이 제 소매를 당겨 쥐고 유은우의 눈가를 문지르려 했다. 유은우는 눈물이 앞을 가리는 와중에도 정윤환에게 닦이기는 싫어, 학을 떼며 고개를 돌려 버렸다. 정윤환은 유은우의 정수리를 농구공 잡듯 거칠게 잡아당기더니 제 소매로 유은우의 얼굴을 쓱쓱 몇 바퀴 훔쳐 냈다.

"아, 하지 마요. 하지 말라고!"

"너나 울지 마!"

유은우는 씨근덕거리며 정윤환에게서 벗어났다. 한 발짝 떨어져 나온 뒤에야 눈물이 멎었다. 유은우가 밀치고 쳐 내는 바람에 모처럼 하고 온 넥타이가 반쯤 풀리고 셔츠 첫 단추도 하나 뜯긴 채로, 정윤환은 유은우의 뒷덜미를 냉큼 잡아 빈 강의실로 집어넣었다.

"너 아까 뭐 봤어? 작고 까만, 뭐?"

유은우와 승강이하느라 열이 오른 목덜미를 쓱쓱 문지르며 정윤환이 다그쳤다.

"작고 까만 용이요. 뚫린 가슴에서 피를 콸콸 쏟는. 사방에 피가 넘실거리고."

정윤환의 낯이 하얗게 질렸다. 그가 무슨 말을 하려는 듯 입술을 달싹이더니, 잠시 입을 꾹 다물었다가 쉰 소리로 물었다.

"그럼 그 피가 그 용한테서 흘러나오는 거야?"

"아마도요. 그런데 왜 선배가 저한테 물어요? 저도 잘 모르는데요."

"나도 잘 모르니까. 나는, 나랑 서재희는, 아직까지 그런 용은 본 적 없어. 우리도 피바다를 보긴 보는데, 나는 하늘에서 빛의 폭포가 떨어지는 걸 보고, 서재희는 어떤 스산한 공장 지대를 봐. 그게 다야."

피바다? 폭포? 공장? 등골이 오싹했다. 어쨌든 셋 다 길몽을 꾸는 건 아니었다. 유은우는 용이 애타게 자신을 죽여 달라고 애원했음을 덧붙이려다가, 대신 질문했다.

"나 선배 질문에 대답했으니까, 선배도 내 질문에 대답해요."

정윤환이 바람 빠지는 소리를 내며 웃었다. 언제 심각하게 굴었냐는 듯, 평소의 불량하게 나른한 모습으로 돌아와서, 정윤환이 한껏 기지개를 켰다.

"피곤하지 않냐? 용인지 뭔지 환각 한번 겪고 나면 진이 다

빠진다니까."

정윤환이 유은우의 어깨에 팔을 툭 걸쳤다.

"외출할래? 대낮에도 악몽을 꾸는 정신이상자끼리 만났는데 기념으로 뭐라도 먹어야 하지 않겠냐? 입은 삐죽삐죽 왜 내밀어? 뽀뽀해 줘?"

"당장 이 손 치워……."

"왜애. 우리 나가자. 외출. 서재희하고는 잘도 나갔으면서."

정윤환이 빙글빙글 웃으며 문을 열었다. 힘도 힘이지만 사람 끌고 가는 데 탁월한 요령이 있어, 유은우는 자꾸만 정윤환 가는 대로 휘말렸다.

"친한 척하지 마요……!"

정윤환이 뚝 멈춰 섰다. 뒤에서 문이 끼이익 하고 닫히다 말았다. 유은우의 어깨를 잡은 정윤환의 손에서 힘이 슥 풀렸다. 심상찮은 분위기에, 유은우는 얼른 정윤환의 팔을 내팽개치고 앞을 보았다.

"이게 누구야."

차예원이 생긋 웃었다. 그녀는 교복을 몸에 딱 달라붙게 맞춰 입어, 학생이 아니라 연예인 지망생처럼 보였다. 차예원이 옆구리에 낀 기다란 전자종이 두루마리를 한 차례 고쳐 쥐더니 정윤환과 유은우를 번갈아 보고, 그들이 막 나오면서 미처 닫지 못한 강의실 문을 바라보았다.

"너희 사귄다며? 빈 강의실에서 둘이 뭐 했어? 윤환이 너 이런 타입 좋아하는구나?"

차예원이 숨넘어갈 듯 깔깔거렸다. 유은우는 옆에서 무슨 년이라고 낮게 욕하는 정윤환의 목소리를 들은 것도 같았다. 차예원이 웃는 눈으로 유은우를 보았다.

"은우 너 지금 심리안정술 들을 시간 아니니?"

등줄기를 따라 소름이 돋았다. 설마하니 내 시간표까지 줄줄 꿰고 있는 건 아니겠지. 차예원은 학생회장이었다. 학생들 관리하다 보면, 1학년은 이 시간쯤 이 수업 듣겠다고 대충 때려 맞힐 수도 있겠지, 그렇게 생각하고 싶었다.

"네가 땡땡이치고 돌아다닐 처지는 아니라고 알고 있는데. 재희가 자기 평판 깎이는 거 감수하면서까지 너 페어 맺어 주는데, 네가 이렇게 여유 부리면 너무 염치가 없잖아. 간부들이 덜떨어지는 학생들 케어해 주는 것도 한두 번이지. 너 이러면 정말 곤란해."

"지랄이 풍년이다. 네 갈 길이나 가. 야, 가자. 미친년 옆에 있으면 전염돼."

정윤환이 유은우의 팔을 확 잡아끌었다. 유은우는 그의 손을 내치고 차예원을 똑바로 바라보았다. 쓸데없는 소리나 하려고 불러 세운 건 아닌 듯했다. 차예원의 의도가 뭔지 들어야 했다.

"하고 싶은 말이 뭐예요?"

차예원이 활짝 웃었다.

"명색이 정윤환 여자 친구에, 김서혁 총사령관 전리품인데, 귀하신 몸 어디 한 군데 상하기라도 하면 큰일이잖아. 재희 요새 힘들어 보여서 내가 좀 덜어 주려고. 그래서 말인데, 너 혹시 들어갈 팀은 정했니? 혹시 아직 안 정했으면 내 팀에 들어올래?"

차예원 팀에? 나를? 왜? 유은우는 당황해서 차예원을 빤히 보았다. 그녀가 웃었다.

"너 우리 팀에 여유분으로 넣어 줄게. 모의 전투에 참가할 필요도 없어. 그냥 스페어로 앉아만 있으면 같이 우승하는 거야. 쉽지?"

얼굴로 피가 확 몰렸다. 유은우는 치미는 욕들 사이에서 그나마 순화된 단어를 고르기 위해 안간힘을 써야 했다.

"선배, 저는 그런 식으로……."

"유은우 나랑 팀인데."

뭐? 유은우는 멍하니 정윤환을 보았다. 그가 차예원을 향해 해사한 미소를 짓고 있었다. 차예원이 기가 막힌다는 얼굴을 했다.

"뭐? 웃기지 마. 윤환이 너 이번에 솔로로 이름 올렸잖아. 확인하고 왔어."

"아, 방금 마음이 바뀌었어. 나도 매번 혼자서 뛰려니 영 외롭더라고."

정윤환이 산뜻하게 웃으며 유은우의 허리를 당겨 안았다.

"나 이번엔 우리 애기랑 뛰려고."

"나 이번엔 우리 애기랑 뛰려고."

유은우는 할 말을 잃었다.

내장 솜털까지 곤두서는 그 지랄맞은 호칭은 제쳐 두고라도, 왜 갑자기 우리가 한팀이 되었는가. 전교생 전부를 홀로 상대하고도 남을 것 같은 정윤환이, 대체 얻을 게 뭐가 있다고 나와 팀으로 뛰겠다는 걸까.

온하나비 댓글이 불현듯 떠올랐다. 많은 학생이 정윤환이 유은우에게 접근하는 이유를, 남에게 타격을 맡기고 자기는 편하게 설계만 하려는 속셈일 거라 추측했었다.

아니다. 그런 이유는 아닐 것이다. 유은우가 가장 잘 알았다.

멀리 갈 것도 없었다. 그간 정윤환의 설계 실력을 바로 코앞에서 보지 않았는가. 9호관 강의실에서. 도서관 앞마당에서. 그가 얼마나 노련했으며 또 여유로웠는지 돌이키면 섬뜩했다. 잘키운 설계 하나 열 타격 안 부럽다더니, 정윤환은 그 극한의 사례나 다름없었다.

설계 실력이 그 정도 수준에 올랐는데, 누군가에게 타격을 위임한다는 것 자체가 이미 의미가 없었다. 그의 설계 속도에 발맞출 수 있는 타격자는 없을 거라 단언할 수 있었다. 설사 그런 기민한 타격자가 있다 하더라도, 굳이 설계만 짜고 남에게 타격을 맡겨 지시하는 것은, 정윤환에게 오히려 번거로운 절차만 더할 뿐이었다.

그럼 대체 나랑 왜? 당연히 나 좋으라고 하는 것은 아닐 테고. 뭐지? 무슨 꿍꿍이지?

유은우는 제 허리를 바짝 감은 정윤환의 손을 떼어 내 보려다가, 그의 손아귀 힘이 더 세어지는 것을 느끼고 그만두었다. 슬쩍 올려다보니 정윤환은 만면에 미소를 띠고 차예원을 똑바로 응시하고 있었다. 힐끔 차예원을 보았다. 정윤환의 선언에 충격을 받은 건 그녀도 마찬가지인 것 같았다. 차예원의 눈이 깨끗하게 식어 있었다. 그녀는 천천히, 옆구리에 끼고 있던 종이 두루마리를 한번 고쳐 들었다. 그리고 활짝 웃었다.

"윤환이 이러는 거 정말 오랜만에 본다. 난 네가 의욕 하나도 없이 나무늘보처럼 지내기에, 이제 세상만사 흥미 다 잃어버린 줄 알았거든. 그런데 아직도 그 귀엽게 까부는 기질이 남아 있었네? 네가 오랜만에 팔팔하게 되살아난 거 보니까 정말……."

차예원의 웃음이 진해졌다.

"……너 1학년 때 생각도 나고 참 좋다."

해묵은 원한이 둘 사이를 빡빡하게 메우고 있었다.

정윤환은 말없이 차예원을 보면서, 유은우의 허리를 감은 손에 힘을 주었다. 어찌나 꽉꽉 눌러 대는지 숨 쉬기 힘들 정도였으나, 머리가 차갑게 돌아가는 데는 지장이 없었다.

둘 사이에 무슨 일이 있어서 서로 물고 뜯고 죽이지 못해 안달하는지, 그건 유은우가 알 바 아니었다. 위험을 감수하고 캐낼 만한 가치가 있을 것 같지도 않았다. 별의별 사람들이 복닥복닥 모여 지내는 학교에서 성격 강한 두 사람 부딪히는 게 어디 드문 일도 아니었고. 유은우가 주목하는 것은 이유야 어쨌든 정윤환과 한팀이 되는 것. 그 상황 자체만 보면 유은우에게 백번 유리하다는 것이었다. 정윤환이 설계로 받쳐 준다면 도시연합 중앙학교는 물론이고, 어쩌면 김서혁까지도 이길 수 있을 것 같았다.

그러니까 이건······.

정윤환을 보았다. 그는 입술을 지그시 감쳐물고, 타는 듯한 눈으로 차예원을 노려보고 있었다. 아까 유은우와 한바탕하느라 머리칼은 헝클어지고 넥타이는 반쯤 헐거워, 그 흐트러진 틈으로 공기가 부글거리는 것 같았다.

······우연찮게 떨어진 콩고물인가. 아니면······.

눈을 도르륵 굴려 차예원을 보았다. 그녀는 정윤환을 향해 웃고 있었다. 상대를 아래로 내려다보는 특유의 오만함과 가녀린 청초함이 뒤섞여 묘하게 예뻤다.

······고래 싸움에 새우 등 터지는 상황인가.

"차예원, 네 목숨이 딱 하나뿐이라 아쉬워. 몇 번이고 이렇게 저렇게 다양하게 죽여 버리고 싶은데, 그게 안 돼서."

"그건 나도 유감이네. 너처럼 잘생긴 남자 손에 여러 번 죽는다면 그것도 꽤 괜찮을 텐데."

"넌 나랑 같이 지옥으로 떨어져야 돼."

"내가 거길 왜 가니? 손에 피를 묻힌 건 넌데."

"누가 들으면 네가 참 깨끗한 줄 알겠어."

"윤환이 많이 유치해졌네. 관리자 등록까지 했으면서 새삼 왜 그러니? 넌 스스로를 직시해야 해. 얼마나 모순되었는지. 아니면, 누가 널 바꾼 건가? 얌전히 약이나 빨면서 다 포기하고 살던 애가 왜 갑자기 이렇게 들고일어나는 건지 모르겠네. 너

살던 대로 살지 그래."

　말끝에 차예원은 유은우를 보았다. 그녀의 동공이 유은우의 얼굴 구석구석을 찬찬히 더듬고, 머리부터 발끝까지 훑어 내려갔다가 올라오기를 반복했다. 차예원이 입꼬리를 비틀어 올렸다.

　"은우 너한테 비결 좀 듣고 싶네. 시체처럼 나자빠져 장난이나 치던 윤환이가 내게 진지하게 대들질 않나. 그렇게 대외적인 이미지를 중시하던 재희가 내 앞에서 널 쳐다보질 않나. 도시연합에서 그렇게 쥐고 흔들려고 해도 꿈쩍도 않던 둘을 손안에서 가지고 노네. 내가 보기엔 그냥 다리 한쪽 저는 강아지 같은데."

　정말 뜻밖의 말이라, 유은우는 처음에 차예원의 말을 제대로 이해하지 못했다. 듣긴 들었는데 이게 대체 무슨 말인가. 왜 갑자기 가만히 있는 내게 시비인가. 분이 치밀었다. 뒷골이 찌르르 당겼다. 그러고 보니 아까도 스페어 운운했었지. 가만히 앉아만 있으면 이기게 해 주겠다고. 그런 소리를 들었다는 자체가 수치스러웠다. 그리고 그런 말을 들을 만한 제 자신에게도 화가 났다. 기본적인 설계만 할 수 있었다면, 어느 누가 내게 이런 말을 하겠는가.

　"재희가 왜 자꾸 널 보는 거야?"

　기가 막혔다. 자기가 본다는데 내가 막을 수도 없고. 이유야 알 게 뭐야. 그냥 보이니까 봤겠지.

　"번지수 잘못 찾으셨네. 남이 쳐다보든 말든 전 그냥 당하는 입장인데 그걸 어떻게 압니까? 궁금하면 서재희 선배한테 물어

보지 왜 저한테 묻고 그래요? 같이 밥도 먹는다면서 '너 왜 쟤 쳐다보냐.' 그거 하나 못 물어봐요? 왜 애꿎은 데다 화풀이야. 그리고……."

숨을 골랐다.

"……왜 저한테 함부로 말해요? 사과해요. 두 번 사과해요. 아까 스페어 어쩌고랑, 방금 그 강아지까지."

차예원이 웃음을 싹 걷었다. 그녀가 한 걸음 가까이 다가오기에, 유은우도 맞서 그렇게 하려 했다. 그러나 막 발을 떼기도 전에 정윤환에게 허리를 끌어 안겼다. '어.' 하는 사이에 그의 가슴팍에 얼굴을 파묻고 그의 넥타이 위로 입술이 미끄러졌다. 머리를 마구 쓰다듬는 손길이 느껴졌다. 이어서 뭔가 따뜻하고 부드러운 것이 정수리를 꾹 누르더니 떨어졌다. 쪽.

유은우는 잠시 숨을 멈추었다. 너무 화가 나서 귀까지 열이 올랐다.

"미친. 지금 어디다 뽀뽀질이야. 이거 놔!"

"야, 봤냐? 내 여친이 이 정도야. 얘가 어떻게 된 게 한마디도 안 져. 나한테까지 그런다는 게 좀 슬프지만. 보면 볼수록 예뻐 죽겠네, 아주."

갑자기 소란해졌다. 발소리에, 드륵, 문 열리는 소리가 났다. 유은우는 정윤환의 턱을 올려치려다 말고 품에서 고개를 쑥 내밀었다. 심리안정술 강의실의 열린 문틈으로 학생들이 복도로 쏟아져 나오고 있었다. 몇몇이 복도의 셋을 보고 멈칫했다. 어떤 학생들은 아예 대놓고 멈춰 서서 구경했다.

유은우는 정윤환을 밀어냈다. 그는 빙글빙글 웃으며 쉽게 물러섰다. 부스스해진 머리를 급하게 정돈하는데, 차예원이 바짝 다가왔다. 그녀가 유은우의 귓가로 고개를 기울였다. 매끄러운 머리칼이 뺨으로 쏟아졌다. 간지럽다기보다 소름이 돋았다. 성숙한 향수 냄새가 아찔하게 밀려왔다.

"재희나 윤환이나 다들 기반이 단단하니까 나랑 동등하게 지내는 거야. 내가 모든 학생들과 격 없이 어울린다고 생각하면 안 돼. 그러니 너도 네 분수를 잘 자각하고. 앞으로는 내가 묻는 말에도 잘 대답하고. 알았니?"

목소리가 나긋나긋 조용했다.

"우리 팀으로 들어오고 싶으면 언제든지 말만 해. 나도 군에서 내려온 전리품이 어디 어쭙잖은 팀에 들어가서 사고라도 치면 수습하기 귀찮으니까. 서로 편하게 가자고. 재희는 눈이 높아서 널 팀에 들이지도 않을 거고, 윤환이와 팀 맺는 건 장차 군으로 돌아갈 때 오히려 독 되는 거 알지? 무난하게 우리 팀 들어와. 직접 몸으로 뛰지는 않더라도 전략 짜는 데에 참가했다고 포장해서 말해 줄게. 내가 이렇게 손 내밀 때 서로서로 보기 좋게. 착하게."

그리고 한 걸음 떨어지더니 아이 어르듯 미소 지었다. 옆에서 정윤환이 툭 뱉었다.

"애 들쑤시지 마."

"윤환이 너는 뭐 매너 있게 행동하니?"

"유은우 휘두르는 건 나만 할 수 있어. 다른 사람은 안 돼."

"정말 웃겨. 끼리끼리 잘 만났네."

둘의 대화를 흘려들었다. 차예원의 한마디만 뇌에 턱 걸려 있었다.

'윤환이와 팀 맺는 건 장차 군으로 돌아갈 때 오히려 독 되는 거 알지?'

차예원 말이 맞았다. 어차피 남의 설계에 발 디디며 타격만 할 거라면, 군에서나 학교에서나 달라진 점이 무어란 말인가. 발전 없는 전리품을 무엇 하러 군에서 도로 수거해 가겠는가. 그러니 차라리 차예원 팀으로 가서 전략이라도 짰다는, 조금은 신선한 면을 보이는 것이 되레 점수 따기 좋을 수도 있다. 그 외에 차예원이 무슨 뒷일을 꾸미고 있는지는 차치하더라도 일단은 그랬다.

차예원 팀이나 정윤환 팀이나, 어딜 들어가도 모의 전투 성적이 평균 이상 보장된다고 가정한다면, 차예원 팀에 들어가는 게 이득이었다. 첫째, 머리 아프게 정윤환과 호흡 맞출 필요가 없었다. 둘째, 군에서 유은우의 새로운 면모를 발견할 아주 희박한 가능성이라도 있었다. 셋째, 유은우도 기본 전략은 알았다. 군에서 밥 먹고 전투만 나갔다. 아무리 타격만 했어도 항상 작전의 중심에 섰으니 모르려야 모를 수가 없다.

객관적으로 정윤환 팀보다는 차예원 팀이 훨씬 나았다. 아무리 자존심 다 접고 스페어로 앉아만 있는다 하더라도…….

잠깐, 스페어?

정윤환이나 차예원 이전에, 유은우에게 가장 먼저 팀 제안을 한 것은 다름 아닌 서재희였다.

'이번에 내 팀원 전부 다 갈아엎을 거야. 상대 팀 정보를 알고 내 팀을 네 위주로 짜면, 아주 불가능한 건 아니야.'

서재희는 스페어 따위, 입에도 담지 않았다. 그는 처음부터 유은우 또한 전투에 당연히 참가한다는 가정하에 그 제안을 했던 것이다.

서재희가 스페어를 모를 리 없었다. 팀원 전체가 나가서 싸우지 않아도 된다는 룰이 존재함을, 당연히 이미 숙지하고 있었을 것이다. 그럼에도 위험을 감수하고 유은우가 직접 전투에서 뛸 수 있도록 팀원을 재구성하겠다고 했다. 그에게 백해무익한 선택이었다. 어쩌면 서재희 자신이 그리 중히 여기는 대외적 평판이 곤두박질칠 수도 있는, 학생들이 열렬히 동경하는 그의 커리어에 흠이 될 수도 있는, 그런 제안. 서재희와 팀이 되는 순간, 이득을 얻는 자는 유은우 한 사람뿐이었다.

왜 그렇게까지.

단순히 그의 성품 때문인가? 아니다. 처음에 그는 유은우의 기억을 빼내는 조건으로 페어를 맺었다. 창으로 내리비치는 햇살을 그대로 받으면서도 그의 낯은 치밀하게 서늘했다. 서재희는 마냥 착한 사람이 아니었다. 그는 분명히 목적이 있었고, 유은우를 이용하려 했다. 유은우 또한 서재희를 이용하려 했기 때문에, 둘은 페어를 맺을 수 있었다. 거기에 감정은 없었다. 그땐 그랬다.

그랬는데.

그는 어떤 의미로 유은우를 존중했던 것이다. 유은우의 성격을 알기에, 혹은 서재희 자신이 그런 것을 용납할 수 없는 성격이라, 애초에 스페어 따위 언급도 하지 않았던 걸까. 유은우를 고려한 의도된 배려이거나, 평소 대쪽 같은 가치관에서 나온 평범한 결론이거나, 어쨌든 서재희는 유은우와 진짜 팀이 되려고 했다. 정윤환과 팀이 되면 그가 짠 판 위에서 유은우 자신의 판단을 거세하고 그저 착실히 따라야 했으며, 차예원과 팀이 되면 그조차 기회가 없어졌다. 반면에 서재희는 정말 유은우를 제 팀에 섞으려 했다. 그게 그의 재능이었다. 과분하게 사려 깊은 그 제안에, 못 하겠다 발을 뺀 것은 유은우 자신이었다.

기회를 날린 건 아니었다. 서재희는 언제든 마음이 바뀌면 제게 말하라고 했으니. 그러나 그가 100번 제안하면 유은우는 100번 거절할 각오가 되어 있었다. 그의 실력을 믿지 못하는 것이 아니라, 나 자신을 통제할 수 없게 될까 봐. 이미 너무나 많은 것을 받아, 돌이킬 수 없게 될지도 모른다. 최소한 이건 안 된다는 선은, 그어 두어야 했다.

그는 왜 날 그렇게까지 신경 써 준 걸까. 스페어라는 편한 길이 있는데, 왜.

"팀 등록 마감까지 이틀 남았어. 마음 정해지면 언제든지 연락해."

낭창하게 말하는 차예원을, 서재희의 약혼녀를, 유은우는 가만히 응시했다.

'선배, 저 좋아해요?'

'아니?'

전시관에서 서재희에게 좋아하냐고 물었을 때, 아니라는 답변을 똑똑히 들었다. 비록 의문문이었지만 서재희는 망설임이 없었다. 게다가 차예원과 있을 때 서재희는 항상 서글서글했다. 몸가짐은 고상했으며 세련된 미소로 흠잡을 데 없이 완벽했다. 반면에 유은우와 있을 때는 어땠나. 그는 확실히 항상 웃지는 않았다. 유은우한테까지 이미지 관리할 필요는 없었을 테니까. 하지만 가끔씩 그가 웃을 때, 그것은 꾸밈이 없어 마치 진짜처럼 느껴졌다. 그래서 착각했다.

"저는……."

서재희, 정윤환, 차예원. 선택지는 분명 세 개인데, 생각을 거듭할수록 하나밖에 없는 것처럼 느껴졌다. 그것도 비이성적인 결론으로 기울고 있었다. 분명 이득이 되는 쪽은 차예원에게 붙는 것인데.

"……선배 팀에는 안 들어가요."

그냥 싫었다. 정윤환도 치가 떨리게 싫었으나, 차예원도 그에 못지않게 싫었다. 사실, 악연으로 줄을 세운다면 유은우의 짧은 인생에서 정윤환이 압도적이었다. 첫 만남부터 이유도 모르고 두들겨 맞지 않았는가. 사사건건 괴롭히는 것은 물론이고 내 삶에 카운트다운까지 제멋대로 걸어 놓은, 꿈에 나올까 두려운 미친놈이었다.

반면에 차예원과는 부딪힌 적이 거의 없었다. 험한 말 몇 마디 오갔다지만 학교에 입학하여 다른 학생들과 엎치락뒤치락

한 것에 비하면 티타임 수준이었다. 지난번에 백일서가 그녀 손에 죽었다고 해서, 차예원이 유은우의 **뺨**을 후려쳤다고 해서, 유은우에게 차예원이 특별해지지는 않았다.

그런데도 이상하게, 차예원을 마주하고 있자니 뱃속부터 끓어올랐다. 그녀 팀에 들어가겠다고 승낙하는 순간, 그게 곧 지는 것처럼 느껴졌다. 굽히고 들어가서 스페어로 얌전하게 앉아 있으라니. 그 색깔 없는 순간을 내가 감당할 수 있을까?

난 못 해.

정윤환에게 멱살을 잡힐 때도, 유은우는 결코 진다는 기분을 느낀 적은 없었다. 완력에 밀려서 벽으로 밀어붙여지거나 손을 걷어차일 때도 마찬가지였다. 그러나 차예원의 팀에 들어가는 것은 달랐다. 내 자신을 땅에 파묻고 굴복하는 것과 다름없었다.

차예원이 한쪽 눈썹을 치켜세웠다.

"그래? 그럼 뭐 뾰족한 수라도 있니? 설마하니, 네 분에 맞지도 않게 재희 팀에 넣어 달라고 하는 건 아니겠지? 사람 귀찮게 하는 것도 정도가 있어."

차예원이 느닷없이 유은우에게 같은 팀을 제안한 이유가 이제야 나왔다. 유치하긴. 인생 무탈하게 살아서 고민거리가 그 정도 수준인가. 허탈해서 헛웃음이 나려 했다.

답은 정해져 있었다. 이전에 서재희에게도 똑똑히 말하지 않았는가. 타인에게 기대겠다는 생각은 버려야 했다. 유은우의 타격을 받아 내고도 버틸 수 있을 만한 희대의 설계자가 내민 제안이라 하더라도, 그래서 더욱 선택해서는 안 되었다. 남이 쳐 놓은 설계 위에서 뛰는 것은 신물이 나도록 많이 해 오지 않았는가.

시계는 풀고 있었으나, 오른쪽 손목은 쓸린 상처로 따가웠다.

"저는 혼자 뛰겠습니다."

누군가 숨 들이켜는 소리가 났다. 이어 사위가 웅성거렸다. 유은우는 차예원만 똑바로 보고 있었지만, 그럼에도 수십 가닥의 시선이 전신에 달라붙는 게 똑똑히 느껴졌다.

"저는 서재희 선배한테 민폐 끼치고 싶지도 않고, 그렇다고 해서 차예원 선배 쪽에 무임승차할 생각은 더욱 없고요. 사귀지도 않는데 사귄다고 소문난 정윤환 선배가 짜 놓은 설계에서 타격만 반복하는 것도 사양하겠습니다."

옆에서 정윤환이 작게 웃었다. 차예원이 그런 정윤환을 흥미로운 눈으로 보았다.

"그러니까 사귀는 건 아니다?"

"최근 들어 절 좀 따라다니네요. 이 이상 달라붙으면 경찰에 신고하려고요."

"아니, 뭐, 왜? 윤환아, 설마 네가 일방적으로 좋아해?"

차예원의 물음은, 제삼자가 듣기에도 묘하게 기분 나쁜 데가 있었다. 너도 별수 없구나, 하고 상대를 한없이 깔보는. 그러나 정윤환은 차예원을 보고 있지 않았다. 그는 팔짱을 끼고 고개를 비스듬히 기울인 채 유은우를 보고 있었다. 눈이 마주치자, 정윤환은 한 차례 산뜻하게 웃더니 입을 열었다.

"글쎄, 뭐 그런 것 같기도 하고……."

그런 것 같기는 뭐가 그런 것 같아. 유은우는 고개를 홱 돌려 차예원을 쏘아보았다.

"사람이 살다 보면 짝사랑도 하고 그럴 수 있는 거지 뭘 새삼 놀리듯 말하고 그러세요. 차예원 선배가 서재희 선배를 더 좋아하듯이 대충 그런 마음 아니겠어요? 같은 처지면서 남 동정하듯 말하시네."

학생들이 간간이 술렁이는 가운데, 정윤환은 이제 대놓고 웃기 시작했다. 차예원의 낯이 딱딱해졌다.

"재희는 나를……."

"더 좋아하는 것 같지는 않던데. 그러니까 사소한 것 하나 직접 물어보지 못하고 쩔쩔매는 거 아닌가요? 지금 당장 서재희 선배한테 가서 물어볼 수 있어요? 점심 먹으면서 유은우 왜 쳐다봤냐고 당당하게 물어볼 수 있어요? 못 하면 차예원 선배가 그 관계에서 을인 거죠. 본인이 좋다고 지고 들어간 게임을, 왜 남한테 화풀이합니까."

차예원이 입을 꾹 다물고 유은우를 노려보았다. 정윤환은 이제 끅끅거리며 웃고 있었다. 그가 또 유은우의 머리로 손을 뻗었다. 유은우는 빠르게 그 손을 쳐 냈다. 아니, 이 미친놈은 왜 학습이란 게 안 되는 거야. 하지 말라고 그렇게 말했는데, 또 하고, 또 하고. 마음 같아서는 손목을 꺾어 버리고 싶었으나 정윤환이 봐주는 정도에서 그쳐야 함을 알았다. 어쨌든 지금은 약자였으니까. 지금은. 진 건 아니었다.

"손 치워. 신고하기 전에. 그리고…….."

다시 차예원을 보았다.

"……식당에서 수백 명이 밥 한 끼 먹다 보면 서로 눈도 마주치고, 발도 걸려 엎어지고, 밥그릇에 머리도 담그고, 그럴 수도 있는 거지. 피곤하게 살지 맙시다. 이젠 살다 살다 남이 쳐다본 것까지 나한테 해명하라고 하네."

차예원은 잠시 침묵했다.

"그게 네 판단이니? 네가 정 그렇다면 어쩔 수 없지만, 불쌍하네. 편한 길 다 놔두고 멀리멀리 돌아서 가면 힘든 건 너야. 맹랑한 자존심 세우면서 남의 연애사까지 들먹이며 바락바락 악쓰는 걸 보니, 누구 1학년 때 보는 것 같기도 하고, 아무튼 새로웠어. 모난 돌이 정 맞는다지. 몸조심하렴."

마지막 말마디가 의미심장해서 또 화가 치밀었다. 어디서 대놓고 협박질이야.

차예원은 유은우를 마지막으로 한 번 더 깊게 보더니, 긴 종이 두루마리를 고쳐 들고 이내 몸을 돌려 가 버렸다. 빽빽하게 에워싸고 있던 학생들이 불에 덴 듯 황급히 길을 비켜 주었다. 그 뒷모습까지 우아해서 짜증이 났다.

퉁퉁 부어오른 오른쪽 손목이 뻐근하여 한 바퀴 돌려 주고, 유은우는 정윤환을 등지고 심리안정술 강의실로 들어갔다. 뒷문 가까이 동그마니 놓인 가방을 들어 어깨에 메는데, 누군가 등을 툭 쳤다.

돌아보니 손도연이었다.

"은우야, 너 나랑 사육실 좀 가자."

유은우는 손도연의 어깨 너머로, 강의실 문을 짚고 서서 이쪽을 들여다보는 정윤환과 눈이 마주쳤다. 정윤환이 유독 반짝이는 눈으로 냉큼 물었다.

"누구야?"

손도연이 무표정하게 뒤를 돌아보더니 대답했다.

"1학년 손도연입니다."

"뭐냐고."

"은우 친군데요."

손도연이 무덤덤하게 대답했다. 정윤환이 눈을 크게 떴다. 정윤환이 그러거나 말거나 손도연은 고개를 돌려 다시 유은우를 보았다.

"용의 사육과 교감 말이야. 그때 은우 너 알 골라서 사육 칸에 넣어만 놓고 제대로 케어 안 했지? 교감 일지 열람하니까 엄청 성의 없던데. 온도랑 습도도 하나도 조절 안 되어 있고. 알 닦아 주지도 않고⋯⋯."

유은우는 좁고 균일한 사육 칸을 떠올렸다. 칸마다 화려하여 크리스마스 선물 상자가 가득 쌓인 것처럼 보였다. 정성스러운 그림이 빼곡하게 그려진 알. 반짝이는 전구로 장식된 알. 목에 방울을 달고 푹신한 쿠션 위에 똬리를 틀고 있는 흰 용. 말린 무당벌레 봉지를 깔고 앉아 꼬리에 달린 리본을 물어뜯고 있는 파란 용. 부화되기 전부터 사람 손을 타서 하나같이 온순하고 깨끗했다.

알을 골랐으니 어떻게 꾸미고 키울 것인가 잔뜩 들떠 흥분한 학생들 틈에서, 유은우는 도통 흥미가 동하지 않았다. 햇살이 잘 드는 칸은 발 빠른 학생들이 먼저 차지했기 때문에, 그늘진 구석자리가 자연스레 유은우의 차지가 되었다. 유은우는 못생긴 알을 껴안고 쪼그리고 앉아서 자신에게 배정된 사육 칸을 살폈다. 예전에 썼던 학생이 치우다 말았는지 막이 내린 공연장처럼 너저분했다. 유은우는 우선 치렁치렁한 알전구를 당겨 뜯었다. 매끄럽고 차가운 전선의 느낌이 오싹했다. 그 뒤부턴 홀린 것처럼 사육 칸을 비워 냈다. 정신없이 맨손으로 위쪽의 리본을 당겨 뜯고, 바닥에 깔린 알록달록한 자갈을 긁어냈다. 다 마치고 나자 손이 엉망이었다. 쓸린 손끝에 피가 맺혀 따가웠다.

텅 비어 삭막한 사육 칸에 조심스레 알을 넣어 두었다. 가만히 바라보다가 유리문을 닫기 전에 속삭였다.

나는 너한테 아무것도 바라지 않아. 네가 지금 죽어 간다 하더라도, 억지로 살리지 않을게. 만약 네가 깨어났는데 예쁘지 않아도, 목에 리본을 달지는 않을게. 네가 원하는 대로 해. 네 삶이니까.

"다른 애들 말 들어 보니까 은우 너 가끔 와서 교감 일지만 대충 쓰고 갔다며? 용은 쳐다보지도 않고."

"응, 그랬어. 그게 왜?"

"어제 용이 전부 깨어났어. 너 일정 체크 안 했지? 어제가 교수님께서 말씀하신 부화 예정일이었어. 네 용도 깨어났고."

유은우는 자신이 고른 알을 기억했다. 윤기라고는 하나도 없이 푸석푸석한 껍데기. 게다가 한쪽은 찌그러져 있지 않았던가. 깨어날 거라는 기대는 없었는데. 언제나 타인의 의지에 따라 죽음과 삶을 강제당한 자신이 지겨워, 일부러 용을 돌보지 않고 내버려두었다. 그 못생긴 알이 열악한 환경에 방치되었음에도 제때 깨어났다고 하니 기분이 묘했다. 설마 내 손길 한번 닿았다고 독해진 건 아니겠지.

"그런데 네 용 상태가 좀 안 좋아. 생긴 것도 다른 용하고는 좀 다르고, 성격도. 포악하다고 할까, 야생성이 살아 있다고 할까. 아무튼 점액이 좀 마르고 날개 형태가 잡힌다 싶으니까 바로 날뛰기 시작하는 거야. 정상은 아닌 것 같아. 그도 그럴 게, 네가 고른 알 상태가 썩 좋지는 못했고, 네가 적극적으로 관리도 안 했으니까 거의 방치당한 셈인데……. 아무튼, 내 용이 네 사육 칸 바로 옆에 있어. 네 용이 하도 난리를 치니까 내 용이 잠도 못 자고 밥도 안 먹어. 알에서 깨어나면 이틀 이내로 꼭 먹이 붙임을 해야 하는데, 스트레스가 극심한지 나랑은 이제 눈도 안 마주쳐."

손도연이 조심스레 말을 이었다.

"그래서 말인데, 혹시 내가 네 용에게 진정제를 좀 주사해도 되겠니? 이러다가 내 용 죽겠어."

"같이 가자."

유은우는 손도연의 팔을 잡아끌었다. 문에 버티고 서 있던 정윤환이 의외로 선선히 비켜 주었다. 그의 시선을 등 뒤로 따갑게 받으면서, 유은우는 손도연을 끌고 빠르게 건물 밖으로 나왔다.

"근데 너 진짜 솔로로 나가?"

교정을 가로지르는 동안, 손도연이 조심스럽게 물었다. 유은우는 고개를 끄덕였다.

"응. 오늘 아침에 학생회 사이트 들어가서 솔로로 등록했는데."

"설마 난독증 고쳤어?"

"아니. 그대로야."

손도연이 한숨을 쉬었다.

"혼자 괜찮겠냐……."

"어떻게든 되겠지."

"아직 신청서 수정 가능해. 재희 선배한테 부탁 좀 해 보지 그랬어. 다른 사람은 몰라도 재희 선배라면 너 커버할 수 있을 것도 같은데. 게다가 선배 아직 모의 전투 신청도 안 했어. 보통은 신청 첫날에 명단 제출해서 바로 온하나비에 올라오거든? 그런데 아직도 제출 안 했대. 덩달아 다른 팀들도 눈치 보느라고 신청 못 하고 있어. 재희 선배 팀 구성을 봐야 대처를 하니까. 아니면 정윤환 선배가 널 그렇게 좋아한다던데 말이라도 해 보지. 같이 뛰자고."

"내가 그 둘이랑 안 친해."

"되게 친하다고 들었는데……."

"대체 누가 그래?"

"전부 다."

유은우는 입학하고 나서의 행적을 돌이켜보았다. 확실히 둘과 자주 부딪히긴 했다. 더 이상 해명하기도 힘이 빠졌다.

"넌 모의 전투 나가?"

"나? 아니. 괜히 나갔다가 정윤환한테 당해서 점수 마이너스 뜨면 나 바로 유급인데? 지금 점수 딱 좋아. 간당간당하니."

"기초학교 애들도 너보단 성적에 신경 쓰겠다."

"은우 네가 할 말은 아닌 것 같은데."

용 사육실에서는 인공적인 냄새가 났다. 짐승 특유의 냄새를 지우기 위해 벽면에 설치된 탈취제가 칙칙 소리를 내며 액체를 분사했다. 유은우는 자신의 사육 칸이 어느 위치에 있었는지 잠시 헤맸다. 어딘지 기억도 안 나냐며 손도연이 황당하다는 표정을 짓더니 사육 칸 한쪽을 가리켰다.

"얘가 내 용이야."

부드러운 지푸라기 위로 퀼트 담요가 작은 언덕처럼 동그랗게 솟아 있었다. 손도연이 유리문에 손을 가져다 대면서 아리인지 마리인지 이름을 부르자 퀼트 담요가 꿈틀하더니 작고 흰 용이 기어 나왔다. 보석처럼 반짝거리는 초록색 눈이 손도연과 유은우를 한 번씩 번갈아 보았다. 뿔이 돋아난 등줄기가 앙상했다. 용이 퀼트 담요 밑으로 도로 기어 들어가 자취를 감추었다.

"이것 봐. 스트레스 받아서 자꾸 숨어. 네 용 상태 좀 볼래?"

손도연이 바로 옆 사육 칸을 가리키더니 한 걸음 자리를 비켜 주었다. 유은우의 이름이 적힌 사육 칸은 휑뎅그렁했다. 깨진 알껍데기만 덩그러니 놓여 있었다. 용 없는데? 유은우는 눈을 가늘게 뜨고 쪼그리고 앉아 유리문에 손을 대고 안쪽을 자세히 들여다보았다. 어디 갔지? 알 뒤에 숨었나?

쾅!

무언가 새까맣게 윤이 나는 덩어리가 알 뒤에서 세차게 튀어나오더니 유리문에 거세게 부닥치고 나동그라졌다.

"으악!"

유은우는 엉덩방아를 찧으며 주저앉았다. 새빨간 눈동자와 마주쳤다. 용은 쌔액거리는 소리를 내면서 뒤로 천천히 물러났다. 알껍데기 뒤에 숨더니 고개만 빠끔 내밀었다. 유은우가 조명을 하나도 설치하지 않아 어두운 사육 칸 안에서 용의 안광이 형형하게 빛났다. 흡사 레이저를 쏘는 듯했다. 한주먹만 한 게 성격이 장난이 아니었다.

"괜찮아?"

손도연이 부축하려는 듯 다가왔으나, 유은우는 혼자 재빨리 일어나 다시 사육 칸에 달라붙었다. 유심히 살폈다. 용이 조금 내밀었던 고개마저 숨기자 이제는 아예 보이지도 않았다. 발톱으로 바닥이라도 긁어 대는지 까각까각 소름끼치는 소리가 선연했다.

"그래도 오늘은 좀 덜한 거야. 쟤도 아무것도 못 먹어서 그런지 힘이 빠지나 봐. 처음에는 진짜 미친 괴물인 줄 알았어. 너무 빨라서 보이지도 않았다니까. 지금은 되게 느려진 거야."

느려진 거라고? 저게? 유은우는 스산한 분위기까지 풍기는 제 사육 칸에서 시선을 떼고 바로 옆 손도연의 사육 칸을 보았다. 퀼트 담요 언덕은 반대쪽 벽에 바짝 붙어 있었다. 그 밑으로 희고 부드러운 꼬리가 삐죽 나와 파르르 떨리고 있었다. 유은우는 다시 자신의 사육 칸을 보았다. 알껍데기가 잠시 흔들거리더니, 다시 용이 솟구쳐 나왔다. 콰앙! 유리문에 전력으로 부딪쳤다. 새빨갛고 가느다란 눈이 유은우를 똑바로 응시했다. 금방이라도 도약할 듯 온몸을 유연하게 낮춘 자세였다.

"네가 전혀 돌보지 않아서 그래. 길들여지지 않아서. 저렇게 야생성이 살아 있으면 금방 죽어 버려. 네가 조금만 알을 만져 주고 신경 써 줬어도……. 이건 점수를 거저 주는 강의인데 저러다 죽어 버리면 너무 아깝잖아. 그러니까 일단 예쁜 이름부터 짓고 계속 눈을 마주치면서 불러 줘. 먹이도 직접 주고. 아직 갱생의 여지가……."

"갱생?"

유은우는 자리에서 일어나서 손도연을 돌아보았다. 손도연이 의아하다는 얼굴을 했다. 유은우가 천천히 이어 말했다.

"쟤가 뭘 잘못했다고 갱생이야. 태어나길 저렇게 태어났는데. 내 점수 하나 얻겠다고 내 마음대로 바꾸면, 그러면 안 되는 거잖아. 내가 무슨 권리로 쟤 삶을 틀어."

"아니, 내 말은, 상태가 너무 안 좋잖아. 일단 진정제 놓고, 손으로 계속 만져 주면서 눈도 마주치고, 그러다가 순해지면 좋잖아. 다른 용들을 봐. 네 용처럼 폭력적인 성향이 어디 있어?"

"폭력적인 성향이 아니고 밖으로 나가고 싶어 하는 것 같아. 어디 한번 볼까?"

유은우는 손도연이 미처 말릴 새도 없이 사육 칸 잠금을 해제했다. 유리문을 활짝 열어 두고 몇 걸음 물러섰다. 알껍데기 뒤쪽에서 부스럭거리는 소리가 나더니 이윽고 용이 모습을 드러냈다. 앙상하여 검은 가죽 위로 골격이 그대로 드러나 있었다. 전신이 새카맸고 가느스름한 눈은 빨갛게 빛났다. 번쩍번쩍 윤이 나는 날개를 펼치면서 용이 사육 칸 바깥으로 기어 나오다가 발톱을 서툴게 놀리는 바람에 바닥으로 툭 떨어졌다. 그 모습을 본 다른 용들이 슬금슬금 구석으로 최대한 피하는 것이 보였다. 새까만 용은 유은우를 한번 돌아보지도 않고 그대로 바닥을 기어 사육실을 가로지르더니, 열린 문틈으로 쑥 빠져나가 버렸다.

"나가고 싶었나 봐."

유은우는 빈 사육 칸에서 알껍데기를 주워 모아 쓰레기통에 버렸다. 손도연이 아연해서 말했다.

"너 그러다 유급해."

"모의 전투에서 점수 따면 돼."

"솔로로? 무슨 자신감이냐."

솔직히 자신은 없었다. 학교에서 난다 긴다 하는 셋에게 차례로 팀 제안을 받았고 죄 뿌리쳤다. 잘한 선택인지 아직 판단이 불가능했다. 모의 전투 때까지 온디딤을 다룰 수 있느냐 아니냐에 따라, 유은우의 선택은 달리 평가될 터였다. 진가를 발

휘하며 신의 한 수가 되거나, 굴러 들어온 복을 걷어찬 악수가
되거나.

유은우는 손도연과 사육실을 나왔다. 용은 이미 어디론가 사
라지고 없었다. 둘은 나란히 기숙사를 향해 걸었다. 문득, 유은
우는 확실히 해 두어야겠다고 생각했다.

"나 정윤환이랑 사귀는 거 아니야."

"알아."

손도연이 평온하게 대답했다. 유은우가 속이 다 시원해질 찰
나, 손도연이 대수롭잖게 한마디 덧붙였다.

"정윤환이 너 좋아하는 거지."

유은우는 황급히 손사래를 쳤다.

"그런 말 하지 마. 넌 감이 좋아서 왠지 네가 말하면 다 진짜
가 될 것 같단 말이야."

손도연이 지극히 평화로운 표정으로 무언가 더 말하려는 듯
입을 열기에, 유은우는 얼른 화제를 돌렸다.

"뭐 하나 물어봐도 돼?"

"뭔데?"

"정윤환 1학년 때 파견 가서 무슨 일 있었어?"

"있었지."

손도연은 걸음을 늦추지 않으면서 주위를 살펴보았다. 지나
가던 학생들 중 몇몇이 유은우를 가리키며 몇 마디 속닥이는
것 말고는 한가로웠다. 손도연이 목소리를 낮추었다.

"파견은 모의 전투하고 달라. 열 명에서 열다섯 명 정도 팀

을 꾸려서 사해로 떨어지는데, 정윤환이랑 재희 선배가 의기투합해 스무 명의 대규모 파견팀을 꾸렸어. 재희 선배가 지침까지 변경하면서 최대 인원수를 열다섯에서 스물로 늘리면서까지 결성한 팀이었어. 그때가 상반기라 차인호가 도시연합장으로 당선되기 전이라서, 재희 선배가 학생회장이었거든. 아무튼 그 둘도 대단한데 그 팀에 속한 팀원들도 스펙이 장난이 아니라, 역대 최고 기록 세울 거라고 다들 기대가 많았대. 그런데 모함에서 사출되기 직전에 재희 선배가 팀에서 자기 이름을 빼고 차예원 팀으로 들어갔어. 정윤환이랑 싸워서 그랬다는 소문도 있는데, 자세히는 모르고. 그래서 정윤환이 재희 선배 없이 억지로 팀 끌고 나갔다가, 아니다, 억지로는 아니지. 재희 선배 빠졌다고 해도 다들 한가락 하는 실력자들이라 괜찮을 거라고 생각했을 거야. 결과는 정윤환만 살아 돌아왔어. 학교 유망주 열여덟 명이 순식간에 죽어서 사라진 거야."

"파견 나가면 생존율이 얼마나 되는데?"

"개인 편차가 심하긴 한데 작년 통계 때 평균 85% 나왔다더라. 근데 그때 기록영상물 도서관에서 대출해서 보면 너도 알겠지만, 모든 상황이 최악의 조건이었어. 기상도 좋지 않았고, 온 오염 수치도 배로 뛴 상태여서 괴물들이 더 활발하게 움직이고 있었으니까. 정윤환 팀만 전멸하다시피 한 건 아니야. 그 팀이 워낙 실력자들로만 구성이 되어 설마 그렇게 다 죽을 줄 몰랐기 때문에 화제가 됐을 뿐이지, 고만고만한 다른 팀도 피해가 컸어. 특히 파견이 처음이었던 1학년들은 절반이 죽어 나갔는데, 그때 1학년이 지금 3학년이니까 인원수 보면 답 나오지? 지금 3학년 132명밖에 안 돼. 원래 이 학교가 고학년으로 올라갈수록 인원이 주는 게 당연하긴 한데, 5학년이 184명인 거에 비하면 3학년은 좀 심각하긴 하지. 첫 입학 인원에서 반토막이 났으니. 재희 선배가 유독 자기 학년을 신경 쓴다는 점을 감안하더라도."

"정윤환은 그 뒤로 개인으로만 나갔다고 하던데?"

"어. 정윤환 실력 하나는 확실하잖아. 남들 우글우글 팀으로 뭉쳐서 겨우겨우 다녀오는 걸 혼자서 3년 동안 털끝 하나 안 다치고 복귀하니까, 사람들이 1학년 때 정윤환이 팀원들을 사해에 갖다 버리고 왔다고 수군거리는 거지. 최악이었던 기상이 문제가 아니라, 단순히 정윤환이 첫 파견에서 오만하게 행동하는 바람에 실수가 있었던 거 아니냐고. 그때 녹화 영상이 중간중간 끊겨 있어. 좀 애매하긴 해."

"둘이 팀 맺어서 뛰었으면 대단했을 것 같은데."

"근데 재희 선배하고는 더 이상 같이 안 하더라. 원래 둘이 되게 친했는데. 정윤환 특례입학 들어오고 나서 한량처럼 돌아다니다가 재희 선배 모의 전투 하는 거 보고 자기가 먼저 팀에 들어가고 싶다고 했거든. 재희 선배가 몇 번이나 거절하다가 받아 줬다고 하더라고. 그런데 첫 파견에서 그렇게 팀원 다 잃고 돌아와서는 둘이 완전히 틀어졌대. 정윤환은 그 뒤로 더 깽판 치고 돌아다니고, 더 이상 재희 선배가 감싸 주지도 않으니까 학생들 사이에서 악명이 높아진 거고. 재희 선배랑 사이가 안 좋아지면서 정윤환도 학교생활에서 완전히 손 뗐다고 하더라. 솔직히 모르겠어. 정윤환은 학교를 왜 다니는 걸까? 파견이랑 모의 전투 말고는 제대로 참여하는 것도 없는데."

"친했다고? 그 둘이?"

"엄청 친했대. 정윤환 그 성격에 재희 선배라면 일단 다 접고 들어갔다는데. 재희 선배도 뒤에서 정윤환 사고 친 거 다 메꿔 주고. 온하나비도 둘이서 만들었대."

유은우는 멈춰 서서 손도연을 빤히 바라보았다.

"내가 아는 그 온하나비?"

"응. 동조자 최대 커뮤니티."

유은우는 잠시 말을 잃었다.

'온하나비 접속은 시간 낭비야. 네가 나랑 한팀이 되고 싶을 리는 없고. 온하나비에서 헛소리하는 거 들었나 보지? 네 정신 건강을 위해서라면 그딴 데 들어가지 마라.'

분명히 정윤환이 그렇게 말했었는데.

유은우는 잠시 눈을 깜박이다가 물었다.

"처음 만들었을 때는 지금하고 좀 달랐을 것 같은데……."

"원래는 친한 애들 몇 명이 비공개로 정보 공유하려고 만들었는데, 좋은 건 나눠야 한다며 예원 선배가 공개했나 봐. 그러다가 가입 조건이 완화되면서 기초학교 학생들까지 대거 들어오고. 지금은 거의 우리 학교 입시 커뮤니티처럼 되어 버렸잖아. 너도 들어가 봤지? 네 얘기도 엄청 많……."

손도연이 눈을 동그랗게 떴다.

유은우는 손도연의 시선을 따라 뒤돌아보았다. 손도연이 어디를 보고 말을 멈추었는지는 명확했다. 교정에 흩어진 학생들이 너 나 할 것 없이 전부 다 한곳을 보고 있었으니.

차예원의 뒷모습이 먼저 눈에 들어왔다.

그녀는 두 손으로 서재희의 뺨을 감싼 채 비스듬히 입을 맞추고 있었다. 차예원은 눈을 감고 있었고 서재희는 눈을 뜨고 있었다. 둘은 그렇게 잠깐 멈춰 있었다. 직후, 서재희가 소스라쳤다. 그는 차예원을 직접 밀치지는 않았으나 고개를 거칠게 돌리고 서너 걸음 도망치듯 뒷걸음쳤다. 손등으로 제 입술을 누른 채 서재희가 차예원을 응시했다. 날카롭게 일어섰던 분위기는 금세 가라앉았다. 서재희는 이내 차분히 차예원에게 무어라 말했다. 멀어서 들리지는 않았으나, 차예원이 소리 내어 웃고 있다는 건 알 수 있었다. 그녀가 서재희에게 붙더니 친근하게 팔짱을 꼈다. 서재희는 표정 없이 보폭을 맞추었다.

유은우는 현기증을 느꼈다. 숨이 멎었다는 걸 겨우 깨달았다. 천천히 심호흡했다.

그때였다. 담담하던 서재희가 문득 눈을 들었다. 시선이 스쳤다. 잘못한 것도 없건만, 유은우는 저도 모르게 얼어붙었다. 모른 척 고개를 돌리려 했다. 그러나 쉽지 않았다. 서재희가 낯을 삽시간에 일그러뜨렸기 때문에.

견고하게 단정하던 벽이 와르르 무너지고, 그 아래의 진짜가 언뜻 기어 나와, 유은우는 순간 압도되었다.

그래도 다른 학생들보다는 서재희의 사적인 면모를 많이 안다고 생각했다. 그러나 그런 유은우도 상상조차 해 보지 못한 그런 낯을, 지금 서재희가 하고 있었다. 사실, 꼭 서재희가 아니더라도, 누군가가 저런 표정을 지을 수 있다는 사실 자체에 유은우는 적잖이 충격을 받았다.

서재희가 차예원의 팔을 정중히 **빼**내었다. 평소처럼 반듯하게 돌아온 모습으로, 서재희는 차예원에게 무어라 말하고는 홀로 돌아서서 걸어갔다.

"괜찮아?"

유은우는 화들짝 놀랐다. 손도연이 턱 끝으로 유은우의 가슴을 가리키며 재차 물었다.

"괜찮아?"

유은우는 손도연의 시선에, 자신이 손으로 명치를 꾹 누르고 있음을 깨달았다.

"아니."

목소리가 탁하게 갈라져 나왔다. 유은우는 가슴에서 손을 떼어 보았다. 손이 식어서 찼다. 중얼거리듯 대답했다.

"안 괜찮아."

페어를 맺던 날, 유은우는 울고 있었다.

2학년을 향해 피를 양동이로 쏟아 부을 때는 워낙 기세등등하여 미처 몰랐으나, 빈 강의실에서 홀로 훌쩍이는 그녀는 체구가 작았다. 끌어안으면 그 보드라운 정수리에 턱을 얹을 수도 있겠다 싶을 만큼. 둥지에서 떨어진 아기 새처럼 덩그러니 서서, 유은우는 요령 없이 눈을 문질러 대고 있었다. 그게 얼마나 서툴러 보이던지.

"유은우."

그러나 소리 내어 불렀을 때, 유은우는 즉각 새파랗게 긴장했다. 그녀는 막 사냥에 나서는 맹수처럼 전신을 팽팽하게 당겼다. 눈가는 젖어 발갰으나 눈빛은 또렷했다. 손은 바로 총으로 붙었다. 그 모든 동작이 간결했다.

큰 감흥은 없었다.

그저, 크게 걸리는 것 없이 손쉽게 다루어졌으면 했다. 서로 적당히 속고 속아, 필요한 정보만 빼내고 갈라서려 했다. 처음부터 끝까지 건조하게. 서재희는 자신 있었다. 임유현을 후원자로 두고부터, 그는 늘 그런 태도를 취해 왔으니까.

본인의 감정을 통제하는 것을 넘어서서 타인의 감정까지 능숙하게 다루는 것은, 처음만 어렵지 갈수록 익숙해졌다. 담백한 미소를 만들기 위해 거울 앞에서 얼굴 근육을 수없이 달리 움직여 보고, 어떤 자리에서 어떤 예를 갖추어야 하는지 어깨 너머로 샅샅이 습득했다. 내면을 죽인 위로 타인이 원하는 껍데기를 두르는, 일종의 요령과 같았다.

"저 선배 좋아해요."

특별할 것 없는, 지겹기까지 한 고백을 의도적으로 수없이 갈취했다. 많은 학생이 서재희에게 호의를 되돌려 받기를 기대하며 끝없이 정보를 물어 오거나 펼쳐 놓았다.

　수면 밑에 가라앉은 또 다른 위원회 명단을 건져내는 것을 시작으로, 서재희는 쉼 없이 낙원의 이론을 긁어모았다. 온디딤에 관한 정보. 김서혁이 임유현을 밀어내고 총사령관 자리를 꿰찬 과정. 차인호와 임유현의 서슬 퍼런 동맹. 도시연합에서 매긴 각 도시의 서열과 전 시민의 가치 평가. 용 연구소에서 극비리에 진행되고 있는 프로젝트까지.

　서재희는 씨실과 날실을 엮듯 정보를 짜 맞추었다. 처음에는 깜빡이는 손전등 하나로 한 뼘 앞만 겨우 볼 수 있었으나, 점차 발밑부터 환해지기 시작했다. 드러난 판은 끝도 없이 거대했다. 대체 어디서부터 깨어 나가야 할지 암담할 정도로.

　어쩌면 그는 감정을 통제한다기보다, 자신의 속을 살필 겨를이 없었는지도 모른다. 혼자서 추적하기에, 낙원의 이론은 너무나 오래되었으며, 또 견고하게 비대해져 있었다. 졸업 전에 모든 것을 마무리 지어야 했다. 시간이 없었다.

　그 정신없는 와중에 유은우가 자꾸만 눈에 밟혔다. 워낙 씩씩하여 그리 손이 갈 줄은 몰랐는데, 그렇게 씩씩한 면이 도리어 서재희를 신경 쓰이게 했다.

　우선, 유은우는 너무 자주 다쳤다. 손등의 상처를 꼼꼼하게 돌보지 않아 피부가 다 상하도록 내버려두지를 않나. 멍이 든 손목을 지적했더니 그냥 옷에 쓱쓱 문질러 닦지를 않나. 막상 본인이 아무렇지도 않아 하니까 되레 보는 사람이 답답하여 자꾸만 눈길이 갔다.

노트에 끼적거린 소박한 꿈이 안쓰러워 그깟 흔해 빠진 빵 하나 사 주었더니 얼마나 맛있게 찹찹찹 먹어 주는지, 사 준 사람을 정말 뿌듯하게 만들었다. 이 세상 모든 디저트 목록을 작성해서 끼니마다 하나씩 먹이고 싶을 정도로 귀여웠다.

그리고 삽시간에 얽혔다. 꿈을 꾸고 피 냄새를 맡는다더니, 백일서가 살해되는 현장 한가운데 유은우가 들어와 있었다. 자의든 타의든 낙원의 이론에 발을 들였으니 이제 휘말리는 것만 남았다. 하고 많은 길 중, 6.5층에 기어들어 가 자료를 빼다가 전교생에게 퍼뜨린 건 어쨌든 유은우의 선택이었다.

유은우는 그 이후로도 끊임없이 서재희를 생경하게 건드렸다. 유은우를 보고 있으면, 잊고 있었던 감정의 버튼들이 예고 없이 툭툭 눌려져 가동되는 것만 같았다. 그럴 때면 가슴이 쿵쿵 뛰거나 예리하게 따끔하거나 혹은 싸하게 아렸다.

마지막을 생각하며 배 속 밑바닥까지 먼지 한 톨 없이 깨끗하게 쓸어 놓았는데, 그 텅 비어 차디찬 곳에 유은우가 쑥 들어와 자꾸 부스럭부스럭 헤집고 다녔다. 속이 문득문득 데워졌다.

어두운 터널이라도 끝까지 걷겠다는 다짐으로. 남들 다 기피하는 못생긴 알을 망설임 없이 골랐던 이유로. 온디딤을 잡아 다루던 손으로. 혹은⋯⋯.

'선배, 저 좋아해요?'

⋯⋯계산에 없던 질문으로.

제대로 답하지 못했다. 헤매기까지 했다. 제발 날 좋아해 달라는 귀찮은 간청만 차고 넘치도록 들어 봤지, 혹시 나 좋아하냐는 의심을 받아 보리라고는 생각도 하지 못했다. 혼란스러워 갈피를 잡지 못하던 와중에도, 서재희는 대체 어떤 대답을 해야 유은우가 자신을 조금이라도 덜 경계할까 그것을 우선적으로 생각했다. 지금 와서 돌이켜보면 당황스러웠다.

유은우가 날 경계하든 말든 그게 무슨 상관이란 말인가. 어차피 원하는 것은 페어를 조건으로 다 받을 수 있는데.

너 좋아하는 거 아니라고 답하면 그만이었다. 그런데 왜 내가 할 수 있는 모든 답변을 견주어 보고, 그에 따른 유은우의 반응을 앞서 염려했는지 모를 일이었다.

자꾸만 세계가 흔들렸다. 그 어떤 타당한 이유도 없이.

"재희야."

차예원이 몸을 기울이며 밝게 웃었다.

"밥 안 먹어?"

서재희는 식사를 내려다보았다. 숟가락질을 몇 번 한 것도 같은데 종이 그릇에 담긴 색색의 알갱이들은 줄어들기는커녕 갑절로 불어난 것처럼 보였다. 그는 뺨으로 달라붙는 다른 학생들의 시선을 느끼며 습관적으로 미소 지었다.

"입맛이 없네."

"아빠한테 말해야겠다. 약이라도 하나 지어 달라고."

"내 몸은 내가 알아서 할게."

"왜? 약혼녀한테 그 정도는 받을 수 있잖아."

서재희는 왜 이토록 입맛이 없는지 깨달았다. 음식이 뭐가 중요한가. 같이 먹는 사람이 중요하지. 이러다가 낙원의 이론

귀퉁이도 못 부숴 보고 체해서 죽을까 겁이 났다. 입술을 거의 움직이지 않으며 낮게 뱉었다.

"적당히 하자. 표면이잖아."

"표면적으로 약 지어 줄 테니까 표면적으로 먹어 달라고. 어렵니?"

"그럼 그렇게 해."

대화가 피곤했기에 건성으로 마무리 지었다. 약이든 독약이든 받자마자 쓰레기통에 처박으면 그만이었다.

차예원이 얼른 이프를 눌렀다.

"지금 말해 놔야겠다. 바로 주문해서 이번 주 안에 보내라고. 모의 전투까지 며칠 남지도 않았는데 미리 먹어 두면 좋았을걸……."

차예원의 다음 말은 들어오지 않았다. 그녀가 숙인 어깨 너머로, 유은우가 설핏 보인 까닭이었다. 애초에 몰랐다면 모를까, 한번 눈에 걸리고 나니 여태 못 알아본 것이 이상할 정도로 단단히 시선을 잡아끌었다.

유은우는 우울한 표정으로 시리얼 그릇을 밀어 두고 있었다.

서재희는 자세를 고쳐 앉는 척하며 고개를 기울여 유은우의 식사를 살폈다. 펼쳐만 놓고 손도 대지 않은 것 같았다. 가리는 것 없이 다 잘 먹을 것 같던데, 왜 남겼을까. 시계를 찬 오른손이 간간이 떨리는 것을 보고서야 그 이유를 눈치챘다. 유은우 성격에 밥 한 끼 편하게 먹겠다고 시계를 풀어 놓는다는 것은 상상도 어려웠다. 차라리 밥을 굶고 말지. 온디딤에 익숙해지는 것을 우선하는 게 분명했다. 유은우는 항상 그랬으니까.

이따 같이 간식 먹어야겠다.

점심시간 끝나고 나면 1학년들 심리안정술 강의가 있었다. 끝날 즈음에 파견부실로 불러서 샌드위치랑 과일주스랑 이것저것 먹여야겠다고 생각했다. 유은우가 볼 빵빵하게 샌드위치를 우물우물거리는 걸 떠올리기만 해도 서재희는 벌써 배가 불렀다. 기억을 보려면 체력이 소모되니까 먹고 시작하면 안정적이고 좋잖아.

뭔가 주객이 전도된 것 같다는 느낌이 들었으나 잠깐이었다.

유은우가 복숭아 푸딩을 집었다. 까만 머리칼이 정수리부터 곡선을 그리며 가슴으로 흩어졌다. 그러고 보니 머리가 조금 길어진 것 같았다. 속눈썹이 더 촘촘해진 것 같기도, 뺨이 더 보송보송해진 것 같기도 했다.

오늘 유난히 예쁘네.

유은우는 푸딩 껍데기를 몇 번 당겨 보더니, 곧 눈에 불을 켜고 씨름을 시작했다. 기필코 먹겠다는 의지가 여기까지 전해졌다. 조막만 한 손이 자꾸 헛돌았다. 꿋꿋하게 시계를 차고 있는 탓이었다. 유은우는 입을 앙다물고 푸딩 껍데기에 완전히 집중하고 있었다. 거기가 아냐. 서재희는 안타까운 마음에 자꾸만 차예원 어깨 너머로 유은우를 보았다. 끝을 꼭 잡고 당겨야 하는데. 너무 세게 하면 안 돼. 즙이 튀니까.

"은우랑 윤환이 사귄대."

서재희는 물끄러미 차예원을 보았다. 바로 앞에 있는데도 차예원의 존재를 까맣게 잊고 있었다. 목소리가 잠겨 나오지 않도록 조심하며, 웃는 얼굴로 반문했다.

"그래?"

"응. 온하나비 난리 났어. 사진도 올라오고. 윤환이 은우랑 사귀면서 수업도 참석하나 봐. 세상에. 개과천선이지, 뭐. 재희 너 온하나비 잘 안 보지? 보여 줄까?"

차예원이 이프를 누르느라 고개를 숙이자 다시 유은우가 눈에 들어왔다. 그 옆을 지나다 멈춰 선 정윤환도. 정윤환이 혀를 차더니 유은우에게서 푸딩을 빼앗았다. 유은우가 약탈자를 향해 야심차게 고개를 들었다가 정윤환의 얼굴을 확인하고 바짝 굳는 것이 보였다. 서로 뭐라고 받아치는 것 같은데 여기까지 들리진 않았다. 먹은 것도 없는데 속이 갑갑했다. 유은우의 표정이 안 좋아 보이는 게 그나마 위안이었다.

둘이 사귈 리가 없지.

그러나 그런 헛소문이 날 만도 하다고 인정은 했다. 유은우는 최근 정윤환과 제법 붙어 있었으니까.

어쨌든 아닐 것이다, 사귀는 건. 유은우가 미치지 않고서야 그럴 리 없지.

"이것 봐."

차예원이 이프로 화면을 띄워 내밀었다. 서재희는 미소를 유지하며 그것을 끌어당겼다.

유은우와 정윤환이 딱 달라붙어 있는, 여러 장의 사진이 줄줄이 떠 있었다. 서재희는 댓글은 신경도 쓰지 않고, 오직 그 사진들만 더듬어 살폈다. 자신과 둘이 있을 때 유은우가 어떻게 웃었는지를 떠올리고, 사진 속 유은우가 정윤환을 어떤 시선으로 보고 있는지, 세심하게 저울질했다. 문득 뒷덜미가 차게 식었다.

내가 지금 뭐 하는 거지?

서재희는 불에 덴 듯 황급히 화면을 밀쳤다. 네모난 창은 기우뚱하다가 가로로 누우며 뚝 꺼져 버렸다. 나지막하게 말했다.

"다 먹었으면 일어나자."

차예원은 기분이 상한 것 같았다. 그녀는 입을 꼭 다물고 평소 먹지도 않는 에너지 팩을 뜯기 시작했다. 서재희는 그 틈에 유은우를 보았다.

눈이 마주쳤다.

늘 하던 대로 입꼬리를 당겨 보았다. 타인에게는 그리 숨 쉬듯 자연스럽던 미소가, 이상하게 어그러지는 느낌이 났다. 유은우가 시선을 피했다. 마음이 놓였다.

"서재희."

동기 남학생이 불쑥 다가와 옆 의자를 끌어다 앉았다. 서재희는 자각하기도 전에 이미 서글서글하게 상대를 응시하고 있었다.

"진로 좀 물어볼게. 너도 알다시피 내가 1학년 때 좀 놀았잖냐. 나 이번에 도시연합군 지원하고 싶은데 교장 추천서가 필요할 것 같아서, 그런 거 네 전문 아니냐?"

서재희는 미소를 고정한 채 이미 깨끗하게 정리해 놓은 식사 봉투를 한 번 더 접었다. 이리저리 신변잡기를 하다가 본론을 꺼내는 것보다 빨라서 좋긴 하네. 서재희는 천천히 입을 열었다.

"5학년 김준영. 동조율 48, 설계 32%, 타격 68%. 성적 평균 B+. 전교생 랭킹 120위. 5학년 랭킹 52위. 그 스펙으로는 교장 추천서 100장이 있어도 설득력이 없어. 도시연합군에 들어가고 싶으면 졸업 후 바로는 안 되고, 호위직을 경유해서 경력으로 들어가는 게 가장 빨라. 호위직은 올 9월에 공고가 나니까 내가 그거 보고 네 진로 한번 짜 줄게. 확답은 못 해."

"고맙다, 진짜."

"너희 어머니께서 나 많이 도와주셨어."

"어? 처음 듣는데?"

금시초문이겠지. 도와주기는커녕 어떻게든 깎아내리려고 혈안이 되어 있으니. 서재희는 웃어야 할 만큼만 웃으며 덧붙였다. 부드럽게.

"말씀 안 하셨을 거야. 비공식이었어. 너무 감사했다고 전해 줄래. 안 그래도 네 진로 한번 봐주려던 참이었어."

김준영이 당황한 표정으로, 그러나 흔쾌히 고개를 끄덕였다. 그가 다시 한번 감사를 표하고 자리에서 일어났다. 김준영이 멀어지자 차예원이 작게 소리 내어 웃었다. 그녀는 절반도 먹지 않은 에너지 팩의 뚜껑을 돌려 닫았다. 서재희는 턱을 괴며 고개를 기울였다. 시선은 또 먼 곳을 좇았다.

유은우가 정윤환의 멱살을 잡으며 귓가에 속삭이고 있었다. 정윤환이 손을 들어 제 멱살을 쥔 유은우의 손을 쳐 내고, 번갈아 무어라 대화하고 있었다. 둘 다 표정이 심각했다. 학생들로 복잡한 식당에 둘만 작은 섬처럼 고립되어 있었다. 완전히 둘만의 세상이었다. 줄곧 딱딱하던 정윤환이 해사하게 웃으며 부서졌다. 유은우의 머리를 친근하게 쓰다듬는 것도 모자라 입술을 동그랗게 모아 장난스레 바람을 후 불었다. 유은우의 앞머리가 사락 흩어졌다. 예쁘게.

문득 정윤환의 시선이 이쪽으로 미끄러졌다. 서재희는 황급히 시선을 떨어뜨렸다. 어디에 두어야 할지 헤매다가 하필 차예원과 마주쳤다. 차예원은 차가운 얼굴로 팔짱을 끼고 있었다. 한상 가득 벌여 놓았던 식탁 위는 깨끗하게 치워져 있었다. 서재희는 놀라다 못해 섬뜩했다. 바로 앞에 있는 차예원이 식탁을 정리하는 것도 모르고 있었다니. 내가 이렇게 정신이 없나.

"재희, 너……."

그러나 차예원은 입을 다물었다. 학생들이 우르르 다가온 덕이었다. 서재희는 즉각 옆으로 돌아앉았다. 안도했다. 대화는 습관이 들어 머리를 쓰지 않고도 이어 나갈 수 있었다.

정신 똑바로 차려. 할 일이 많아.

유은우와 샌드위치를 먹겠다는 한가로운 계획은 깨끗이 지워 버렸다. 내가 미쳤구나. 같이 간식을 먹겠다고? 그렇게 해서 얻을 수 있는 게 뭔데?

식당에서 나오자마자 차예원이 학생회실에 가자며 운을 뗐다. 어린아이도 한 손에 들 수 있는 대자보 전자종이를 들어 달라기에 단칼에 거절했다. 이제 저녁 한 끼 남았나. 체한 것처럼 속이 답답했다.

그러나 해가 지기도 전에 차예원과 다시 마주쳤다. 교장실에
들렀다가 교정을 가로지를 때였다. 차예원이 저만치서 걸어오
고 있었다. 못 본 척 피하기도 전에 이름을 불러, 서재희는 옷
을 걸치듯 미소를 입었다. 그대로 지나치려 했으나 질문에 발
이 묶였다.

"재희 너 관리자 등록 언제 할 거야?"

날이 좋았다. 차예원과 둘이서 교정을 걷기에 아까운 날씨였
다. 3학년 몇몇이 왁자하게 몰려 지나가다가 꾸벅꾸벅 공손하
게 인사를 했다. 서재희는 부드럽게 화답했다. 학생들이 동경
을 거두고 지나가고 나서야, 조용히 대답했다.

"졸업 전에."

"아빠가 그러는데, 너 정말 청문회 소환될 수도 있대. 우리 아
빠랑 교장 선생님이 아무리 옹호해도 다른 위원들이 영 납득하
지 않는 눈치야. 임유현이 호랑이 새끼를 키우는 거 아니냐고."

"날 죽이고 다른 놈을 그 자리에 끼우고 싶은가 보지."

"과반수가 동의하면 청문회 진행돼. 본격적으로 작업 들어간
것 같아."

"부르면 가야지. 간만에 도시연합 수뇌부 구경도 하고 참 좋
겠다."

"재희야."

차예원이 걸음을 멈추었다. 서재희는 예의상 그녀를 돌아보

다가 미간을 좁히며 멈춰 섰다. 차예원이 평소와 다른 낯을 하고 있었다. 오만하지만…….

"어떻게 해야 나한테 올래."

……분명한 부탁이었다.

서재희는 차예원과의 첫 만남을 기억했다. 임유현과 차인호가 주선한 자리에서 차예원은 서재희에게 필요를 웃도는 호감을 표시했었다. 그러나 둘만 남자마자 서재희가 냉담한 반응을 고수하면서 차예원 또한 다시는 부드러운 면을 보인 법이 없었다. 그 이후, 차예원이 먼저 굽히고 들어온 건 오늘이 처음이었다.

연민은 없었다. 성가셨다. 방향을 달리하면 내 대답이 달라질 거라 기대한 걸까.

"나 이미 네 약혼자야. 지금 이 순간도 난 네 아버지를 위해 일해. 아까 밥 먹으면서 내가 김준영한테 어떻게 했는지 보고도 그래?"

"어차피 우리 쭉 같이 가야 하잖아. 넌 교장한테 묶여 있어서 내게서 도망칠 수 없지. 정말 다행이라고 생각하지만, 동시에 끔찍하게 싫어. 평생을 같이할 거, 서로 마음까지 있었다면 더 효과가 좋았을 테니까."

"욕심이 지나쳐."

"네가 우리 아빠를 위해 일하듯, 내게도 마음을 주면 간단한 일이야."

"이런 얘기 불편해. 진짜 하고 싶은 말이 뭔데?"

"이게 진짜 하고 싶은 말이야."

서재희는 익사 직전이었다.

"차예원."

"내가 너 도와줄게. 네가 다른 학생들 구슬려서 정보 빼내는 거 알아. 그거 그만두고, 나한테서 빼 가면 안 돼? 내가 다 줄게. 유은우랑 페어도 해제해. 유은우가 줄 수 있는 걸 설마 내가 못 주겠어? 네가 지금 나 우습게 만들고 있잖아."

바람이 옅었다. 어디선가 웃음소리가 들렸다. 서재희는 핑계 삼아 차예원에게서 시선을 떼고 그쪽을 보았다. 그제야 숨통이 좀 트였다. 2학년 남학생 하나가 1학년 여학생에게 드론 조종기를 쥐여 주고 있었다. 어색한 거리를 유지하면서, 하지만 뺨을 붉힌 채, 남학생이 여학생의 손을 덮어 쥐고 조종기를 부드럽게 굴렸다. 드론이 서툴게 방향을 회전했다.

내가 만약에, 아주 만약에 유은우와 사귄다면 대체 뭘 할 수 있겠는가. 둘이서 손을 잡고 다니겠는가. 밥을 같이 먹겠는가. 아니면 교정에서 마주 보고 편하게 웃을 수 있겠는가.

멍울이 지는 것처럼 목이 꽉 차올랐다.

"재희야, 내가 네 인생 편하게 해 줄게."

"내 인생은 옛날에 놓쳤어."

끝은 정해 두었다. 남은 것은 의식도 없는 부모님, 그리고 자기 자신과의 약속.

"너 살아 있잖아. 그럼 인생도 있는 거지."

"그런 건 자유로운 너나 해당되는 거고. 난 완전히 저당 잡혔어. 그리고 네가 또 저당 잡으려고 하고 있잖아. 내 인생인데 내 지분이 하나도 없어. 이 상황에서 어떻게 다른 사람을 좋아해? 줄 수 있는 게 하나도 없는데. 네가 나한테 너무 많은 걸 바란다고 생각하지 않아?"

"너 지금 노력하는 척도 안 하고 있잖아."

"우리 서로 죽고 못 살아서 약혼한 거 아니잖아. 그냥 지도층 동맹의 상징일 뿐인데 의미 부여하지 말자. 난 네가 불편해. 그런데 어떻게 네가 내 인생을 편하게 해."

서재희는 차예원을 남겨 두고 돌아섰다.

"잠깐만."

차예원이 뛰어 앞으로 왔다. 그녀가 손을 뻗어 왔다.

"뭐 묻었어."

거짓말. 그 핑계로 차예원이 서재희에게 손대는 건 자주 있는 일이었다. 그러나 이번은 느낌이 이상했다. 서재희는 피하는 대신 그녀를 빤히 보았다. 차예원은 서재희가 아니라 서재희의 어깨 너머를 보고 있었다. 그저 응시하는 게 아니라 힘주어 매섭게. 차예원이 누군가를 그리 본 적이 있었던가. 죄 발아래 두고 굽어보는 차예원이 저렇게 잡아먹을 듯 상대를 주시하는 건 드문 일이었다.

뺨을 잡히고 입술에 무언가 부딪혔다. 머리는 느리게 돌아갔다. 직후 뿌리치고 물러섰다. 손을 들어 손등으로 제 입술을 눌렀다. 차예원이 의기양양하게 웃고 있었다. 파스스 소름이 돋았다.

"장난치지 마."

치미는 분을 빠르게 눌렀다. 당장 느껴지는 시선만 여럿이었다. 어차피 당했으니, 이쪽에서도 이용해야 했다. 차라리 잘되었다고 되뇌었다. 최소 밥 열 끼……, 아니, 열 끼뿐일까, 그 이상의 효과가 기대되었다. 그러니 이 더러운 기분 말고는, 내가 손해 본 건 없다고. 차예원이 다가와 팔을 붙잡고 파고들었다. 그녀가 매달리는 대로 팔짱을 끼며 다시 한번 숨을 다잡았다. 홧홧한 속내를 비집고 서늘한 기억이 기어 나왔다.

투명한 새벽. 그걸 입맞춤이라고 해도 좋을까.

떠올리는 것만으로 가슴이 뛰었다. 유은우는 벌써 잊었는지도 모르는데. 그녀에겐 그 입맞춤이 그저 사고였을지 모른다. 사실 사고가 맞았으니까. 그러나 서재희는 때때로 그 순간을 떠올리곤 했다. 양치질을 할 때, 넥타이를 끄를 때, 잠자리에 들 때, 유은우를 바라볼 때.

상관없잖아. 나 혼자 생각하는 거니까. 누구한테 들킬 일 없어. 이렇게만 지내면…….

시선에 무언가 턱 걸렸다. 저만치 유은우가 서 있었다. 그녀는 이쪽을 빤히 보고 있었다. 눈을 동그랗게 뜨고 손끝으로 명치를 꼭 누른 채.

아.

서재희는 차예원의 팔을 떨어냈다. 차예원이 미간을 구겼다. 개의치 않고 뺄었다.

"나 갈게."

돌아섰다. 차예원의 도발에 장단 맞춰 주며 실익을 챙기겠다던 다짐은 사라진 지 오래였다. 오히려 지금 차예원이 붙잡는다면 인내할 수 있을까 장담조차 어려웠다. 다행인지 불행인지 차예원은 더 이상 따라오지 않았다. 눈치는 있는 모양이지. 하긴 늘 이렇게 아슬아슬하게 물러서니 여태 유지되었겠지만.

봤을까.

화가 치밀었다. 머리 꼭대기까지 얼얼했다.

봤겠지. 유은우 표정 못 봤어? 그건 본 표정이야.

햇살이 교정에 깔린 돌 위로 부서지고 있었다.

날씨가 아깝다고 생각한 자신을 냉소했다. 아무리 화창한들 그게 무슨 소용이란 말인가. 정작 내가 온통 캄캄한데.

아무리 어두운 터널이라도 반드시 끝이 있다. 영영 터널 속에서 헤맨다고 해도, 걸음을 멈추면 안 돼.

어째선지, 유은우가 꾹꾹 눌러쓴 그 글귀가 떠올랐다. 눈가가 달아오르는 바람에, 서재희는 고개를 젖히고 눈을 깜박거렸다. 심호흡을 하며 순식간에 냉정을 되찾았다. 어깨를 똑바로 펴고 서서 인터컴을 귀에 꽂았다. 이프를 눌러 전화를 걸었다.

— 어어, 재희야.

김산은 언제나처럼 즉각 전화를 받았다. 서재희는 파견부실이 있는 본관 쪽으로 걷기 시작했다.

"이번 파견 수업 동선 짜야겠어. 지금 바로 연다희 데리고 파견부실로 와 줘."

— 뭐? 파견을 지금 짠다고? 너무 이른 거 아냐? 보통은 2주 전에…….

"그거 짜고 이번에 모의 전투 세팅도 미리 해 보자. 그리고 저번에 군으로 송부한다던 용 사육 보고서 어떻게 됐어?"

— 아, 잠시만……. 야, 연다희! 너 용 어떻게 됐어? 아직? 어, 재희야. 초안만 잡았다는데.

"그럼 그 파일 나한테 보내라고 해. 내가 완성해서 결재까지 받을게."

— 그거 월말에 보내도 되는데. 너 바쁘잖아. 왜 굳이……. 급한 거야?

"급해졌어."

서재희는 파견부실에 도착하자마자 창문을 열어 환기를 시켰다. 무선청소기를 집어 들었다. 항상 정갈하여 먼지 하나 없는 바닥을 강박적으로 한 차례 밀었다.

먼저 도착한 건 연다희였다.

"재희 선배, 오늘 왜 그래요? 이렇게 갑자기 호출한 적 한 번도 없었잖아요. 항상 미리 말해 줬잖아요. 무슨 일 있어요?"

서재희는 매끄럽게 미소 지었다.

"미안. 곧 바빠질 것 같아서 지금 미리 봐 두고 싶어졌어. 그리고……."

서재희는 잠깐 문을 확인했다.

"……김산은?"

"도서관에서 파견 데이터 뽑아서 온대요."

잘됐네. 일이 잘 풀리려나 보지. 서재희는 재킷 안주머니에서 작은 영수증을 꺼내 연다희에게 내밀었다.

"부탁 좀 할게."

"이게 뭐예요?"

서재희가 부탁한다고 한마디 했을 뿐인데, 연다희는 아무런 의심 없이 그것을 받아 갔다.

김산이었으면 이게 무어냐고 난리가 났을 테지.

"택배 예약을 해 두었어. 곧 도시연합 1030주년 기념 연회가 있잖아. 내가 일부 학부모들에게 기념품을 하나씩 보내려고. 내가 개인적으로 하는 거니까, 발송 전까지는 아무한테도 말하지 말고. 발송하고 나서는 누구에게든 이야기해도 좋아."

연다희는 영수증을 바라보았다.

"예약자가 제 이름으로 돼 있네요? 전화번호도 제 거고요."

"연회 다음 날 우체국에서 방문할 거야. 내가 그날 학교에 있으면 좋은데, 없을 수도 있어서 네 이름으로 예약했어. 연다희네가 가지고 있다가 우체국에서 연락 오면 여기 파견부실 좀 열어 줄래? 택배 상자는 내가 그 전날 여기다가 가져다 놓을게."

"중요한 건가요?"

"무슨 일이 있어도 보내야 해. 알았지? 무슨 일이 있어도."

연다희는 여러 말을 하지 않았다. 그녀는 언제나 그렇듯 잠자코 고개를 끄덕였다.

때마침 김산이 도착했다. 서재희가 스크린에 사해 지도를 띄우고 영역 설정을 하는 동안, 김산은 테이블에 학생 명단과 과거 파견 기록을 비롯한 서류철을 차근차근 펼쳐 놓았다. 연다희는 노트북을 펼치고 측량 프로그램을 가동했다.

"그래서 다음 파견은 어디로 하고 싶은데?"

김산의 물음에, 서재희는 지시봉으로 사해 지도를 짚었다.

"제7유적지."

"네?"

연다희가 깜짝 놀라 반문했다.

"제7유적지요? 거긴 제5도시랑 너무 가까운데요. 지침에 위배되지 않나요. 분명 도시의 중심부로부터 파견 목적지 좌표까지 직선거리가 최소 8킬로미터는 떨어져 있어야 한다고……."

김산이 걸어와 서재희 옆에 섰다. 그가 눈을 반쯤 뜨고 지도를 찬찬히 살폈다.

"8.2킬로미터. 아슬아슬하게 벗어나네."

"아니, 그러니까 왜 굳이. 위험해요. 제7유적지로 보고했다가 반려당하면 다른 곳으로 좌표 찍어서 다시 측량해야 하는데, 왜 그런 수고를 해요? 게다가 여긴 1급 보안지역과 너무 가까워서 활동 범위가 제약되고, 무엇보다도, 그, 거기잖아요."

정윤환이 2년 전에 팀원을 전부 잃고 돌아온 장소라는 것을, 연다희는 돌려 지적했다. 김산이 말했다.

"여태 재희 말 들어서 손해 본 적 있어?"

"물론, 없지만요……."

"그러니까. 재희도 생각이 있겠지."

둘의 대화를 들으며, 서재희는 몸을 한 발짝 뒤로 물렸다. 유은우에게 메시지를 보낼 참이었다. 두 시간 뒤에 보자고 할까. 그때쯤이면 좌표도 대강 나올 테고, 파견부실 정리까지 싹 끝내 놓을 수 있을 것 같았다. 불러서 한 시간 정도만 바짝 기억 보면, 저녁 먹을 시간에 맞춰 보내 줄 수 있을 것 같은데.

왼쪽 손목의 이프가 한 차례 진동했다.

서재희는 별생각 없이 이프를 가동했다. 다음 순간, 눈을 의심했다. '5단계 보호 설계 가동 중'이라고 항시 떠 있던 문구가 깨끗하게 사라져 있었다. 남은 것은 황금색으로 반짝이는 유은우 이름 석 자뿐이었다.

왜 깨졌지?

등골로 식은땀이 미끄러졌다. 서재희는 지시봉을 테이블에 던져 버렸다. 평소 물건을 함부로 다룬 적이 없는지라, 김산과 연다희가 동시에 서재희를 돌아보았다. 서재희는 정신없이 홀스터에서 인터컴을 뽑아 귀에 꽂았다. 이어 이프를 눌렀다. 손가락이 떨려 몇 번이나 전화를 잘못 걸 뻔했다. 겨우 정윤환 이름을 찾아 눌렀다.

"왜 그래? 무슨 일 있어?"

김산이 물었으나 대답할 정신이 없었다. 인터컴은 그저 신호음만 길게 울렸다. 서재희는 통화를 포기하고 총을 뽑았다. 연다희가 뒤로 확 물러섰다. 바닥을 향해 방아쇠를 당겼다.

탕!

반질반질한 바닥 위로 설계의 얼개가 푸르게 반짝이며 찰랑이다가 사방으로 확 뻗어 나가며 스러졌다. 이프를 확인했다. '페어 위치 추적 중' 문구가 반짝거렸다. 그 밑으로 좌표가 떴다. 그러나 낯설었다. 서재희는 바로 지도를 끌어왔다. 학교 구석 중 구석이었다. 연구동 뒤 자재를 쌓아 두는 외진 공간이었다. 서재희가 여태 학교를 다니며 단 한 번도 발을 디딘 적 없는 곳이었다.

여기서 뭐 하는 거지? 정윤환이 유은우를 여기로 끌고 갔나?

그때였다. 이프가 우웅 떨렸다. 작은 메시지 창이 종이 새처럼 사뿐 날아올랐다. 발신자를 보니 유은우였다.

[걱정 마세요. 연습하다가 깨졌습니다.]

서재희는 숨을 토했다. 정윤환이 부순 건 아니구나.

그러나 여전히 갈증이 났다. 허둥댄 서재희에 비해 유은우의 메시지는 지나치게 짧았다.

꼭 필요할 때 무난한 단어로만 신중하게 사용하라고 당부한 건 다른 누구도 아닌 서재희 바로 자신이었다. 메신저는 기록이 남으니까. 서재희는 지금 당장 유은우에게 상황을 물어보고 싶어 입이 말랐다. 정신을 차리고 보니 이미 파견부실 문손잡이를 쥐고 있었다.

"어디 가?"

김산이 황당해했다.

"잠깐 나갔다 올게."

"지금? 우리 둘 불러 놓고? 파견 짜자며? 급하다며?"

"미안해."

김산과 연다희의 어이없다는 시선을 애써 무시하며 파견부실을 나왔다. 그때부턴 뛰기 시작했다. 이프로 목적지를 설정해 놓고 교정을 쭉 가로질렀다. 오가던 많은 학생들이 인사를 건네려다가도 서재희의 표정을 확인하고는 눈을 동그랗게 뜨며 물러섰다.

이프가 목적지 도착을 알리며 꺼졌을 땐, 숨이 턱까지 닿아 있었다.

연구동 뒤는 나무 냄새로 가득했다. 베어 낸 지 얼마 안 된 귀한 원목들이 가지런히 빽빽하게 쌓여 있었다. 연구를 위해 가지와 잎이 그대로 보존되어, 바람이 불자 무성한 잎이 흔들리며 마치 녹색 동산 같았다.

유은우는 보이지 않았다. 고요했다.

서재희는 두 손으로 무릎을 짚으며 몸을 숙였다. 호흡을 아래로 고르고, 손등으로 턱 끝에 매달린 땀을 훔쳤다. 신체 강화제를 흡입할 걸 그랬다는 생각이 그제야 들었다. 어쩌자고 무식하게 맨몸으로 뛰어 왔을까. 편한 길 놔두고.

그때였다. 시야로 반짝임이 번졌다. 물결처럼 밀려왔다. 그것은 결이 선명하여 섬세한 빛의 주름처럼 보였다.

서재희는 두 손으로 무릎을 짚고 허리를 숙인 채, 그러나 숨은 삼키고, 제 까만 구두 위로 어른거리는 빛 무리를 바라보았다. 귀로는 나뭇잎 섞인 바람 소리를 들었다.

본능적으로 알 수 있었다. 어떤 시작의 예고임을.

비슷한 직감을 겪은 적이 있었다. 제8도시. 폭격. 임유현을 마주 보았을 때도 강렬하게 느꼈다. 내 인생의 물결이 크게 꺾이리라는 걸. 나의 의지와 상관없이.

서재희는 마음의 준비를 해야 했다. 허리를 펴며 고개를 들었다. 느리게.

높게 쌓인 나무 너머로 은색으로 번쩍이는 거대하고 얇은 원판이 공중에서 미끄러지고 있었다. 그 원판 아래 드리워진 세 개의 날카로운 침을 보고, 서재희는 그것이 팽창한 시계판임을 알았다. 그 차가운 금속 호수 위에, 유은우가 완전히 드러누워 있었다. 늘 힘이 넘치던 사지를 무방비하게 늘어뜨리고, 눈을 부드럽게 감고, 입술은 틈을 두고, 까만 머리칼은 시계판 밑으로 나붓이 흘러 떨어뜨리고 둥근 가슴이 호흡을 따라 천천히 오르내렸다.

오후의 빛이, 시계판의 표면에서 번쩍이다가, 유은우의 전신을 휩쓸었다가, 바람을 타고 나무로 떨어져 잎사귀를 스쳤다가, 서재희의 발밑으로 자비 없이 밀려왔다. 유은우가 서재희의 삶으로 쏟아졌다. 찬란하여 도리가 없었다.

이게 가능한가. 잡았다 하면 사망 사고가 일어나는 온디딤을 하루 만에 부리는 것이. 용과 계약한 것도 아닌데. 계약자라는 것이 실존하는지도 모르는데. 성체가 된 용은 하나뿐이었다. 갈기갈기 찢겨 여덟 도시를 지탱하는, 심장을 잃은 용. 계약자가 있을 리 없어.

그런데 어떻게.

유은우가 눈을 떴다. 눈동자가 이쪽으로 미끄러졌다. 반짝였다.

"선배!"

유은우가 황급히 몸을 일으켰다. 그와 동시에 시계판이 크게 기울며 해체되었다. 유리판과 금속판이 분리되고 크고 작은 태엽이 새 떼처럼 쏟아져 날아올랐다. 유은우는 시계 부품을 제 수족처럼 부리며 가뿐하게 땅에 발을 디뎠다. 환하게 웃고 있었다. 시계는 빠르게 본래 크기로 돌아와 그녀의 오른쪽 손목에 매끄럽게 안착했다.

"저 이제 진짜 할 수 있어요."

유은우는 운명을 부수는 걸까, 운명에 휩쓸린 걸까. 이도 저도 아니라면, 운명을 부수는 운명에 휩쓸린 걸까. 만약 유은우의 반짝임조차 불행에 다가가는 수순이라면, 혹시 내가 유은우의 등을 힘껏 밀어 터널 밖으로 내보낼 수도 있지 않을까. 이 끔찍한 재능, 끔찍한 일만 계획하지만, 어쩌면.

"선배, 이것 봐요."

유은우가 서재희의 곁에 바짝 다가와 시계를 풀었다. 서재희는 정신을 차리려 애썼다. 유은우가 아닌 시계를 보려고 노력했다. 은색 시곗줄이 끌러지자 오른쪽 손목이 드러났다. 벌겋게 퉁퉁 부어 있었다.

"이거 안쪽에 이름이 있어요."

유은우가 시계를 뒤집어 보였다. 그러나 서재희는 유은우의 팔을 잡았다. 손목은 건드리지 않게끔 조심하면서, 그러면서도 단호하게.

"다쳤잖아."

"괜찮아요."

유은우가 씩씩하게 대답했다. 그러나 서재희는 쉬이 놓지 못했다. 이렇게 손목이 가느다래서…….

유은우가 잡힌 팔을 비틀었다. 서재희는 혹시 상처를 건드릴까 손에서 힘을 풀었다. 유은우의 팔이 서재희의 손아귀에서 벗어났다. 어색한 침묵이 오기 전에, 유은우가 손목에서 푼 시계를 내밀었다. 시계판 뒤에 무어라 새겨져 있었다.

"유태헌. 시계 주인 이름인가 봐요. 저랑 성이 똑같아요. 신기하죠?"

"유태헌?"

서재희는 미간을 좁혔다. 어디서 들었던 이름인데.

"시계가 팽창할 때 선배가 걸어 준 보호 설계가 깨졌어요. 선배 걱정할까 봐 괜찮다고 메시지 보냈는데, 선배가 바로 확인하길래 여기까지 올 줄은 몰랐어요. 바쁜데 괜히 저 때문에."

그 이름, 어디서 들었지?

"그리고 선배, 저 드릴 말씀이 있어요. 모의 전투 있잖아요. 제가 거기서 조금 위험……."

"반란군 수장."

서재희가 중얼거렸다. 맞아, 그런 이름이었지. 확신은 또 다른 의문으로 뻗었다. 왜 하필 유태헌의 시계가 그때 전시실에서 튀어 올랐지? 마치 기다렸다는 듯이. 시계가 유은우를 선택한 것처럼. 설마.

"반란군 수장, 유태헌."

"반란군이요?"

유은우가 당황하며 시계를 보았다.

"어……. 이거 써도 되나요?"

"당연히 써도 돼. 유태헌은 죽었어. 차인호 손에 죽었지. 차인호는 유태헌뿐만 아니라 그의 아내와 어린 딸까지 죽였어. 그 공적을 계기로 차인호는 완전히 임유현의 사람으로 인정받았고."

유은우는 유심히 시계를 들여다보았다. 그녀가 손끝으로 시계판 뒤에 새겨진 이름 석 자를 조심조심 쓸었다. 그런 유은우를 바라보기만 해도 서재희는 또 정신이 아득해졌다. 옅게 숨을 뱉으며 다정히 물었다.

"말 끊어서 미안해. 아까 무슨 말 하려고 했어?"

"아. 저, 곧 모의 전투가 있을 예정인데, 제가 거기서 해야 할 일이 있거든요. 좀 위험한 일이라 선배를 끌어들이고 싶지 않아서요. 그리고 이제 시계도 어느 정도 다룰 수 있고. 여러모로 신세를 많이 졌지만요. 너무 감사합니다만, 음. 기억은 계속 보여 드리고 싶어요. 그것 말고도 제가 도울 수 있는 게 있다면 기꺼이요."

횡설수설하는 유은우를, 서재희는 빤히 보았다. 무슨 말이 나올지 짐작이 갔다. 동시에, 듣고 싶지 않았다. 간신히 이어진 끈 하나가 사라진다고 생각하니 기분이 이상했다. 그동안 묶여 있던 목숨을 이렇게 갑자기 푸는 건 서운하다며 말도 안 되는 어리광을 부리거나, 무슨 말이냐며 못 들은 척 무시하거나. 그 어느 것도 이성으로 납득할 수 없었으나, 자꾸만 충동이 일었다.

좋은 것도 싫은 것도 사치였던 색깔 없는 나날이 새로이 재편되고 있었다. 생각지도 못한 기준이 서재희의 평평한 삶을 뚝 갈라낸 지 오래였다. 어쩌다가.

"김서혁 총사령관에게 돌아갈 방법이 생긴 거야?"

유은우가 눈가를 굳혔다. 대답이 없어 애가 달았다.

"김서혁 총사령관하고는 몇 살 차이지?"

무심코 물었다. 귓바퀴가 뜨끈해졌다. 열없었다. 이런 바보 같은 질문을 하고도 대답이 간절하다니.

"12년 1개월 5일이요."

가슴이 덜컹했다.

"……뭐?"

"12년 1개월 5일이요."

"뭘 그렇게까지 외우고 있어?"

"사람은 언젠가 죽잖아요. 일찍 태어나면 일찍 죽고, 늦게 태어나면 늦게 죽고. 대장은 나보다 나이가 많으니까 먼저 떠날 테죠. 혼자 남겨지기 싫어서 계산했었어요. 계산한다고 달라질 숫자도 아닌데, 하루라도 간격이 짧아질까 매일매일 계산했어요. 매일매일 계산하면 외워져요. 대장이랑 나랑 똑같이 100살을 산다고 하면, 12년 1개월 5일 먼저 대장이 떠나겠구나. 혼자가 될까 봐 두려웠어요."

후회스러웠다. 유은우에게 김서혁에 대해 묻는 게 아니었는데. 지난번에 유은우에게서 대답을 똑똑히 들었다. 김서혁을 좋아하는 게 아니라 존경하는 거라는 답변을 얻어 냈다. 그럼에도 왜 이렇게 파고들어 그 대답을 또 얻고, 또 얻고 싶은지.

대체 무엇을 확인하고 싶어서.

"대장이 하룻밤 잘 때, 난 두 밤을 잤으면 좋겠다. 내가 하루를 살 때, 대장은 한나절을 살았으면 좋겠다. 간절했어요, 그때는."

유은우는 마지막 말마디에 힘을 주었다. 그러고는 입을 꼭 다물었다.

"세상에 그 사람만 있는 건 아니잖아."

"그때는 그 사람이 제 세상이었어요."

"지금은 아니잖아."

그리 뱉어 놓고, 서재희는 저도 모르게 놀랐다. 서먹한 사이로, 찬물 끼얹듯 냉담한 한마디였다. 유은우는 시선을 아래로 둔 채 조용히 대답했다.

"남에게 지나치게 의지한 제 탓이죠. 이젠 정이 아니라 실력으로 인정받아 돌아가려고요. 시민권은 요원하니 전리품으로라도 버텨야지요."

서재희는 마른침을 삼켰다. 자신이 왜 그리 반응하는지 모를 일이었다. 유은우가 김서혁을 향한 애틋한 감정을 묻을 수 있도록 돕고, 서재희 자신도 현명한 선배로 각인시킬 수 있는, 무수한 단어들이 있었다. 그 익숙한 방법을 놓치고 느끼는 이 날 것 같은 서툰 감정은 뭐란 말인가. 그럼에도 서재희는 기어코 물었다. 이미 제정신이 아니었다.

"좋아한 거야?"

유은우가 그제야 고개를 들어 서재희를 보았다. 줄곧 서재희를 비스듬히 비껴 나가던 시선은 생각보다 차가웠다. 유은우가 서재희를 나무라듯 대답했다.

"존경했어요. 지난번에도 말씀드렸지만."

그리고 유은우는 다시 눈을 내리깔았다. 아까는 그래도 속눈썹이 보였는데, 이제는 보송한 뺨의 선만 겨우 보였다. 유은우는 그렇게 고개를 숙이더니, 서재희에게 눈길 한번 주지 않고 말했다.

"선배."

싫다는 대답이 치밀어, 서재희는 숨을 참아야 했다.

"페어 해제해요."

"무슨 일인데?"

"죄송해요."

"나한테 말 못 할 일이야? 하지만 페어는 해제할 만큼 위험한 일이고?"

"선배, 제가 할 수 있는 한 기억은 계속 보여 드릴게요."

"그걸 말하는 게 아니잖아!"

붉게 달아오른 시선. 흐트러진 숨. 금방이라도 뻗어 올 것처럼 팽팽해진 몸의 선. 그러나 유지되는 거리.

"미안해. 화내려던 건 아니었어. 난 네가……."

"괜찮습니다. 저라도 화날 것 같아요. 제가 받기만 하고 선배에게 드린 게 없죠. 저 필요할 땐 선배랑 페어 맺어 놓고, 이제나 혼자 살 만하다고 내빼는 꼴이 되어 정말 죄송합니다. 하지만 저, 정말로……."

"그게 아니야, 유은우. 그게 아니라고."

대화는 서로의 가장자리로 불안하게 미끄러졌다.

"죄송해요. 말씀 못 드려요."

"그래도 너 나한테 조금이라도 의지하던 거 아니었어?"

"죄송하게도 많이 의지했어요. 더 이상 폐 끼치고 싶지 않아요."

"내가 괜찮다잖아."

"제가 안 괜찮아요."

낮은 침묵.

"페어 해제해 주세요."

서재희가 총을 뽑고, 유은우가 따라 뽑았다.

캉!

총구가 튀었다. 흰 파문들이 파도처럼 뻗어 나갔다. 서재희가 그 위로 반듯반듯하게 총을 그어 내렸다. 사라지고 솟아나는 설계의 얽힘 속에서, 유은우는 처음 서재희와 페어를 맺었던 날을 떠올렸다.

그는 햇살 속에 서늘했고, 나는 울음의 여운으로 달아 있었다.

내 처지를 이용하며 기억을 요구하는 서재희가 역겨웠다. 거짓을 꾸미며 역으로 그를 가늠했던 자신은 또 얼마나 비겁했는지. 그때의 메마른 악수를 돌이켜보니, 지금의 따뜻함은 아무것도 아닌 것처럼 느껴졌다. 이 또한 반드시 지나갈 것이다. 흔적이야 남겠지만 금방 쓸려 나갈 것이다. 나의 나날들은 흐려 언제나 비가 오니까.

페어는 처음 걸었을 때처럼 순식간에 해제되었다. 그러나 처음만큼 건조하지는 않았다. 유은우는 서재희의 시선을 애써 피하고, 거친 숨을 누르고, 떨리는 손을 감추며, 사실은 이러저러하다고 털어놓고 싶어 안달 난 혀를 깨물어야 했다. 서재희는 마지막까지 많은 말을 삼킨 눈을 했다.

　서재희가 그리 날카로이 반응하여, 유은우는 내심 기대했다. 그가 내게서 혹여 조금 더 긴밀한 것을 원했던 건 아닐까 하여. 정작 자신은 그를 밀어내 놓고 그가 다가오길 바란다니, 이토록 이기적인 자신에게 깜짝깜짝 놀라곤 했다.

　유은우는 기억을 계속 보여 주겠다고 분명히 말해 두었으나, 서재희는 전혀 그럴 마음이 없어 보였다. 어쨌든 지금은 그랬다. 그는 더 이상 유은우에게 접촉해 오지 않았다. 그러나 드물게 마주칠 때면 서재희는 물오른 난처럼 고상하여, 정말로 아무렇지도 않아 보였다. 무슨 일인지 말해 달라며 호소하듯 독촉하던 서재희는, 그저 꿈처럼 희미했다. 그럴수록 유은우는 마음을 다잡았다.

　쉽지 않았다.

　유은우는 모의 전투를 앞둔 긴장 때문이 아니라, 제 마음이 서재희를 향해 물꼬가 터졌을까 불안하여 잠을 이루지 못했다. 하루는 자다 깨어 침대에 엎드린 채 스탠드를 켰다. 읽고 또 읽은 모의 전투 지침을 뒤적였으나, 생각은 또 서재희에게 기울었다. 손도연이 했던 말이 기억났다.

　'온하나비도 둘이서 만들었대.'

　유은우는 이프로 온하나비 창을 띄웠다. 카테고리를 찬찬히 훑어보았지만 평범했다. 초창기에 어떤 용도로 만들었는지 모르니 그 흔적을 찾을 리 만무하긴 했다. 창을 닫으려다가 손을 멈추었다. 베스트 게시물이 유독 서재희로만 도배되어 있었다. 댓글이 폭발하는 1위 게시물을 클릭했다.

서재희 팀 명단 떴다 ―3,098

방금 학생회에서 입수한 진짜임. 옆의 세부 설명은 중앙학교 졸업반인 내가 직접 달았음!!! 이미 온하나비 내 유명 인사들이라 새로울 것은 없겠지만 햇병아리 기초학교 애들도 보고 스펙 참고하라는 뜻에서. 참고로 도시연합 중앙학교 팀전은 3~5명 정원임. 기초학교 때는 무조건 4명이었겠지만.

1. 서재희

– 파견부장. 5학년 설계부.

– 동조율 72. 타격 25%. 설계 75%.

– 개인전 승률 58%. 팀전 승률 98%. 복귀율 100%.

– 팀전 승률이 모든 걸 말해 줌^^ 특기는 큰 그림 그리기, 원석 캐내기, 쓰레기 재활용, 망나니 갱생 등등 어디 끼지도 못하는 이상한 애들 데려다가 그 가능성을 극대화하는 재주가 있음. 그리고 정 누구와는 다르게 인품이 진짜 좋다. 거기다가 외모까지 상견례 프리패스상ㅋㅋㅋㅋ 차예원이랑 공식으로 사귀는데도 여전히 많은 여학생들이 그를 찬양함. 물론 남학생들도 마찬가지. 서재희랑 팀 되면 파견 나가서 괴물한테 밟혀도 다시 부활한다는 설이 있

음. 현재 유은우랑 페어 중. 유은우 얘도 진짜 골 때림ㅋㅋㅋㅋ 쪼만한 게 진짜 성질이 장난 아님. 여기다 쓰면 너무 길어질 것 같아서 나중에 따로 글 하나 쓸게.

2. 김산

- 파견부 임원. 5학년 타격부.
- 동조율 78. 타격 69%. 설계 31%.
- 개인전 승률 88%. 팀전 승률 42%. 복귀율 72%.
- 3학년 때까지만 해도 별 볼 일 없었음. 키 크고 덩치도 산만 한데 아무도 김산 몰랐음ㅋㅋㅋㅋ 그게 누구냐며ㅋㅋㅋㅋ 4학년 1학기 파견 때 서재희가 김산 데리고 가서 닫혀 있던 잠재력을 머리 꼭대기까지 끌어올려 줌. 그 뒤로 랭킹 급부상. 얘는 기본 설계를 정확하게 구사하면서 타격을 힘 있게 쫙쫙 까는데, 정교한 고급 설계를 전혀 못 함. 그리고 기본 설계도 좀 많이 느려. 그걸 연다희가 보강해 줌. 그래서 4학년 때부터 지금까지 쭉 같은 팀이었어. 2학년 연다희한테 꽉 잡혀 산다는 말이 있는데 내가 보기에 그 정돈 아님. 상생 관계가 더 정확해. 연다희가 정윤환도 아니고 설계가 완벽한 건 아니니까.

3. 고세민

- 학생회 임원. 4학년 타격부.
- 동조율 69. 타격 79%. 설계 21%.
- 개인전 승률 75%. 팀전 승률 52%. 복귀율 85%.

– 설계 진짜 못함. 얼마나 못하냐면 기초학교 때 설계 난독증 의심
받고 따돌림 당했다는 설이 있음. 진짠지는 나도 몰라. 열심히 노
력하는데 머리가 안 따라 줌. 근데 신경이 예민해서 실전에서 바
로바로 받아치는 건 잘해. 딸리는 머리를 몸으로 열심히 뛰어 보
완하는데, 애가 근성이 있어서 그게 또 먹힌다니까ㅋㅋㅋㅋㅋㅋㅋ
설계에 열등감 있어서 설계부 애들이랑 몸싸움도 많이 함. 고학년
되어서 성질 많이 죽었지만.... 2학년 2학기 때 상대 팀이 걸어 놓
은 설계 위에 자기 타격을 비껴 깔아서 역으로 공격한 게 있는데
그게 진짜 대박이야. 힘으로 밀어붙이니까 되긴 되더라고. 꼭 챙
겨 봐. 도서관 대출 순위권에 맨날 올라 있음. 근데 고세민도 그걸
다시 해 보려고 하는데 안 된다고 하더라ㅋㅋㅋㅋ

4. 지해은
– 학생회 임원. 3학년 설계부.
– 동조율 73. 타격 45%. 설계 55%.
– 개인전 승률 47%. 팀전 승률 61%. 복귀율 64%.
– 지해은 얘도 서재희 은총 닿아서 사람 됨ㅋㅋㅋㅋ 다른 건 다 잘
하는데 애가 체력이 약해. 그래서 서재희가 지해은 데리고 와서
그냥 딱 한자리에만 세워 놓고 보호 설계 계속 쏴 주면서 다른 학
생들 서포트를 지해은한테 전부 일임함. 그 뒤에 지해은이 서재희
한테 완전히 빠져 가지고 공개 고백도 했는데 서재희가 정중하게
깠음ㅠㅠ 지해은 요새 체력 계속 기르면서 다크호스로 떠오르는
데 다만 제일 처음에 구심점을 잘 못 잡는 경우가 많아. 이건 경험

이 쌓이면서 자연스레 해결되리라 생각해!

5. 연다희

– 파견부 임원. 2학년 설계부.

– 동조율 51. 타격 24%. 설계 76%.

– 개인전 승률 80%. 팀전 승률 72%. 복귀율 91%.

– 얘는 서재희가 발굴한 건 아님. 기초학생 때부터 이름 좀 날렸어. 연합 대회에서 우승도 몇 번 했을걸. 근데 자잘한 실수가 되게 많아. 평소에도 좀 멍 때리는 성격인데 그게 그대로 반영돼서. 가끔 정신 바짝 차리면 구심점에다가 본설계 심고 보조 설계까지 서너 개 연달아 겹칠 수도 있는데, 문제는 그 집중력이 유지가 안 돼ㅋ ㅋㅋㅋ 그래도 김산이나 서재희같이 쟁쟁한 파견부 선배랑 같이 있으면 애가 쫄아서 그런지 곧잘 하더라고? 유망한 인재임. 아직 2학년밖에 안 됐으니까 심리안정술만 좀 잘 적용시키면 꽤 할 듯.

스펙 쩌는 애들로만 갖다 모은 것 좀 봐. 전부 임원이라는 것도 진짜 기가 막힌다. 이런 미친 조합은 진짜 예전에 정윤환 쓰레기가 한번 데리고 나가서 전멸시키고 온 그 불운의 팀 이후로 처음인 것 같음.

이렇게 서재희가 인재 네 명을 자기 휘하에 거느리게 되면서 팀 세 개가 공중분해ㅋㅋㅋㅋㅋㅋ 리더 급을 전부 데려갔으니... 참고로 나도 피해자 중 하나ㅅㅅ 리더가 갑자기 오늘 자기 서재희 팀으로 가겠다고 미안하다네... 어쩌라고ㅠㅠㅠㅠ 망했어 완전ㅠㅠㅠㅠ

다른 사람이 이랬으면 비매너라고 욕했겠지만 서재희니까 뭔가 이유가 있겠지 믿고 싶긴 한데 뒤통수가 얼얼하긴 함. 좀 이상한 촉도 들고. 이번에 제7유적지로 가는 것도 그렇고. 거기 알다시피 좀 위험한 곳인데 선두팀 하나 짜서 길 좀 뚫어 주려는 배려인지는 모르겠으나, 어쨌든 드림팀인 건 인정.

그리고 내가 서재희 동기라 1학년 때부터 쭉 봐 왔는데, 여태 이런 식으로 팀 짠 적 한 번도 없었어. 평소 본인 스타일하고 정반대인 것 같은데 심경의 변화가 있었나 싶음.

왜냐면 서재희가 그렇게 완벽한 리더로 손꼽히는 이유 하나가 팀의 조화를 중시하기 때문임. 저렇게 이미 특출난 개개인... 다른 사람의 도움이 필요 없는 완전한 한 사람 한 사람만 쏙쏙 뽑아다가 팀 하나로 만드는 건... 서재희 스타일이 아님. 서재희 팀은 완전하게 꽉 짜여서 누구 하나 절대로 없으면 안 되는 게 매력인데 지금 저 팀은 누가 하나 빠져도 별 타격이 없음. 고로 서재희의 능력이 발휘가 안 된다는 말임. 저기서 제일 스펙 딸리는 게 바로 서재희임. 본인은 큰 그림을 짜면서 각 팀원을 지휘하는 게 고유의 능력인데, 저런 팀을 구성한다는 건 자기 재능을 펼칠 의욕이 없다는 거겠지.

솔직히 나는 이번에 서재희가 유은우 데려갈 줄 알았음. 농담 아니고 진지하게. 유은우야말로 서재희의 실험 정신이 잘 발휘될 좋은 재료 아니겠냐. 동조율은 100인데 설계 젬병. 게다가 김서혁까지 등에 업고 있어서 성공하면 군에서 서재희 한 번 더 주목할 수도 있고. 큰마음 먹고 유은우 영입해서 나머지 애들 다 설계자로 집어넣고 어떻게 잘하면 레전드 하나 나올 줄 알았는데...... 좀 아쉽다. 요새 서재희답지 않게 예민해 보이던데 페어 맺은 유은우가 망아지처럼 돌아다녀서 그거 수습하느라 힘들어서 그런가 아무튼.

   └ ㅋㅋㅋㅋㅋㅋ정리 잘해 놨네ㅋㅋㅋㅋㅋㅋㅋㅋ 웃고 간다.

   └ 나도 서재희가 유은우랑 팀 먹을 줄 알았어. 며칠 전까지만 해도 서재희 계속 설계자만 보고 다녔다고 하더라고...... 좀 기대했는데ㅠㅠ 힝.

   └ 나도ㅠㅠㅠㅠ 유은우 군에서는 남이 깐 설계 밟고 타격했다던데 그게 그렇게 쩐다더라고ㅠㅠㅠ 군 영상은 기밀이라 보지도 못하는데 진짜 너무 궁금하다ㅠㅠㅠ 장난 아닐 것 같은데ㅠㅠㅠㅠ

   └ 나도 유은우랑 할 줄 알았는데. 유은우한테 까이고 부랴부랴 팀 구성한 거 아닐까? 보통 재희 선배 모의 전투 신청 시작하자마자 바로 팀 짜 버리는데...... 자기가 팀 짜는 거 보고 나머지 학생들이 팀 꾸리는 거 알고 있으니까 배려 차원에서. 근데 이번엔 진짜 재희 선배답지가 않아ㅜ

   └ 유은우가 서재희 깠다는 거에 한 표. 저번에 차예원한테 꼬박꼬박 말대꾸하는 거 봤냐ㅋㅋㅋㅋ 정윤환도 싫다 차예원도 싫다 서재희도 싫다 당당하게 말하던데ㅋㅋㅋㅋ

   └ 유은우 걔는 대체 뭘 믿고 그러는 거지??

유은우는 베개에 얼굴을 묻었다. 손목에서 시계판이 부드럽게 들떴다가 다시 가라앉는 것이 느껴졌다. 달칵달칵 소리가 났다.

할 수 있어.

나는 홀로 우뚝 설 것이고, 김서혁이 날 돌아보게 만들 것이며, 학교를 떠나 군으로 돌아갈 거야. 그러니까 서재희는 내 인생에 이제 없는 거야.

날이 밝자마자, 유은우는 위층 침대로 기어 올라가 손도연을 불렀다. 손도연은 아침마다 5분 간격으로 알람을 맞추어 놓고 그것을 끄면서 한 시간이 넘도록 끈질기게 자는 전력답게, 쉬이 깨어나지 않았다. 유은우는 침대 사다리에 매달린 채, 손을 뻗어 손도연의 어깨를 잡고 흔들었다.

"도연아, 일어나. 손도연!"

손도연이 부스스 눈을 떴다.

"도연아, 너 혹시 페이크 있어? 손동작 연습할 때 진짜 총은 위험하니까 가짜 총 가지고 하잖아. 그거 있어?"

손도연이 눈을 끔벅거렸다. 그대로 스르륵 잠들려는 것을, 유은우가 이불을 잡아당겨 깨웠다.

"페이크 총 있으면 나 좀 빌려 주라."

손도연이 우는소리를 냈다.

"나중에 줄게."

"지금 줘. 사이즈 맞는지 보게. 응? 응?"

유은우가 눈을 반짝이며 매달리자 손도연은 겨우 일어났다. 그녀는 유은우를 따라 사다리를 타고 바닥으로 내려오더니 책상 앞에 쭈그리고 앉아 서랍을 뒤지기 시작했다.

"여기 있다."

손도연이 총을 내밀었다. 유은우는 냉큼 그것을 받았다. 재질도 색깔도 무게도 같았다. 진짜 총과 거의 구분이 가지 않았

184

다. 유은우는 총을 손 안에서 능숙하게 한 바퀴 돌려 잡아 보았
다. 사이즈도 얼추 맞았다. 손아귀에 딱 맞게 꼭 쥐었다. 총신
이 체온에 반응하여, 가짜 전광판에 000 세 자리 숫자를 옅게
띄웠다. 수치는 멈칫멈칫 느리게 상승하여 021에 멈춰 섰다. 손
도연의 동조율이었다.

"이리 줘 봐. 건전지가 다 돼서 불이 잘 안 들어오네. 다른
걸로 갈아 끼워 줄게."

손도연이 총의 덮개를 벗겨 건전지를 빼냈다. 그리고 책상 위
에 놓여 있던 용 태엽 장난감에서 건전지를 빼서 총에 끼웠다.

"모의 전투 때 쓰려고?"

무덤덤하게 정곡을 찔려, 유은우는 눈을 동그랗게 떴다.

"어떻게 알았어?"

"느낌으로. 이건 흉내만 내고 그거 쓸 거지?"

손도연이 눈짓으로 유은우의 손목을 가리켜, 유은우는 그만
뜨끔했다.

"너 잘 때, 뭐가 자꾸 날아다니는 거야. 처음엔 날파리 줄 알
고 약도 뿌렸는데 안 죽더라고. 보니까 네 시계에서 자꾸 나오
더라. 되게 작은 나사못이랑 태엽이랑 그런 거. 그거 네 온디딤
이야?"

"내 건 아니야."

유은우는 그만 맥이 풀렸다. 평소 긴장을 놓으면 시계 부품
들이 하늘하늘 나비처럼 흩어질 때가 있었다. 피곤하여 시계를
풀지 않고 깜박 잠든 적이 몇 번 있었는데, 하필 손도연이 목격

한 듯했다.

"동조율이 100이면 온디딤을 상처 없이 쓸 수 있어?"

손도연이 오늘 점심 메뉴가 뭐냐고 묻는 것처럼 한가로이 물었다. 도대체 손도연이 놀라는 일이 있기나 한 건지 의심스러웠다.

"사실 나도 모르겠어. 그냥 쓸 수 있어서 쓰려고."

"온디딤 사용은 불법인데. 걸리면 어떡해."

"온디딤을 못 쓰게 하는 이유는 위험해서야. 초반에 내가 안전하다는 인상만 박아 주면 목적 달성이야. 어차피 오래는 못 속여. 이런 장난감 가지고는."

"너 같은 케이스가 나오면 온디딤을 불법이라고 막을 게 아니라 예외 규정을 만들어 줘야 하는데, 그놈의 정부가 그렇게 해 줄지 모르겠네. 걔네들이야말로 너한테 불법보다 더한 짓을 저지르고 있잖아."

"무슨 짓?"

"시민권 안 주잖아."

손도연은 벗겨 냈던 총의 덮개를 도로 씌우기 전에, 안쪽의 키를 조작했다. 전광판에 다시 021이 떴다가, 손도연이 손으로 키를 꾹꾹 누를 때마다 수치가 점점 높아졌다. 겉으로 드러나는 단순한 숫자판을 100으로 맞춘 뒤 증가 속도도 최대로 조정하더니, 손도연은 총의 덮개를 씌우고는 시험 삼아 총을 잡아 보았다. 총신의 숫자가 삽시간에 100을 찍었다. 붉은빛이 훨씬 선명했다. 손도연이 말했다.

"잘할 수 있을 거야."

유은우는 왠지 자신이 없어졌다. 평범한 시계인 척 나름대로 잘 숨기고 있다고 생각했는데, 손도연도 이미 눈치채지 않았는가. 게다가 이 와중에도 자꾸만 서재희가 신경 쓰였다. 설마하니 서재희 팀이랑 모의 전투에서 붙는 건 아니겠지.

"잘 모르겠어. 자꾸 다른 생각이 나."

"다른 생각 뭐? 재희 선배?"

유은우는 너무 놀라서 이제 웃음도 안 나왔다.

"……그, 내가 뭐 선배를 좋아한다거나 그런 건 절대 아니고."

손도연이 다소 안타깝다는 얼굴로 총을 내밀어 유은우의 손에 턱 쥐여 주었다.

"걱정 마. 긴장하면 재희 선배고 뭐고 안 보일걸."

그러나 모의 전투 당일, 대기실에 들어서자마자 시선은 바로 서재희에게로 미끄러졌다. 언젠가 느꼈던 손도연의 감상과 달리 서재희는 전혀 불쌍해 보이지 않았다. 불쌍하기는커녕 세상에서 제일 품위 있어 보였다. 특히 그는 교복 위로 못 보던 코트를 입고 있었다. 연다희와 김산도 같은 복장을 하고 있는 걸로 봐서, 파견부 정복으로 보였다. 옷 하나 덧걸친 것뿐인데 무게가 달라, 유은우는 요동치는 심장을 애써 눌러야 했다. 학생들은 팀별로 모여 작전 회의를 짜다가도, 서재희가 소리 내어 웃을 때마다 팔꿈치로 서로의 옆구리를 찔러 댔다. 그러나 유은우는 서재희의 웃음 끝에 설핏 굳어지는 턱을 좇았다.

정신 똑바로 차려.

유은우는 대기실 한쪽 구석에 앉아 허리를 숙였다. 구두끈을 풀어내고 다시 꽉 조여 묶으면서, 부드럽게 흩어지는 마음을 밟아 부수었다. 모의 전투 앞두고 서재희나 훔쳐보고 내가 미쳤구나. 정윤환도 말하지 않았는가. 네 앞가림이나 하라고. 정신 차릴 수 있게끔 차예원에게 남은 뺨도 때려 달라 내밀어야 할 판이었다.

장장 일주일에 걸쳐 치러질 모의 전투의 첫날이었다. 참가자들이 대기실에 드문드문 팀별로 흩어져 있었으나 깜짝 놀랄 정도로 조용했다. 어떤 팀은 나란히 앉아 말없이 눈을 감고 있기도 했고, 어떤 팀은 소리를 낮춰 무언가를 심각하게 의논하기도 했다.

대기실 벽면 스크린에는 참가팀이 띄워져 있었다. 총 78개 팀. 거의 모든 팀이 리더를 포함하여 최대 인원 다섯 명을 꽉 채우고 있었으나, 단 두 팀만 달랑 리더 하나뿐이었다. 정윤환. 유은우.

─ 모의 전투 참가자는 이프에 접속하여 개인 정보 동의서와 촬영 동의서에 지문서명을 해 주십시오. 모의 전투 영상은 도시연합의 여덟 도시로 동시 송출되며, 후에 동조자 기록물 관리에 따른 법률에 근거하여 도시연합 산하 열다섯 개의 기관이 공공의 목적으로 활용합니다.

안내 방송에 따라 유은우는 왼쪽 손목의 이프를 만졌다. 홀로그램 화면이 떠오르며 두 가지 동의서가 허공에 펼쳐졌다. 화면에 엄지를 가져다 대어 차례로 서명하는데, 대기실 자동문이 양쪽으로 열렸다.

정윤환이었다. 그는 침대에서 갓 기어 나온 듯 구겨진 머리에 교복 셔츠 위로 회색 후드티를 겹쳐 입고 있었다. 같은 학생회인 차예원과 고세민, 지해은이 학생회 정복을 매끈하게 갖춰 입은 것에 비해 너무나 단출한 나머지, 허벅지에 홀스터를 채우고 온 게 용할 정도였다. 정윤환은 휘적휘적 걸어오면서 대기실을 쭉 살펴보았다. 나른한 품에 반해 날카로운 시선은, 유은우에게 잠시 머물다가 지나가 버렸다. 정윤환은 대기실 한가운데 멈춰 서더니 이프를 켜서 동의서에 서명하고는 입이 찢어져라 하품을 했다.

그렇지 않아도 척박하던 분위기는 얼어붙어, 어디서 쩍쩍 갈라지는 소리가 들리는 것 같았다. 교내 랭킹은 물론이고 졸업 후 진로까지 걸려 있는 모의 전투 당일 홀로 한가로운 정윤환을 두고 시선이 고울 리 없었다.

"정윤환만 안 걸리면 돼."

누군가 작게 속삭였다.

"선배들이 그러는데, 정윤환은 첫 한 판으로 최다 득점을 할 거래. 후속 전투를 전부 기권해도 여전히 상위 랭킹에 머무를 만한 점수를 한 번에 딴대. 정윤환은 그거 딱 한 판만 하고 돌아갈 거니까, 그것만 안 걸리면 돼. 그것만 안 걸리면……."

"걸리면 어떡해?"

"망하는 거지. 모의 전투는 필기시험하고 달라. 점수를 얻을 수도 있고 잃을 수도 있어. 정윤환한테 걸려서 깨지고 밖에 나가면, 전교 랭킹이 바닥으로 떨어져 있을걸. 3년 동안 정윤환이 유급시킨 학생만 한 트럭이야. 이번에 전교생 일부만 모의 전투에 참가하는 데는 이유가 있어. 괜히 정윤환한테 걸려서 뼈도 못 추리느니 차라리 현상 유지만 하겠다는 거지."

"정윤환 없었을 때는……."

"없었을 땐 모의 전투 일정만 세 달이었어. 전교생이 거의 다 참가했으니까."

"생태계 파괴 주범 같은 새끼. 군에서 날고 기다가 왜 학교로 내려와 가지고."

불만이 점점 높아져 제법 들릴 만도 한데, 정윤환은 눈만 약간 찌푸린 채 대기실 스크린을 바라보고 있었다. 스크린은 참가팀을 별도의 창으로 띄워 밀어 놓고, 이제 모의 전투실 바깥, 정확히는 귀빈석을 클로즈업하고 있었다. 뉴스로 낯익은 차인호와 임유현을 지나, 생방송 카메라는 김서혁을 잡아냈다.

정식으로 갖춰 입은 군복, 옷깃에서 작게 반짝이는 매 모양의 금색 배지, 그 위를 무겁게 흐르는 망토. 바다에 빠지면 수직으로 끝까지 가라앉아 영원히 떠오르지 않을 단단한 바위 같은 사람. 회색이 도는 강건한 눈은 정면을 향하고 있었으나 무엇을 보고자 하는지는 알 수 없었다. 그래서 유은우는 김서혁이 자신을 보고 있는 거라고 생각하기로 했다.

대장, 잘 봐. 당신이 날 가르쳤잖아. 날 버린 것 후회하게 해 줄 테니까.

나부끼던 마음은 차게 가라앉았다. 유은우는 대기실 의자에 등을 대고 반듯하게 앉았다. 모함에서 김서혁의 지시가 떨어질 때까지 기다리던 것처럼. 문득 뺨이 시선으로 따가웠다. 고개를 드니 서재희가 자신을 보고 있었다. 낮이 그늘처럼 서늘하여 잘못 본 것인가 유심히 살피려는 순간, 서재희는 유은우의 시선을 피해 몸을 아예 돌려 버렸다. 표정이 보이지 않으니 뒷모습은 그저 단정하기만 했다.

— ……조례에 따라 모의 전투는 토너먼트로 진행되며, 대진은 시스템이 추첨합니다. 첫 번째 전투입니다. 참가팀은…….

스크린이 둘로 나뉘고 각 화면마다 78개 팀이 빠르게 지나가다가 뚝 멈추었다.

— A9팀과 E6팀입니다. A9팀 다섯 명. 리더 서재희, 팀원 김산, 연다희, 고세민, 지해은. E6팀 다섯 명. 리더 한수영, 팀원 이다해, 김서연, 박은주, 최성희는 대기실 왼쪽 통로를 이용하여 점검실로 이동하십시오.

서재희가 발을 디뎠다. 그 뒤로 팀원 넷이 여유롭게 따라붙었다. 서재희의 상대 팀은 다소 긴장한 듯했으나, 낭패한 기색은 결코 아니었다. 그중 한 명이 다른 한 명에게 작게 속삭였다. 정확히 들리지는 않았으나, 재희 선배는 배려 있게 플레이하니까 결국 지더라도 점수를 잃기는커녕 이쪽도 적지 않게 득점할 거라는, 오히려 배울 수 있는 기회라는 뉘앙스였다. 학생열 명은 대기실 왼쪽 통로로 빠져나가면서 유은우의 시야에서사라졌으나, 곧 스크린을 통해 점검실에 도착한 모습이 중계되었다.

— 원활한 모의 전투를 위하여 총을 점검기 위에 올려 주십시오. 불법 설계가 발견될 시 참가 자격을 박탈하고 법에 의거한 처분을 받습니다.

각 학생들 앞마다 바닥이 열리고 철제 기둥이 철컥철컥 올라왔다. 서재희를 비롯한 학생들이 총을 뽑아 점검기 위에 올려놓았다. 점검기의 빨간 불이 깜박거렸다.

— 전원, 확인된 설계 없습니다.

서재희가 단정하게 총을 거두어 갔다. 그러나 나머지 아홉 명의 학생들은 제 총을 다시 잡는 것도 잊고 동시에 눈을 동그랗게 떴다. 유은우가 앉아 있는 대기실도 마찬가지였다. 삽시간에 소란스러워졌다.

"뭐야? 선배 페어 해제했어? 유은우랑?"

"언제 해제했지?"

"몰라. 그런 방송 못 들었는데."

"교내 방송 한번 때렸어야 하는 거 아니야? 처음에 유은우랑 페어할 때는 서재희 방송했잖아. 근데 왜 페어 해제한 건 방송 안 해?"

"재희 선배가 손 뗀 모양인데."

"유은우 이제 어떡하냐."

"재희 선배도 곧 졸업이고, 바빠서 하루에 몇 시간 자지도 못한다던데 이렇게 되는 게 당연한 거지, 뭐."

"재희 선배답지가 않아. 책임감이 없어. 페어 해제하면 유은우 며칠 만에 최소 부상 최대 사망인데, 선배가 그걸 모를 리 없잖아. 그렇다고 유은우가 난독증 고친 것도 아니고."

"고쳤는데 숨기고 있는 거 아냐?"

"어떻게 고쳐. 불치병인데."

"어째 노력해서 읽을 수는 있다더라."

"그게 무슨 소용이야. 그리질 못하는데."

정윤환이 이쪽을 바라보는 것이 확연하게 느껴졌다. 유은우는 그와 눈을 마주치지 않으려고, 스크린만 뚫어져라 열심히 보았다.

— 도핑 테스트에 응하십시오. 허용 약물이라도 열두 시간 이내에 미리 흡입한 흔적이 발견되거나, 불법 약물 반응이 나타날 시 참가 자격을 박탈하고 법에 의거한 처분을 받습니다.

참가팀이 손끝을 점검기에 대었다. 찰칵 소리와 함께 손끝에서 피가 추출되었다.

— 전원, 유효한 결과 없습니다.

열 개의 점검기가 바닥으로 철컥거리며 내려앉아 자취를 감추었다.

— 형평성 조정을 위해, E6팀에 우선권 한 개를 부여합니다.

한수영은 손을 들어 허공에 펼쳐진 홀로그램 화면에서 하나를 선택했다.

— E6팀의 리더 한수영이 우선권으로 채널을 선택합니다. 제32유적지로 설정됩니다. 배경을 세팅합니다.

점검실을 비추던 화면이 바뀌었다.

회색으로 내려앉은 옛 도시. 무너진 터. 황량한 바람. 동물의 사체가 풍파되고 남은 뼈처럼 대지 곳곳에 드물게 철골이 드러나 있었다. 탁 트인 공간. 방해물이 거의 없었다. 이렇게 시야가 개방되고 활동 범위가 넓다면 변수는 극히 줄어들어 개인의 역량이 부각되었다.

— 동시 입장합니다.

서재희 팀과 한수영 팀이, 그 공간 양쪽으로 후드득 떨어졌다. 그들은 익숙하게 자리 잡았다. 두 팀 사이로 반투명한 가림막이 생성되었다.

— 차단벽 해제까지 10, 9, 8…… 3, 2, 1.

열 명의 학생이 동시에 총을 뽑았다.

— 전투를 시작합니다.

대기실의 스크린이 모의 전투실을 비추고 있었으나, 유은우는 다른 많은 학생처럼 이프를 켜고 개인 디스플레이를 가동시켰다. 손목 위로 떠오른 네모난 창을 손끝으로 끌어다가 눈 앞 허공에 놓았다. 이프가 모의 전투 실시간 시청 목록을 풀어놓았다. 유은우는 서재희 개인 나노 드론을 선택했다. 많은 학생이 동시 접속하고 있어 버퍼링이 걸렸으나 금방 안정되었다.

디스플레이의 서재희는 웃음기를 걷어 내어 깨끗한 밤 같았다. 학교에서 내로라하는 각 팀의 리더감을 전부 모아 제 팀으로 꾸렸으니 마음만 먹으면 한 호흡에 상대 팀을 찍어 누를 수도 있었으나 서재희는 그렇게 하지 않았다. 그는 제 팀은 물론이고 상대 팀뿐만 아니라, 넓게 보면 모의 전투를 시청하는 여덟 도시 시민 전부를 배려하고 있었다. 방어는 여유로웠고 공격은 찬찬했다. 오히려 상대 팀의 역량을 최대로 이끌어 내는 그 모든 과정은, 전투라기보다 교과서에 싣기 위한 시범 영상 촬영처럼 느껴졌다.

유은우는 인터컴 채널을 서재희 팀에 맞추고 청취했으나, 서재희는 말수가 적었다. 사격은 더 드물었다. 가끔 방아쇠를 당기더라도 고난이도 설계나 압도적인 타격은 없었다. 그러나 간단한 기본 설계라도, 서재희가 톡 던져 놓으면 마치 나비효과처럼 주위의 설계와 차곡차곡 얽혀들며 거대한 회오리가 되었다. 서재희가 원하는 대로 원하는 만큼 판도는 솟구치고 꺼지기를 반복했다. 거기에 교만이나 탐욕은 없었다. 그저 할 일을 한다는 듯 노련했다.

연다희가 흩어져 있는 적을 특정 지점으로 모으기 위해 중심 설계를 뱉고 그 위로 김산이 타격을 얹었을 때였다. 김산의 타격이 과하여 연다희의 설계 가장자리로 온이 약간 넘쳐흐르자 서재희가 총을 뽑았다. 연다희가 깔고 김산이 시동을 건 중심 설계로 빠르게 빨려 들어가는 상대 팀원 중 그나마 멀리 떨어진 하나에게 서재희가 총구를 겨누고 방아쇠를 당겼다. 기초학교 1학년이 배우는 기본 중의 기본, 무게 부여 설계가 기교 없이 날아가 상대 팀원에게 달라붙었다. 그 상대 팀원은 서재희의 무게 부여 설계를 입은 채 연다희의 중심 설계로 빨려 들어갔고, 그 주위를 팽팽 돌아가던 잔여 온과 거칠게 충돌하면서 연다희의 설계를 완전히 망가뜨렸다. 꼼짝없이 붙잡혀 있던 상대 팀이 순식간에 사방팔방 흩어지며 전투는 원점으로 돌아갔다. 서재희의 작은 설계 하나로, 연다희에게 잡힌 상대 팀이 즉시 풀려난 셈이었으나, 서재희 팀 중 누구도 의문을 표하거나 반발하지 않았다. 각자가 리더로 팀을 꾸릴 실력이면 나름의 고집이 있을 법도 한데, 모두 서재희가 지시하는 대로 정확하게 움직였다. 우리는 싸우는 것이 아니라 가르치는 것이니, 마지막 순간마다 상대 팀을 다시 살려 주어야 한다고 서재희가 미리 언질을 해 두었고 그에 모두 동의한 것 같았다.

처음에 유은우는 그 모든 일련의 과정이 우연이라고 생각했다. 무게를 달리하여 중심 설계를 깰 수 있다면 누구나 그렇게 할 것이다. 연다희의 설계, 김산의 타격, 서재희의 설계, 상대 팀의 숫자와 무게가 연쇄작용을 일으켜 희박한 확률로 중심 설계가 무너진 셈인데, 미리 말을 맞추거나 일부러 치밀한 훈련을 하지 않은 이상 있을 수 없는 일이었다. 그러나 서재희가 사격할 때마다 그런 우연의 일치가 일어나자, 유은우도 인정할 수밖에 없었다. 서재희는 우연을 계산하고 있었다. 남들이 설계를 빚고 타격을 던질 때 그는 상황을 비틀고 동조자를 배치했다. 그 모든 것은 어느 한쪽이 이기기 위해서가 아니라 모두가 성장하기 위함이었다. 상대 팀 또한 룰을 정확히 준수하면서 기꺼이 최선을 다했다.

— A9팀 1승. E6팀 1패. 전투를 종료합니다. 개인의 기여도에 따라 점수가 차등 부여되며, 승리한 팀의 리더는 본인이 득한 점수의 500%가, 팀원은 300%가 가산됩니다.

유은우는 귀에서 인터컴을 빼내었다. 손은 차갑고 가슴이 두

근거렸다. 유은우가 귀 따갑게 들어 익히 알고 있던, 그러나 처음으로 실감한 서재희의 빛나는 면 중 하나였다. 군에서 수없이 전투한 유은우도 서재희 같은 스타일은 보지 못했다.

유은우도 궁금했었다. 도서관에서 서재희나 정윤환의 영상을 빌려 보려고 여러 번 시도했으나 매번 예약이 꽉 차서 보지 못했다. 대기 명단에 이름을 올리고 며칠 기다리다가 제 차례가 돌아왔다는 메시지를 받고 도서관에 가면, 어쩐지 순번에 오류가 나서 다른 사람이 빌려 갔다는 말을 들어야 했다. 항의했으나 속 시원한 답은 들을 수 없었다. 그런 부당한 일이 두어 번 반복되자, 유은우는 아예 영상 기록물 열람을 포기하고 말았다.

그러나 실제로 서재희가 뛰는 걸 보자, 타는 듯 갈증이 일었다. 더 보고 싶었다. 서재희가 다른 모의 전투에서도 이렇게 적게 움직이는지, 기초학교 때도 45분을 전부 채웠는지, 연합 대회에 나갔었다면 그땐 또 순위가 어땠는지, 생애 첫 전투부터 상대 팀을 배려했는지. 오래 축적된 영상을 전부 보고 나면 그가 총을 잡을 때마다 가장 우선시하는 기준이 무엇인지 알 수 있을까, 목이 말랐다.

대기실로 돌아온 서재희는 모의 전투 전과 별반 다르지 않았다. 아직 식지 않은 총구가 불그스레할 뿐 그는 여전히 단정했다. 그러나 상대 팀은 얼굴이 발갛게 상기되어 있었는데, 패배했음에도 낭패한 기색은커녕 사뭇 들떠 있었다. 특히 리더를 맡았던 한수영은 제 팀원을 끌고 서재희에게 다가가 몇 번이고 손동작을 더해 가며 무언가를 물었다. 방금 전 전투를 복기하는 듯했다.

이어 다른 팀들이 추첨되어 두 번의 전투가 치러졌다. 시간이 갈수록 유은우는 더욱 긴장했는데, 반면에 정윤환은 이 이상 더 풀어질 수 없을 만큼 풀어졌다. 그는 팔짱을 낀 채 무료한 표정으로 눈을 감고 있다가 호명되어서야 느리게 자리에서 일어섰다.

— C4팀 한 명. 리더 정윤환. A3팀 네 명. 리더 이해영, 팀원 전소원, 함지인, 오은아는 대기실 왼쪽 통로를 이용하여 점검실로 이동하십시오.

상대 팀으로 지목된 학생들은 그야말로 죽을상이었다. 1학년 하나는 눈물까지 그렁그렁 고여서 기권이 가능하냐고 물었는데, 리더를 맡은 이해영이 기권도 이미 가진 점수를 깎는 조건이라 현재 우리 점수로는 불가능하다는 말을 하자 겨우 통로로 들어갔다. 그 모양이 흡사 도살장에 끌려가는 송아지처럼 측은했다.

평소 신경안정제를 물처럼 들이붓던 정윤환을 미루어 봤을 때, 그가 도핑테스트를 통과한 것은 기적에 가까워 보였다. 적어도 24시간은 약물을 참아 그런지, 홀스터의 총에 가벼이 얹힌 정윤환의 손은 간간이 떨렸다.

"저 새끼 손 너무 떠는데."

"남이사. 정윤환이 팔 한 짝 날아가도 너보단 잘함."

"다른 사람 같았으면 조준도 못 할 텐데 타고나긴 타고났어."

"한번 봐. 겨누는 느낌도 거의 없어. 그냥 바로 쏘더라. 감이지, 뭐."

"짜증 나네."

— 형평성 조정을 위해, C4팀에 우선권 세 개를 부여합니다.

나른하게 허공을 응시하는 정윤환 앞으로 홀로그램 화면이
펼쳐졌다.

유은우 근처에 서 있던 1학년 남학생이 급기야 화를 냈다.

"와, 진짜 어이없네. 자기가 필기시험 출석 안 해서 교내 랭
킹 바닥 찍은 건데, 어떻게 우선권을 가져가냐."

옆에 있던 4학년 여학생이 눈을 찡그린 채 고개를 저었다.

"1학년들은 모를 수도 있지. 정윤환 저거 다 안 써."

정윤환이 손바닥을 화면에 댄 뒤 그대로 쳐 냈다. 화면은 매
끄럽게 밀려나, 상대 팀 리더 이해영의 시야 앞에서 멈춰 섰다.

— C4팀의 리더 정윤환이 우선권 세 개를 A3팀에게 양도합
니다.

"어? 어? 왜 주는 거예요?"

화를 냈던 1학년이 멈칫했다. 4학년이 심드렁하게 대답했다.

"모의 전투 딱 한 판만 하고 전부 기권하려고. 우선권 배정받
은 거 양도하면 조정 점수가 유리하게 확 뛰거든. 정윤환은 우
선권 필요 없어. 어차피 이기니까. 효율을 극대화하려고 넘기
는 것뿐이야. 물론 상대 팀도 거절할 배짱은 없지. 작년에 한
팀이 정윤환이 준 우선권 거부했었어. 어차피 정윤환한테 지고
점수 깎일 거 엿이나 먹으라고 그랬겠지. 정윤환 그래서 어쩔
수 없이 모의 전투 추가로 한 번 더 뛰어야 했는데, 당연히 열

받았고 가만 안 있었어. 정윤환, 첫 번째 전투랑 두 번째 전투에서 애들 급살 안 하고 가지고 놀면서 죽였어. 아무리 충격 흡수 시스템으로 보호받는다고 해도, 일방적으로 당하는데 기분 좋을 리 없잖아. 그 뒤로 애들 찍소리도 안 한다.”

정윤환은 서재희와 달랐다. 그는 총을 뽑는 순간부터 전투가 종료될 때까지 압도적으로 제 페이스를 유지했다. 교내 랭킹이 바닥인 덕에 주어진 우선권 세 개를 전부 상대 팀에게 넘겨 더욱 자신에게 불리한 상황을 의도해 놓고, 전투 내내 활짝 만개했다. 정윤환의 사격은 보통의 모든 절차를 비약적으로 생략했다. 실력자에게서 필히 느껴지는, 오랜 시간 축적된 훈련의 나이테는 정윤환의 동선에서 전혀 찾아볼 수 없었다. 하긴 교복 쪼가리 하나 제대로 갖춰 입지 않고 부스스하게 기어 나온 정윤환의 몰골만 보아도, 그가 얼마나 쉽게 우승해 왔는지 알 수 있었다. 상대 팀은, 정윤환의 재능만큼이나 그가 드러내는 오만에 처참히 의욕을 상실했다.

— C4팀 1승. A3팀 1패. 전투를 종료합니다.

전광판의 순위가 재편되었다. 1위를 차지하고 있던 서재희를 한 칸 아래로 밀어내고 정윤환 이름 석 자가 번쩍이며 꽂혔다.

상대 팀을 자근자근 밟아 놓고도 정윤환은 여전히 지루해 보였다. 설렁설렁 대기실로 복귀하는 그를 보며, 학생들은 암묵적으로 길을 텄다. 그러나 정윤환은 문으로 향하지 않았다. 그는 휘적휘적 걸어와 유은우 옆에 털썩 앉았다. 정윤환이 유은우의 귓가로 기울어 왔다.

"페어 해제 왜 했어?"

"바라던 바 아닌가요."

유은우는 저도 모르게 눈으로 서재희를 찾았다. 그는 저만치 서서 팀원들이 무어라 하는 말을 듣고 있었다. 담담한 태도. 평소와 같았다.

"유은우, 나 봐."

서늘했다. 유은우는 고개를 돌려 정윤환을 마주 보았다. 정윤환이 이를 악문 사이로 말했다.

"너 지금 다른 마음 먹고 있는 거 아니지?"

진동이 울렸다. 왼쪽 손목의 이프도 아니었고, 귀에 꽂힌 인터컴도 아니었다. 유은우는 반사적으로 제 홀스터를 보았다. 정윤환에게 받은 인터컴이 총 옆에 가지런히 꽂혀 있었다. 임유현의 지시를 받을 수단이었다. 지급받은 후로 단 한 번의 호출도 없었으나, 지금 작게 진동하고 있었다.

유은우는 홀스터에서 인터컴을 뽑아 쥐었다. 식은땀이 났다.

— 90분간 식사 및 휴식합니다. 학생들은 대기실에서 나가 주시고, 오후 2시까지 복귀하시기 바랍니다.

"실패하면 너나 나나 다 죽는 거야."

그 한마디를 끝으로 정윤환은 자리에서 일어나 성큼성큼 가 버렸다.

유은우는 귀에서 인터컴을 빼내고, 홀스터에서 뽑은 인터컴으로 갈아 끼웠다. 진동이 멎고 음성변조된 목소리가 왼쪽 귀를 파고들었다.

— 대기실에서 나간 후 왼쪽 복도 끝에서 엘리베이터를 탄 뒤 6층에서 내리고, 오른쪽 세 번째 강의실에 들어가 다음 지시를 기다릴 것.

유은우는 스크린을 바라보았다. 내빈석의 임유현은 차인호와 담소를 나누고 있었다. 김서혁의 자리는 비어 있었다.

임유현이 실시간으로 직접 지시하는 건 아니구나.

녹음 파일로 짐작되는 음성은 정확히 두 번 반복되었다. 알리바이 때문인지, 살해를 사주했다는 증거를 남기지 않기 위해서인지, 혹은 지금은 단순히 녹음 파일만 쓰고 김서혁과 마주하면 본격적으로 실시간 지시에 나서는 건지, 현재까지는 알 수 없었다.

유은우는 기민하게 대기실을 빠져나왔다. 식당으로 가기 위해 오른쪽으로 몰려가는 학생들과는 정반대로, 왼쪽으로 쭉쭉 걸었다. 사람들 시야에서 좀 멀어졌다 싶었을 땐 뛰기 시작했다. 엘리베이터를 잡아타 6층을 눌렀다. 고작 그것만 했을 뿐인데 자꾸만 등이 식었다. 귀에 꽂은 지 오래인 인터컴은 여전히 차가웠다.

김서혁을 만나도 덜컥 인터컴을 빼어서는 안 되었다. 어디에 함정이 있는지 파악하고 나서 인터컴을 제거해야 했다. 그래야 역으로 김서혁을 보호할 수 있을 테니까. 머릿속으로는 해야 할 말을 정리했다. 임유현이 자신을 취하려 한다는 것, 정윤환이 스파이를 자처한다는 것, 자신이 온디딤을 사용할 수 있다는 것……

'너 지금 다른 마음 먹고 있는 거 아니지?'

정윤환은 정확하게 봤다. 애초부터 유은우는 김서혁을 배신할 생각이 없었다. 그러나 이 빌미로 김서혁을 만날 수만 있다면. 연락도 되지 않고 전언에도 답이 없는 그를 직접 대면할 수만 있다면. 이건 기회였다.

— 6층입니다.

엘리베이터가 열렸다. 불은 켜져 있었으나 인적이 없어 기이할 정도로 추웠다. 유은우는 엘리베이터에서 나왔다. 오른쪽 세 번째 강의실······.

옆에서 그림자가 튀어나왔다. 아차 하는 순간, 팔이 뒤로 꺾였다. 입에 재갈이 물렸다. 눈이 가려졌다. 그대로 끌려갔다. 문이 열리는 기척. 내동댕이쳐졌다. 유은우는 하릴없이 바닥을 뒹굴었다. 문이 닫히는 소리. 구둣발 소리가 뚜벅뚜벅 다가왔다. 최소 둘······, 아니, 셋.

"앉혀."

가슴이 쿵 떨어졌다. 사무치게 바라던 목소리였으니까.

유은우는 일으켜 세워져 의자에 앉혀졌다. 팔이 의자 등받이 뒤로 고정되고, 날카로운 총성이 울렸다. 손목이 새파랗게 얼어붙는다 싶더니 차가운 줄로 꽉 조여 왔다. 유은우도 익히 아는 결박 설계였다. 설마 내가 당할 거라고는 꿈에도 몰랐다. 더욱이 내가 알던 사람에게 당하리라고는. 양 손목에 감긴 느낌만으로도, 설계자가 누군지 선명하게 알 수 있었다. 소연주.

"눈."

눈을 가렸던 천이 풀려 나갔다. 유은우는 앞을 직시했다.

30대 중반의 남자가 우뚝 서 있었다. 그저 서 있기만 할 뿐인데, 오랜 전투로 거칠게 담금질되어 노련한 태가 났다. 김서혁이 회색이 도는 눈으로 유은우를 뚫어져라 바라보면서 왼손으로 오른손 가죽 장갑 버튼을 뚝 끌렀다.

양쪽에서 움직이는 기척이 났다. 정확히 두 사람이었다. 유은우는 돌아보지 않았다. 움직이는 기척만으로 이미 누군지 확신했다. 그저 김서혁을 똑바로 올려다보았다. 양팔이 뒤로 묶여 있었으나 할 수 있는 만큼 당당하게 허리를 곧추세웠다. 나는 잘못한 게 없어.

옆에서 한숨 소리가 났다.

"대장, 은우 말도 들어 봐야 합니다. 일부러 우리와 접촉하려고 자진해서 접근했을 수 있어요."

이선규였다. 군에 있을 때는 사사건건 시비를 걸던 그가 감히 김서혁 앞에서 자신을 변호하고 있었다. 김서혁은 아무 말도 하지 않았다. 김서혁은 평소 말수가 적은 편이었고, 특히 이선규에게는 더 그랬다. 소연주 또한 침묵했다. 이선규가 재차 말했다.

"박민준도 얼마 전 테러 현장에서 은우를 목격했다고 했습니다. 대장한테 무언가 말도 전했다고 들었습니다만."

김서혁이 장갑을 벗었다. 그는 큰 보폭으로 서너 걸음 만에 가까이 다가왔다. 선 굵은 손이 뻗어 와 유은우의 시야로 그늘을 드리웠다. 이어 그의 손가락이 유은우의 귓바퀴에 닿았다.

아직도 차가운 인터컴이 그의 손으로 매끄럽게 빠져나갔다.

김서혁이 손을 튕겨 인터컴을 공중으로 띄웠다. 총을 뽑아 정확하게 사격했다. 인터컴은 김서혁의 타격을 받고 산산조각이 났다. 매끈한 대리석 바닥 위로 떨어진 인터컴 잔해에서 붉은 설계가 물로 만들어진 거미줄처럼 흘러나왔다. 서명이 훼손된 그 설계는 김서혁의 군화에 짓밟혀 스러졌다. 유은우는 해석이 느려 그것을 완전히 읽어 내지는 못했다. 다만 기본 설계가 무엇인지는 알 수 있었다. 폭발 설계. 덜컥 숨이 멎었다.

유은우는 정신없이 기억을 더듬었다. 정윤환이 인터컴을 두 개 가지고 있던가? 아니었다.

임유현이 자신에게 인터컴을 따로 내어 준 것은, 혹여나 본인의 지시를 들킬까 조심했다기보다는, 유사시에 자신의 머리를 터뜨리기 위함으로 보였다.

소연주가 딱딱하게 말했다.

"임유현은 엘리베이터에서 나와 오른쪽 세 번째 강의실에 대장이 머물기를 의도했습니다. 제가 그쪽으로 가서 확인하고 증거 수집하겠습니다. 임유현의 소재는 박민준이 체크 중입니다. 박민준 말로는 대장이 인터컴을 파괴할 때 임유현이 잠깐 흠칫하는 기색이 있긴 했으나 큰 동요는 없다고 합니다. 현재 그는 차인호와 오찬 중입니다."

김서혁은 벗어 든 오른쪽 장갑 한 짝을 코트 주머니에 넣었다. 그가 여전히 유은우를 응시한 채 명했다.

"나가."

이선규는 나갈 생각이 전혀 없어 보였다. 그는 유은우의 어깨를 다급히 붙잡기까지 했다. 김서혁만 없으면 끌어안을 기세였다.

"대장! 은우는······."

"이선규, 나와."

소연주가 단호하게 이선규를 잡아끌고 밖으로 나갔다. 익숙한 실랑이 끝에 문이 달칵 닫혔다.

김서혁의 손이 다시 다가왔다. 그가 유은우의 입에서 재갈을 빼내어 바닥으로 던져 버렸다. 유은우는 앞으로 고개를 숙이고 크게 기침했다. 눈물이 글썽했다. 호흡을 가누며 고개를 들었다.

"대장."

유은우는 자신이 물러 보이지 않기를 바랐다. 어쨌든 의도한 바가 아닌가. 차라리 잘되었다. 임유현이 계획해 놓은 공간에서 위험을 감수하며 김서혁과 마주하는 것보다야, 김서혁이 먼저 임유현의 함정을 알아채고 자신을 선점해서 추궁하는 지금이 나았다. 오해는 풀면 되니까. 풀면······.

"대장, 내 전언 들었어?"

김서혁은 대답이 없었다. 예상 못 했던 것도 아니지만 낯설어, 유은우는 자꾸만 코가 시큰거렸다.

"정윤환이 나를 임유현 쪽으로 끌어들이려고 해. 그 인터컴을 주면서 임유현의 지시에 따라 대장을 살해하는 데 성공하면 나한테 시민권을 주겠다고 제안했어."

"사실이라면 썩 괜찮은 조건인데."

유은우는 귀를 의심했다. 김서혁이 건조하게 이어 말했다.

"그래서 증거는?"

"……뭐?"

"증거."

없었다. 정윤환과 대화할 때 녹음을 해 놓은 것도 아니요, 방금 김서혁이 부순 인터컴이 정윤환의 손을 거쳐 자신에게 전달되었음을 증명할 수 있는 것도 아니었다. 애초에 그 모든 것을 떠나, 유은우는 김서혁이 증거를 요구한다는 것에 큰 충격을 받았다. 어찌 보면 당연했으나 마음은 그렇지 않았다. 내가 그에게 증거를 대어야 하는 위치로까지 떨어졌음에 가슴이 내려앉았다.

"나 못 믿는 거야?"

울면 안 돼. 여기서 울면 얼마나 우습게 보이겠어. 그러나 뺨 위로 마른 눈물이 뚝 스치는 게 느껴졌다.

"제안을 거부할 수가 없었어. 거부하는 순간 교내에서 쥐도 새도 모르게 처분될 테니까. 그리고 이 빌미로 대장과 만날 수 있을 거라고 생각했어. 예전에 테러 현장에서도 대장 못 보고 전언만 남기고 왔으니까. 절대로 대장을 해하려는 의도는 없었어."

서러움은 화로 번졌다.

"대장은 대체 날 뭘로 보고 있는 거야! 내가 나 살겠다고 대장을 죽일 그런 사람으로 보여?"

"정윤환이 스파이라는 증거 있나?"

눈가가 차갑게 식었다. 유은우는 침을 따갑게 삼키며 김서혁을 응시했다. 김서혁은 망토와 코트를 반쯤 젖히며 장갑을 벗은 맨손을 홀스터의 총에 얹었다. 그가 무표정하게 말했다.

"네가 스스로 임유현에게 가서 빌붙지 않았다는 증거는?"

맙소사. 유은우는 눈을 질끈 감으며 고개를 숙였다. 심장박동이 목울대까지 치밀었다.

"만약에 네 말이 사실이라고 해도, 그래서 어쩌자는 거지?"

김서혁이 메마른 목소리로 말했다.

"정윤환이 실은 날 배신하고 임유현을 위해 일하고 있다. 그리고 너는 정윤환의 협박으로 임유현에게 붙을 것을 강요당했다. 급기야 너는 나를 살해하라는 명을 받았다. 너는 그러고 싶지 않았지만, 궁지에 몰린 데다 일단 나를 만나기 위해 그 제안을 수락했다. 이 모든 것이 진짜라 치자. 그래서?"

유은우는 바닥으로 시선을 떨어뜨린 채 김서혁의 말을 들었다.

"임유현이 날 노린 건 쭉 있어 왔던 일이지. 정윤환이 스파이 노릇을 한다는 건 너보다 내 정보망이 더 확실하니 지금 당장 왈가왈부하진 않겠다. 여기서 그나마 특별한 변수는, 네가 날 배신하지 않았다는 점이군. 놀랍긴 하지만 그게 내가 널 받아 주어야만 하는 이유가 될 수 있나?"

김서혁이 총을 뽑았다.

"내 판단으로 널 군에서 퇴출했다. 그리고 너는 달라진 게 하나도 없지. 난 널 다시 취해야 할 이유가 없다. 임유현이 널 눈여겨봤다면 그쪽에 붙어. 네게 이득이다. 난 네가 필요 없고, 너도 꼭 나여야 할 이유는 없지 않나."

눈물은 속으로 흘러 폐부를 채웠다. 숨이 막혔다.

"이제 내게서 독립할 때도 된 것 같은데."

탕! 총성이 울렸다. 단단히 고정되어 있던 손목이 탁 풀려났다. 다리는 물론 전신에 힘이 들어가지 않아, 유은우는 의자에서 고꾸라졌다. 가까스로 바닥을 짚었다. 손목에 결박되었던 상흔이 선명했다. 손을 들어 눈물을 닦아 냈다. 비틀거렸지만 똑바로 일어섰다.

"너는 이제 나를 죽이면 되겠군."

마주 보는 김서혁의 모습은 기억과 똑같았지만 소름끼치게 생경했다. 김서혁이 총을 홀스터에 꽂았다.

"시도할 배짱도 없어 보이지만."

김서혁은 유은우에게서 시선을 떼어 냈다. 그는 문 쪽으로 성큼성큼 걸어갔다.

"내가……."

유은우가 악을 쓰듯 뱉었다. 김서혁이 걸음을 멈추었다. 그러나 돌아보지 않았다.

"내가 달라진다면 그땐 어쩔 건데."

"쓸모 있다 판단되면 당연히 내가 가진다. 아무에게도 뺏기지 않아. 다만……."

김서혁이 등을 보인 채 이어 말했다.

"⋯⋯내가 다시 가지고 싶어질 만큼 성장한 네가 다른 선택지 다 뿌리치고 내게 돌아올지 의문이지만."

"갈 테니까 기다려. 이번 모의 전투 똑똑히 봐. 나 가지고 싶어서 못 배기게 될걸."

그제야 김서혁이 돌아섰다. 고개만 돌리는 것이 아니라 아예 돌아서서, 그는 무감한 눈으로 유은우를 바라보았다. 그의 시선이 유은우를 훑어 내려가다가 얼핏 손목시계에 멎는가 싶더니 다시 유은우의 눈으로 올라붙었다.

"기대하지."

그리고 나가 버렸다.

유은우는 자리에 주저앉았다. 전신에 오한이 들었다. 웅크렸으나 소용없었다. 비틀거리며 일어섰다. 손목은 쓸려 엉망이었다. 특히 오른쪽 손목은 시계에 적응하느라 이미 한바탕 까져 있었기 때문에, 피까지 배어 나오고 있었다. 유은우는 교복 소매를 당겨 상처를 가렸다. 옷매무새를 바로 했다. 눈물이 말라 건조한 눈가를 몇 차례 꾹꾹 눌렀다.

다시 대기실로 돌아왔을 땐, 거의 모든 참가자가 이미 와 있었다. 서재희는 차예원과 대화하고 있었고, 정윤환은 보이지 않았다. 유은우는 코를 훌쩍이며 구석에 걸터앉아 홀스터의 약물 케이스를 점검했다.

— 다섯 번째 전투입니다. 참가팀은⋯⋯.

유은우는 참가팀이 추첨되고 있는 스크린을 보았다.

— B2팀과 D5팀입니다.

이프가 가볍게 진동했다.

— B2팀 한 명. 리더 유은우, D5팀 다섯 명. 리더 차예원, 팀원 김주완, 박원호, 이경민, 정수진은 대기실 왼쪽 통로를 이용하여 점검실로 이동하십시오.

유은우는 자리에서 일어섰다. 어느 정도 예상은 했다. 시험점수도 조작하는데 대진은 오죽할까. 추첨이 정말 추첨인지 확신할 수 없었다. 막 걸음을 옮기는데 팔을 잡혔다. 돌아보니 정윤환이었다. 그는 한참을 달려왔는지 숨을 씨근덕거리며 유은우를 보고 있었다.

"너……!"

유은우는 정윤환이 말을 채 시작하기도 전에 팔을 비틀어 빼냈다. 정윤환이 이를 악문 사이로 낮게 뱉었다.

"어쩌려고!"

유은우는 대답하지 않았다. 정윤환을 밀쳐놓고 대기실 통로로 성큼성큼 걸었다. 뒤에서 차예원 팀이 따라 걸어왔다.

점검실에 도착하여 총을 점검기 위에 올려놓을 때는 다소 긴장했다. 어차피 조잡한 금속 덩어리일 뿐이라 설계를 입히려야 입힐 수도 없어 들키지도 않겠지만, 만에 하나 누군가 총이 좀 이상하다고 언급할까 겁이 났다. 참가팀 전원의 총에서 설계가 발견되지 않는다는 무난한 결과가 떨어지자마자, 유은우는 짐짓 태연한 척 그러나 재빠르게 페이크 총을 도로 홀스터에 꽂았다. 차예원의 시선이 느껴졌으나 내색하지 않았다. 이어 도핑테스트까지 무사히 마치자, 예상했던 대로 눈앞으로 푸른 창이 두루마리처럼 깨끗하게 펼쳐졌다.

— 형평성 조정을 위해, B2팀에 우선권 세 개를 부여합니다.

망설일 필요 없었다. 그간 모의 전투 지침을 마르고 닳도록 읽었으니. 유은우는 손을 들어 차례로 화면을 눌렀다.

— B2팀의 리더 유은우가 우선권으로 채널을 선택합니다. 제9유적지로 설정됩니다.

— B2팀의 리더 유은우가 우선권으로 스타트 지점을 지정합니다. 양 팀은 전투 지역의 양 끝단에 배치됩니다.

— B2팀의 리더 유은우가 우선권으로 장애물을 추가합니다. 전투 지역 전역에 증식형 괴물이 999마리 배열됩니다.

"뭐, 뭐 하는 거야?"

차예원 팀의 5학년 김주완이 눈을 찌푸렸다. 옆에 선 차예원은 무어라 말은 하지 않았지만 역시 꺼림칙한 표정이었다. 그럴 만도 했다. 우선권은 최대 세 개까지 부여되었는데, 가장 유리한 사용법이 공식처럼 내려오고 있었다.

첫째, 채널 선택. 모의 전투실은 도시연합이 지정한 보안지역을 제외한 사해의 전 지역이 정교하게 재현 가능했다. 학생들은 황량한 모래사막보다는 건축물이 적당히 남아 다양한 활용이 가능한 유적지를 선호했다. 유적지는 제국의 옛터로, 각 위치마다 확연히 다른 특징을 띠었기 때문에 어떤 동조자에게는 극히 불리했고, 또 어떤 동조자에게는 역량을 최대로 발휘할 발판이 되기도 했다. 따라서 채널 선택은 곧 공간 장악을 의미했다.

둘째, 부활권. 총 45분 경과 후 전투가 종료되면, 각 팀원의 신체 상태를 평균 내어 더 안정적인 팀을 우승팀으로 확정했다. 부활권은 사망한 팀원을 복원하는 것으로, 팀원이 한 명 충원되는 거나 다름없었다. 특히 전투력이 엇비슷한 팀이 경쟁할 경우, 부활권은 아주 강력한 패가 되었다.

셋째, 상대 팀 페널티 부여. 상대 팀에게 특정 약물 사용을 금지시키거나, 기본 설계 중 한 가지를 쓰지 못하도록 제한할 수 있었다. 상대 팀원 전체에게 일괄 부여하므로, 상대 팀의 장단점과 특징을 잘 파악하면 할수록 효과적인 페널티를 부여할 수 있었다.

이중 유은우가 건 조건은 단 하나. 채널 선택뿐이었다. 그마저도 드물게 선택되는 제9유적지였다. 그곳은 제국시대의 수도가 거의 완벽하게 보존되어 있어, 빽빽한 빌딩과 얽히고설킨 고가도로로 행동의 제약이 많았다. 설계 한번 잘못 긋고 타격 한번 잘못 날리면, 건물들이 도미노처럼 무너지며 아군이고 적군이고 동시에 전멸할 수도 있었다. 여러 명이 상호작용을 하며 넓은 범위를 누벼야 하는 팀전에서, 그다지 선호되는 채널은 아니었다.

차예원은 매우 언짢아 보였다. 그녀가 중얼거렸다.

"설마 페널티 몰라서 못 건 건 아니겠지."

"제가 선배 팀에 손 안 대서 서운하세요? 페널티 걸어 드려요?"

유은우의 대꾸에 차예원 옆에 서 있던 3학년 정수진이 기가 막힌다는 표정을 지었다.

"저 허섭스레기 같은 증식형 괴물은 또 뭐야. 넌 지금 신중하게 골라야 할 우선권을 적어도 두 개 날렸어. 그리고 전투가 시작되면 우선권 전부를 허비했다는 걸 알게 될 거야. 저 채널은 설계자한테 적합한 공간이야. 너 같은 타격자는 한번 사격하자마자 건물 밑에 깔리고 말걸. 내가 너였다면 부활권을 중복해서 세 번 얻었을 거야."

정작 차예원은 팽팽하여 말이 없었다. 그녀는 숨도 안 쉬고 유은우를 뚫어져라 응시했다. 문득 차예원이 흠칫 굳었다. 웃음은 서늘하게 번졌다. 차예원이 뱉었다.

"아아. 이렇게 나오시겠다?"

"이제 좀 짐작이 가시나요. 긴장하셔야 할걸요. 이거 제가 군에 있을 때 맨날 해서 진짜 잘하거든요."

"다들 잘 들어!"

차예원이 날카롭게 외쳤다. 그녀는 여전히 유은우를 똑바로 바라보며 뒤쪽의 팀원들을 향해 말했다.

"초반부는 유은우와 우리 간의 전투가 아냐. 개인 간의 생존 게임이다."

― 배경을 세팅합니다.

점검실의 조명이 뚝 꺼졌다. 유은우는 뱃속이 뒤틀리는 현기증을 느꼈다. 가상현실로 진입하기 전에 겪는 흔한 현상 중 하나였다.

― 동시 입장합니다.

유은우는 홀스터의 총 대신, 미리 신체 강화제를 끼워 둔 호흡기를 쥐었다. 다음 순간, 발을 디디던 바닥이 감쪽같이 사라졌다. 몸이 아래로 훅 꺼졌다. 내장이 목구멍으로 치밀다 못해 입 밖으로 튀어 나갈 것 같은 역겨움 속에서도, 유은우는 능숙하게 호흡기를 물었다. 깊이 빨아들였다.

콰득, 하고 강화된 발밑에서 아스팔트가 산산조각 났다. 유은우는 안정적인 착지 후에 몸을 팽팽하게 폈다. 물고 있던 호흡기에서 텅 빈 약물 케이스를 분리해 떨어뜨렸다. 호흡기를 홀스터에 꽂음과 동시에 총을 움켜쥐었다. 끈적하게 들러붙는 진짜 총의 느낌이 아닌 그저 매끄러운 금속, 그뿐이었다. 손목시계가 억눌린 짐승이 숨 쉬듯 미세하게 달그락거렸다.

눈앞에 제9유적지가 견고하게 재현되어 있었다.

도시연합의 최첨단 기술이 집약되어, 실제 한정된 공간에 무한한 가상을 끌어다 놓았다. 칩을 물지 않아도 정상적인 호흡이 가능하다는 점만 제하면, 완벽했다.

팀과 팀을 가르는 반투명한 가림막은 너무나 멀리 있어 마치 안개처럼 보였다. 그 너머로는 희미하게 빼곡한 빌딩숲뿐이었다. 유은우가 팀과 팀의 스타트 지점을 최대한 떨어뜨렸기 때문에, 두 팀은 서로를 육안으로 확인할 수 없었다. 저 너머 어딘가 있겠지. 우선권으로 얻어 낸 거리가 아주 만족스러웠다.

— 차단벽 해제까지 10, 9, 8…… 3, 2, 1.

유은우는 총을 뽑았다.

— 전투를 시작합니다.

유은우는 자리에서 도약했다. 막 신체 강화제를 흡입한 몸은 짜릿하게 탄력 있었다. 유은우는 가볍게 고가도로 언저리에 발을 디디고 섰다. 아래를 내려다보았다. 공간이 드문드문 일그러졌다. 유은우가 직접 배치한 괴물들이 땅 밑에서 그림자처럼 솟구치면서 점점 형체를 잡아 가고 있었다.

유은우는 괴물이 닿지 않을 위쪽으로 쭉쭉 올라갔다.

체력을 아껴야 해. 다쳐서도 안 돼.

상대 팀은 차예원을 비롯하여 총 다섯 명. 지금으로부터 45분 뒤에, 그 다섯 명의 평균 신체보다 유은우의 신체가 더 양호해야 승리할 수 있다.

쾅!

굉음이 일었다. 유은우는 저만치 아스라한 곳을 바라보았다. 거대한 빌딩 하나가 느리게 그러나 압도적으로 기울고 있었다. 그 옆에 나란히 선 건물들도 함께 육중한 소리를 내며 무너졌다.

— D5팀 팀원 이경민이 사망하였습니다.

팀원들이 차예원 말을 어지간히 안 듣는 모양인데.

하지만 속도는 확실히 빨랐다. 초조했다. 아직 5분도 채 지나지 않았다. 그러나 차예원 팀, 적어도 일부는, 벌써 저기까지 도달해 있었다. 단순히 신체 강화제를 흡입해서 나오는 속도는 아니었다. 가속에 능한 설계자가 최소 둘은 있다는 뜻이었다.

아니, 어쩌면 이제 하나일지도 모른다. 방금 하나가 죽었으니까.

차예원 팀은, 이기기 위해 무조건 유은우 쪽으로 접근해 와야 했다. 유은우가 전투 지역의 끝과 끝에 양 팀을 떨어뜨려 놓았기 때문에, 이 악물고 쭉쭉 달려와도 45분 내에 조우하는 것은 촉박한 감이 없지 않았다. 차예원 측에서는 마음이 급할 터였다. 소요 시간 내에 유은우를 만나지 못한다면, 45분 내에 각자 괴물과 부딪힌 그 결과로만 승패가 가려질 테니까. 유은우는 군에서 총을 쓰지 않고 맨몸으로 장애물을 피하는 훈련을 뼈 빠지게 해 왔다. 반면에 차예원 팀은 총을 다룰 수는 있어도 수많은 괴물, 그것도 한 번 죽일 때마다 두 마리로 재생되는 괴물을 감당하는 경험은 낯설 터였다. 거기다 온을 다루는 것은 직접 몸으로 뛰는 이상의 체력이 소모되었다. 그렇다면 유은우와 차예원이 끝까지 마주치지 않고 전투가 끝날 경우 승패는 가리기 어려웠다.

여기서 차예원 팀이 확실하게 이길 수 있는 방법은 단 하나였다. 유은우를 사정거리 안에 확보하는 것. 위치만 잡으면 차예원은 유은우를 한 방에 죽일 수 있었다. 그러면 전투는 종료되고 완벽한 차예원의 승리가 되었다.

다만 유은우에게 접근하는 과정이 문제였다. 차예원 팀은 빈틈없이 빼곡한 건물들을 파괴하지 않고 그 사이를 미끈하게 빠져나와야 했다. 평소라면 쉬운 일이었다. 그러나 유은우가 괴물을 깔아 놓음으로써 꽤 번거로워졌다. 해도 들지 않을 만큼 좁은 벽과 벽 사이를 통과하며 총을 쏘아 괴물을 밀어냄과 동시에, 주위의 건축물을 건드리지 않는다는 건 제법 품이 들었다. 게다가 속도는 최대로 유지해야 했다.

이경민이 일찌감치 사망한 것도 그 때문일 터였다. 본인이 까딱 잘못하여 괴물 대신 건물을 붕괴시켰거나, 아니면 동료 팀원이 비슷한 실수를 저질렀거나.

홀로 자유롭게 움직이고 싶다면 방법은 하나. 흩어져야 했다. 하지만 그렇게 서로 유효한 거리를 두게 되면 팀의 의미는 퇴색되어 버린다. 그리고 혼자서 괴물들을 헤치고 유은우가 있는 곳까지 도착할 즈음에는 체력이 상당히 저하될 터였다. 오다가 죽어 버리면 더 좋았다.

차예원도 유은우의 의도를 눈치챘을 것이다. 그러니 그런 말을 했겠지만.

'초반부는 유은우와 우리 간의 전투가 아냐. 개인 간의 생존 게임이다.'

차예원은 아마도 지금 팀원들에게, 제발 뿔뿔이 해산하라고 종용하고 있을 터였다. 서로 방해받지 않게 거리를 두며 최대한 빨리 유은우에게 접근하라고. 누구든 가장 먼저 도착하는 사람이 유은우 가슴에 총을 겨누라고. 그리고 그 과정에서 몸을 아끼지 말라고 지시할 것이다. 무리해서 몸이 넝마가 될지라도 유은우만 죽이면 이길 수 있을 테니까.

하나 차예원이 한 가지 모르는 것이 있었다. 유은우는 여전히 총을 다룰 수는 없으나, 어설프게 흉내는 낼 수 있었다. 마치 총을 쓰는 것처럼.

철걱거리는 기계 다리가 바닥을 쿵쿵 찧는 소리가 들렸다.

유은우는 다급히 몸을 굴려 피했다. 아까까지 서 있던 자리에 날카로운 상흔이 남아 있었다. 무수한 고철 덩어리로 이루어져 끊임없이 형태를 바꾸는 괴물이 칼날로 이루어진 손톱으로 바닥을 긁으며 접근해 오고 있었다. 뒤로 물러서며 사위를 빠르게 살폈다. 뒤에 하나. 오른쪽에 둘. 왼쪽은 비어 있었으나 난간 너머는 가파른 낭떠러지였다.

　앞을 보았다. 유은우도 더 이상 피할 수만은 없었다. 차예원이 괴물을 상대해야 한다면, 유은우도 마찬가지였다. 적을 곤경에 빠뜨리려면, 본인도 그 여파를 감수해야 한다. 이제 슬슬 움직일 때가 되었다.

　총을 빼어 들었다. 괴물의 미간을 조준했다. 유은우의 체온에 반응한 가짜 총이 세 자리 숫자를 환하게 띄웠다. 시계 유리판이 살짝 들뜨고 그 아래 부품들이 빛나는 작은 벌레처럼 손목을 타고 손등을 넘어 기어가 총구에 바글바글 자리 잡았다.

　방아쇠를 당겼다.

　탕!

　그럴듯한 총성. 그럴듯한 반동. 총구에 대기하고 있던 자그마한 톱니바퀴들이 유은우의 의지로 쏜살같이 괴물의 중앙에 박히고 거대하게 부풀어 올랐다. 괴물이 갈기갈기 찢겨 터지는 찰나는 어지러워, 유은우의 시계와 괴물의 금속을 구분하기 어려웠다. 마치 괴물이 혼자 폭발하는 것처럼 보였다. 유은우는 바닥을 박차고 괴물을 향해 힘껏 뛰었다. 금속음을 내며 쓰러지는 괴물의 머리를 밟고 뛰어 올랐다. 굳이 뒤돌아보지 않아도 반으로 갈라진 괴물이 두 마리가 되어 그 형태를 갖추고, 유은우의 뒤와 옆을 노리던 다른 괴물들도 재빠르게 따라붙는 것이 느껴졌다. 그리고 다시 조그마해진 부품들이 날벌레처럼 날아와 시계 안으로 스미는 것도.

되는구나.

가슴이 벅찬 나머지, 유은우는 잠시 모의 전투 중이라는 사실도 잊어버렸다. 전신으로 피가 뜨끈하게 돌았다. 빌딩과 빌딩을 몇 번 도약하고, 바람을 맞으며 낙하했다. 육교 한가운데 착지해 굽혔던 무릎을 펴며 일어서자 사방 천지에 괴물들이 득시글거렸다. 시계를 시험해 볼 최적의 기회였다. 김서혁이 지켜보고 있다. 그리고…….

전방에 총을 겨누었다.

……서재희도.

캉!

총구가 튀어 올랐다. 시계 부품이 낱개로 떼를 지어 괴물 사이로 파고들며 빠르게 통과했다. 유은우를 중심으로 사방에 깔려 있던 괴물들이 크게 원을 그리며 차례로 터져 나갔다. 찢어지자마자 나뉘어 그 수가 두 배로 불어난 괴물들을 뒤로하고, 유은우는 노련하게 철탑을 디디며 위로 쭉쭉 올라갔다. 어느 옥상에 안착했을 때였다. 비교적 높은 곳인데도 용케 괴물 한 마리가 이쪽으로 뛰어올랐다. 유은우는 총을 쏘는 척하며 시계 침으로 괴물을 부수어 옥상 아래로 밀어 버렸다.

이프를 보았다. 30분 경과. 이제 얼마 남지 않았다. 조금만 더 버티면 된다. 아직 유은우는 생채기 하나 없었다. 장담컨대, 차예원 팀의 구성원 중 그 누구도 이보다 온전하지는 못할 거라 자신했다. 이렇게 쉽게 이기나…….

"……뭐야."

유은우는 뒤돌아섰다.

"어떻게, 네가 어떻게 총을 써?"

5학년 김주완이었다. 그는 아연실색하여 유은우를, 정확히는 유은우의 손에 들린 총을 응시하고 있었다. 그는 가쁜 숨을 몰아쉬고 있었으나 크게 다친 곳은 없어 보였다. 그리고 넋을 잃은 와중에도 그의 총구는 정확하게 유은우의 가슴을 향하고 있었다.

유은우는 생각보다 너무 멀쩡한 김주완을 보고 적잖이 실망했다. 아무래도 차예원 팀은 유은우의 예상보다 실력이 있는 듯했다. 하긴 도시연합장 외동딸이 리더인 팀에 쭉정이가 모일 리도 없겠지만.

"난독증은? 극복한 거야? 그래서 재희 선배하고 페어 해제한 거……."

김주완이 말을 하다 말고 눈을 찡그렸다. 인터컴으로 지시를 듣는 듯했다. 그가 유은우를 응시하며 날카롭게 말했다.

"지금 앞에 있다니까! 아니, 잠깐만! 이상해서 그래. 잘못 본 게 아니라고 몇 번을 말해. ……유은우가 속임수를 쓰고 있다면 알아내야 할 거 아냐. 정당한 전투가 아니잖아!"

김주완이 충혈된 눈으로 총구를 까딱였다. 항복하라는 표시였다. 그러나 유은우는 손에 쥔 총을 버리지 않았다. 김주완의 등 뒤로 셋의 인영이 급속도로 가까워지고 있었다.

눈을 굴려 이프를 확인했다. 35분 경과.

유은우는 톱니바퀴 하나를 날벌레만큼 작게 벼려 내보냈다. 작은 황금빛 점은 유은우의 손목에서 흘러내려 손끝에서 바닥으로 똑 떨어진 후, 바람을 타고 공중에 머물렀다.

김주완이 거칠게 소리쳤다.

"대답해. 어떻게 한 건지!"

콰득, 하고 차예원이 옥상 바닥을 부수며 내리꽂혔다. 유은우와 김주완 사이였다. 차예원이 총을 유은우에게 겨누며, 동시에 뒤의 김주완을 향해 왼손을 뻗어 펼쳤다. 김주완이 머뭇거리며 총을 내렸다. 차예원이 성큼 다가왔다. 붉은 기가 서려 뜨거운 총구가 유은우의 이마로 바짝 다가붙었다.

"총을 썼다고?"

차예원이 희미하게 중얼거렸다. 유은우는 차예원의 어깨 너머로 새로이 등장한 둘을 주시했다. 차예원과 김주완만 상태가 양호할 뿐, 나머지 둘은 옷이 찢겼거나 몸이 찢겨 있었다. 그러나 제 실력을 못 낼 정도의 큰 부상은 결코 아니었다.

차예원이 유은우에게 시선을 붙박은 채 매섭게 외쳤다.

"제대로 포위해! 내 지시가 없어도 종료 1분 전에 사격한다. 그때까진 발포하지 마!"

차예원의 지시에 팀원 셋이 빠르게 움직여 유은우의 사위를 에워쌌다. 유은우를 중심으로 상대 팀 넷이 완벽한 동그라미를 그리게 된 셈이었다. 유은우는 흥분으로 숨이 꽉 죄었다. 시계가 잘게 떨렸다. 아까 괴물을 상대로 시험했던 동선을 이리도 빨리 써먹게 될 줄이야.

"널 여기서 그냥 죽여 내보내면 나는 이기겠지만……."

차예원의 목소리가 낮아졌다. 총구가 유은우의 이마에 닿았다. 차예원은 주위를 맴돌며 촬영하는 나노 드론을 의식하고 있었다. 혹여 목소리가 흘러 나갈까 차예원이 입술 사이로 속삭였다.

"……또 김서혁이 움직여 네 뒤를 봐주겠지. 난 바보가 아냐. 모든 사람이 목격하는 지금 네 비리를 밝히겠어."

그런 깊은 사정은 없어 유감이었다. 김서혁은 유은우의 뒤를 봐주기는커녕 냉담하기만 했고, 유은우가 몰래 온디딤을 가져오긴 했으나 차예원이 알아낸다고 좋아할 비리까지는 아니었다. 유은우가 말이 없자 차예원이 한쪽 눈썹을 치켜세웠다. 그녀의 목소리가 시원하게 높아졌다. 의도가 다분했다.

"네가 어떻게 총을 써? 총에 남의 설계를 미리 입력해 왔나? 어떻게 점검을 피했지? 당장 실토해!"

다음 순간, 시야가 깜깜해졌다. 모두의 머리 위로 거대한 그림자가 드리워졌다. 유은우가 미리 깔아 놓은 시계판이 순식간에 팽창한 덕이었다. 차예원이 흠칫 고개를 들었다. 유은우는 그 틈을 타 총을 버리고 두 손으로 차예원의 팔을 꺾어 둘러멨다. 그대로 바닥으로 패대기쳤다. 동시에, 유은우가 부린 시계침이 날카로운 바늘이 되어 나머지 팀원의 심장을 노렸다.

― D5팀 팀원 박원호가 사망하였습니다.

― D5팀 팀원 정수진이 사망하였습니다.

― 전투 종료까지 남은 시간 5분입니다.

유은우는 차예원을 엎드려 눕혀 놓고, 그녀의 총 쥔 오른손을 완전히 제압했다. 그러나 뒤가 서늘했다. 셋 중 둘밖에 죽지 않았다. 그리고 그리 수족처럼 자유롭게 다뤄지던 시계 침이 어딘가 단단히 억눌려 제대로 말을 듣지 않았다.

관자놀이로 철컥 총구가 닿았다.

"내 특기는 보호 설계인데."

김주완의 차가운 말마디가 날아왔다. 유은우는 차예원의 손목을 꽉 틀어쥔 채, 차예원의 뒤통수를 바라보며 김주완의 목소리를 들었다.

"나는 튕겨 내는 게 아니라 곁에서 딱 걸리게 하거든."

뚝 부러지는 소리가 났다. 유은우는 제 팔이 부러지는 듯한 아픔을 느꼈다. 유은우가 붙잡아 누르고 있는 차예원의 양손 옆으로 까만 직선 두 가닥이 달각달각 떨어졌다. 두 동강 난 시계 침이었다.

"그래서 네 온디딤은 쓸모가 없네."

― 전투 종료까지 남은 시간 3분입니다.

차예원이 바닥에 이마를 눌린 채 이를 갈아붙였다.

"온디딤? 유은우는 온디딤 없잖아!"

"그럼 총은……."

김주완이 바닥에 떨어진 유은우의 총을 쥐었다. 그가 제대로 잡기도 전에 총신에 100 세 자리 숫자가 선명하게 떴다.

"……페이크로군."

김주완이 유은우의 총을 바닥에 떨어뜨렸다. 그의 총이 유은우의 관자놀이를 힘 있게 눌렀다. 유은우는 머리가 밀려 기울어지지 않기 위해 전신에 힘을 주고 버텼다. 그 와중에도 차예원을 압박하는 손은 놓지 않았다.

"머리깨나 썼네. 처음부터 온디딤을 사용했으면 바로 전투가 중단되고 넌 어떤 식으로든 제재당했겠지. 일부러 총을 쓰는 척 시간을 번 거야. 온디딤을 사용하는 모습을 각인시키기 위해서. 여덟 도시에 네 가치를 증명할 절호의 기회니까. 설계 난독증이지만 온디딤을 아무런 대가도 치르지 않고 사용할 수 있고, 나아가 완벽하게 통제 가능하다고. 이건 마치……."

관자놀이를 누른 총의 방아쇠가 천천히 당겨지며, 팽팽한 금속음이 이어졌다.

"……이겼는데도 진 기분이 드네."

쾅!

시야가 비틀렸다. 김주완과 차예원이 감쪽같이 사라졌다. 유은우는 잠깐 공중에 머물렀다가 바닥으로 훅 꺼졌다.

― 도시연합장 차인호, 도시연합 중앙학교장 임유현, 도시연합군 총사령관 김서혁이 합의하여 조건이 충족되므로 해당 전투를 비공식 연장합니다. 시스템 관리자 권한에 따라 채널이 변경됩니다. 이 시각부터 전투 종료까지의 영상은 동조자 기록물 관리에 따른 법률을 적용받지 않습니다. 따라서 해당 전투

는 도시연합의 여덟 도시로 동시 송출되지 않고 시스템 오류로 표기되며, 실제 데이터는 낙원의 이론으로 특별 관리됩니다.

유은우는 직선으로 깨끗이 추락하는 와중에도 눈을 부릅뜨고 아래를 살폈다. 건물들이 무너졌다가 다시 솟고 있었다. 아스팔트가 갈라지며 고가도로가 튀어나왔다. 철길이 까드득 소리를 내며 그 위를 뱀처럼 기어가 자리 잡았다.

— 상기 전투의 우선권은 초기화됩니다. 상기 전투의 생존자 B2팀 리더 유은우, D5팀 리더 차예원, 팀원 김주완이 랜덤으로 전투 지역에 배치됩니다. 모든 조건은 기본으로 진행합니다. 시간제한은 없으며, 각 팀에서 한 명 이상 사망할 시 혹은 관리자 희망 시 전투 종료됩니다.

이윽고 완성된 세트는, 모든 면이 회색이었고 녹슬었으며 익숙했다. 사해의 어떤 지점을 복원하였는지 유은우는 즉각 알아차렸다.

제3유적지.

유은우는 가까스로 한 관제탑의 꼭대기에 착지했다. 발바닥으로부터 둔중한 충격이 전신을 휩쓸었다. 신체 강화제의 약효가 떨어지고 있었다.

대장이 판을 깔아 준 걸까? 실력 한번 발휘해 보라고?

머리는 느렸으나 감은 빨랐다.

유은우는 관제탑에서 즉각 뛰어내렸다. 바로 위에서 폭발음이 울렸다. 관제탑이 기울었다. 유은우는 고가도로에 착지하자마자 다급히 몸을 굴려 쓰러지는 잔해를 피했다. 손을 홀스터로 가져갔다. 그러나 허하게 미끄러졌다. 호흡기가 없었다. 어디서 잃어버렸는지 짐작도 가지 않았다.

탕!

총성이 울렸다. 흰 궤적이 칼날처럼 날아왔다. 유은우는 시계를 펼쳐 그것을 막으려다가, 다급히 중지했다. 아차 하는 사이 공격을 고스란히 당하며 바닥에 처박혔다. 아스팔트가 우드득 갈라지며 유은우는 몇 번을 굴렀다. 몸이 말을 듣지 않았다. 시계도 마찬가지였다. 입 안의 혀처럼 얌전하던 시계는 이제 제 의지를 가진 것처럼 느껴졌다. 손목에 감긴 기운이 어찌나 광폭한지 펼치는 순간 잡아먹힐 것 같은 공포감이 들었다.

맙소사. 고장 났나? 설마 아까 시계 침 하나 망가졌다고?

패색이 짙었다. 문제는 그뿐만이 아니었다. 아스팔트에 한바탕 갈린 몸이 너무나 아팠다. 고통이 지나쳤다. 물론 아무리 가상공간이라도 신체에 무리는 간다. 설계와 타격이 진짜임은 물론이고, 무너지는 건물에 깔리면 깔리는 대로 날아오는 트럭에 부딪히면 부딪히는 대로 전부 고스란히 감당해야 했다. 그러니 안전을 위해 충격 흡수 시스템이 작동되었다. 아픔은 느끼되 전투 종료 시 실제 부상은 입지 않도록. 그러나 감이 좋지 않았다. 충격 흡수 시스템 특유의 둔감한 느낌이 없었다. 허리로 번지는 통증은 지나치게 짜릿하여 눈을 뜨기도 힘들었다.

"네 뜻대로 되니 좋니?"

구둣발 소리가 뚜벅뚜벅 가까워졌다.

이상해. 너무 아프잖아.

유은우는 이프를 켜고 싶었다. 확인해야 했다. 충격 흡수 시스템이 제대로 작동하고 있는지. 만약 문제가 있다면 여기서 전투 종료를 요구해야 했다. 1년에 서너 건씩 발생한다는 모의 전투 시스템 오류로 인한 사망 사고에 이름을 올리고 싶지 않았다. 그야말로 개죽음이 아닌가.

그러나 동시에 기어코 차예원을 이기고 싶다는 욕심도 났다. 차예원의 긴장을 조금이라도 늦추어 빈틈을 만들려면, 이대로 기절한 척이 나았다.

온몸에 통증이 들끓었으나, 유은우는 후자를 택했다. 눈을 뜨는 대신 호흡을 늦췄다.

차예원이 유은우를 향해 몸을 굽히는지, 감은 눈 위로 그늘이 드리워졌다. 그녀가 속삭였다.

"윗분들이 네게 관심이 좀 가는 모양이야. 지금도 이렇게 지켜보고 계시니. 비공식이라. 낙원의 이론 특별 관리라. 축하한다. 바락바락 악을 쓰더니 결국 문턱에 발은 들이는구나. 하지만……."

뺨 위로 매끄럽고 차가운 머리칼이 부드럽게 쏟아졌다. 차예원의 숨이 귓가에 가까웠다.

"……우리 아빠 내 편이거든."

직감이 맞아떨어졌다. 내 충격 흡수 시스템을 일부러 껐구나. 차인호가 껐어. 날 여기서 죽이려고. 사고사시키려고. 그렇다면 임유현은? 보나마나 차인호에게 동조했겠지. 왜냐하면 내가 김서혁을 살해하는 데에 완벽하게 실패했으니까. 그럼 김서혁은? 온디딤을 사용하는 날 시험해 보려고 전투를 연장했을까? 아니면 나머지 둘에게 동의하여 성가신 날 끝내 버릴 셈이었을까?

어쨌든 셋 중 하나 이상은 분명히 나의 가치를 낮게 평가하고 있다. 유은우는 이를 악물었다. 전시관의 모든 온디딤을 다룰 수 있다는 걸 알려야 했다. 그런데 동시에 가슴이 서늘했다. 목숨을 부지하기 위해 내가 이토록 끊임없이 존재 가치를 알려야 한다는 것 때문에. 쓸모가 있어야만 생을 허락받는다는 사실 때문에.

일단 살고 보자.

몸이 다친 건 사실이었다. 신체 강화제의 효과가 떨어질 찰나 추락한 피해는 컸다. 그러나 군에선 이보다 더한 부상을 입기도 했다. 그때도 무사히 복귀하지 않았는가.

차예원의 총구가 미간에 닿는다 싶었을 때, 유은우는 제 뺨에 닿아 있는 차예원의 머리카락을 거칠게 틀어쥐며 몸을 일으켰다. 차예원이 악 소리를 내며 기울었다. 지척에 서 있던 김주완이 황급히 총을 쏘았다. 차예원을 방패 삼아 공격을 막아 냈다. 김주완의 타격을 그대로 맞고 고꾸라지는 차예원을 발로 차 밀어 놓고, 유은우는 고가도로에서 뛰어내렸다.

급한 대로 그늘에 몸을 숨기며 홀스터에서 약물을 뽑았다. 신체 강화제. 바로 입에 넣고 깨물어 부수었다. 케이스가 날카롭게 깨지며 입 안을 찢었다. 씁쓸하고 끈적한 액체를 대강 삼키고 케이스를 피와 함께 뱉어 냈다. 소매로 입가를 훔쳤다.

이프를 켰다. 상태 창을 띄웠다. 처음 전투를 시작할 때 분명히 활성화되어 있던 충격 흡수 시스템은 완전히 불이 나가 있었다. 심지어 꺼지면 꺼진다고 경고 하나 없었다.

— D5팀이 C4팀으로 교체됩니다.

유은우는 퍼뜩 고개를 들었다. 살갗에 소름이 오소소 돋았다. 차예원을 상대하면서 느꼈던 두려움과는 차원이 달랐다.

'실패하면 너나 나나 다 죽는 거야.'

저만치 걸어오는 인영이 보였다. C4팀. 정윤환.

유은우는 이를 악물었다. 피할 수 없었다. 숨을 수도 없었다. 유은우는 똑바로 일어나서 그를 마주 보았다. 재킷 안쪽을 뒤져 숨겨 두었던 진짜 총을 꺼내 홀스터에 꽂아 넣었다.

바람이 불어닥치자 흙먼지가 날아올라 안개가 되었다.

제3유적지.

도시연합의 그 빌어먹을 센스에 크게 소리 내어 웃고 싶었다. 하지만 배 속부터 딱딱하게 긴장하여, 손끝 하나 까딱하기도 힘겨웠다.

내가 연합군에게 처음 발견된 장소. 머리가 차갑게 식었다. 그때부터 정윤환은 날 죽이고 싶어 했다. 반란군의 잔재는 즉살해야 한다던 그를 막은 건 김서혁이라고 했다. 그도 날 버렸지만.

내가 오늘 여기서 개죽음당하면 대장은 어떤 표정을 지으려나. 나를 이곳에 보낸 것을 후회할까. 의도대로 잘되었다고 흡족해할까. 침식 일보 직전이던 나를 처음 건졌던 기억을 돌이킬까. 학교로 내치지 말아 달라고 찾아갔던 날 코앞에서 집무실 문을 닫아 버렸던 순간을 떠올릴까. 이도 저도 아니라면, 평범한 뉴스거리와 섞어 흘려버릴까.

"낭만적이네요. 첫 만남 장소에서 끝이라니."

내뱉듯 말했다. 정윤환은 물고 있던 호흡기를 뺐다. 투명하게 비어 버린 케이스를 탈착하더니 바닥에 아무렇게나 던졌다. 그가 중얼거렸다.

"우리 첫 만남은 여기가 아냐."

유은우는 바람으로, 근처 건물 벽의 각도를 가늠했다. 굳이 고개를 들어 확인하지 않았다. 정윤환도 유은우를 주시하고 있었다.

정윤환이 발끝을 세워 바닥을 몇 번 툭툭 찼다. 도약하기 전 습관 같았다. 약물중독에, 다음 행동을 충분히 드러내는 습관에, 굳은살 하나 없이 미끈한 손까지. 성실한 노력파와는 거리가 먼, 수 세기에 걸쳐 한 번 나올까 말까 한 설계자가 유은우를 응시하고 있었다.

"어떻게 할래?"

정윤환이 질문할 줄은 몰랐기 때문에 유은우는 선뜻 대답을 하지 못했다. 정윤환이 미간을 좁히며 덧붙였다.

"조건 걸고 싶으면 걸어."

유은우는 기가 막힌 나머지 웃음이 나왔다.

"높으신 분들 구경거리인 제가 감히 무엇을 선택할까요."

"묻고 있잖아."

"프리."

애들 장난도 아니고 여기서 페널티며 룰이 무슨 의미가 있겠나 싶었기 때문에 답은 쉬웠다. 그럴 줄 알았다는 듯, 정윤환이 입꼬리를 씩 끌어당겼다. 눈은 차가웠다. 그의 등 뒤로 모의 전투 촬영용으로 보이는 나노 드론이 왱 하고 빠르게 스쳐 지나갔다.

"좋아. 스타트는?"

"지금."

총을 뽑았다. 손아귀로 총이 쩍 달라붙었다. 내가 빨라. 아직 정윤환은 홀스터에서 총을 뽑지도 못했다. 정확히 정윤환을 겨누며 방아쇠를 당겼다.

캉!

이렇게 아무것도 신경 쓰지 않고 힘을 온전히 표출한 것이 얼마 만인가. 시원하게 뻗어 나가는 기운에 뒷골까지 찌르르했다. 목숨 건 싸움만 아니었어도.

'넌 뼛속까지 군인이야. 난 널 키우는 것이 아니라, 네 자신이 드러나게 도울 뿐이다.'

바로 온에 반응이 왔다. 귓가로 정윤환의 총성이 연달아 들렸다. 그를 확인할 시간은 없었다. 즉각 몸을 굴렸다. 아까 바람이 불어닥쳤을 때 유독 잠잠했던 방향이었으니 구조물이 막아 줄 것이다. 그것은 날뛰는 온으로부터 그나마 안전하다는 뜻이었다.

그나마.

정제되지 않은 온이 할퀴는 바람에 왼쪽 어깨가 크게 찢겼다. 왼뺨으로 피가 튀는 게 느껴졌다. 건물 벽인지 삭아 내린 담인지 확인할 필요 없이, 유은우는 그저 전신으로 느껴지는 온과 바람의 방향을 읽어 내는 것만으로, 어딘가에 안전하게 등을 붙이는 데 성공했다.

탕!

아스라이 정윤환의 총성이 울렸다. 유은우는 그쪽을 향해 총을 연사했다. 우르릉 소리와 함께, 저 멀리 건물이 속절없이 무너졌다. 근처 전봇대들이 전선을 이고 쓰러졌다. 쐐액, 하고 온이 바로 옆을 거칠게 할퀴고 지나갔다. 우르릉, 하고 저만치부터 바닥이 쩍쩍 갈라지더니 그 균열은 유은우의 지척에서 사그라졌다.

우선 시간을 벌어야 했고, 정윤환이 있는 쪽으로 공격을 쉬지 않아야 했다. 전신주든 건물이든 폭파한 잔해든, 정윤환이 얻어맞는 것이 목표였다. 아예 파묻혀 버리면 더 좋았다.

'너는 남들이 하는 기본 설계 중 아무것도 시도할 수 없어.'

발밑으로 복잡한 패턴이 황금물결처럼 밀려들었다. 탐색 설계였다. 가장자리에 부속 설계가 다중으로 얽혀 있었으나, 핵심만 읽어 내고 유은우는 고개를 돌렸다. 설계를 끈질기게 분석할 시간도, 그러다 구역질을 할 여유도 없었다.

이를 악물고 뛰었다. 다행히 발에 패턴이 닿기 전에, 끊어진 고가도로로 뛰어내려 피하는 데 성공했다. 신체 강화제가 급격히 스민 탓에 정신이 아찔했다. 중심은 잃지 않았다. 발밑으로 아스팔트가 사정없이 부서져 튀었다. 신체 강화제가 없었더라면, 유은우의 다리뼈가 그리되었을 것이다. 술에 취한 듯 전신으로 활기가 돌았다.

유은우는 다시 한번 패턴이 밀려왔던 쪽으로 연사했다. 유은우가 온을 거칠게 휘젓는 만큼, 정윤환은 그 온을 진정시키기 전까지 유은우를 향한 직접적인 공격이 어려울 터였다. 하지만 그 간격은 유은우의 예상보다 훨씬 급격히 줄어들고 있었다. 정윤환이 적응하고 있다는 뜻이었다.

이렇게나 사방으로 쏘아 대서 온의 흐름이 갈기갈기 찢겨 나가는데도, 어떻게 이렇게 잘 잡아내는지 모를 일이었다.

열 명이랑 싸우는 것 같아. 그것도 잘 훈련된 열 명이랑.

부디 정윤환도 그리 여기길 바라면서, 유은우는 공중으로 한바탕 연사했다.

'그래서 너는 감을 길러야 해. 바람의 움직임과 온의 흐름. 각 설계마다 달라지는 총성의 높낮이. 패턴들이 충돌하는 지점에서 갑작스레 바뀌는 온도.'

손등을 한번 물었다가 내밀어 가늠했다. 침이 묻은 손등은 예민하게 바람을 받아 냈다. 둔탁한 바람 사이로 날카롭게 가느다란 온이 느껴졌다. 뜨거웠다. 지금 이 상황에서 정윤환이 시도할 만한 정교한 설계는 하나뿐이다.

추적선.

걸리면 끝이다. 정윤환에게 혼란을 주기 위해 이를 악물고 엉뚱한 뒤쪽 건물로 난사했다. 건물이 무너지는 굉음을 등으로 받으며 다시 정윤환이 있는 방향을 향해 총을 겨누었다. 긴장으로 귓가가 왱왱거렸다.

캉!

신중히 사격했다. 유은우는 온을 집중적으로 빚어낼 수 없었기에, 겨눈 방향의 넓은 공간이 일제히 흔들렸다. 우르릉, 내려앉는 소리와 더불어 폭발음이 났다. 거기에 정윤환이 연사하는 총성까지. 그는 쉬지 않고 총을 쏘고 있었다. 아무래도 자신이 제대로 쏜 모양이었다.

정윤환이 유은우의 타격을 다듬어 막는 동안, 유은우는 무너진 육교와 주택가 옥상, 전신주, 고층 빌딩을 디디며 높이높이 더 높이 올라갔다. 시야를 확보해야 했다. 중간에 어디선가 날아온 덤프트럭에 머리를 정통으로 얻어맞을 뻔했다. 정윤환이 공격한 것인지, 유은우 자신이 일으켜 세운 온에 휘말린 것인지 도무지 알 수 없었다. 가까스로 피했다는 것만 알았다.

가장 높은 빌딩의 옥상으로 착지했다. 잔뜩 조인 속이 메슥거렸다.

어디지?

일단 엎드렸다. 아래가 아찔했다. 빠르게 사위를 훑었다. 여기서 잘못 쏘면, 유은우 자신이 몸을 붙이고 있는 건물 자체가 무너질 터였다. 위치만 확인하고, 어느 정도 접근해야 했다.

아까까지만 해도 정윤환이 있었다고 짐작되는 곳은 고요했다. 순간, 등 뒤로 섬뜩한 기운이 내달렸다. 아무 소리도 없었는데. 그 어떤 기척조차.

이렇게 빨리?

탕!

어마어마한 힘에 밀려 난간에서 튕겨 나와 옥상을 가로질러 굴렀다.

탕!

손등으로 무언가가 거칠게 쓸렸다. 불이라도 붙는 것 같았다. 총은 놓치지 않았다.

탕!

다음 공격은 달랐다. 총 자체가, 불에 달군 듯 뜨거워졌다. 총을 놓쳤다. 겨우 발로 바닥을 긁으며 몸을 가누었다.

목표물이 구르는 사이에도 손아귀의 총을 조준해서 정확하게 온도를 높였다는 사실이, 유은우를 한없이 공포스럽게 했다.

그러나 허리가 끊어질 것 같음에도 유은우는 용케 두 발로 땅을 딛고 일어섰다. 케이스를 깨뜨릴 때 찢어진 입 안에서는 자꾸만 피가 흘러나왔다. 정윤환을 똑바로 바라보며 입 안에 고인 피를 삼켰다.

"아까 온디딤을 쓰던데. 아직 서툰가 보지?"

정윤환이 낮게 웃었다. 눈이 서늘했다.

"동조율은 100. 온디딤도 대가 없이 활용 가능. 누구나 탐낼 만한 인재인데도 왜 상황이 이렇게 되었는지는, 네가 제일 잘 알겠지."

정윤환이 유은우를 똑바로 보며 천천히 방아쇠를 당겼다. 유은우는 혹여나 눈을 감거나, 다리에 힘이 풀려 주저앉지 않으려고 노력했다. 지금 이 순간 정윤환한테 죽는다고 해도, 비굴한 마지막은 아니었으면 했다. 나는 잘못한 게 없었으니까.

다만 걱정되는 것이 있었다.

서재희.

떠올리면 너무 미안할 뿐이라, 마음 한구석이 짓눌려 찢기는 것만 같았다.

최악을 가정하고 페어를 해제했지만, 실은 이리될 줄 꿈에도 몰랐다. 미리 알았더라면 그런 식으로 말하지 않았을 것이다. 아마도 잘 지내라는 한마디쯤은 건넸을지도 모른다. 고맙다는 말은 당연히 했을 것이다. 어쩌면, 이유는 모르겠지만, 조금 울 었을지도 모르겠다.

약해지지 마.

가슴이 쿵쿵 요동쳤다. 반드시 살아서 돌아가야 할 이유가 하나 더 생긴 셈이다. 제대로 된 인사를 못 했으니까.

오늘 여기서 누구 하나 죽는다면 그건 내가 아닌 정윤환이다.

탕!

유은우의 왼쪽 뺨 바로 지척에서 무언가가 팡 터졌다. 딱딱한 부스러기들이 사정없이 옆얼굴을 할퀴며 스쳐 갔다. 유은 우는 천천히 뒤로 물러섰다. 날벌레처럼 따라붙던 나노 드론이 산산조각 나서 파스스 흩어지고 있었다.

— 드론이 훼손되어 촬영이 중단됩니다.

정윤환은 제 귀에서 인터컴을 빼내 전원을 꺼 버렸다.

— 인터컴의 전원이 꺼져 C4팀의 청취가 종료됩니다.

탕!

총성에 유은우 왼쪽 귀의 인터컴이 부서져 나갔다.

— 인터컴이 훼손되어 B2팀의 청취가 중단됩니다.

탕!

강한 힘에 떠밀려 중심을 잃었다. 머리부터 넘어지지는 않았으나, 거칠게 바닥으로 내동댕이쳐졌다. 뚝 부러지는 소리가 났다. 통증의 시작점이 어딘지는 몰랐으나 곧 전신을 휩쓸었다. 유은우는 제대로 숨을 쉬지 못했다. 헛구역질 한 번에 목구멍으로부터 뜨거운 것이 왈칵 치밀었다. 유은우는 한바탕 피를 토해 내고야 시야를 확보할 수 있었다. 회색 하늘이 기울어졌다.

"우리가 만나지 않았다면 어땠을까. 하루에도 몇 번씩 생각해."

정윤환의 눈가가 붉었다.

"내가 서재희였다면 널 구할 수 있었을까. 이상을 좇는 동시에 널 안을 수 있었을까. 매일 밤마다 상상해."

정윤환이 유은우가 놓친 총을 걷어찼다. 총이 금속 긁히는 기괴한 소리를 내며 훌쩍 멀어졌다.

"아주 쓸데없는 짓이지. 나는 서재희가 아니고, 과거는 되돌릴 수 없어."

정윤환이 여전히 유은우를 겨눈 채 말했다.

"다시 돌아가더라도, 네게 똑같은 짓을 했을 거야. 나는 차예원을 혐오해. 왜냐하면 차예원한테서 내가 보이거든. 대의를 위한 소수의 희생은 정당하다고. 나는 언제나 대의 편이었어. 넌 내게 소수였지. 내 전부 같은 소수였어. 널 버리고 이념을 택한 것이 정말 옳았는지는, 지금 이 순간까지 모르겠어."

정윤환은 말을 멈추었다. 낙엽처럼 마른 눈이 천천히 젖었다.

"그 시절의 난, 버려진 너와 만났을 때, 세상은 바꿀 수 없어도 너 하나만은 지키겠다 맹세했는데. 결국 결말이 이렇게 되는구나."

그가 총을 고쳐 잡았다. 새까만 총구에 빛이 반사되어, 흰 칼날로 번득였다.

"진즉 끝냈어야 했어. 내 후회는 오직 그것뿐이야."

정윤환이 천천히 방아쇠를 당겼다. 총에 감긴 그의 손가락들이 설핏 떨리는 것 같기도 했다.

"잘 가. 나의 죄."

탕!

시계가 폭발했다.

005. 발화

　동조자는 도시 밖에서도 태어나.

　당연한 얘기야. 도시 밖에도 인간이 있으니까. 도시연합이 시민권을 주지 않는다고 해서, 싸구려 정화 장치를 몸에 달고 있다고 해서 인간이 인간이 아닌 것은 아니지. 도시에서, 사해에서, 유적지에서, 군에서, 반란군에서, 인간이 있는 곳 어디든 동조자는 태어나.

　김서혁은 유적지 출신이야.

　빌어먹을 도시연합. 그들은 반란군인 척 가장하고 유적지를 들쑤시고 다니면서 난민들에게서 어린 동조자들만 골라 뜯어내. 이렇게 손에 넣은 아이들을 도시 내 부유층에게 돈을 받고 팔아. 오고 가는 자본의 규모를 들으면 아무리 너라도 깜짝 놀랄걸. 이건 도시연합의 핵심 자금 조달 방편 중 하나야. 인신매매도 도시연합이 하면 멋진 사업으로 탈바꿈하지.

　도시연합은 동조자라면 눈에 불을 켜. 낙원의 이론 후보일 가능성이 있으니까. 후보가 될 만한 자질을 갖춘 위험 분자들을 도시로 끌어들여서 감시할 수 있으니 좋고, 반란군인 척하며 적의 이미지를 추락시켜서 좋고, 어린 동조자를 비싼 값에 팔아넘겨 자금을 충당하니 좋고. 이 인신매매는 역사가 길어.

　김서혁도 그 희생자 중 하나였어. 아, 희생자라는 표현은 어폐가 있나? 그 지옥 같은 사해에서 도시 안으로 들어오는 순간 흉측한 정화 장치는 떼어 냈을 테니 구원받았다고 해야 할까? 아니면 그저 지옥에서 지옥으로 넘어왔다고 해야 맞을까?

　그는 입양과 파양을 반복하며 불안정하게 성장했지. 가족은 없어. 아, 제1도시의? 그들은 양부모야. 악마의 탈을 쓴 법적인 부모에 불과하지. 돈을 주고 동조자를 사들이는 고위층이 정말로 양육에 진심을 들일 거라고 생각해? 천만에.

　지난주 뉴스 봤지? 제1도시의 부유층이 제8도시 빈민가의 어린 동조자를 사다가 방에 가둬 놓고 매일같이 피를 빼서 제 자녀에게 먹인. 그래서 가진 자가 무섭다는 거야. 동조자의 피를 먹으면 비동조자가 온에 동조할 수 있다는 얼토당토않은 미신을, 돈 있는 자는 실행에 옮길 수 있으니까.

　김서혁의 첫 양부모는 그런 부류였어. 불행하게도, 그다음 부모도, 다다음 부모도, 더하면 더했지 결코 덜하진 않았다더군. 어린 그는 도망쳤지만 매번 도시연합에 발각되어 팔리고 또 팔렸지. 도시연합은 동조자를 진귀한 자원으로 끔찍이 귀하게 여기니까 한번 등록된 건 절대 놓칠 리 없어. 김서혁의 상태가 워낙 좋지 않아 원래 양부모 집에 돌려보내기 어려웠기 때문에 아마 몇 달에 한 번씩 부모가 바뀌었을 거야. 김서혁도 곧 도주를 포기하고 얌전한 척 몸 사렸다고 알아. 도망치려야 도망칠 수가 없으니. 그 타이밍의 부모가 김서혁의 마지막 부모, 즉 현재 부모로 남았지. 김영언 제2도시국장. 신해연 의원. 재미 좀 봤을 거야. 동조자의 부모는 온갖 혜택을 받아. 당장 절세만 해도 엄청나지.

김서혁은 스스로 컸어. 햇빛도 물도 없는 곳에서 성장한 것치고는 극적으로 훌륭해. 조기 졸업을 연달아 두 번 하여 남보다 5년이나 더 빨리 군에 들어갔으니. 하지만 그렇다고 해서 불행한 유년 시절이 없던 일이 되는 건 아니지. 김서혁이 총사령관 자리에 최연소로 앉자마자 그의 부모는 몸을 사렸어. 당연히 양아들에게 복수당하리라 생각하지 않았겠어? 하지만 김서혁은 그들을 내버려뒀어. 용서했냐고? 그건 모르지. 짐작컨대 그는 일개 개인에게 복수하는 것은 의미가 없다고 생각했던 것 같아.

그의 목적은 다른 데에 있었어. 나도 알고 자네도 알고 온 세상 시민들이 다 아는.

난민 인권 신장. 사해 개방.

김서혁은 몇 번이나 도시연합의 인신매매를 고발하려고 시도했어. 번번이 실패했고 그때마다 대가를 혹독히 치렀지. 한번은 총사령관 자리를 내놓을 뻔하기도 했어. 막판엔 유은우마저 잃었지. 힘든 일이었어. 일단 언론이 그의 편이 아니야. 물론 다른 설도 있어. 김서혁이 도시연합의 비리에 대한 아주 중요한 키를 쥐고 있는데, 아직 내놓지 않았다는. 그것만 드러내면 김서혁도 아주 승산이 없지는 않다는 소문이 있기는 해.

김서혁이 가지고 있다는 키? 그건 나도 몰라. 정말로 존재하는지도 모르겠고.

임유현과 차인호가 서로 못 미더워하면서도 동맹을 유지하는 이유가 김서혁이 쥐고 있다는 그 키 때문인지도 모르지. 김서혁을 대놓고 배척하는 임유현과 달리, 차인호는 끈질기게 김서혁을 회유하려 애써 왔어. 지금은 거의 포기한 것 같다만, 그는 한때 김서혁에게 중매까지 섰다고.

차인호가 잘못 짚어도 한참 잘못 짚은 거지. 자신에게 아내가 전부라고 남도 그럴 거라는 오만한 착각이라니. 김서혁이 결혼? 기도 안 차는 얘기지. 그가 여자를 쳐다도 안 보는 이유는 간단해. 이미 다른 것에 미쳐 있기 때문이지.

그는 용의 심장을 찾아 도시를 확장하여 난민을 수용하고 싶어 해. 기껏 도시를 건설하여 확보한 그 금쪽같은 공간을 벌레만도 못한 난민에게 내어준다? 도시에 거주하는 시민이 얼마나 김서혁을 지지할까? 그는 완벽하게 혼자야. 차인호와 임유현에 비해 입지가 극히 좁을 수밖에 없는 그가 그나마 시민의 신뢰를 받는 것은, 그가 반란군 본부를 소탕한 전적이 있기 때문이지.

도시연합은 난민이라는 개념에 부정적인 이미지를 심는 데에 아주 오랫동안 공을 들였어. 앵무새처럼 지저귀었지. 도시 바깥 인간들은 우리 알 바 아니다. 이제 난민의 삶은 우리의 그것과 너무나 달라지고 말았다. 우리는 그들과 어울릴 수 없다. 사실 그들은 인간이라고 하기도 어렵다. 몸에 싸구려 정화 장치를 달고 부작용으로 수명까지 짧은 미개한 것들은. 우리가 도시 안에서 진화할 때 그들은 도시 밖에서 퇴화했다. 난민을 받아들인다는 것은 인류의 퇴보를 의미한다.

그래서 유은우가 안 되는 거야.

인신매매로 몰래 들여오는 동조자들은 신분을 세탁해서 원래 도시 출신인 것처럼 눈 가리고 아웅이 가능하다고 해도, 유은우는 그렇지 않지. 사해 출신, 그것도 반란군의 살인병기였음을 만천하가 알고 있는데 어떻게 인간 취급을 할 수 있겠어? 매일매일 거금을 들여 가며 사해 난민들은 쓰레기라고 대중을 선동하면서, 어떻게 사해에서 주워 온 유은우에게 인권을 준단 말이야. 말도 안 되는 거지.

유은우는 시민권을 받을 수 없어. 절대로. 유은우에게 시민권을 부여한다는 것은, 도시연합의 오래된 이념을 반하는 일이니까. 김서혁이 아무리 위원회에 안건을 상정하며 유은우의 인권을 외쳐도 깨진 독에 물 붓기라고.

유은우는 도시연합이 의도적으로 깎아내리는 모든 부정적인 요소를 갖추고 있어. 그럼에도 김서혁이 설계 난독증인 유은우를 놓지 못하는 이유? 도시연합에서 그렇게 김서혁을 닦달하며 그깟 어린애 하나 생체 실험으로 치워 버리라고 종용하는데도, 얼굴에 철판 깔고 마지막의 마지막까지 보호한 이유? 글쎄. 동정심? 동질감? 나도 모르지.

아아, 그래. 나도 기억나. 그때 김서혁이 아주 강력하게 주장했어. 맞아. 제6회 조정위원회 때였지. 차인호가 유은우를 폐기처분하라고 하자 김서혁이 회의 탁자를 거의 뒤집어엎을 뻔했어. 임유현이 유은우를 임시로나마 학교로 받아 주겠다고 해서 그 정도로 끝나고 말았지. 난 그때 김서혁이 차인호의 멱살을 잡을지도 모른다고 생각했어.

　변수? 아니야. 그렇다고 해서 유은우가 김서혁의 변수가 될 순 없지. 유은우를 쥐고 흔들면, 김서혁을 화나게 할 수는 있어도 움직이게끔은 불가능해. 그 이유는 너도 잘 알겠지. 김서혁은 사사로운 감정을 무시하는 데 도가 튼 사람이야. 그때는, 글쎄, 김서혁이 공식 석상에서 그리 격한 감정을 드러낸 건 처음이었지. 드문 일이었어. 나라면, 어쩌다 한 번 있었던 사건으로 김서혁의 전면을 판단하진 않겠어.

　내가 아는 건 여기까지야.

　자, 이제 서재희 너도 내게 약속한 걸 줘. 내 아들을 돌려줘.

　시체라도 좋아.

　"……선배, 재희 선배!"

　서재희는 퍼뜩 정신을 차렸다. 연다희가 앞에 서서 빤히 올려다보고 있었다. 서재희는 표정을 가다듬었다. 연다희가 장난치듯 말했다.

　"설마 긴장한 건 아니죠?"

　즉각 미소 지었지만 기분이 좋지 않았다. 전날 밤, 위험을 감수하고 백정명과 개인적으로 만났으나, 익히 알고 있던 부분을 재확인하는 것에 그치고 말았다. 게다가 자신이 간절히 알고 싶었던, 김서혁과 유은우의 실질적인 관계는 여전히 오리무중이었다. 여기서 서재희는 더욱 자신에게 화가 났는데, 실은 김서혁과 유은우가 어떤 사이인지 굳이 알아낼 필요가 전혀 없었기 때문이었다. 그러니까 이건 순전히 제 욕심이었다.

"선배, 저 두 손으로 사격해 봤는데 속도가 너무 느려져요."

연다희의 말을 들으며 서재희는 구석에 있는 유은우를 좇았다. 대답은 기계적으로, 그러나 충분히 다정하게 나왔다.

"너 집중력 떨어지면 초점 많이 흔들리니까 애초에 두 손으로 사격하는 버릇 들이면 좋아. 왼손으로 아래 꼭 받쳐. 속도가 걱정되면 최소한 안정될 때까지만이라도. 하지만 안정되고 나면 굳이 한 손으로 바꿀 필요성 못 느낄 거야. 안정되면 속도도 같이 따라와."

유은우는 처음 대기실에 들어왔을 때까지만 해도 눈빛이 불안하게 흔들렸으나, 지금은 허리에 단단하게 심이 잡혀 있었다. 의자에 등을 대고 반듯하게 정자세로 앉아 있었는데, 마치 군으로 돌아간 듯 날카롭게 벼려진 상태였다. 서재희는 유은우의 시선을 좇았다. 유은우가 무엇을 보고 있을지 이미 알고 있었으나 확인하지 않고는 못 배길 것 같았다.

스크린에 김서혁이 비춰지고 있었다.

역시. 서재희는 다시 유은우를 응시했다. 그래. 당연하지. 김서혁이 유은우를 구해왔어. 그리고 둘은 무려 5년을 함께 지

냈지. 이해할 필요가 없었으나 이해하려 애쓰느라, 머리는 뻑뻑하게 돌아갔다. 유은우가 김서혁을 의지하는 건 당연하잖아. 아무리 버림받았어도 다시 돌아가고 싶겠지…….

저 작고 예쁜 공간에, 내가 들어갈 자리가 있긴 할까?

유은우가 문득 이쪽을 보았다. 서재희는 소스라쳐 눈을 내리깔고도 모자라 아예 몸을 돌려 버렸다. 가슴이 세차게 뛰어 당황스러웠다. 처음에 유은우랑 페어를 맺을 때만 해도, 정면으로 마주 본들 아무 느낌 없었는데. 그런데 지금 와서 왜. 고작 시선 한번 스쳤다고.

큰일 났다. 나 정말 왜 이러나.

서재희는 숨을 뱉으며 넥타이를 끌러 냈다. 그러나 참가팀으로 추첨되자마자 다시 단정히 죄었다.

점검실에서 유은우와 페어를 해제한 것이 드러나 학생들이 소란했던 것만 제하면, 모의 전투는 평소와 같았다. 모든 것이 물 흐르듯 매끄러웠다. 이어 정윤환이 총을 잡았다. 정윤환 또한 컨디션이 최상으로 보였는데, 그는 전투를 끝내고 유은우에게 다가붙었다. 유은우는 인터컴을 두 개 가지고 있었다. 왼쪽 귀에 하나, 홀스터에 하나.

임유현은 늘 그렇듯 귀빈과의 오찬에 서재희가 참석하기를 바랐다. 서재희는 기꺼이 응했다. 서재희는 차예원과 나란히 앉아 식사를 하는 내내 임유현을 주시했다. 식사 초반에, 임유현의 완고한 낯이 잠깐 동안 무시무시하게 일그러졌으나 순식간에 고요해졌다. 예상한 타이밍이었다.

서재희는 포크로 채소를 뒤적이며 짐짓 태연한 척했다. 서재희가 백정명의 입을 빌려 일찌감치 귀빈석으로 흘린 안부를, 소연주가 놓치지 않고 김서혁에게 전달한 것 같았다. 몸조심하시라는 한마디면 되었다. 김서혁은 백정명에게서 서재희의 그림자를 볼 수 없었을 것이다.

　오찬 내내 김서혁의 지정석은 비어 있었다.

　그리고 다시 돌아간 대기실에서 마주친 유은우는 코끝이 빨갰다. 한바탕 운 모양이었다. 코를 훌쩍거리면서 홀스터에 나란히 꽂힌 약물 케이스를 확인하는 유은우를, 서재희는 멀찌감치 서서 바라보았다.

　아마도 김서혁은 유은우를 받아 주지 않았을 것이다. 하나 죽이지도 않았다. 김서혁이 유은우의 가능성을 점친 것인지, 유은우의 존재 자체를 아끼는 것인지 가늠이 힘들었다.

　— 다섯 번째 전투입니다. 참가팀은 B2팀과 D5팀입니다.

　학생 몇이 아쉬운 소리를 했다. 거의 모든 학생들이 내심 유은우와 붙기를 기대했을 것이다. 설계 난독증에 팀원도 없는 유은우는 거저 밟고 올라갈 수 있는 계단이나 다름없었다. 누군가, 차예원이 운이란 운은 다 가져간다며 작게 빈정거렸다. 유은우가 교내에 낙원의 이론 자료를 뿌린 뒤로, 성적 조작이 의심되는 대표적인 몇몇 학생, 특히 차예원에 대한 학생들의 불만은 급격히 높아져 있었다. 이어 유은우가 우선권을 선택하자 사위가 웅성거렸다.

　연다희가 안타까워했다.

"룰을 잘 모르나 봐요. 제일 좋은 게 딱 정해져 있는데. 도서관에서 모의 전투 영상 하나만 빌려 봤어도 알았을 텐데."

고세민이 눈을 가늘게 뜨고 스크린의 유은우를 보며 말했다.

"모르진 않을걸. 필기 끝나자마자 지침을 하루 종일 끼고 살았다더라."

그러나 전투가 시작되자마자 기이한 정적뿐이었다.

유은우는 총을 뽑았고, 사격했다. 총구가 튈 때마다 괴물이 찢겨 나갔다. 그러나 설계는 보이지 않았다. 다만 어떤 미세한 것이 공기를 빠르게 가르고 지나가는 흔적뿐이었다. 실탄을 쏘는 것과 같았다. 유은우가 시계를 다룬다는 것을 익히 아는 서재희조차, 유은우가 총을 발포함과 동시에 시계를 날려 보내는 타이밍이 정교하게 맞아떨어져 놀랐다. 어떻게 며칠 만에 저렇게 쉬이 다룰 수 있는가. 온디딤을 특출나게 다루는 차예원도 저 정도는 아니었다. 게다가 차예원은 매번 피를 보았고, 유은우는 생채기 하나 없었다.

"난독증 고쳤나?"

누군가의 중얼거림을 시작으로 대기실이 소란해졌다. 주로 차예원 팀을 청취하던 학생들이 다급히 유은우 전용 채널로 바꾸었다. 동시 접속으로 인해 대기실 곳곳에 떠 있는 개인 스크린들이 버벅거렸다.

"같이 좀 보자. 내 거 다운됐어."

"난독증 고친 거 맞아? 왜 설계가 안 보여? 은닉 쓰나?"

"은닉은 고급 기술인데. 정윤환도 겨우 할걸."

“여기서 멈춰. 아까 괴물한테 뭘 날린 것 같은데. 확대해 봐.”

“……작은 바늘 같은데.”

“실탄인가? 비동조자 군인한테 지급되는.”

“단순 총알이면 괴물이 이렇게 폭발하지는 않겠지. 이건 꼭 괴물 안에 뭐가 들어가서 자라나면서 찢고 나오는 것 같은데.”

“팽창 설계 쓰는 건가?”

“그래야 말이 되긴 하는데, 패턴이 아예 안 보이니까 이상하다는 거지.”

서재희는 눈을 들어 대기실 전면 스크린을 보았다. 귀빈들 또한 혼란스러운 기색이 역력했다. 차인호는 손등으로 입가를 가린 채 임유현에게 몸을 기울이고 무어라 속삭이고 있었다. 임유현은 심기가 불편해 보였다. 그도 그럴 것이 오늘 유은우는 임유현이 내린 임무를 고의적으로 실패함으로써 본인이 김서혁 라인임을 증명해 보였다. 그리고 그렇게 임유현을 거부한 유은우가 모호한 수단으로, 그러나 확실히 선전하고 있으니 속이 편할 리 없었다.

김서혁은 표정이 없었다. 그는 그저 지켜보고 있었다. 뒤에서 보좌하던 소연주가 다가와 입을 가리고 정중한 태도로 무어라 말을 건네었으나 김서혁은 별다른 반응을 보이지 않았다.

누군가 어깨를 툭 쳐서, 서재희는 옆을 보았다. 김산이 제 개인 스크린을 손끝으로 움직여 서재희 눈앞으로 이동시켰다. 스크린 속의 유은우가 빌딩과 빌딩 사이를 건너뛰더니 괴물이 득실거리는 육교로 강하했다. 동작이 깨끗하고 시원했다.

김산이 물었다.

"애초에 난독증 극복이 가능해? 재희 넌 알 거 아냐. 유은우가 혼자서 싸울 수 있게 되어서 페어 해제한 거 맞지?"

"그렇지."

서재희가 애매하게 대답했다. 고세민이 냉큼 옆으로 달라붙었다. 스크린의 유은우가 총을 들어 전방을 겨누었다. 총구는 튀었으나 설계는 없었다. 주위를 둘러싸고 있던 괴물들이 삽시간에 둥그런 원을 그리며 터져 나갔다.

"타격부인 내가 봐도 알겠다. 이거 설계 아니죠?"

고세민은 흥분한 어투로 김산의 스크린을 가리켰다.

"아무리 은닉이라도 처음 총구가 튈 때 패턴이 어느 정도는 서리게 되어 있다고요. 그런데 아예 없잖아요. 대신, 이렇게 확대하면, 여기 뭐 있는 거 보이죠. 반짝반짝하는 금속 같은 거. 이게 설계로 보여요? 이렇게 단단하게 빛을 반사하는 게? 이건 뭔가 물리적인! 손으로 만져지는!"

김산이 언짢은 표정을 지었다.

"설계가 아니면 뭔데?"

"당연히 온디딤이죠."

김산은 고세민의 의견을 묵살하는 대신, 심각하게 화면을 보았다. 그도 그럴 것이 곳곳에서 학생들이 온디딤을 언급하고 있었다. 총을 제외하고 온을 다룰 수 있는 유일한 수단.

"재희 선배는 알고 있었죠? 선배가 온디딤 관리하잖아요. 선배가 유은우한테 내어 준 거 아니에요?"

열렬히 말하는 고세민에게 부드럽게 웃어만 주고, 서재희는 다시 귀빈석을 보았다.

학생들이 짐작하는 것을 저 사람들이 놓칠 리 없다. 온디딤 사용은 불법이다. 그러나 아무도 이의를 제기하거나 전투 중지를 명하지 않았다. 김서혁은 물론이고, 유은우를 손에 넣지 못한 임유현마저. 차인호는 초조한 기색이었다. 그는 앞에 놓인 음료를 연거푸 들이켜고 있었다.

— 어떻게, 네가 어떻게 총을 써?

스크린에서 김주완이 유은우를 향해 총을 겨누는 것까지 보고, 서재희는 대기실을 나왔다. 김산을 비롯한 팀원들이, 모의 전투 중에 어딜 가냐며 당황해했으나 서재희를 붙잡지는 않았다. 서재희는 대기실을 나오자마자 재킷 안주머니에서 인터컴을 꺼내 귀에 끼웠다.

빠른 걸음으로 복도를 가로질렀다. 아니나 다를까 몇 걸음 걷지도 않아 이프가 진동했다. 서재희는 전화를 받았다. 걸음을 늦추진 않았다.

"네."

— 서재희, 유은우가 온디딤을 쓰는데.

"온디딤 보관은 학교에서, 사용 승인은 군에서 주관합니다."

— 김서혁이 승인했다고?

"네. 서명하셨습니다. 의식은 못 하셨을 겁니다. 정기 보고서에 첨부하여 올려 드렸고 따로 구두 보고를 드리지 않았기 때문에."

인터컴 너머에서 잠깐 침묵이 있었다.

"교장 선생님께서도 지금 보고 계시겠지만, 유은우는 폐기 처분하기에 가치가 큽니다."

— 유은우는 김서혁 편이다. 회유하는 데 실패했어. 네게 말하진 않았다만 너도 익히 알고 있지 않나? 강력한 적은 제거해야 맞다.

"설마 김서혁의 전리품 하나 못 가져온다는 약한 말씀은 아니시겠지요."

서재희는 관제실 앞에 섰다. 교내에서 서재희가 출입하지 못하는 몇 안 되는 장소 중 하나였다. 낙원의 이론 관리자로 등록된 차예원과 정윤환이 자유로이 드나드는 데 반해, 서재희는 권한이 없었다. 그러나 권한은 위임받으면 그만이었다. 굳게 닫힌 금속 문을 바라보며 서재희가 매끄럽게 말했다.

"어차피 유은우는 회유가 어렵습니다. 강제로 가져야 합니다."

— 유은우가 내게 제 발로 들어오면 모르겠으나, 지금 강제로 취하면 반드시 김서혁과 피를 보게 될 것이다. 그럴 만한 가치가 있나?

"동조율 100에, 타인의 온디딤을 대가 없이 사용할 수 있습니다."

인터컴 너머, 침묵이 길어졌다. 서재희는 통제실 문을 노려보며 인내했다.

— 조금 더 봐야겠다.

옳지. 서재희는 안도의 숨을 겨우 삼켰다. 건조하게 말했다.

"현재 전투를 비공식으로 연장하자고 제안하십시오. 차인호야 교장 선생님께 반기를 들지 못할 테고, 김서혁 또한 바라는 바일 겁니다. 교장 선생님께서 직접 보시고, 유은우가 필요한지 아닌지 결정하십시오. 혹여 유은우가 필요치 않다고 최종 판단하신다면 제가 직접 사고사 처리하겠습니다."

— 그 반대의 경우라면 네가 데리고 오는 건가?

서재희는 속으로 코웃음을 쳤다. 이미 정윤환을 통해 유은우에게 손길을 뻗어 놓고 여의치 않으니 내게 기대는 건가.

"유은우의 성격상 회유는 어렵다고 앞서 말씀드렸습니다. 교장 선생님께서 힘으로 제압하셔야지요."

— 그러니까 너는 못 하겠다? 서재희답지 않은 대답인데.

"하려면 할 수 있으나 품이 많이 듭니다. 저는 지름길을 말씀드리는 것뿐입니다."

서재희는 왼쪽 손목의 이프를 켰다. 모의 전투로 활성화된 유은우 전용 채널에 접속했다. 음성은 죽이고 바라만 보았다. 이제 유은우는 차예원을 제압한 채 김주완의 견제를 받고 있었다. 종료까지 남은 시간 5분.

"교장 선생님."

서재희는 이프를 껐다.

"저 관제실 앞입니다. 유은우를 좀 더 보시고 싶다 하셨으니, 제게 관제실 권한을 임시 위임해 주십시오. 유사시 지시에 따르겠습니다."

— 내 허락 없이 자의적으로 판단하여 온디딤을 유출하고 김

서혁 총사령관의 승인을 받은 책임은, 후에 묻겠다.

통화가 끊어졌다. 서재희는 학생 배지를 보안장치에 가져다 댔다.

문이 열리자마자 곧장 성큼성큼 들어갔다. 간밤에 차예원이 들어와 추첨을 조작한 것 외에는 드나든 사람이 없는 것으로 알았다. 안은 어두웠고, 전면의 크고 작은 스크린이 날카로운 빛을 뿌리고 있었다.

모의 전투실의 유은우, 귀빈석의 임유현, 모의 전투 대기실의 참가팀. 각 장소의 드론이 보내오는 영상이 모자이크로 엮여 한눈에 보였다.

서재희는 콘솔에 두 손을 짚었다. 기다림은 길지 않았다. 곧 안내음이 나왔다.

— 도시연합장 차인호, 도시연합 중앙학교장 임유현, 도시연합군 총사령관 김서혁이 합의하여 조건이 충족되므로 해당 전투를 비공식 연장합니다. 시스템 관리자 권한에 따라 채널이 변경됩니다. 이 시각부터 전투 종료까지의 영상은 동조자 기록물 관리에 따른 법률을 적용받지 않습니다. 따라서 해당 전투는 도시연합의 여덟 도시로 동시 송출되지 않고 시스템 오류로 표기되며, 실제 데이터는 낙원의 이론으로 특별 관리됩니다.

시스템이 자동으로 조정되었다. 콘솔의 빽빽한 버튼과 스틱들이 저마다 활성화되거나 종료되며 빛의 물결이 일었다.

— 상기 전투의 우선권은 초기화됩니다. 상기 전투의 생존자 B2팀 리더 유은우, D5팀 리더 차예원. 팀원 김주완이 랜덤으로

전투 지역에 배치됩니다. 모든 조건은 기본으로 진행합니다. 시간제한은 없으며, 각 팀에서 한 명 이상 사망할 시 혹은 관리자 희망 시 전투 종료됩니다.

고개를 들었다. 새롭게 빚어진 공간에서, 유은우가 관제탑에 막 발을 디딘 참이었다.

제3유적지.

셋 중 누가 채널을 골랐을까. 서재희의 직감이 맞다면 아마 김서혁일 것이다. 셋 중 제3유적지와 인연이 깊은 사람은 김서혁뿐이었다. 그는 그곳에서 반란군 본부를 뽑아냈고, 유은우를 처음 만났다. 서재희의 판단에, 그 이유 말고는 굳이 제3유적지를 선택할 점은 없어 보였다. 콘솔을 짚은 손에 힘이 들어갔다.

감상적인 데가 있네.

서재희는 허리를 굽혀 콘솔 아래쪽 비상 레버를 찾았다. 자동 시스템을 수동으로 전환하는 레버였다. 서재희는 그 위에 발을 단단히 올렸다.

유은우는 고전하고 있었다. 관제탑에서 뛰어내리며 호흡기를 잃어버린 탓에 신체 강화제를 보충 흡입할 수 없어 속도가 확연히 느려진 상태였다. 그러나 미처 흡입할 시간을 확보하지도 못했고, 엎친 데 덮친 격으로 시계에 문제까지 생긴 듯했다. 유은우의 시계는 손목에 붙어 있긴 했으나 소름끼치게 희번덕거렸다. 그때마다 유은우가 이를 악무는 것을 보니, 시계의 위험한 움직임은 그녀의 의지가 아닌 게 확실했다.

서재희는 심장이 덜컥 내려앉았다. 그동안 온디딤을 사용한

대가를 설마 지금 몰아서 치르는 건 아니겠지. 하나 온디딤이 상처를 유예했다가 한꺼번에 할퀴어 간다는 건 들어 본 적도 없었다. 상처를 적립했다가 지불한다는 건, 상처 없이 온디딤을 쓰는 것만큼이나 상식을 비껴갔다.

— 서재희.

임유현이었다.

— 유은우가 온디딤을 전혀 제어하지 못하는데. 저런 식이라면 온디딤의 일부만 훼손당해도 전투 불능이 되는 것 아닌가. 더 이상 지켜볼 가치도 없다. 차인호도 동의하는군. 살려 봤자 문제만 일으킬 테지. 김서혁이 동의하지 않아 전원 합의가 어려우니 편법으로 시스템을 일부 조정하겠다.

딱딱한 기계음이 떨어졌다.

— 내부 시스템 오류에 따라 B2팀 리더 유은우의 충격 흡수 시스템이 안내 없이 종료됩니다.

서재희는, 쓰러진 유은우를 향해 총을 겨누는 차예원의 눈에서 번쩍이는 희열을 보았다.

— 서재희 너는 거기서 대기하고 있다가 혹시 김서혁이 개인적으로 시스템에 침투하여 유은우를 살리려고 하면 막아. 공격은 원격으로 가능해도 방어는 관제실에서만 가능하니까. 유은우를 확실히 제거할 수 있는 팀으로 교체하겠다. 이건 김서혁 역시 동의했으니.

서재희는 스크린을 응시했다. 유은우는 차예원을 몸싸움으로 따돌리고 간신히 몸을 숨긴 상태였다. 전투에서 머리보다 직감에 의존하는 유은우가, 통증이 유독 선명한 것을 눈치 못 챌 리 없다. 유은우는 이프를 켜서 무언가를 확인하더니 곧 낯빛이 희어졌다.

— D5팀이 C4팀으로 교체됩니다.

유은우를 추적하던 차예원과 김주완이 전원 꺼지듯 사라졌다. 그 자리에 정윤환이 내리꽂혔다. 그는 표정 없이 머리를 쓸어 넘기고 전방을 주시했다. 몇 번의 도약 만에 그는 유은우의 시야로 접근했다.

어떡하지?

서재희는 숨을 멈추고 이를 악물었다. 드문 일이었다. 예상을 정통으로 비껴가는 것은.

서재희는 유은우가 시계를 환상적으로 다루리라 기대했다. 온디딤은 총과 달랐다. 어딘가 부서진다고 해서 그것이 꼭 기능 불능으로 이어지지는 않았다. 총이 이성에 기댄다면 온디딤은 감성에 가까웠다. 서재희도 실수로 목마를 떨어뜨려 부순 적이 있었다. 조각을 주워 한군데 잘 모아 두었더니 그다음 날 감쪽같이 원래대로 돌아와 있었다.

왜 시계를 못 다루는 거지?

유은우는 필사적으로 정윤환을 피해 위로 올라가고 있었다. 시야를 확보하기 위해서로 보였다. 반면에 정윤환은 매 순간 유은우의 타격에 적응했으며, 그마저도 조급한 기색이 없었다. 하기 싫은 숙제를 하듯, 그러나 실력만은 숨길 수가 없어, 둘의 거리는 확실히 좁혀지고 있었다.

임유현은 여태 서재희에게 유은우를 언급한 적이 없었다. 임유현은 오직 정윤환을 통해서만 유은우의 전반을 관리해 왔다. 그러나 지금 임유현이 서재희가 보는 앞에서 버젓이 정윤환을 부려 유은우를 제거하려 함은, 서재희에 대한 확연한 경고나 다름없었다. 내가 부릴 수족이 너만 있는 것은 아니다. 내지는, 네가 그동안 유은우를 보호하려 했는지 몰라도 그건 내 손아귀 안에서 무의미할 뿐이라고.

정윤환의 총구가 튀어 올랐다.

탕!

유은우의 지척에서 드론이 파괴되었다.

— 드론이 훼손되어 촬영이 중단됩니다.

동시에 크고 작은 스크린 중 모의 전투실을 띄우던 유일한 하나가 뚝 꺼지며 먹통이 되었다. 보통의 모의 전투라면 일고여덟 대의 드론이 가동되어 하나쯤 손상되어도 모니터링이 가능했겠지만, 전투가 비공식으로 전환되는 순간 단 하나만 빼고 전부 종료되었기 때문에 이제 모의 전투실을 볼 수 없게 되었다.

서재희는 다급히 콘솔의 스틱을 쥐었다.

— 고의적 훼손의 우려가 있어, 안내 없이 비상용 드론으로 전환합니다.

비상용 드론을 지정하고 그 송출 경로를 차례로 차단시켰다. 이제 모의 전투실 화면은 오직 서재희만 볼 수 있었다. 이어 기록이 남지 않도록 실시간 저장 기능을 꺼 버렸다.

— 서재희, 이쪽에서는 전투실 상황이 전혀…….

인터컴을 뺐다. 이프를 껐다. 비상용 드론은 정말 비상용일 뿐이라, 화면이 불안정하고 잡음이 지지직거렸다. 정윤환이 유은우를 향해 무어라 말하고 있었다. 소리가 잘 들리지 않았다. 그러나 화면이 안정된 찰나, 서재희는 정윤환이 거의 울고 있다고 생각했다. 정윤환이 천천히 방아쇠를 당겼다. 다음 순간, 뚝, 화면이 크게 일그러졌다. 식별이 불가했다.

서재희는 발로 레버를 힘껏 밟아 완전히 반대쪽으로 꺾어 놓았다.

— 배경 재설정 모드로 전환합니다. 60, 59, 58…….

이어서 콘솔에서 물러섰다. 대기실과 점검실을 거치지 않고도 모의 전투실로 넘어갈 수 있는 통로의 위치를 확인했다. 왼쪽.

그때였다. 스크린이 폭발하듯 반짝 돌아왔다. 그러나 온통 먼지구름으로 시야가 뿌옜다. 쐐액 하고 날카로운 것이 스치는 소리와 함께, 거친 폭발음이 연달아 쏟아졌다. 그 흩어져 어지러운 스크린에서, 서재희는 유은우보다 정윤환을 먼저 발견했다. 정윤환은 고가도로 한가운데 버티고 서 있었다. 클로즈업하니 만신창이였다. 땀에 젖어 있는 것은 기본이고 허벅지가 크게 찢겨 있었다.

다쳤어?

서재희가 제 눈을 의심하는 사이, 정윤환이 이를 악물며 낮게 욕을 하더니 그 자리에서 도약했다. 막 정윤환이 디디고 있던 자리로, 시커멓게 번쩍이는 거대한 창이 빛처럼 날아와 꽂혔다. 순식간에 반경 수 미터 내 모든 것이 가루로 부서졌다.

시계 침.

서재희는 콘솔을 조작하여, 시계 침이 날아왔던 방향을 잡았다.

— ……47, 46, 45…….

반쯤 무너진 건물 꼭대기 구석에 유은우가 있었다. 왼쪽 어깨에서 피가 흘러나오고 있었다. 다리 한쪽이 부러진 듯 몸이 위태롭게 기울어 있었지만, 그래도 서 있었다. 그리고 오른쪽을 거대한 시계가 드리우고 있었다. 매끄러운 시계판을 중심으로 크고 작은 톱니바퀴가 펄펄 살아 날뛰었다. 유은우가 통제하고 있는 것인지, 아니면 유은우가 통제당하고 있는 것인지 알 길이 없었다.

그래도 아직 맞서 싸우고 있었다.

서재희는 다리에서 힘이 풀려 주저앉을 뻔했다. 콘솔을 지지하며 간신히 몸을 바로 세웠다. 유은우를 수신자로 잡고 통신 기능을 활성화시켰다.

"유은우."

서재희는 유은우가 자신의 부름을 듣지 못할 수도 있다고 생각했다. 하지만 유은우는 즉각 반응했다. 그녀는 정윤환이 있는 방향에서 눈을 떼지 않으면서 입가에 말라붙은 피를 닦아 내는 시늉을 하며 입을 가렸다. 잔뜩 쉰 목소리.

— 선배?

치열한 전투 속에서도 오감을 열어 두고 모든 가능성을 염두에 두고 있었다. 그만큼 잘 훈련되었다는 뜻이다. 설계도 못

하고 유순한 외모라 자주 잊었지만, 어쨌든 유은우는 군인이었다. 그것도 김서혁이 직접 키운.

— ……34, 33, 32…….

"30초만 더 버틸 수 있겠어? 정윤환이랑 최대한 멀리 떨어지면서. 바로 시스템을 종료하면 오히려 위험해질 수 있어. 엄폐물이 사라지니까. 내가 차라리 공간을 둘로 나누려고 그래."

유은우는 대답하지 못했다. 즉각 오른손을 휘두르며 몸을 낮추었다. 다친 어깨가 왼쪽이라 그나마 버틴 것 같았다. 시계판이 방패처럼 그녀에게 드리워졌다. 그 위로 정윤환의 공격이 무자비하게 퍼부어졌다. 새파란 칼날들이 시계판 방패 위를, 카가가각 긁으며 지나갔다.

유은우는 눈을 꼭 감고 웅크리더니, 달달 떨면서 한 차례 피를 토해 내고는 입가를 문질렀다. 서재희는 유은우의 오른쪽 다리가 이상한 각도로 어긋나 있음을 발견했다. 못 움직이는구나. 정신 붙잡고 있는 게 용했다. 군에 들어가면 고통을 삭이는 법부터 훈련받는다더니. 가슴이 탔다. 다시 화면을 잡았다. 시계 침을 피해 멀어졌던 정윤환이 빠르게 다가오고 있었다.

— ……27, 26, 25…….

"은우야, 내가 셋을 셀 테니까 거기서 뛰어내려."

— 선배랑 페어 해제해서 진짜 다행이에요.

쌕쌕거리는 숨소리 사이로 목소리가 가만가만 이어졌다.

— 여기 와서 제일 잘한 일이에요.

서재희는 그만 목이 메었다. 눈이 자꾸만 흐려져 마음을 다

잡아야 했다.

"⋯⋯내가 신호하면 뛰어내려."

— ⋯⋯15, 14, 13⋯⋯.

서재희는 포인터를 잡았다. 손에 땀이 서려 자꾸만 미끄러졌다. 유은우가 움직이지 못하니, 앞으로 정윤환과의 거리는 더욱 가까워질 것이다. 그리고 정윤환은 현재 유은우보다 훨씬 높은 위치에서 차츰차츰 뛰어내려 오고 있었다. 서재희는 유은우의 바로 위로 신중하게 좌표를 설정했다. 유은우의 바로 밑으로는 온의 밀도를 조정했다.

유은우의 몸이 어슷하게 기울었다. 안 그래도 작은 몸뚱이를 옹송그려, 괴물처럼 난폭하게 엉켰다 풀어지는 시계가 버거워 보였다.

유은우가 문득 고개를 들었다. 동공이 크게 벌어졌다.

정윤환이 코앞이었다. 그가 방아쇠를 당겼다. 흰 궤적이 초승달처럼 날카롭게 날았다.

— ⋯⋯3, 2, 1⋯⋯.

"은우야, 뛰어!"

유은우가 눈을 꼭 감았다. 날개 꺾인 새처럼, 몸이 크게 한 번 휘청거리더니, 건물 모서리에서 톡 미끄러졌다.

— 배경 재설정 모드 전환 완료.

서재희의 손이 콘솔 위를 날았다. 미리 설정해 둔 값이 차례로 빠르게 입력되었다.

— 총의 최대 동조율을 000으로 조정합니다.

정윤환이 쥔 총에서 동조율이 빠르게 하락하더니 000을 기록하고 불이 꺼졌다.

— 기준점 아래 온의 밀도를 150%로 조정합니다.

일직선으로 세차게 추락하던 유은우의 몸은, 허공에서 서서히 그 속도가 줄었다. 사뿐히 바닥으로 내려앉았다. 먼지가 풀썩 피어올랐다. 유은우가 바르르 떨며 몸을 웅크렸다.

— 공간을 분리합니다.

방금까지 유은우가 버티고 있었던 자리를 기준으로, 대기가 얼어붙듯 얇고 투명한 판이 생성되었다. 유은우를 향해 빠르게 내리꽂히던 정윤환은, 이미 제 기능을 상실한 총 때문에 완충 설계도 하나 펼치지 못하고, 가로막힌 판에 정통으로 처박히고 나서 몇 번을 거칠게 굴렀다. 그의 움직임에 따라 피가 사정없이 튀었다.

서재희는 정윤환을 클로즈업했다. 거의 정신을 잃은 것 같았다. 서재희가 도착하기 전부터 이미 부상을 입은 데다, 마지막에 상당한 속도로 판에 부닥쳐 큰 충격을 받은 듯했다.

— 공간 분리를 해제합니다.

판이 사라지며 정윤환이 시체처럼 뚝 떨어지다가 서재희가 뻑뻑하게 조정해 놓은 온의 밀도 덕에 나붓이 땅에 가라앉았다.

— 온의 밀도를 초기화합니다.

서재희는 왼쪽 통로로 들어가 달리면서, 이프를 켜 응급 환자 이송을 요청했다. 그 잠깐을 틈타 임유현과 차인호는 물론이고 차예원의 호출까지 물밀듯 쏟아졌다. 바로 꺼 버렸다.

유은우는 바닥에 내려앉은 그대로, 숨을 가쁘게 몰아쉬고 있었다. 서재희는 정신없이 유은우에게 다가갔다. 그런 서재희를 발견하고 유은우는 손을 꿈지럭거려 손목에서 시계를 풀어 냈다. 삼킬 듯 유은우를 점령하던 시계가 줄어들었다. 유은우는 그대로 몸이 축 늘어졌다.

정신을 잃어 호흡기를 물릴 순 없었다. 서재희는 회복제 케이스를 깨물어 부수었다. 약을 머금고 즉각 유은우의 위로 몸을 숙였다. 두 손으로 유은우의 양 뺨을 부드럽게 감쌌다.

입을 맞추었다. 아랫입술을 유은우의 입술 사이로 밀어 넣어 유은우가 입술을 벌리도록 했다. 그 틈으로 머금었던 약을 천천히 흘려 넣었다. 유은우가 간신히 삼키는 기척이 나자 눈물 나게 고마웠다. 중간에 케이스의 깨진 조각이 같이 흘러 들어가는 느낌이 들었다. 다급히 혀로 그것을 걷어 냈다.

회복제 네 통을 싹 비운 다음에야 유은우는 호흡을 겨우 가누었다. 눈을 뜨고 이쪽을 바라보기까지 했다. 그러나 몸이 빠르게 식고 있었다. 서재희는 제 코트를 벗어 유은우에게 덮어 주었다. 조끼도 벗어서 둘둘 말아 유은우의 머리를 괴어 주었다.

"의료진이 금방 올 거야. 늦지 않아서 다행이다. 하마터면 널……."

목이 잠겨 뒷말은 이을 수 없었다. 서재희는 유은우의 머리칼을 쓸어 주었다.

"생각보다 많이 안 다쳤네. 금방 낫겠다."

농담조로 말했다. 유은우가 옅게 웃었다. 유은우의 눈에서 초점이 가물가물 흩어졌다. 회복제에 기본적으로 포함된 진통제와 수면제의 약효 때문인 듯했다. 흙먼지로 전신이 따가웠다. 유은우를 깨끗한 관제실로 옮기고 싶었으나, 꺾인 다리가 염려되어 함부로 안아 들 수 없었다.

서재희는 이를 악물며 몸을 일으켰다.

지척에 정윤환이 엎어져 있었다. 정신을 잃었을 거라 생각했으나, 놀랍게도 정윤환은 의식을 놓지 않고 있었다. 서재희는 정윤환의 찢긴 허벅지나 부러진 팔 따위는 신경 쓰지 않았다. 그는 정윤환의 눈을 보았다. 섬세한 눈매에, 눈물로 색이 빠진 듯 옅은 눈동자. 서늘했다. 단순히 서재희의 방해로 임유현의 지시를 수행하지 못했다는 낭패는 결코 아니었다. 그보다 훨씬 깊은, 그리고 아주 오래된.

서재희는 홀린 듯 성큼성큼 걸어가 정윤환의 손목을 쥐었다. 힘없이 늘어진 그의 왼손을 오른손의 이프에 가져다 대었다. 상태 창을 띄웠다.

충격 흡수 시스템이 꺼져 있었다. 서재희는 정윤환의 지문을 다시 대어 상세 열람을 했다. 타인이 시스템으로 조작하여 종료한 것이 아니었다. 정윤환 본인이 직접 설정했다.

서재희는 시야가 아득해졌다.

"너 이게 대체 뭐 하는 짓이야."

사람 목숨을 보호하는 시스템을 왜 자진해서 해제했단 말인가. 미친 짓을 넘어 명백한 자살 행위였다.

"같이 죽으려고. 드디어 끝나나 했는데."

정윤환이 갈라진 목소리로 말했다. 그는, 서재희가 여태 한 번도 보지 못한 표정을 짓고 있었다. 부상으로 엉망이 된 것과 별개로 정윤환은 더없이 닮은 눈을 하고 있었다.

"이렇게까지 하는 이유가 뭐야?"

정윤환이 줄곧 유은우를 협박해 온 것은 안다. 임유현의 지시였겠지. 그 회유하라는 지시는, 오늘에서야 살해하라는 명령으로 바뀌었을 것이다. 수행할 수밖에 없을 터. 정윤환에겐 가족이 있었는데, 임유현의 손짓 한 번에 전부 죽어 나갈 수도 있으니까. 하지만 자기 자신까지 던져 가며 함께 죽으려고 했을 줄은 꿈에도 몰랐다. 작년 이맘때쯤, 낙원의 이론 관리자에 등록하고 돌아온 날도 정윤환이 말하지 않았던가. 다 잊고 가족들만 생각하며 편하게 살고 싶어 등록하고 왔다고.

"왜 이렇게까지 하냐고? 그건 내가 묻고 싶다."

정윤환이 거친 숨을 섞어 드문드문 말을 이었다.

"이렇게 해서 네가 얻는 게 뭐야. 교장이 나한테는 유은우를 죽이라 하고, 너한테는 살리라고 이중 지시하진 않았을 테고. 너 지금 이거 단독 행동이지? 아무리 너라도 뒷감당 어려울걸."

정윤환이 벌겋게 충혈된 눈을 천천히 감았다가 떴다.

"네가 원하는 게 뭐야? 정말 유은우가 가진 정보뿐이야? 그렇다면 내게 물어. 유은우에게서 원하는 것, 내가 전부 말해 줄 수 있어. 유은우의 처음과 끝에 내가 있었으니까. 내가 네 갈증을 해소해 줄게. 그리고 넌 제발 여기서 손 좀 떼. 이러다 너까지 잃겠어. 부탁이니까 제발 좀."

서재희는 차마 정윤환의 멱살을 잡지 못했다. 빛바랜 그의 시선에서, 서재희는, 정윤환이 유은우의 죽음뿐만 아니라 정윤환 본인의 죽음까지 오랫동안 살펴어 왔음을 알았다. 그것은 단순한 살해가 아니라, 아주 낡은 소원처럼 느껴졌다.

망설임 끝에, 서재희는 입을 열었다.

"예전에 말한 그대로야. 반란군 핵심 간부 명단. 분명 그들 중에 용의 심장을 감췄다는 옛 계약자의 후손이 있을 테고, 그 사람은 심장의 위치도 알고 있을 거야. 나는 딱 그것만 원해. 유은우에게 줄곧 그것을 물어 왔어."

기분이 이상했다. 처음 유은우와 페어를 맺을 땐, 이 질문에 대한 답만이 서재희의 인생에서 최우선이었다. 그러나 지금은, 이것이 전부는 아니었다.

"정윤환 네가 말해 줄 수 있어?"

"물론."

정윤환이 천천히 눈을 감았다가 떴다. 그가 꺼질 듯 속삭였다.

"내 앞에서 맹세해. 여기서 나가는 순간, 유은우에게 절대 관여치 않겠다고. 전부 다 말해 줄 테니."

서재희는 유은우를 돌아보았다. 날개 꺾인 새처럼 작고 초라했다. 강력한 회복제를 연달아 원액 그대로 마시는 바람에 완전히 취했는지, 피에 흥건하게 젖은 야트막한 가슴이 천천히 오르락내리락하고 있었다.

정윤환이 나지막하게 말했다.

"널 살릴 수 있다면 살리고 싶어. 난 항상 누군가를 해치고 죽여 왔으니까. 서재희, 내게서 답을 듣고 유은우는 잊어."

잠시 숨을 고르더니, 정윤환이 이어 말했다.

"넌 꼭 유은우가 아니어도 되잖아. 나는 달라. 나는 유은우가 아니면 안 돼. 내 손으로 꼭 마무리 지어야만 해."

자꾸만 오한이 들었다.

차라리 차예원을 좋아하면 어땠을까. 교내의 많은 학생이 차예원을 좋아했다. 그들처럼, 서재희 또한 차예원의 예쁘장한 외모나 탄탄한 배경에 마음을 쉽게 줄 수도 있었다. 감정을 통제할 수 있다 믿었던 것은 자신이었으니까. 아니면 좋아하지 않아도 좋아하는 척할 수 있었다. 뻔뻔한 연기력이야 수년을 갈고닦아 왔다. 편하게 살 수 있다는데 그게 대수겠는가.

실로, 혹은 필요로 사랑하여 기쁘게 약혼하고, 그리하여 서재희의 후원자와 차예원의 부모가 동맹으로 엮여 견고해지기까지 한다면. 의식도 없이 병원에 누워 있는 부모님은 이제 그만 놓아주고, 내 운명이 이리 흘러가니 흐르는 대로 몸을 맡겨 복수도 접어 두고 그리 홀가분하게 살 수 있다면.

"유은우가 아니면 안 되는 건……."

그런데 하필이면 왜.

"……나도 마찬가지야."

유은우는 첫 전투를 생생히 기억했다.

3년에 걸친 침식 치료가 끝나고, 김서혁 밑으로 들어가 엄한 훈련을 받은 지 3개월가량 지났을 무렵이었다. 제2유적지에서 반란군의 움직임을 포착한 김서혁이, 직접 정예군을 이끌고 사해로 나갔던 전투였다. 모두가 이르다고 말렸지만, 김서혁은 유은우와 동행하겠다는 결단을 굽히지 않았다. 당시 김서혁은 유은우의 설계 난독증을 어떻게든 고칠 수 있을 거란 희망을 놓지 않았던 상태였고, 유은우는 설계 난독증이 어쩌면 평생 가져가야 할 숙명일지도 모른다는 공포에 사로잡히기 시작하던 때였다.

모함에서 강하하기 전, 김서혁은 낱개 포장된 비닐을 까서, 직접 유은우의 입에 보호칩을 넣어 주었다. 작고 납작하고 동그란 분홍색 칩에는 05:00이라고 새겨져 있었다. 유은우는 매일 배급되는 비타민 혹은 드물게 얻어먹은 사탕을 떠올리며 덥석 물었다가, 그 역한 딸기맛에 충격을 받고 그만 칩을 뱉어 버렸다. 김서혁은 유은우를 탓하지 않았다. 대신, 이번엔 하얀 보호칩을 까서 유은우의 입에 밀어 넣고 뱉지 못하도록 크고 단단한 손으로 막았다. 알싸한 박하 향으로도 가려지지 않는 보호칩 특유의 괴상한 맛은 도무지 감내하기 힘들었다. 유은우는 헛구역질을 하고 눈물을 글썽거리면서도 한쪽 볼에 칩을 머금는 데 성공했다.

"다섯 시간 동안 널 보호해 줄 거다. 사해에 있는 동안은 절대로 뱉으면 안 돼. 삼키지도 말고, 입 안에서 깨뜨리지도 마. 깨지는 순간 녹는 시간이 갑절로 빨라져. 항상 혀로 더듬어 살피고, 다 녹아 간다 싶으면 새 걸 뜯어서 얼른 물어야 해."

유은우는 잔뜩 긴장하여 뻣뻣한 동작으로, 전투 준비대에 마련된 알록달록한 보호칩 보관함에서 하얀 박하맛 하나를 집었다.

"그걸로 모자라. 세 개 더 집어."

전투가 얼마나 길어지기에. 유은우는 보관함을 부스럭부스럭 뒤졌다. 박하맛으로 세 개를 더 골라서 제복 주머니에 쑤셔 넣었다.

"넌 아무것도 하지 마. 내 옆에 붙어서 보기만 해. 다만, 그냥 봐서는 안 돼. 전부 다 봐야 한다. 유황 냄새가 나는 건조한 대기부터 피가 튀는 방향까지 전부 다 몸으로 기억해."

유은우는 호흡기에 신체 강화제를 끼웠다. 입에 물고 일정한 속도로 깊이 들이마셨다. 약 기운이 쌉싸름하게 목구멍을 타고 미끄러졌다. 한쪽 볼에 어색하게 붙은 보호칩에서는 여전히 역한 맛이 스며 나왔다.

김서혁이 홀스터에서 총을 뽑아 유은우를 겨누었다. 깔끔한 사격 뒤에, 총구로부터 흰 선이 뻗어 나와 유은우의 총에 한 차례 감겼다. 보통은 적에게나 거는 추적선을 매달고, 유은우는 팀원들을 따라 사출구에서 강하했다.

김서혁을 따라다니는 것은 수월했다. 그간의 긴장이 무색할 정도로. 김서혁은 제2유적지에 발을 디디고부터 한동안은, 유은우가 잘 따라오는지 확인하기 위해 때때로 뒤를 돌아보았으나 곧 지휘에 집중했다. 그는 유은우가 자신을 놓치기는커녕 그림자처럼 바짝 잘 따라붙으니 염려를 놓은 듯했다. 유은우 생각에도, 난다 긴다 하는 김서혁 팀에 처음으로 합류했음에도 무리 없이 대열에 잘 섞이고, 거기에 더해 주위를 둘러보는 여유까지 가진 자신이 스스로 대견했다.

다른 군인들도 유은우가 힘든 기색을 보이지 않는 것에 놀라워했다. 직접 전투에 참여하지는 않았지만, 고난도 설계가 휘황하게 뻗어 나가고 그 위를 강력한 타격들이 팽팽하게 내달리는 정신없는 상황 속에서도, 그 방향을 귀신같이 알아채고 자리를 비키거나 한 뼘 틈을 두고 물러서 전투에 방해가 되지 않는 유은우에게 모두가 감탄했다. 그들은 유은우가 타고난 직감이 있다고 했다. 후천적으로 습득하기 어려운, 본능 같은 것이 보인다고 했다. 천생 군인이 체질이라고. 군대에 평생 눌러앉으라는 뼈 있는 농담도 나왔다.

초짜답지 않은 기민함은 유은우 본인도 인정했다. 말로 설명할 수 없으나 일종의 흐름이나 분위기의 반전이, 감각으로 자연스레 읽혔다. 그러나 군인이 체질이라는 말은 흘려듣고 싶었다. 내색하지 않았으나, 고통스러운 것은 따로 있었다.

알면서도 보류하는 것들이 있다.

도시연합군이 반란군을 죽이고 반란군이 도시연합군을 죽인다는 것은 자명한 사실이었다. 군인이란 부순 심장의 개수가 곧 실적으로 올라가는 직업임을 몰랐던 것도 아닌데, 유은우는 이 모든 것들에 새삼 적응하지 못했다.

그동안은 멋모르고 김서혁의 기대에 부응하고자 앞만 보고 훈련해 왔으나, 그 모든 훈련이 이런 목적이라면 하고 싶지 않다는 생각을 처음으로 했다.

그 전투에서 도시연합 정예군은 단 하나의 피해도 없이 반란군 200여 명을 몰살시켰다.

모함으로 돌아오자마자 유은우는, 부산히 전투태세를 해제하는 군인들을 피해 구석에 오도카니 웅크려 앉았다. 소연주가 제복 코트를 벗고 뭉친 어깨를 풀다가, 그런 유은우를 보고 다가와 말했다.

"이건 일이야. 감정 섞지 마."

유은우는 물었다.

"사람을 죽이는 것도 일인가요?"

소연주가 대답했다.

"넌 군인으로 길러지고 있어. 군인에게 그런 질문은 있을 수 없는 일이야."

도시연합군 중 상위 실력을 갖춰 김서혁을 중심으로 정예군 타이틀을 달고 있는, 길이 잘 든 칼처럼 냉철한 그들도 전투는 힘들어했다. 식량이 제때 보급되지 않거나, 모함의 기관이 고장 나 대기 시간이 길어지거나, 사격의 방향을 잘못 잡아 군복에 피가 튀는 것에 불평하며 고개를 저었다. 그러나 살인을 힘겨워하는 군인은 없었다.

차갑게 견고한 풍경 한가운데서, 유은우는 자꾸만 속이 뒤집혔다. 이 불편한 기분이, 낯선 전투를 겪어서인가, 낯선 사람을 보아서인가 혼란스러웠다.

전투를 마치고 본부로 복귀했음에도, 유은우는 그 서늘한 온도에서 벗어나지 못했다. 그 낯선 감각은 매우 약하고 부드러워 충분히 눌러놓을 수 있었으나, 영원히 사라지지는 않을 것 같아 두려웠다. 적당한 군인은 되어도 노련한 군인이 되기는 그른 걸까 싶어 자기 자신에게 화가 났다. 남들처럼 묻어가면 그만인데 그게 왜 거부감이 드는 것일까.

산란한 마음은 실수로 이어졌다.

김서혁이 참관한 훈련 중에, 유은우는 서포터가 깐 설계에서 발을 헛디뎌 엉뚱한 곳으로 사격하고 말았다. 단 한 발이었지만 동조율이 100에 달하는 타격이었다. 겹쳐져 얽혀 있던 모든 설계가 삽시간에 허물어졌다. 김서혁이 직접 수습했으나, 서포터 두 명이 다쳤다.

그날 저녁, 유은우는 박민준의 감시를 받으며 석 장의 반성문을 쓰고, 이선규의 비웃음을 듣다가 한바탕 멱살을 잡고 뒹군 다음, 소연주의 전언을 듣고 김서혁의 집무실로 찾아갔다.

"내가 네 컨디션까지 관리해야겠나."

김서혁은 한 손으로는 서류를 반쯤 들추고, 다른 한 손으로는 관자놀이를 꾹 누른 채 유은우를 응시했다. 다소 지친, 그러나 엄격한 시선이었다.

유은우는 침묵을 유지했다. 무슨 말을 해도 불리할 것 같았다.

"지난번 전투 다녀오고부터 줄곧 정신 빼놓고 다니는 이유가 뭐지?"

유은우가 제 발끝만 내려다보고 있자, 김서혁이 한숨을 쉬며 제 옆으로 의자를 끌어다 놓았다. 여기 와서 앉으라는 턱짓에 유은우는 쭈뼛쭈뼛 가서 앉았다. 김서혁이 서랍을 열며 말했다.

"손."

유은우는 무릎 위로 두 손을 오목하게 모았다. 김서혁이 서랍에서 무언가를 한 주먹 움켜쥐고 유은우의 두 손 위로 쏟아부었다. 낱개 포장된 과자며 사탕이 소복하게 쌓였다. 어쩌다 하나씩 감질나게 받아먹던 간식을 이렇게 많이 받은 것은 처음이라 유은우는 불길한 예감부터 들었다. 설마 한 달 치 먼저 당겨 주고 어디 시답잖은 부대로 재배치되는 건 아니겠지.

"내가 직접 지휘하는 전투에 널 데리고 간 건 큰 부담이었다. 귀한 경험을 했으면 발전을 해야지 왜 뒤로 물러서."

유은우는 손 안에서 색색의 간식을 부스럭부스럭 굴리다가 고개를 들어 김서혁을 보았다.

"대장, 나 마음이 너무 힘들어."

"존댓말."

"힘들어요."

"뭐가?"

"훈련하는 진짜 이유를 생각해 보면, 이래도 괜찮은 건가 하루에도 몇 번씩 고민돼. 뭐가 잘못된 것 같은데 어디서부터 잘못된 건지도 잘 모르겠고. 다른 사람들은 고민조차 하지 않는데 자꾸만 곱씹는 나 자신도 이해할 수 없어. 그냥 나는 군인이 안 맞는 걸까? 그렇다면 난 어디에 소속되어야 해? 전리품으로 등록되어 있는데 싸우는 게 내키지 않는다면 나는 가치가 없는 거야?"

김서혁은 가만히 유은우를 보다가 자리에서 일어났다. 그는 창가로 가서 블라인드를 젖혀 오후 늦은 빛이 들어오게 했다. 눈은 찌푸리고 입매는 군은 복잡한 표정으로 그가 다시 유은우 앞에 앉더니 입을 열었다. 약해 빠졌다는 등의 꾸지람을 예상 했으나 그가 던진 것은 뜻밖의 질문이었다.

"그럼 어떻게 하고 싶은지 말해 봐."

"바꾸고 싶어."

유은우는 망설임 없이 대답했다. 부족한 것 같아 덧붙였다.

"좋은 방향으로."

김서혁이 손으로 제 이마를 문질렀다. 약간 웃는 것 같기도 했다.

"그 좋은 방향이란 건 뭐지?"

"그건 잘 모르겠지만 어쨌든 지금 이건 아닌 것 같아. 뭔가 불필요하게 희생되는 느낌이야. 예를 들어 이번 전투만 해도……."

유은우는 김서혁의 표정을 확인했다. 그는 팔꿈치를 책상에 괴고 이마를 짚은 채 유은우를 보고 있었다. 화는 안 난 것 같았다. 오히려 집중하고 있었다.

"……제2유적지는 대장이 직접 칠 만한 장소는 아니었어. 이번에 수집한 정보 중에 알짜는 하나도 없다고 했어. 반란군이 미리 빼돌렸다고 했지만, 아니야. 애초에 없었던 거야. 그리고 그건 대장도 알고 있었지? 다 털어 오라고 지시하면서도, 전혀 기대도 안 하는 표정을 짓고 있었잖아. 이번 전투는 마치 보이기 위한 것 같아. 그러니까 내 말은, 반란군의 중심부를 피해서 변두리만 치는 느낌이야. 죽일 수 있음에도 불구하고 일부러 숨만 붙여 놓고 끊임없이 괴롭히는 것 같아. 마치 도시연합이 반란군을 가지고 노는 것처럼. 물론 대장의 지휘 실력에 대해 뭐라고 하는 건 아니고…… 그냥 내 생각이야."

말끝에 빠져나갈 구멍을 옹색하게 매달아 놓고 유은우는 잠자코 김서혁의 반응을 기다렸다.

발밑으로 노을이 붉게 깔리고 있었다. 시체에서 흘러나온 피로 온통 벌겋던 제2유적지처럼.

김서혁은 골똘히 생각에 잠긴 표정으로 유은우를 보고 있었다. 그의 의자 등받이에 김서혁의 이름이 새겨진 제복 코트가 걸쳐져 있었다. 반짝이는 배지들과 화려한 완장, 공훈을 기리는 갖가지 문양이 수놓아져 다채로웠다. 그 위로도 노을이 붉게 내려앉았다.

김서혁이 나직하게 말했다.

"만약에 기회가 온다면 바꿀 수 있나? 그 모든 변화를 감당할 수 있냐는 말이다. 현 시스템을 유지하는데도 희생이 필요하지만, 변화엔 더 큰 희생이 필요하지. 인류 전체에게 비난받을 수도 있고, 최악의 인물로 역사에 기록될 수도 있다. 그 변화의 결과가 예상보다 좋지 않을 수도 있어. 사상자만 내고 실패할 수도 있지. 그런데도 시도할 수 있나? 그게 아니라면 현실에 정착해야겠지. 너는 선택해야 해."

"나는……"

말끝이 흐려졌다. 유은우는 시선 둘 데를 찾지 못하고 애꿎은 제 손아귀를 보았다. 달콤한 냄새를 풍기는 과자와 예쁜 사탕이 있었다. 모양은 달랐지만, 김서혁의 제복 코트에 달린 장식들처럼 반짝거렸다. 갑자기 입맛이 떨어졌다. 유은우는 두 손을 그대로 들어 올려서 김서혁의 책상에 좌르륵 쏟아 놓았다. 그렇게 환장하던 간식인데, 내려놓으니 홀가분했다.

"기회가 오면 할 거야. 왜냐하면…….'

유은우가 김서혁을 똑바로 보며 말했다.

"……두려워서 변하지 못하면 정체되기 때문이야. 누군가 해야 하니까, 어쩌다 혹은 원해서 내가 그 길에 들어선다면 책임이 있다고 생각해. 내가 현실에 안주하고 싶어 모른 척하면, 분명히 나 같은 피해자가 또 생길 거야."

김서혁은 이마를 짚고 있던 자세를 풀었다. 그는 책상 위로 손을 뻗어 보고서 하나를 끌어당겼다. 유은우의 눈앞에서 몇 장 넘기더니, 한 페이지를 펼쳐 손으로 꾹 눌렀다. 시체 사진이 여러 장이었다.

"이건 우리가 이번에 다녀온 제2유적지 현장 사진이다. 내가 죽인, 혹은 죽이라고 지시한 사람들이지."

김서혁이 조용히 말을 이었다.

"이 짓에 익숙해지면 안 된다. 많은 사람이 너무도 쉽게 익숙해지지. 삶의 많은 문제가 그 익숙함에서 출발해. 그러니 너는 지금의 생경함을 기억해라. 어떤 체제 안에 처음 들어갔을 때 이상하게 어그러진 느낌을 받는다면, 그 감각을 놓치지 말고 유지해야 해. 아니면 너는 체제 안에 녹아서 없어지고 말아. 이 지

굿지굿한 전쟁도, 그래서 계속되는 거야. 사람들이 체제의 일부
가 되었기 때문에. 살아 있는 것들은 죽고 뼈대만 남아 버려서."

"그럼 세상을 바꿀 수 있어?"

김서혁이 고개를 저었다.

"나도 모르겠다. 다만, 익숙해지지 않는다는 것은 너무나 힘
든 일이야."

삐, 삐, 삐, 삐……

규칙적인 기계음에 맞춰, 유은우는 끝부터 깨어났다. 빨래가
햇살에 마르듯, 꿈에 젖어 흐물대던 의식이 점차 빳빳해졌다.
통증이 뒤따랐다. 찢긴 어깨. 부러진 다리. 전투 도중에 피를 울
컥 토했던 것을 상기하면, 속도 엉망일 터였다. 그 외 자잘한 상
처는 미처 인지하지도 못했다.

눈을 뜨고 몇 번 깜박였다. 불이 꺼진 회색 천장. 미지근한
수증기가 흩어지고 있었다. 오른쪽으로 고개를 돌리니 침대 옆
탁자에 가습기가 보였다. 그 뒤로 스탠드가 은은하게 켜져 있
었다.

그리고 유은우의 오른손 근처에, 까만 정수리가 있었다. 스
탠드의 희미한 빛을 받아, 머리칼 올올이 윤기가 흘렀다.

서재희가 유은우의 침대 옆에 간이 의자를 가져다 놓고 앉
아, 머리를 침대에 놓고 엎드려 잠들어 있었다.

늘 꼿꼿하던 허리가 비스듬히 굽어 있었다. 훤칠한 키와 어울
리지 않게 의자가 낮아, 긴 다리는 어색하게 구긴 채였다. 창백

한 뺨 위로 속눈썹 그림자가 지치도록 길게 늘어졌다. 늘 촉촉하게 매끈하던 입술이 갈라져 희었다. 숨이 느리게 색색거렸다.

"선배."

목소리가 쉬어 나왔다. 유은우는 천천히 오른손을 뻗었다. 서재희의 까만 머리칼에 손가락 끝이 닿았다. 유은우의 조용한 손짓에, 그의 머리칼이 파도처럼 흩어졌다가 사르르 가라앉았다.

서재희가 옅게 뒤척였다. 그는 쉬 깨어나지 못했으나, 침대 위로 아무렇게나 늘어뜨려 놓았던 손을 움직였다. 유은우는 멍하니 그 손을 바라보았다. 서재희의 곧은 손가락들이 잠에 취한 채 주위를 더듬다가, 이내 유은우의 오른손을 찾아 쥐었다. 부드러웠다.

늘 건조하고 서늘하던 손이, 처음으로 따스하여 놀랐다. 유은우의 체온이 평소보다 낮거나, 아니면 서재희가 긴장을 풀고 있거나. 어느 쪽인지는 알 수 없었다. 다만 속까지 덥히는 온기라 그대로 잡혀 있었으면 했다.

혹시 다쳤을까?

유은우는 서재희의 손에 꼭 가둬진 자신의 오른손을 움직이지 않도록 조심하며, 척추를 관통하는 통증에도 이를 악물고 상반신을 일으켰다. 아픈 왼쪽 어깨에 체중을 실은 어정쩡한 자세로 서재희의 전신을 꼼꼼히 살폈다.

멀쩡했다. 너무 불편한 자세로 잠들어 있어, 깨어나면 분명 삭신이 쑤실 것 같아 안쓰러웠으나 괜찮아 보였다. 거기다 막 새로 사서 처음으로 입은 듯한, 소매와 바짓단이 딱딱 떨어지는 반듯한 교복 차림이었다. 안색이 다소 창백한 것만 빼면 잘 다듬어져 세련된 분위기는 여전했다. 평소와 같았다.

다행이다.

유은우는 안도했다. 그제야 제 몸을 살필 여력이 생겼다.

우선 오른쪽 손목에 널찍하고 두툼한 반창고가 붙여져 있었다. 정윤환과 싸우며 얻은 상처는 아니었다. 그간 시계와 실랑이하며 혹사시킨 탓이었다.

이불을 걷어 보니 오른쪽 정강이에 치료기가 채워져 있었다. 치료기의 초록색 스크린에서 빨간 그래프가 일정한 간격으로 너울거렸다. 시험 삼아 오른 무릎을 구부렸다 펴 보았다. 아찔한 통증과 함께 그래프가 악을 쓰며 요동쳤다. 유은우는 제 비명에 서재희가 곤한 잠에서 깰까 봐, 이를 악물고 통증을 참았다. 스크린 끝까지 튀어 오르던 그래프가 서서히 가라앉았다.

뻐근한 목을 돌려 왼쪽 어깨를 내려다보았다. 역시 치료기가 채워져 무거웠다. 치료기마다 차갑고 가느다란 관이 뱀처럼 뻗어 나와, 침대 왼쪽 약물 공급기에 연결되어 있었다. 공급기의 실린더 다섯 개에 각기 다른 색의 약물들이 가득 채워져 있거나, 절반쯤 비어 있거나, 혹은 아슬아슬하게 자박거렸다. 공급기 위에 유은우 이름이 붙은 차트가 올려져 있었다. 유은우는 차트를 향해 손을 뻗다가, 그 자세 그대로 전신이 얼어붙었다.

서너 걸음 간격을 두고 침대가 하나 더 있었다.

옅은 머리칼. 꼭 감긴 눈. 사지가 늘어져 있었다. 미약하게 오르락내리락하는 가슴이 아니었다면 시체로 착각할 만큼 숨이 가물가물했다.

정윤환.

치열하게 물고 뜯었던 싸움이 뇌리를 할퀴고 지나갔다. 유은우는 제 침대 옆 탁자를 돌아보았다. 가습기 뒤쪽의 무언가가 은색으로 반짝였다. 기계식 손목시계. 초침이 똑딱이고 있었다. 처음 찼을 때만 해도, 손목에 채우지 않으면 멈춰 있었는데.

기억은 드문드문 떠올랐다. 살아 있는 짐승처럼 거칠게 날뛰던 은색 부품. 그 위를 새까만 시계 침 세 개가 거대한 창처럼 가로질렀다.

유은우는 웬만하면 시계를 사용하고 싶지 않았다. 김주완에게 시계 침이 두 동강 나고부터 시계는 사납다 못해 포악해졌기 때문이다. 괴물처럼 폭주하는 시계를 수족처럼 다룰 자신이 없어, 정윤환 앞에서 쓰면 도리어 약점이 될 수 있다고 생각했다. 그러나 정윤환이 정말로 유은우를 패대기치고 총을 겨누었을 때는, 도리가 없었다. 그때가 최후였으니까. 유은우는 시계를 개방했고, 온디딤은 그 역할을 톡톡히 해냈다. 너무 잘 해내서, 시계를 다루는 유은우조차 그 힘에 압도되어 공포스러웠다. 죽음을 목전에 둔 고도의 집중력이 아니었다면, 발광하는 시계판에 하마터면 오른팔이 뜯겨 나갈 뻔했다.

정윤환의 허벅지를 찢었을 때는 거의 이겼다고 생각했다. 허벅지를 다치면 동작에 제약이 걸리니까. 그것은 유은우의 바람에 그쳤다. 그가 한쪽 다리로만 체중을 지탱할 수 있도록 따로 설계를 걸어 움직인다는 것은, 부상자라고 볼 수 없을 만큼 유려한 도약에서 알았다. 유은우가 다루는 온디딤을 파악하느라 간격이 늘어지긴 했으나 여전히 그의 공격은 날카로웠다. 유은우가 정윤환이 걷어찬 총을 다시 주워 홀스터에 꽂은 지 얼마 지나지 않아, 정윤환의 타격이 정교한 설계를 입고 호선을 그리며 날아들었다. 직격으로 얻어맞고 다리가 부러졌다. 서재희가 오지 않았다면, 보나마나 유은우는 죽은 목숨이었다. 아무리 긍정적으로 생각해도, 정윤환을 끌어안고 같이 죽는 게 그 상황에서 최선이었다. 그나마 덜 억울할 테니까.

'잘 가. 나의 죄.'

방아쇠에 감긴 그의 손가락이 설핏 떨리는 것을 똑똑히 봤다. 죄책감인가 후련함인가. 어느 쪽이라도 이해할 수 없었다. 잊어버린 내 죄라면 몰라도, 왜 너의 죄로 내가 죽어야 하는가.

유은우는 무의식중에 정윤환의 전신에 붙은 치료기의 개수를 세었다. 입과 코에 하나. 오른팔에 하나. 왼쪽 허벅지에 하나.

내가 이겼나. 난 치료기 두 개 달고 있으니까.

유치한 승리감이나마 만끽했다. 정윤환의 치료기와 연결된 공급기에는 무려 실린더가 여덟 개나 가동되고 있었다. 그중 하나는 부글부글 끓기까지 했다.

문득, 정윤환이 숨을 크게 들이마셨다가 내쉬었다. 공급기의 약물들이 꿀렁거렸다. 치료기를 세 개나 매달고도 움직일 기운이 남아 있나 싶어, 유은우는 더욱 그쪽으로 몸을 기울였다. 그 바람에, 서재희에게 잡혀 주던 오른손이 살짝 흔들렸다.

서재희가 약하게 신음을 내어, 유은우는 놀라 그를 돌아보앉다.

눈이 마주쳤다. 서재희는 부스스한 눈을 몇 번 깜박이더니 화들짝 놀라며 유은우의 손을 놓았다. 옷매무새를 고치고 흐트러진 머리를 황급히 정돈했다. 잠에서 덜 깼는지 그답지 않게 허둥대 유은우는 웃음이 났다. 서재희가 비뚤어진 넥타이를 가볍게 고치고는 얼른 자리에서 일어났다.

"이리 기대 봐."

서재희가 유은우를 부축해 등 뒤에 베개를 괴어 주었다. 덕분에 한결 편하게 일어나 앉을 수 있었다.

"몸은 좀 어때? 너 하루 내내 잤어. 부상은 걱정할 거 없어. 이렇게 빠른 회복은 다들 처음 본대. 아, 지금 시간이……, 새벽 2시네. 배고프지? 아니다. 의사가 바로 식사는 안 된다고 했어. 물 마실래? 물이……."

서재희가 보온병을 열다가 뚜껑을 놓쳤다. 그는 당황하며 얼른 몸을 숙여 뚜껑을 찾아 쥐었다. 귀 뒤의 목덜미가 새빨갛게 달아 있었다. 그가 컵을 꺼내더니 보온병을 기울였다. 옅은 색깔의 차가 졸졸 흘러나왔다. 김이 무럭무럭 피어올랐다. 뽀얗게 어지러운 물안개 너머로, 유은우는 서재희를 응시했다. 깊이.

옷차림이야 말끔했지만, 눈가가 푸석했다. 급하게 정돈한다고는 했지만, 머리끝이 뻗쳐 있었다. 컵에 차를 따르는 단순한 동작조차 광고 찍는 것처럼 세련되었으나, 오른쪽 뺨에 발갛게 눌린 자국이 남아 있었다.

이 사람, 나 걱정했구나. 그것도 아주 많이.

"고마워요."

서재희가 멈칫하더니 유은우를 보았다. 유은우는 서재희의 손에서 컵을 받아 왔다. 손가락이 가볍게 스쳤다. 그저 손가락끼리 닿은 것뿐인데, 그의 손가락에 심장이 건드려진 것처럼 속이 아렸다.

"고마워하지 않아도 돼. 내가 하고 싶어서 한 거야."

서재희가 따뜻하게 말했다. 그는 이제 완전히 졸음기를 떨어내고 차분한 눈을 하고 있었다.

"마시고 푹 자. 일주일이면 퇴원할 거야. 회복 속도가 진짜빠르대. 부러진 뼈 사이를 온이 메우고 있다는데. 살리려는 것처럼. 의사가 너무 흥분해서 내보내느라 진땀 뺐어. 간혹 온이동조자의 자연 치유를 돕는 경우가 있긴 한데, 너처럼 확연한건 드문 일인가 봐."

"군에서도 그런 소리 많이 들었어요. 어디 한군데 부러져도잘 붙는다고. 체질이 그런가 봐요."

"체질이라."

평소 자주 들었던 말이라 유은우는 가벼이 말했으나, 서재희는 어쩐지 마뜩찮아 보였다. 그는 습관처럼 손끝으로 유은우가덮고 있는 이불의 주름을 차분히 폈다. 유은우는 차를 후후 불어 천천히 마셨다.

"정윤환이 너 죽이면서 자기도 같이 죽으려고 했나 봐."

유은우는 컵을 놓쳤다. 서재희가 얼른 그것을 잡았다. 뜨거운 차가 그의 손으로 왈칵 쏟아졌다. 서재희는 순간적으로 눈을 찡그리면서도 유은우에게 차가 흐르지 않도록 그것을 전부 제 손바닥으로 받아 냈다. 유은우가 황급히 티슈를 뽑아다가 닦아 주려 했으나 서재희는 묵묵히 그것을 건네받아 제 손으로 정리했다. 손이 벌겠다.

"미, 미안해요."

"괜찮아. 놀랄 만하지. 나도 놀랐으니까."

왜 그렇게까지? 나야 임유현이 시켜서 죽이려고 했다지만, 본인까지 왜?

충격에 손이 떨려 침대보를 꽉 움켜쥐었다.

"온디딤에 변화가 있는 것 같던데."

유은우는 침대 옆 탁자에서 시계를 집어 들었다. 부러져 잃은 줄 알았던 시계 침은 감쪽같이 붙어 째깍째깍 돌아가고 있었다. 차가웠다.

"한 번 부러지고 나니까 의지가 생긴 것 같아요. 다루기 까다로워졌어요."

서재희가 손을 내밀었다. 유은우는 고리가 채워지지 않은 것을 거듭 확인하고 시계를 넘겨주었다. 서재희는 어린 짐승을 살피듯 부드러운 손길로 시계를 매만졌다.

"온디딤은 제국시대 때부터 이미 쇠락하고 있었어. 변수가 너무 많아 위험했기 때문이야. 설계처럼 불변의 공식을 세울 수 없기 때문에. 특히 온디딤은 감정과 의지에 많은 영향을 받아. 그리고 적지 않은 문헌에서, 온디딤을 사용하면 할수록 생명이 느껴진다고 서술해."

서재희는 탁자에 시계를 내려놓았다. 그가 싱긋 웃었다.

"내 목마도 가끔 살아 있는 것처럼 느껴질 때가 있는데. 참 신기하지. 온디딤은 마법 같다는 표현이 참 그럴듯해. 강력하고, 위험하고, 설명할 수 없는 부분이 너무나 많아."

"갑자기 시계가 아주 무서운 괴물처럼 느껴졌어요. 내 마음대로 부리는 것이 아니라, 내가 널 부릴 수 있는 자격이 있다고 증명해야 할 것처럼. 까딱하다 밀리면 잡아먹힐 것 같아 너무 무서워서, 버팀목이 필요했어요. 그래서……."

유은우는 조심스레 서재희를 살폈다.

"……선배 생각 했어요."

서재희가 가만히 눈을 깜박였다.

"내 생각? 내 무슨 생각?"

"마지막이 되어 버리면, 인사도 못 하고 헤어지는 거니까. 그러니까 선배가 나 살린 거예요. 내 의지가 강해서 그런 게 아니라, 선배가 날 잡아 줘서."

서재희와 마주할 때면, 그를 속이고 있다는 사실이 문득문득 숨을 막았다. 없는 기억 있다고 거짓말해서 페어를 받았고 덕분에 목숨을 유지했으니. 그리고 지금도, 서재희는 자신의 기억을 통해 무언가를 찾는 것에 희망을 버리지 않고 있었다.

털어놓을까.

사실 기억은 없다고. 자신도 떠올리지 못했고, 군도 찾아내지 못했다고. 그러니 당신도 찾을 수 없을 것이라고. 알면서도 내가 당신을 이용했다고.

가슴이 두근거렸다. 처음 페어를 맺을 때만 해도 이리 죄책감에 사무칠 줄은 몰랐다. 서재희에게 이렇게 하나부터 열까지 신세를 지게 될 줄도 몰랐다. 그가 생각보다 좋은 사람이라는 것도 몰랐다. 목이 메었다. 기억이 없다고 하면 서재희는 제대로 배신감을 느끼겠지.

그리고 나를 미워할 거야.

눈가가 시큰했다. 손목이 쓰려 그런 것 같았다. 코를 조금 훌쩍였다.

"반창고 갈자."

"……네?"

유은우는 멀거니 서재희를 보았다. 서재희는 유은우의 대답도 기다리지 않고 탁자 서랍을 열었다. 야트막한 서랍은 칸막이가 두 개 있었다. 한쪽엔 유은우의 명찰과 1학년 다홍색 배지가 있었고, 다른 한쪽엔 병원 것으로 보이는 잡동사니가 있었다. 서재희의 성격이 고스란히 드러나 각 맞춰 놓여 있었다. 병실에 있는 모든 세간을 서재희가 한 번씩 다 뒤집어엎어 정돈했을 거라는 확신이 들었다. 서재희가 약과 가위와 반창고 따위를 골라잡았다.

"괜찮아요. 의료진이 해 주시겠죠."

"오늘 아침에 간호사가 반창고 갈아 주기에 옆에서 보고 배웠어. 내가 해 주겠다고 했어."

서재희가 옆에 바짝 붙어 앉아 유은우 손을 잡고 고개를 숙였다.

"선배, 잠깐만……."

"응?"

서재희가 유은우의 손목에서 반창고를 막 뜯어내다가 멈추었다. 그가 유은우를 빤히 바라보았다. 그의 열 손가락은 유은우의 손을 깨질까 조심히 잡고 있었다. 차마 하지 말라는 말이 나오지 않아 유은우는 숨을 토하며 말했다.

"아니에요."

서재희가 빙그레 웃었다. 그가 조심스럽게 반창고를 뜯어냈다. 드러난 상처는 생각보다 심했다. 시커멓게 굳은 피 위로 진물이 고여 있었다. 이렇게 심했나. 가슴이 털컹했다.

서재희는 거즈에 소독약을 묻혀 유은우의 손목을 가만가만 눌렀다. 소스라칠 정도로 따가웠으나 서재희가 정성을 내리붓고 있어 미안해서라도 내색할 수 없었다. 입술을 물고 꾹 참았다. 이어 서재희는 겔 형태의 연고를 유은우의 손목에 펴 바른 뒤, 흡수되기를 기다리고 그 위에 덧바르기를 반복했다. 그는 보기 흉한 상처를 어린 식물 돌보듯 했다.

"쓰리지 않아?"

"괜찮아요. 시원해요."

"은우 너 눈에 눈물 고였어."

유은우는 머쓱하여 웃음이 났다.

서재희가 더없이 선한 낯으로 새 반창고를 뜯었다. 그가 몸을 기울여 왔다. 유은우는 뒤로 몸을 빼 보았으나 결국 서재희와 어깨를 맞부딪쳤다. 서재희는 반창고를 유은우의 손목에 닿지 않게 살짝 대어 크기를 가늠하더니 가위를 들었다. 가위가 반창고를 자르며 사각사각 소리를 냈다.

건조한 손가락. 차가운 가위 날. 턱으로 가만가만 끼치는 더운 숨. 오른쪽 어깨로 옅게 눌러 오는 그의 체중.

서재희는 완전히 집중하고 있었다. 까만 저녁처럼 내리깔린 속눈썹. 곧은 콧대와 살짝 벌어진 입술. 유은우는 못 본 척 눈을 감았다. 시각이 차단되니 촉감이 예민해졌다. 그가 내쉬는 숨이 결까지 느껴졌다. 유은우는 안절부절못하고 바짝 굳었다. 이젠 이상하게 입 안에 침이 고였다. 삼키려다가, 꿀꺽 소리를 들킬까 봐 그러지도 못했다. 여태 침은 어떻게 삼키고 살았는지 모를 일이었다.

모든 게 낯설었다.

반창고가 손목에 신중히 내려앉고 감싸졌다. 서재희가 솜털 같은 손길로 마무리하는 것이 느껴졌다.

반창고 가는 게 언제부터 이렇게 힘든 일이었나. 아까 차를 한 잔이나 들이켰는데 그게 다 어디로 증발했는지, 자꾸만 목이 탔다.

"다 됐다."

서재희가 떨어졌다. 그제야 숨이 트였다. 그가 웃음을 섞어 말했다.

"아, 긴장했다."

"감사합니다."

반사적으로 인사했다. 목부터 열이 올라와 더웠다. 서재희가 갸웃갸웃 유은우의 손목을 들여다보더니 만족스러운 얼굴로 드디어 자리에서 일어났다. 그가 가위와 약통을 서랍에 다시 넣는 동안, 유은우는 서재희가 붙여 준 반창고를 살살 쓸어보았다. 벌써 다 나은 것 같았다.

서재희는 이제 반쯤 일어서 유은우의 이불을 정리하고 있었다. 반듯하게 펴서 삐죽 나와 있는 유은우의 발도 덮어 주고, 급기야 매의 눈으로 이불에 붙어 있는 먼지까지 귀신같이 잡아냈다. 유은우의 눈에는 분명 아무것도 없었는데, 서재희가 손을 댔다 하면 보송보송한 먼지가 잡혀 나왔다. 살짝 살피니, 그는 옅게 미소 짓고 있을 뿐 담담해 보였다. 반면에 유은우는 너무 어색해서 아무 말이나 해야 할 것 같았다.

"그, 선배는, 청소 좋아하나 봐요. 다 깔끔하게 정리하고."

서재희가 잠깐 웃었다.

"아냐. 나 청소 별로 안 좋아해. 그냥 습관이 된 거야."

"아아, 저는 그 습관이 잘 안 들여지더라고요."

대화가 평범해지자 마음이 한결 놓였다. 동시에, 서재희와 이렇게 소소한 이야기를 나누는 건 처음이라는 걸 깨달았다. 돌이켜 보면 언제나 서로 몸을 사리고 경계했었다. 그가 언제부터 마음을 열어 두었는지, 유은우 자신이 언제부터 그의 속을 기웃거렸는지 가늠이 어려웠다.

"해야 되는 일이면 하게 돼. 자꾸 의식해서 하다 보니 습관이 되었어. 남은 사람이 떠난 사람 흔적을 정리하는 건 꽤 번거롭

거든. 남한테 폐 끼치기 싫어서 간편하게 살다 보니 나는 별로
짐도 없고. 그때그때 정리하는 편이야."

서재희는 말끝에 자리에서 일어섰다.

"나 잠깐 손 좀 씻고 올게."

그러더니 서재희는 성큼성큼 걸어 모퉁이를 돌았다. 문 열리
고 닫히는 소리도 없는데 물 트는 소리가 나는 걸로 봐서, 병실
입구에 세면대가 놓여 있는 모양이었다.

왜 이렇게 더워.

유은우는 일단 서재희가 멀어지자마자 오른손으로 환자복
앞섶을 붙잡고 팔락거렸다. 그제야 열기가 좀 식었다. 심호흡
도 하고, 그나마 멀쩡한 왼손으로 뺨과 목덜미를 햄스터처럼
마구마구 비볐다. 좀 정신이 드나 싶었는데 느닷없이 목구멍이
콱 틀어 막혔다.

'남은 사람이 떠난 사람 흔적을 정리하는 건 꽤 번거롭거든.'

유은우는 목덜미를 문지르던 손을 천천히 떨어뜨렸다. 어
디서 많이 들어 본 말인데. 서재희의 뒷말이 스산하게 달라붙
었다.

'남한테 폐 끼치기 싫어서.'

유은우는 고개를 들었다. 여전히 물소리가 들리고 있었다.
유은우는 통증을 참고 몸을 바깥쪽으로 힘껏 기울였다. 가까스
로 모퉁이 너머 서재희가 보였다.

손 씻는다더니, 물만 세차게 틀어 놓고 그는 막상 물줄기에
는 손끝 하나 대지 않았다. 고개를 숙이고 있어 표정은 보이지

않았고, 바로 앞에 붙은 거울로도 반질반질한 까만 정수리만 비쳤다. 한쪽 손으로는 세면대를 꽉 잡고 있었다. 어찌나 힘을 주고 있는지 손등에 핏줄이 붉어져 있었다. 다른 한쪽 손등으로 입을 가리고 서서 그는 거의 미동도 않았다. 희고 단정한 셔츠 깃 위로 드러난 목덜미와 귓가, 뺨이 새빨갰다.

몇 초 후에야 그가 고개를 들었다. 역시 달아오른 뺨이, 붉은 눈가가 거울에 고스란히 비쳤다. 그가 넥타이를 당겨 느슨하게 했다. 끝까지 채워져 있던 셔츠 단추도 하나 풀었다. 그러더니 손부채질을 했다. 열기가 좀 가라앉자 그제야 손을 씻기 시작했다.

유은우는 기울였던 몸을 바로 했다. 시야에서 서재희가 사라졌다. 공급기에 부착된 스크린을 확인했다.

실내온도 21도.

그럼에도 유은우는 여전히 더웠다. 속에 난로라도 든 것 같았다. 그리고 서재희 또한 달아올라 있었다. 바깥 공기는 미지근한데 속이 이리 홧홧하다면……

유은우는 손을 들어 명치를 꾹 눌러 짚었다.

……그건 내 문제지.

가슴이 세차게 뛰어 덜컥 겁이 났다. 아니야. 숨이 막혔다. 좋아하는 거 아니야. 좋아하는 거 아니라고.

멋대로 넘실거리는 마음은, 언젠가 군에서 들었던 말을 떠올리자마자 차갑게 가라앉았다.

'야, 이제부터 우리도 정리 좀 하고 살자. 동료들 죽어나간 것도 좆같은데, 유품 정리까지 길어지면 컨디션 바닥 된다고. 다들 내일 죽을 수도 있다고 생각하고 방에 쓰레기 같은 거 늘어놓지 좀 말고 제때제때 치우란 말이야. 남은 사람들한테 폐 끼치는 짓이니까…….'

"어디 아파?"

유은우는 화들짝 놀라 고개를 들었다. 서재희가 티슈로 손을 닦으면서 자신을 보고 있었다. 열기가 가셔 단정한 낯에, 걱정스런 표정이었다.

유은우는 필사적으로, 서재희가 자신의 옆에 붙어 있을 수 있는 공식적인 핑계를 끌어당겼다. 어차피 하나밖에 없었다.

"선배, 우리 기억 볼까요?"

불리할 때마다 없는 기억 팔아먹는 자신이 끔찍했으나 방법이 없었다. 서재희를 돌려보내야 했다. 그는 여기 있으면 안 되었다.

서재희는 '아, 그렇지.' 하는 표정으로 선선히 대답했다.

"아니. 너 아프잖아. 다음에 보자."

"그럼 선배 여기 왜 왔어요?"

서재희가 손을 딱 멈추었다. 반쯤 닦인 손끝에서 물방울이 똑 떨어졌다. 그는 잠시 그러고 있다가, 이내 손 안에서 티슈를 구기더니 휴지통으로 던져 넣었다.

"그렇지. 너 기억 볼 거 아니면 나는 여기 올 일 없는 거지. 그럼 나 거기 올라가도 돼?"

반창고 갈 때는 허락도 구하지 않고 손을 잡더니, 이젠 정중하게 묻고 있었다. 그만큼 거리가 멀어진 것에 안심했다. 유은우가 고개를 끄덕이자 서재희는 신발을 벗고 침대로 올라왔다. 치료기를 달고 있었기에 옆으로 누워 끌어안는 것은 불가능했다. 서재희는 유은우의 위로 올라왔다.

"무거워?"

유은우는 태연한 척 도리질을 했다. 그가 완전히 기대지 않아서 체중이 전부 실린 건 아니었다. 문제는 무겁고 가볍고를 떠나서, 다시 폭발하는 심장박동이었다.

"그럼 할게."

서재희에게 완전히 끌어 안겼다. 이마에 그의 입술이 꼭 눌렸다. 허리 아래로 그의 손이 비집고 들어오자 둘 사이에 빈틈이 사라졌다. 통증이 뒤따랐으나 내색하지 않았다.

"달 항아리를 가져왔으니……."

서재희는 말을 마무리 짓지 않았다.

그가 가만히 몸을 움직였다. 마른 손가락이 머리칼을 훑고 지나가는 것이 느껴졌다. 하루에도 수십 번씩 제 손으로 빗어 내리던 머리인데, 남이 살짝 흩뜨려 놓는 것만으로 현기증이 났다. 서재희의 손이 이어서 유은우의 얼굴에 붙었다. 엄지손가락이 눈썹을 한 번 더듬어 지나가고 감긴 눈꺼풀을 쓸어내렸다. 깨질까 소중하게.

이 사람, 날 좋아해서 어쩌려는 걸까.

가슴속 깊이 미안했다. 물러서야 했다. 그럼에도 유은우는 기억을 보자고 재촉하지 못했다. 너무 따뜻했다. 견딜 수 있을 줄 알았는데 오히려 그에게 정신없이 침몰하고 있었다. 다시 빠져나올 수 있을지 자신이 없었다. 홀로 살던 견고한 성에 금이 가는 소리가 들렸다. 한 번 무너지면 결코 예전으로 돌아갈 수 없음을 알았다.

그래서 어떡할 건데.

서재희는 낙원의 이론을 부수겠다고 했다. 거대한 권력들이 얽힌 그 한복판에 들어갈 각오를 하고 있었다. 실패하든 성공하든 끝은 결국 죽음뿐이었다. 그래서 유품을 정리하듯 제 주변에 미련이 없었다. 오랫동안 자신의 끝을 준비하여, 청소가 습관이 되었을 것이다.

반면에 나는?

삶의 목표가 시민권을 획득하여 사람답게 사는 것이었다. 이를 악물고 살아남을 것이다. 복수는 사치였다.

죽음을 준비하는 사람과 죽음으로부터 도망치려고 하는 사람이 만나 뭘 어떻게 하려고.

눈가가 뜨거워, 유은우는 빠르게 눈을 깜박였다. 서재희가 불어넣는 온기는 금세 남의 것이 되어 비껴갔다. 최대한 담담히 말했다.

"선배, 우리 기억 봐요."

유은우의 뺨을 어루만지던 서재희의 손이 딱 멈췄다. 그가 조용히 말했다.

"응. 미안해."

미안한 건 난데. 나만 아니었으면, 서재희는 자신이 정해 놓은 길을 꿋꿋이 걸어갔겠지. 흔들리지도 않고 선택할 필요도 없이. 자칫하다간 내가 이 사람 인생을 망치고 말 거야.

"빨리 기억 보고 가요. 나 피곤해서."

"……그래. 미안해."

서재희가 약하게 심호흡했다.

"달 항아리를 가져왔으니 우물을 열어라. 내가 너를 길어 낼 것이다."

놀랍게도, 그 어떤 전조도 없이 유은우는 바로 과거로 떨어졌다. 늘 따라붙던 현기증이나 구역감도 없었다. 물방울이 쏟아지고 책장이 넘어가는, 신비한 출입구도 없었다.

등에 닿은 바닥이 차가웠다. 유은우는 자신이 어딘가 딱딱하고 매끄러운 곳에 내팽개쳐져 있음을 알았다. 몸의 감각이 이상했다. 단지 추위에 얼어붙은 게 아니라, 오히려 둔감하게 느껴졌다. 오감에 전부 굳은살이 앉은 것처럼, 그 어떤 것도 제대로 흡수하지 못하고 있었다. 엄청난 추위도 정신 차리면 훨씬 또렷할 텐데 그러지 못해서 그나마 덜 고통스러운 듯했다.

누군가 근처에서 바삐 움직이고 있었다. 그의 그림자가 유은우의 발을 덮었다가, 이어 쭉 올라와 머리로 드리웠다.

바닥이 둥둥 울렸다. 또 다른 누군가가 가까이 오고 있었다. 뺨으로 무언가 스치는 느낌이 났다. 이어 손목이 잡혔다. 맥을 잡는 듯, 손길이 제법 신중했다. 천장의 흰빛이 역광으로 드리워져 얼굴은 알아볼 수 없었다. 눈에 안개가 낀 것처럼 시야가 탁했다. 주위에 두 사람이 있다는 것만 간신히 알았다.

유은우의 손목을 잡고 있던 이가 고개를 저었다. 가냘픈 목소리.

"난 은우를 갓난아이 때부터 키웠어. 내 딸이나 다름없어. 그런데 내 손으로 하라니."

"연구관님, 이미 이야기가 다 끝난 걸로 압니다. 키우는 동안 정 들이지 않겠다고 자신한 건 연구관님이었습니다. 그래서 저희가 유은우를 연구관님께 내어 드린 겁니다. 저희라고 마음이 안 아프겠습니까?"

"맹세했어. 딸을 지켜 주기로. 그런데 내 손으로 하라니. 도저히 못 하겠구나."

"그럼 비키십시오. 제가 합니다."

"잠깐, 김승훈!"

둘 사이에 잠깐 실랑이가 있었다. 그들이 몸싸움을 하느라 유은우가 놓여 있는 실험대를 밀치는 바람에 유은우는 조금 흔들렸다. 온몸이 경직되어 뻣뻣했다.

"연구관님께서 이가연과 돈독했던 거, 저도 알고 있습니다. 누가 그걸 모릅니까? 여기 모두가 다 압니다. 그러나 어쩔 수 없잖습니까. 우린 차인호에게 유태헌만 잃은 게 아닙니다. 이가연을 비롯하여 수많은 동료가 죽거나 도시연합으로 넘어갔습니다. 우리에게 남은 건 유태헌과 이가연의 딸이 아니라, 동조율 100짜리 동조자입니다."

"가연이가 부탁했어……."

여자가 흐느꼈다. 유은우의 팔목으로 눈물이 점점이 떨어졌다. 그 감촉이 섬뜩했다.

"연구관님, 지금 이렇게 망설이신다면, 앞으로 이런 선택의 순간이 더욱 자주 닥칠 겁니다."

"동조율이 100이야. 이제 여덟 살이니 총 감당할 수 있어. 쥐여 주고 본격적으로 가르치면 누구보다 뛰어날 거야."

"여덟 살이 넘어가면 기계 삽입, 하고 싶어도 못 합니다. 예전에 아홉 살짜리에게 시도했다가 바로 사망했던 거 겪어서 아시잖습니까. 그리고 아무리 뛰어난 동조자라도 본인 의지가 있습니다. 공들여 가르쳤다가 배신이라도 하면요? 우리가 흰 칼날 프로젝트를 추진하는 이유가 뭡니까? 뛰어난 동조자가 아니라 탁월한 무기를 얻기 위함입니다."

여자가 숨을 달싹였다. 남자가 날카롭게 말했다.

"연구관님은 유태헌과 다릅니다. 급하게 추대되어 기반이 없으며, 현재 반란군은 와해되기 직전입니다. 연구관님께서 중심을 잡아 기강을 바로 세우지 않으면, 반란군 수장 간판만 달고 꼭두각시처럼 이리 휘둘리고 저리 휘둘리며 계속해서 원하지 않는 선택을 강요당할 겁니다."

남자가 유은우 가까이 다가왔다. 그는 손에 차트를 들고 있었다. 차트 위쪽에 나란한 글자는, 처음에는 희미하여 잘 보이지 않았다. 그러나 남자가 유은우의 위로 몸을 굽히며 들고 있던 차트를 옆에 내려놓을 때, 그 문구가 유은우의 시야에 잠깐 가까워지며 선명해졌다.

흰 칼날 프로젝트.

남자가 유은우의 앞섶을 풀어헤쳤다. 드러난 가슴으로, 복부로 냉기가 스몄다. 유은우는 느리게 숨을 쉬었다. 코로 들어오는 공기마저 얼어붙어 새파랬다.

"이미 우리는 투표로 결정했습니다. 사사로운 정에 이끌리지 않기로 했습니다. 한때 사랑했던 강인한 두 분의 딸이 아니라, 동조율 100짜리 압도적인 자원으로 여기겠다고 합의했습니다. 차인호에게 처참히 짓밟히고 7년이 흘렀습니다. 우리는 더 이상 쇠락할 수 없을 만큼 쇠락했습니다. 희망의 상징이 필요한 때입니다. 연구관님께서 결단을 내리지 않으시면 우리는 임유현에게까지 손을 벌려야 할지도 모릅니다. 임유현이 용의 심장을 찾으면 자신에게 넘기는 조건으로 물자를 대 주겠다고 제안한 것, 수락하실 겁니까? 저는 죽어도 싫습니다."

남자가 무언가를 가져왔다. 희끄무레한 시야로, 그의 손에 들린 희고 단단한 것만 기이하게 선명했다. 쇠 비린내가 났다.

"연구관님, 반란군을 일으키려면 강해지셔야 합니다. 지금의 작은 희생은 후에 반드시 큰 보상으로 돌아올 겁니다."

여자가 남자에게서 흰 것을 받아 들었다. 그녀가 유은우의 복부를 짚었다. 덜덜 떨리는 손이 명치와 복부와 옆구리를 몇 번 쓸어내렸다. 흰 것이 콱 메다 꽂혔다.

"아악!"

유은우는 현실로 돌아왔다. 온몸이 후들거렸다. 복부로 무언가가 관통한 끔찍한 느낌은 쉬 사라지지 않았다. 식은땀이 줄줄 흘러내렸다. 시원하게 비명도 더 못 지르고, 유은우는 서재희를 부서져라 껴안고 속으로 꺽꺽거렸다. 조금이라도 고통을 덜어 보고자 몸을 둥글게 말려고 했으나 무겁게 매달린 치료기 때문에 그것도 여의치 않았다.

"괜찮아. 괜찮아. 과거야. 다 괜찮아. 지나갔어."

서재희의 떨리는 목소리가 스몄다. 유은우는, 그의 젖은 목소리와 토닥이는 손길을 붙잡고 버텼다. 고통은 서서히 잦아들었으나, 유은우는 차마 제 복부를 더듬어 볼 엄두조차 내지 못했다.

대체 이게 뭐야. 군에서는 기억을 못 찾았다고 했어. 그런데 멀쩡하게 남아 있잖아.

가슴은 아직도 세차게 뛰고 있었다. 통증이 어느 정도 가시자 온몸이 식은땀으로 흥건했다.

'우리에게 남은 건 유태헌과 이가연의 딸이 아니라, 동조율 100짜리 동조자입니다.'

맙소사.

유은우는 숨을 쌕쌕거리며 눈을 굴려 옆을 보았다. 탁자에서 시계가 매끄럽게 빛을 반사했다. 유태헌.

눈을 질끈 감았다. 차단된 암흑 속에서, 전시실의 시계가 다시 폭발하며 펼쳐졌다. 마치 유은우를 알아본 것처럼. 유은우를 보호하듯이. 활짝 만개하여 견고하게 주위를 감쌌었다.

아버지 온디딤이야.

엄습하는 한기에 이가 달달 떨렸다.

그렇게 반란군과 마주하면서도 남의 얘기라 여겼다. 과거는 온통 깜깜하여 그 어느 것도 확신할 수 없었지만, 유은우는 자신이 유적지 출신이라고는, 심지어 전 반란군 수장의 딸이라고는 꿈에도 생각지 못했다. 제1도시부터 제8도시까지 도시들의 주력 사업을 몇 번이고 살펴보고 각양각색의 직업을 뒤지며 평범한 부모를 상상하고 무난한 어린 시절을 그려 왔다니 얼마나 오만했는가. 인간은 도시 바깥에서도 살고 그들도 아이를 낳을 수 있는데.

"됐어. 기억은 이제 안 볼래. 다른 곳에서 찾을게. 너 이렇게 힘들 거면, 나도 이젠 못 하겠어. 그동안 정말 미안해."

서재희가 꽉 잠긴 목소리로 말했다. 유은우는 제 머리에 서재희가 뺨을 비비는 것을 느꼈다. 처음으로 목격한 과거에 혼란스러운 와중에도, 유은우는 서재희를 안심시키기 위해 그의 등을 쓸어 주며 간신히 입을 열었다.

"다 지나갔어요. 이제 하나도 안 아파요."

"미안해……."

과거를 되짚을 여유도 없이 염려되는 것이 있었다. 그렇게 헤매며 엉뚱한 곳을 짚어 대던 처음과 달리, 너무나 쉽게 과거로, 그것도 서재희가 그토록 원했고 유은우는 없을 거라 믿었던 그 지점으로 정확히 진입했다.

'온디딤은 감정과 의지에 많은 영향을 받아.'

혹시 우리 사이의 마음이 열려서, 빗장이 사라져서, 그래서 그 감정을 타고 온디딤이 제대로 발동되는 거라면.

불안에 손끝까지 식었다. 언제부터 이렇게 마음이 깊어졌지? 아냐. 언제부터인지 따지는 것은 이제 무의미했다. 정말로 중요한 건, 알게 된 이상 끊어 내야 한다는 점이다. 조금이라도 빨리.

"선배, 나 좀 쉬어도 돼요? 혼자 있고 싶어서. 그리고 나 괜찮으니까 이제 무리해서 신경 쓸 필요 없어요. 그리고 기억 보는 거 선배 생각하는 것만큼 그렇게 힘들지 않아요. 참을 만해요. 어차피 다 지나간 일이고, 내가 몰랐던 사실들이니까."

"하지만……."

"나 진짜 괜찮아요. 그리고 선배, 나 봐요."

서재희가 몸을 움직이더니 고개를 들었다. 시선이 얽혔다. 서재희는 핏기가 싹 빠져 하얗게 질려 있었다. 누가 보면 그가 고통을 겪었다고 착각할 정도였다.

"선배도 괜찮죠? 그동안 못 봤던 기억도 드디어 보고. 시계 주인이 누군지, 제 부모가 누군지도 알게 되었어요. 앞으로 더 깊이 볼 수 있을 거예요. 선배가 원하는 단서 찾을 수 있도록 제가 협조할게요. 다 잘 풀리고 있네요. 정말 다행이에요."

그는 나를 정리할 것이다. 똑똑한 사람이니까. 옷을 다리고 방을 쓸고 물건을 버리면서, 끝을 준비해 왔으니까. 하고 싶은 일이 아니라, 해야 하는 일을 하는 사람이니까.

"은우야."

가슴이 덜컹했다. 냉정하게 성까지 붙여 부르던 호칭이 짧아졌다. 그가 거리를 좁힐까 두려웠다.

"선배, 저 좀 잘게요. 힘이 다 빠져서. 선배는 기숙사로 돌아갈래요? 옆에 누가 있으면 못 잘 것 같아서."

그리 말하고 눈을 감아 버렸다. 그럼에도 서재희의 시선이 느껴졌다. 빛은 눈을 감아도 보이니까.

유은우, 정신 차려.

나는 살아남을 거야. 정부로부터 기필코 시민권을 받아 낼 거야. 사람답게 살 거야. 험난한 길이 되겠지만 나 혼자라 각오할 수 있었어. 지금 처지에서 누군가 좋아하게 되면 그건 내게도 상대에게도 짐이 될 거야. 그와 나 자신 사이에서 비등한 선택을 수없이 망설이고, 그리하여 결국엔 길을 잃을지도 몰라.

한참 만에 서재희는 몸을 일으켰다. 유은우의 머리카락 한 올 건드리지 않고 조심히. 신발을 신는 소리. 재킷을 챙기는 기척. 지친 듯 가느다란 한숨. 단정한 발소리가 멀어졌다. 문이 달칵 열리고, 달칵 닫혔다.

자꾸만 마음이 헐거워졌다. 유은우는 입술을 꽉 깨물고 울지 않았다.

촘촘하던 긴장이 풀어져 틈이 생기면 좋지 않았다. 그 사이로 빛과 바람이 들면 싹이 자랄 테니까. 나는 척박하여, 돌보지 못할 것이다. 그를 말라 죽게 할 수 없었다. 그리고 나 또한.

우르르 쾅쾅!

유은우는 창밖을 보았다. 비가 억수처럼 쏟아지고 있었다. 빗방울이 얼마나 거세게 창문을 두들기는지, 금방이라도 깨질 것 같았다. 그 광폭한 기세가, 방금 내리기 시작한 비는 아니었다. 선배는 우산 있을까? 멍하니 그런 생각을 했다. 그러고 보니 난 왜 여태 비 오는 것도 몰랐을까. 그가 내 우산 같아서 그랬을까.

쾅!

다시 한번 번개가 내리쳤다. 번쩍, 하고 병실 전체에 명암이 극명해졌다. 거친 바람에 창틀이 달각달각 흔들렸다. 열린 틈으로 쉬이이 기괴한 소리가 스며들었다. 아까까지만 해도, 병실이 이렇게 을씨년스러운지 전혀 몰랐다. 오히려 더웠는데.

그만 생각해.

폭풍우가 몰아치는 망망대해에서 조각배로 홀로 떠돌다가, 이제야 야트막한 섬을 발견해서 잠깐 행복했을 뿐이야. 그러나 닻은 내릴 수 없어. 햇살로 따뜻한 섬은 보내 주자. 키를 잡고 방향을 돌려야 해. 그 사람 인생까지 걸고 움직이기엔 내가 너무 상황이 안 좋아.

유은우는 치료기를 단 채, 끙끙거리며 조심조심 침대에서 내려왔다. 슬리퍼도 신지 않고 맨발로 정윤환에게 다가갔다. 치료기에 연결된 긴 관들이 바닥을 쓸며 쌔액쌔액 차가운 소리를 냈다. 침대 옆에 바짝 붙어 서서 정윤환의 얼굴을 들여다보았다. 생기라고는 없었다. 오만한 시선도 감겨 보이지 않았다. 눈 바로 밑으로는, 반투명한 치료기가 붙어 얼굴의 반이 가려져 있었다.

손을 뻗었다. 치료기의 잠금을 밀어서 열고 떼어 냈다. 매끈한 콧대와 하얗게 부풀어 터진 입술이 드러났다. 정윤환이 얼굴을 찡그렸다. 헉하고 숨을 들이켜더니 목에 핏대가 섰다. 공급기에서 삐삐삐 경고음이 났다. 유은우는 자신이 꼭 틀어쥐고 있는 치료기에서 그래프가 요동치는 것을 보았다.

그냥 이대로 죽게 놔둘까.

서재희와 봤던 과거가 떠올랐다. 유은우가 연구실 인큐베이터에 누워 있을 때, 정윤환이 와서 코드를 뽑았었다.

같은 개새끼가 될 수는 없지.

유은우는 거칠게 정윤환의 낯짝에 다시 호흡기를 붙였다. 친히 잠금까지 걸어 주었다. 공급기의 경고음이 멎었다. 펄떡대던 그래프가 안정적으로 돌아왔다. 정윤환의 널뛰던 호흡이 가라앉았다. 잔뜩 구겨졌던 얼굴이 천천히 편안해졌다.

"빨리 일어나. 우리 아직 할 얘기가 남았잖아."

콰광!

천둥으로 귀가 먹먹했고, 섬광으로 시야가 아찔했다.

"나의 과거는 온통 캄캄해. 내 과거 어디쯤 네가 있었는지, 내가 왜 네 죄인지, 전부 들어야겠어."

'감정은 통제할 수 있어.'

서재희가 그리 말했다. 당시 유은우는 동의하지 않았다. 하지만 지금만큼은 절실하게, 그가 옳고 내가 틀렸으면 했다.

하늘에서 땅으로 징벌처럼 내리치는 천둥번개에 시달리며, 유은우는 그날 새벽내내 끙끙 앓았다. 선잠을 자다 악몽에서 깨어나면 정윤환의 새하얗게 질린 얼굴이 건너다보이곤 했다. 유은우는 어둠에 녹아 엷은 그를 바라보면서 그가 말한 죄가 무엇일까 생각했다. 그는 어떤 기준으로 죄를 정의할까. 그렇다면 나의 기준은. 내가 서재희를 좋아하는 것은 죄일까 아닐까. 들끓는 빗소리에 텅 빈 속이 부대꼈다.

다음 날 비가 그쳤다. 의료진이 들이닥쳤다. 유은우는 그들이 반강제적으로 들이미는 토분을 비몽사몽간에 끌어안고 치료기를 점검받았다. 완치 시점을 가늠할 간단한 테스트 동작 몇 가지도 했다. 간호사들은 공급기의 실린더를 딱 두 개만 가동시키고 전부 비웠다. 의사의 표현을 빌리자면, 유은우는 연구하고 싶을 만치 괴물 같은 회복력을 보이고 있었다. 그에겐 시시한 농담일지 몰라도, 유은우는 연구라는 단어만으로도 손끝까지 피가 식었다. 치료기와 공급기를 잇는 길고 가느다란 관들이 서로 부딪히며 쨍한 소리를 냈다.

그들은 정윤환까지 체크하고는, 고개를 절레절레 저었다. 부상도 부상이지만 살아남으려는 의지가 전혀 보이지 않는다며, 상처를 따라 온이 깊이 스며 안으로 안으로 침잠하며 도통 아물지 않는다고 했다.

의료진이 나가자 이번엔 아침 식사가 들어왔다. 유은우는 식판을 꼭 쥐고 간이 안 되어 밍밍한 식사를 깔깔한 입 안으로 야무지게 밀어 넣었다. 함께 제공된 팩도 힘차게 뜯었다. 회색 에

너지 덩어리가 들어 있었다. 먹고 싶지 않은 것을 넘어서서 그 냥 보기에도 불쾌했다. 숨을 꾹 참고 재빨리 쭉 빨아 삼켰다.

병실 입구에 식판을 내어놓는 단순한 동작마저 쉽지 않았다. 거추장스러운 치료기를 두 개나 매달고 있는 데다가 무거운 공급기를 조심조심 밀면서 함께 이동해야 했기 때문이다. 양치질 까지 마치자 그야말로 진이 다 빠져 버렸다. 낑낑거리면서 도 로 침대로 올라가려는데 옆에 놓인 보조 의자가 눈에 걸렸다.

키에 맞지도 않는 의자에 불편하게 앉아 침대에 엎드려 잠들 어 있던 서재희가 떠올랐다. 잠결에 자신의 손을 찾아 그러쥐 던 그의 곧은 손가락들도.

그는 나를 정리할 테고, 나도 그를 정리해야 해.

유은우는 보조 의자를 접어서 벽에 기대 놓았다. 감정을 걷 어 내자, 해야 할 일이 자명해졌다. 가습기 뒤에서 시계를 찾아 서 손목에 찼다. 잘각거리며 들뜨기 시작하는 톱니바퀴들을 집 중해서 도로 가라앉혔다.

모든 온디딤이 다 그런지는 모르겠으나, 시계의 기본 성질은 팽창이었다. 마치 거대한 맹수를 사로잡아 작은 손목시계에 억 지로 구겨 넣은 것 같았다. 조금만 방심해도 그 틈을 놓치지 않 고 폭발적으로 부풀어 올랐고, 또 맹렬한 속도로 부품끼리 뒤 섞였다.

그러니 훈련의 방향은, 최대한 섬세하게 잡아야했다. 작은 크 기와 느린 속도를 얼마나 정확하게 유지하느냐가 관건이었다.

똑딱이는 시계 침 세 개 중 그래도 가장 가볍게 느껴지는 하나를 골랐다. 초침이 포르르 날아오르며 반 뼘 길이로 자라났다. 유은우는 그것을 천장 높이 들어 올렸다. 공중에서 새까만 직선이 천천히 휘돌았다.

정윤환과 팽팽하게 맞붙었을 때보다 어째 조절이 더 힘들었다. 유은우는 그 이유를, 자신이 풀어졌기 때문으로 짐작했다. 침대에 편안하게 누워 시계를 다루니 절박함이 없어 온디딤이 자신을 우습게 보는지도 모른다고. 투명한 원리로 꽉 짜인 총과는 다르게, 온디딤은 야생 짐승을 길들일 때처럼 인내가 필요했다.

유은우의 의지에 따라 초침이 천천히 병실을 가로질렀다. 창가에 다다랐을 때쯤, 유은우는 그만 호흡을 놓쳤다. 초침이 희번덕거리며 뒤채었다. 우드득 소리와 함께 공간을 찢고 확 뻗어 나가는 것을, 겨우 다잡아 다시 반 뼘 크기로 줄여 놓았다. 하마터면 창문이 죄 깨질 뻔했다. 창문뿐만 아니라, 창가 침대에 누워 있는 정윤환을 갈기갈기 찢어 놓을 뻔했다. 등줄기로 식은땀이 미끄러졌다.

유은우는 초침을 도로 불러들였다. 손목 위에서 달각달각 부딪히는 톱니바퀴들 사이로 초침을 나붓이 안착시켰다. 이번엔 매끈하게 투명한 시계판을 띄워 올렸다. 천천히 크기를 줄였다가 늘렸다가 세웠다가 눕히면서, 유은우는 정윤환과의 전투를 복기했다.

정윤환의 새하얀 타격들이 어떤 설계를 입고 날아왔었는지 떠올리면 새삼 소름이 돋았다. 다시 붙는다 해도 꺾고 이길 자신은 없었다. 그러나 대등하게 버틸 수는 있어야 했다. 시계판을 손톱만큼 줄여 숨겼다가 정윤환의 타격이 날아오는 순간 폭발적으로 크기를 키워 막아 내거나. 혹은 시계 침으로 그의 설계를 찢어 놓거나. 유은우는 공중에서 팽그르르 돌아가는 시계판 위로, 묵직한 시침을 비스듬히 드리워 보았다. 최대한 찬찬히. 최대한 세밀하게.

하면 할수록 손에 익었다. 밑 빠진 독에 물 붓기나 다름없었던 설계 공부에 비하면, 온디딤은 정성을 들인 만큼 눈에 띄는 결과로 돌아왔다. 유은우는 며칠간 잠도 줄여 가면서, 불시에 방문하는 의료진의 눈을 피해 연습에 연습을 거듭했다. 어스름한 새벽에 시계의 모든 부품들을 나란히 끄집어내어 공중에서 흩어 놓았다가, 차례차례 당겨 와 온전한 시계로 완성했을 때는 너무 기뻐서 눈물까지 나왔다. 드디어 내 한 몸 스스로를 지킬 수 있게 되었구나.

이제 서재희를 놔줄 수 있음에 안도했다.

유은우가 시계를 길들이는 며칠간, 서재희는 수시로 병실을 드나들었다.

유은우는 서재희가 올 때마다 고슴도치처럼 웅크렸다. 입 꼭 다물고 먼저 말을 걸지 않으려 조심했다. 서재희가 묻는 말에만 짧게 대답했으며, 그마저도 눈을 마주치지 않으려 노력했다. 기억 안 볼 거면 쓸데없이 왜 오냐는 투의 쌀쌀한 말도 서슴지 않았다.

유은우가 있는 힘껏 반복해서 선을 긋자, 서재희도 말수가 극히 줄어들었다. 그는 조용히 와서 조용히 기억을 보고 조용히 돌아갔다.

몇 번의 시도 끝에, 서재희는 이제 더 이상 온디딤을 사용하며 깊이 접촉할 필요가 없어졌음을 인지했다. 심지어 온디딤 사용 간격도 확연히 줄어들었는데, 일주일에서 사흘로 줄더니, 이틀로, 나중에는 하루에 두 번이나 가능해졌다. 그저 서로 손을 잡기만 하면 되었다. 그것만으로도 충분했다. 처음에 그는 유은우의 손을 조심스레 붙들고 아무 말도 없이 가만히 있기도 했으나, 유은우가 빨리 끝내자고 요청한 뒤로는 그런 일도 깨끗하게 사라졌다.

서재희는 유은우의 과거 여기저기를 더듬어 내렸다. 감각이 온통 희끄무레했다. 앞이 잘 보이지 않는 것은 물론이고 수집되는 소리에도 한계가 있었다. 반란군에 있었을 때 유은우는 거의 모든 면에서 둔감했던 것 같았다. 그나마 가까이서 이뤄지는 대화 정도만 드문드문 얻어 낼 수 있었다. 그 어렴풋하고 모호한 상황 속에서도, 서재희는 꿋꿋이 원하는 것을 건져 내었다. 그는 억양이나 발음, 간간이 흘려지는 신상에 주목했다.

유은우의 기억을 보고 나면, 서재희는 노트북을 꺼내 리스트에 많은 것들을 추가했다. 유은우가 흘깃 본 바로는, 뉴스에서 자주 언급되는 인사들 옆에 빼곡한 메모들이 있었다. 어떤 것은 연도별로 정리되어 있었다. 유은우는 서재희가 이미 오랫동안 많은 것들을 모아 왔다고 느꼈다. 그렇지 않다면 단어 하나만 듣고도 저렇게 척척 끼워 맞출 수 있을 리가 없었다. 그렇다면 그가 원하는 것은, 마지막 퍼즐 한 조각 정도라고 짐작되었다. 유은우는 자신의 기억이 서재희에게 결정적인 도움이 될수 있었으면 했다. 그래서 과거의 고통이 내리꽂히는 순간에도 이를 악물고 감내했다. 유은우가 힘들어하는 기색만 보여도, 서재희는 바로 온디딤을 거두곤 했기 때문에.

서재희는 더 과거로 진입하고 싶어 했다. 정확히는, 유은우에게 직접 기계를 삽입한 여자의 신상, 즉 현재 반란군 수장임이 유력하며 흰 칼날 프로젝트의 총책임자였던 연구관의 실명을 알아내고 싶어 했다.

더욱 깊은 과거로 들어가고 싶은 것은 유은우도 마찬가지였다. 정윤환이 말한 죄가 무엇인지 직접 보고 싶었다. 가능하다면 더 옛날로 가도 좋았다. 체념했다고 생각했는데 여전히 갈증이 남아 있었다. 부모님이나 고향, 자신의 유년 따위에.

문제가 있었다.

연구관이 유은우의 복부에 희고 날카로운 것을 꽂아 넣는 기억은, 압도적으로 강렬한 고통이었다. 과거의 다른 구간에서 드문드문 겪는 고통과는 차원이 달랐다. 그것은 아주 깊은 구덩이와 같았다. 모든 것을 빨아들여 먹어 치우는 구덩이.

가까운 과거는 오래 머물 수 있었으나, 먼 과거로 진입하자마자 금방 그 구덩이 구간으로 휘말려 들었다. 시작은 매번 새로웠으나 끝은 언제나 같았다. 유은우는 신음을 참느라고 이를 악무는 바람에, 한번 그 구덩이에 빠졌다가 깨어나면 턱이 얼얼하여 정신이 하나도 없었다.

그리하여 서재희의 온디딤은, 극심한 고통의 언저리만 뱅뱅 도는 형국이 되고 말았다. 멀리 벗어날 수가 없었다. 아주 조금씩 진척이 있기는 했으나 안타까운 속도였다. 유은우가 극구 괜찮다며 더 봐도 된다고, 느리더라도 매일 조금씩 앞으로 나아가면 되지 않느냐고, 서재희를 안심시키는 것도 한계가 있었다. 유은우가 아무리 비명을 속으로 삼켜도 전신이 식은땀으로 축축해지는데, 예민한 서재희가 모를 리 없었다. 서재희가 괴로워하고 유은우가 강경히 밀어붙이며, 위태한 관계가 유지되었다.

매 순간 유은우는 자신을 칭찬했다. 잘하고 있어. 서재희 말이 맞아. 이것 봐. 얼마나 훌륭하게 감정을 잘 통제하는지…….

반면 서재희는 본인의 감정에 심히 충실해 보였다. 워낙 유은우가 대꾸를 하지 않아 그 또한 말수가 줄긴 했으나, 그럼에도 쓸데없는 방문은 여전했던 것이다.

그의 발소리는 티가 났다. 바닥을 질질 끄는 법 없이 뚜벅뚜벅 간결했고 그 간격이 일정했다. 교과서처럼 딱딱 떨어지는 인기척이 날 때마다, 유은우는 시간을 확인했다. 기억을 보기로 약속한 오후 2시와 4시가 아니면, 연습하던 시계를 빼서 아무 데나 던진 뒤에 황급히 이불을 뒤집어쓰고 자는 척을 했다. 그러면 서재희가 들어와 느린 손길로 이불을 걷어 내어 숨이 트이도록 하고, 흐트러진 머리칼을 정돈하고, 구겨진 시트를 끝까지 반듯하게 펴고, 가습기의 물을 갈고, 바닥에 떨어져 있는 시계를 주워 탁자에 올려놓고, 의자를 펴고 앉아 한참을 머무르다 가곤 했다. 불러서 깨우는 법은 없었다. 그는 항상 조심스러웠다. 깊이 잔잔했다.

한번은 그가 유은우의 식사 시간에 맞춰서 오기도 했다.

"병원밥 맛없지? 이거 먹을래? 간호사 보기 전에 얼른."

서재희가 예쁘게 포장된 작은 상자를 소리 나지 않게 내려놓았다. 내가 맨날 엎어져 자고 있으니 밥시간에 오면 얼굴 볼 수 있을 거라 생각했을까. 유은우는 잔뜩 긴장하여 그만 사레가 걸리고 말았다. 숨넘어갈 듯 콜록대는 유은우를 보고, 서재희는 가지고 왔던 상자만 두고 자리에서 일어났다. 유은우는 혼자서 밥을 꾸역꾸역 먹고 상자를 열다가, 회진을 돌던 의사에게 걸려서 맛은커녕 어떻게 생겼는지도 못 보고 그대로 뺏기고 말았다. 유은우는 그만 울 뻔했다.

애초에 받지 말걸.

그러다 문득 생각이 미쳤다. 서재희가 늘 와서 병실을 정돈하니까, 내가 미리 해 두면 좀 덜 오지 않을까?

유은우는 스스로 가습기 물을 갈고 이부자리도 반듯하게 정돈했다. 공급기를 질질 끌고 다니느라 번거로웠으나 힘들지는 않았다. 환기를 시킬 겸 창가로 갔을 때였다.

정윤환이 몸을 뒤척였다. 눈을 찡그리더니 길게 한숨을 내쉬었다. 호흡기에 김이 희게 서리다가 옅어졌다. 그가 천천히 눈을 뜨더니 잠시 깜박거렸다. 시선이 마주쳤다.

유은우는 쏜살같이 달려가서 정윤환의 침대로 훌쩍 뛰어올랐다. 뒤에서 공급기가 무겁게 딸려 오다가 급기야 호스가 뽑히며 바닥으로 쓰러지는 소리가 났으나 개의치 않았다. 힘이 절로 솟았다. 유은우는 정윤환 위에 올라타서 그의 멱살을 단단히 움켜잡았다. 환자복 실밥 뜯기는 소리가 우드득 났다. 정윤환이 얼굴을 일그러뜨렸다.

"정신이 좀 드나 보지? 상황이 역전되니 기분이 어때?"

정윤환이 동그랗게 뜬 눈으로 유은우를 빤히 보더니, 이윽고 웃기 시작했다. 유은우는 치미는 분을 누르면서 그에게서 호흡기를 떼어 냈다. 하얗게 갈라진 입술이 드러나자 웃음소리가 한층 선명해졌다. 그가 잔뜩 쉰 목소리로 말했다.

"기분? 내 기분이 어떠냐고?"

정윤환이 다시 한 차례 웃더니 이어 말했다. 목소리가 거칠게 긁혀 나왔다.

"하하. 내 기분? 씨발, 당장 안 내려가?"

"너 같으면 내려가겠냐?"

유은우는 가차 없이 정윤환의 목을 졸랐다.

"야, 이······!"

"개소리 말고 묻는 말에나 대답해. 네가 말하는 죄가 뭐야? 별 시답지도 않은 걸로 나 괴롭힌 거면 가만 안 둘 테니까, 지어내서라도 그럴듯하게 대답해야 할 거야."

컥, 정윤환이 숨 막히는 소리를 냈다. 급격하게 그의 전신에서 힘이 빠져나갔다. 유은우는 깜짝 놀라 멱살을 틀어쥔 손에서 힘을 살짝 풀었다.

그때였다. 정윤환이 유은우를 밀쳤다. 아파서 드러누워 있는 주제에 이렇게까지 반격하리라고는 예상치 못했기에 유은우는 그대로 정윤환 위에 비스듬히 엎어졌다가 즉각 정신을 차리고 몸을 일으켰다. 정윤환이 이를 악물고 침대 옆 서랍을 뒤지고 있었다. 뭘 찾는지 자명했다. 총. 머리로 피가 솟구쳤다.

"이 새끼가 진짜!"

유은우는 무릎으로 정윤환의 다리 사이를 걷어찼다. 억, 하고 정윤환이 몸을 굽혔다. 유은우는 이어서 팔꿈치로 그의 복부를 가격했다. 그동안의 모든 분을 담아 힘껏. 정윤환이 숨을 들이켜다가 툭 널브러졌다.

삐삐삐삐삐……

정윤환과 연결된 공급기에서 요란한 경고음이 나기 시작했다.

"어?"

유은우는 멀거니 정윤환을 내려다보았다. 그는 완전히 정신을 잃은 것 같았다. 안색이 새파랗고 호흡이 거의 없었다.

겨우 두 대 맞았다고 뻗은 거야? 두려울 정도로 강하거나, 추궁도 못 하도록 약하거나. 왜 중간이 없어. 사람 열 받게 왜 이렇게 극단적이냐고.

유은우는 불평을 쏟아 내면서 정윤환의 입에 다시 호흡기를 붙였다. 그럼에도 경고음은 멈추질 않았다. 유은우가 재빠르게 자신의 침대로 돌아와서 이불을 코끝까지 당기자마자, 병실 문이 벌컥 열리며 의료진이 들어왔다.

"어떻게 된 거야. 상태 왜 이래?"

"오전에 체크했을 때만 해도 아무 이상이……."

"체온이 급격히 떨어지고 있습니다. 상처가 다 터졌어요."

"온 희석제 투약 중지하고 농도 4로 가지고 와!"

장장 한 시간에 걸쳐 소생술이 이어졌다. 중간에 의사가, 혹시 정윤환에게 무슨 이상한 징조가 있었냐고 유은우에게 묻기도 했다. 유은우는 눈만 이불 밖으로 내놓고, 나는 모른다 도리질만 반복했다. 정윤환의 새파란 낯을 보고 있자니 마음이 심란했다. 정윤환 저거 다시 팔팔해지면 또 나 죽이려고 달려들 텐데 어떻게 대응해야 하나 캄캄하기도 했다. 또, 굳이 정윤환이 아니더라도, 임유현이 다른 방식으로 손길을 뻗쳐 올 것도 같았다. 날 가지려 하든, 죽이려 하든. 게다가 정윤환이 입 나불거리는 걸 보니, 몸이 아픈 지금 유은우가 기선을 제압하고 협박을 한다 해도, 뭐 하나 시원하게 털어놓을 것 같지도 않았다. 군에서 건너 들었던 다양한 고문들이 절로 떠올랐다.

정윤환의 호흡이 안정되자마자, 의료진들은 공급기 실린더 열 개를 약물로 꽉 채워 놓고는 지쳐 돌아갔다. 유은우는 발소리가 복도 저편으로 멀어지기가 무섭게 자리에서 일어나 정윤환의 서랍을 뒤졌다. 이때까지 아무 생각 없이 총을 그냥 둔 자신에게 화가 났다. 새벽에 자다가 봉변당하지 않으려면 진즉 빼앗아 두어야 했는데. 총을 찾아 쥐는데 작고 딱딱한 것들이 손끝에 걸렸다. 3학년 청록색 배지. 인터컴.

그때였다. 부웅, 진동이 울렸다. 유은우는 서랍 안쪽을 더듬었다. 이프가 나왔다. 배터리가 간당간당했다. 작게 떠오른 화면에 발신자가 반짝거렸다.

김서혁.

유은우는 정윤환을 바라보았다. 안색이 창백하여 꼴이 말이 아니었다. 유은우는 서랍에서 인터컴을 꺼내 귀에 꽂고, 정윤환의 손을 잡아 이프의 통화키를 눌렀다.

낮은 한숨이 먼저 흘러나왔다.

— 정윤환, 유은우 내 전리품인 거 알지. 네가 유은우에게 한 짓은 곧 내게 한 짓이다. 네가 버르장머리 없는 건 진즉 알았다만, 하극상을 범하고도 무사할 거라고 생각하진 않겠지.

숨을 죽였다.

— 기물손괴죄로 징계 먹을 거다. 졸업 후에 다시 군으로 복귀할 땐 강등된 계급으로 시작할 거야. 네가 그렇게 치를 떠는 급 낮은 팀으로 배치…….

김서혁은 말을 다 맺지 않았다. 그는 잠시 침묵하더니 날카롭게 물었다.

— 누구야.

유은우가 싸늘하게 대답했다.

"당신 전리품."

— ……정윤환 바꿔.

"호흡기 끼고 빌빌대는데 바꿔 줄까? 숨소리라도 들을래?"

— 네가 먼저 회복했나? 둘이 비등하게 부상당했다고 보고받았는데.

"그냥 붙은 정도가 아냐. 정윤환이 나 죽이려고 했어. 대장도 구경하고 있었으니 알 거 아냐. 충격 흡수 시스템이 아예 나가 있었다고. 대장도 동의한 거야, 아니면 누군가의 단독 지시야?"

318

— 지금 나한테 해명을 요구하는 건가?

유은우는 숨을 가다듬었다.

"대장이 말했던 것 있지. 생경한 느낌. 군도 그렇더니 여기도 장난이 아니네. 상식 밖의 일들이 아주 밥 먹듯이 일어나서 학교 생활이 도무지 지루하지가 않아. 당신은 익숙해지지 않는 게 어렵다고 했지만, 그 말에 동의 못 해. 내 목숨이 걸려 있으니 도통 무뎌지지가 않네."

인터컴 너머에서는 말이 없었다.

"이젠 내 말이 좀 귀에 들어오나 봐? 정윤환이 나한테 하는 거 봤지? 왜 상사의 전리품을 훼손하는 하극상을 저지르냐고? 그야 정윤환에게 상사는 대장이 아니기 때문이지. 정윤환은 임유현을 위해 움직여."

— 소리 낮춰.

"대장도 내 출신 알고 있었지?"

이번엔 정적이 길었다.

— ……출신?

"유태헌과 이가연이 내 부모라는 거, 대장도 알고 있었지? 유은우. 내 이름. 날 군으로 데려와서 대장이 지었다며. 그거 내 본명이야. 알고 붙인 거 아냐? 설마 그냥 지었는데 알고 보니 내 본명이었다는 되도 않는 변명하는 건 아니겠지?"

— 잠깐. 유태헌? 전 반란군 수장?

김서혁이 날카롭게 되물었다. 유은우는 미간을 좁히며 인터컴에 집중했다.

― 네가 다루었던 시계는 유태헌 것이 맞긴 하다. 하나 네가 유태헌의 딸이라는 건 처음 듣는 얘기인데. 출처가 어디지?

미심쩍었다. 김서혁은 확실히 당황하고 있었다. 정말 몰랐던 일이고 이름은 단순히 우연의 일치였을까? 더 밀어붙이고 싶었으나, 서재희와 기억을 거슬러 오르다가 알게 되었다는 말은 할 수가 없어, 유은우는 듣기만 했다.

― 1009년 9월에 차인호는 사해에서 유태헌과 그의 처 이가연, 그리고 태어난 지 1년도 채 되지 않은 딸까지 전부 살해했다. 유태헌의 딸 이름은 밝혀진 바가 없지만, 사망했다는 건 널리 알려진 사실이야. 그리고 네 이름은, 됐다, 그 얘기는 그만둬. 온디딤을 다루던데 설계 난독증은 차도가 있나?

잠시 소강되었던 부아가 치밀었다.

"못 고쳤어."

유은우는 이를 악물었다.

"내가 당신한테 그 정도야? 설계 난독증 고치면 쓸 만하고 못 고치면 그동안 들인 공이 아까운 거고? 대장이 제일 싫어. 제일 나빠. 차라리 처음부터 정윤환처럼 날 죽이려 하지 그랬어. 그냥 내버려두지 그랬어. 그러면 서로 기대 없이 편하고 좋잖아. 나도 감정 소모하고 싶지 않아. 쭉 기댔었는데. 옆에 있게 해 달라고 무릎 꿇고 빌 때는 면전에서 문을 닫더니, 뭘 또 묻는 거야. 사람 놀리는 것도 정도가 있지!"

― 유은우!

"버릴 거면 이름은 뭐 하러 지어 줬어! 그 시커먼 속에 양심한 가닥이라도 남아 있으면 나한테 와서 직접 사과해!"

— 너…….

뚝. 거칠게 전화를 끊었다. 필사적으로 심호흡했다. 손 안에서 이프가 웅웅 다시 울렸다. 김서혁. 유은우는 이프의 배터리를 분리하고 서랍에 던져 넣었다. 온몸이 달달 떨렸다. 차게 식은 손으로 마른세수를 하고 고개를 들었다.

서재희가 병실 입구에 서 있었다.

그는 언제나처럼 단정했으나 눈이 붉었다. 서재희가 천천히 다가왔다. 그가 유은우의 기색을 살피며 조심스레 팔을 뻗었다. 나 안아 주려 하는구나. 코가 시큰했다. 맘껏 기대고 싶다는 충동을 억눌렀다. 뒤로 한 걸음 물러섰다.

서재희의 새까만 동공이 잠깐 말개졌다. 그가 눈을 깜박거리더니 조용히 말했다.

"오늘만 보고 이제 안 볼게."

유은우는 반사적으로 시계를 보았다. 오후 4시. 같이 기억을 보기로 약속한 시간이었다.

서재희는 유은우가 항상 접어 두는 간이 의자를 가져와 펴서 앉더니 탁자에 노트북을 열었다. 유은우는 황급히 얼굴을 문질러 울었던 흔적을 떨어내고 침대에 얌전히 걸터앉았다. 마우스를 움직이는 서재희를 가만히 훔쳐보았다. 그래도 뭐 하나라도 줄 수 있어 다행이라고 생각했다.

"대충 견적이 나와. 마지막으로 한 번만 더 확인하면 될 것 같아. 손잡아도 돼?"

서재희가 예의 바르게 물었다. 유은우가 고개를 끄덕이자마자 그가 손을 뻗었다. 서늘한 손이 가볍게 유은우의 손등을 어루만졌다가 살며시 아래로 들어와 손가락 사이로 스몄다. 깍지를 끼자 손아귀가 빠듯했다.

"네 낙엽으로 길을 만들 것이다."

이번엔 따뜻했다. 요 며칠간 언제나 딱딱하고 차가운 바닥에서 과거와 직면했는데, 이번엔 포근하여 유은우는 놀랐다. 둔한 감각으로도, 누군가 자신을 끌어안고 있음을 알 수 있었다. 정수리 위로 색색거리는 얕은 숨소리가 들렸다. 상대방이 뒤척일 때마다 품 안에 있는 유은우의 몸도 흔들렸다. 때때로 상대가 가볍게 허리를 잡아 고쳐 안는 느낌이 났다. 몇 분쯤 흘렀을까. 누군가 다가오는 소리와 함께 그림자가 드리워졌다.

"야, 야, 일어나 봐."

다가온 사람이 유은우를 끌어안은 상대를 잡아 흔들었다. 잠에 취해 노곤한 목소리가 답했다.

"……아, 왜. 나 어제 늦게 잤어……."

유은우는 제 귀를 의심했다. 아는 목소리였다.

"너 또 실험체 끌어안고 자냐. 그러지 말라니까."

"그러면 난방 좀 해 주든가. 여기 너무 추워서 그러잖아."

"핑계는. 추우면 이불을 덮어. 그거 안고 있지 말고."

"닥쳐. 내 맘이야. 강진욱 넌 남의 연구실 들어오면서 노크도 안 하냐?"

"언제는 노크하면 열어 줬어? 비켜 봐. 그거 좀 데려가게."

강진욱이 유은우의 팔을 잡고 당겼다. 즉각 다른 손이 날아 와 탁, 하고 거칠게 뿌리쳤다.

"손대지 마. 얘 담당 나야."

"연구관님이 데려오라시는데."

"……연구관님이?"

"그래. 설계 난독증이라 인격만 삭제하면 오히려 프로그램 깔기가 더 쉽다며. 거기다 동조율 100. 하여간에 네놈 머리 비상한 건 알아줘야 한다니까. 남들 다 손 뗀 쓰레기 재활용하는 역발상이 대단해. 연구관님이 네 의견 적극 수용하시겠대. 추진 불가로 무기한 중단되었던 흰 칼날 프로젝트, 이제 다시 시작할 거야. 그러니 이제 그거 네 담당도 아냐. 내 담당이지."

"……설마 네가 갖다 줬어?"

"쓰레기통에 처박혀 있는 게 아까워서 내가 직접 가져다 드렸다. 왜?"

유은우는 뒤로 훅 밀쳐졌다. 두 사람이 삽시간에 맞붙었다.

"그걸 왜 갖다 줘! 그걸 왜!"

"정윤환!"

"네가 뭔데 내가 버린 보고서를 남한테 가져다주고 지랄이야. 너 미쳤냐? 쥐새끼처럼 내 연구실 드나들 때부터 알아봤어야 했는데. 너 설마 나 감시했냐? 어?"

"너야말로 정신 차려! 너 대체 누구 편이야? 군에서 우리한테 넘어온 거 아니었어? 그런데 이제 와서 왜 흔들려?"

"내가 언제 흔들렸다고 그래? 박쥐처럼 왔다 갔다 이중 스파이 짓도 힘들어 죽겠는데 너까지 나한테 왜 이래? 나한테 한마디 상의도 없이 어떻게 그럴 수가 있어! 다 완성해 놓은 보고서를 내 손으로 버렸으면 당연히 나한테도 이유가 있을 거라 생각 못 해? 대체 왜 그랬어, 왜!"

"이유? 그 이유가 뭔데. 들어나 보자."

정윤환은 대답하지 못했다. 들뜬 숨뿐이었다.

"정윤환, 똑똑히 들어. 네 마음에 손을 얹고 양심에 물어봐. 보고서 완성시켜 놓고 왜 쓰레기통에 처박았어? 우리한테 마지막 한 수나 다름없는 걸 폐기시킨, 타당한 이유가 있기나 해? 너 다시 군으로 돌아가려고 그러지? 그 이유가 아니면 뭐야?"

"총 치워, 씨발 새끼야."

"이번에야말로 네 대답 들어야겠어. 너 돌아갈 거야? 그럼 그렇게 말해. 내가 너 안 다치게 여기서 네 정보 다 삭제시키고 깨끗하게 군으로 돌려보내 줄게. 대신 다음에 유적지에서 만났을 때는 목숨 걸고 너랑 싸울 거야. 선택해. 도시연합군이야, 아님 우리야?"

"선택 같은 소리 하고 앉았네. 군이든 반란군이든 저 꼭대기까지 더듬어 올라가 봐. 결국 최정점엔 딱 하나잖아. 임유현 총사령관. 너희야말로 총이며 폭약이며 도시연합에서 살살 얻어다 쓰는 주제에 정의 구현하는 척 행세하면서 네 편 내 편 가르는 게 부끄럽지도 않아?"

"임유현한테 물자 공급 못 받으면 우리 못 버텨. 임유현도 우리 덕 보고 있긴 마찬가지고. 정적이나 다름없는 김서혁한테 사해를 맡겨 놓고 혹시 용의 심장을 빼앗길까 무서워서 두 발 뻗고 잠이 오시겠어? 어차피 모두가 찾는 건 용의 심장이야. 우리가 먼저 찾아서 입 싹 닦으면 그만이라고. 서로 이용하고 이용당하는 지금, 특별히 우리만 욕을 먹어야 할 이유가 있나?"

"임유현이 여태 반란군에 들인 돈이 얼마고, 심어 놓은 첩자가 몇 명인데 잘도 용의 심장을 내어 주겠다. 그리고 사라진 지 1000년이 지났는데 심장이 아직 보존되어 있는지 어떤지 어떻게 알아? 어차피 뛰어 봤자 벼룩이야. 다 임유현이 짜 놓은 판이라고. 반란군은, 여덟 도시 체제를 유지하기 위한 도시연합의 하청 업체나 다름없어. 어딜 가나 다 똑같은데 뭘 선택하고 어디에 마음을 두라는 거야?"

정윤환의 말끝에 울음을 참는 소리가 들렸다. 목소리는 잠겨 이어졌다.

"임유현 생각하면 할수록 치가 떨려서 요샌 잠도 잘 못 자. 그래도 얘 끌어안고 자면 그나마 좀 잠들 수 있는데. 아주 다 뺏어 가라, 다 뺏어 가. 처음부터 얘 필요 없다고 나한테 준 건 너희잖아!"

"어린애처럼 굴지 마. 재능은 탁월한데 감정에 흔들려서. 이 악물고 다듬어야 할 실험체에 애착을 형성하질 않나."

"내가 언제……."

"내가 언제? 정윤환 네 자신을 객관적으로 돌아봐. 지금 네 태도가 정상이야? 그건 지금 기계도 아니고 인간도 아니야. 애

지중지 끌어안고 돌본다고 해서 그게 나중에 너한테 고마워할 것 같아? 정이 들어 쩔쩔매면 결국 네 손해야. 네가 지금 안팎으로 시달려서 혼란스러운 건 나도 알겠는데, 이제 정신 좀 차릴 때도 되지 않았어?"

"기계든 인간이든 상관없어. 내 거야. 분쇄기에 갈릴 뻔한 걸 내가 데려와서 살렸어. 유은우 절대 안 뺏겨."

"구해 온 건 순전히 네 의지였지. 실험체가 너한테 살려 달라고 소리 지른 건 아니었어. 나 같으면 이런 취급당하느니 차라리 거기서 죽는 게 나았겠다. 소꿉장난은 이제 그만둬. 이제 너도 어른이 되어야지. 대의를 위해 소수를 희생해야 할 때도 있는 법이야. 그거 이리 내."

다급한 손길이 유은우의 등과 허리로 들어왔다. 몸이 훅 들렸다. 품에 꼭 안겼다. 어렴풋이 달달한 딸기 냄새가 났다. 상대의 가슴이 쿵쿵 울리는 게 선연했다. 그는, 정윤환은 떨고 있었다.

"애는 안 돼. 내가 다른 대안을 찾아볼게. 나 설계 잘하는 거 알잖아. 다른 애로 찾을게. 실험체 많잖아. 제발……."

"말로 할 때 내놔. 네놈 감정 위한답시고 흰 칼날 프로젝트를 포기하라고? 네 손으로 유은우여야만 하는 보고서를 만들어 놓고 지금 와서 대안을 찾겠다? 그건 실험체야! 네 관상용 장식품이 아니라!"

"……제발 이거 하나만 부탁하자. 그게 그렇게 어려워? 어차피 너희가 필요 없다고 했잖아! 내 보고서 따위 잊어버리면 되잖아. 그거 안 봤어도 다들 적당히 잘살고 있었잖아. 왜 지금 와서 뭔가를 하려고 하는 거냐고! 너희가 언제부터 그렇게 성실했는데?"

"정윤환 네가 제일 처음 한세연 연구관님을 뵀던 날, 네 입으로 뭐라고 했는지 잊었어?"

"……세상을 바꾸겠다고 했어. 지금은 후회해. 그런 희망 품었던 거. 어차피 어디에서도 이룰 수 없으니까. 연구관님도 반란군이 어떻게 만들어졌는지 따위는 전부 잊어버렸을걸. 적어도 최초에 결성되었을 때는, 도시연합 대신 심장을 찾으러 다니는 하수인 노릇을 하려던 건 아니었겠지!"

"우리의 진짜 목적이 뭔지 알고 싶어?"

"강진욱, 총 내려! ……내 총 어디 갔어?"

정윤환의 팔에 힘이 들어갔다. 유은우는 정윤환에게 깊이 파묻혔다. 그의 뜨거운 목덜미에서 쿵쿵 심장이 빠르게 뛰었다.

"알고 싶어? 알려 줘? 알려 줄 수 있어. 다만 듣는 순간……."

강진욱이 속삭였다. 총이 철컥이는 소리가 났다.

"……너는 정말로 이쪽으로 붙는 거야. 이제 너도 알고 나도 아는 눈 가리고 아웅하는 식의 스파이 짓은 막을 내리고, 진짜 비밀을 공유하는 거야. 듣고 나서 두려워 발 빼겠다면 여기서 죽어서 시체로 나가게 될 거야. 각오한다면 알려 줄게."

시야가 한 바퀴 휘돌며 장면이 바뀌었다. 차가운 실험대. 서늘한 그림자. 지긋지긋한 구덩이 구간이었다. 복부에 희고 날카로운 것이 꽂히는 충격을 마지막으로, 유은우는 현재로 돌아왔다.

이를 악물고 몸을 웅크려 참았다. 극렬한 고통이 전신을 무자비하게 관통했다. 간신히 참아 내니, 그제야 등을 도닥이는 손길이 느껴졌다. 서재희가 바닥에 한쪽 무릎을 꿇고 앉아, 앞으로 쏟아진 자신을 보듬고 있었다.

"많이 아프지?"

"괜찮아요."

유은우는 반사적으로 서재희에게서 떨어져 침대에 걸터앉았다. 서재희의 손이 유은우가 멀어진 만큼 다가와, 흐트러진 머리칼을 걷어 귀 뒤로 넘겼다. 그의 눈가가 젖어 빨갰다. 시선으로 유은우의 얼굴을 어루만지듯, 그의 눈동자가 찬찬히 움직였다.

"나는 이제 다 알아낸 것 같아. 이제 네 기억 안 봐도 되겠다. 그동안 너무 고생했어. 힘들었을 텐데 견뎌 줘서 정말 고마워."

서재희의 곧은 손가락들이 가만히 유은우의 뺨으로 다가왔다가 닿지는 못하고 이내 멀어졌다. 서재희는 노트북을 닫고 자리에서 일어났다. 유은우는 그의 옷깃을 잡아당겼다. 아주 약한 힘이었지만, 서재희는 즉각 다시 자리에 앉았다. 눈이 따뜻하게 유은우를 향했다.

"우리 며칠 사이에 많은 것을 봤죠. 정윤환……. 우리 부모님……. 선배는 어디까지 알고 있나요? 어떻게 된 건지 듣고 싶어요."

서재희가 자신의 옷깃을 꼭 붙들고 있는 유은우의 손을 두 손으로 잡아 가볍게 쓸었다.

"나는 네가 몰랐으면 해. 알게 되면······."

서재희가 옅게 미소 지었다.

"······네가 더 힘들어질 것 같아서. 우리가 평범하게 만났다면 좋았을 텐데. 난 네가 아무것도 모른 채로 안정된 곳에 소속되어 잘살았으면 좋겠다. 행복하게. 선택의 고통 없이."

서재희가 유은우의 손을 놓고 일어섰다.

"김서혁이 조만간 널 부를 거야. 내가 그래도 널 놓치지 않을 테니까. 이번에 돌아가면 자리 잘 잡고 버텨. 군의 핵심 전력이 될 수 있겠지. 잘할 거야. 여태 잘해 왔으니까."

서재희는 재킷을 챙기고 노트북을 들더니, 주위를 한 바퀴 둘러보고 마지막으로 유은우를 보았다.

"그동안 고마웠어."

서재희가 돌아섰다. 뚜벅뚜벅 걸어서 병실을 나가는 그를, 유은우는 멍하니 바라보았다. 탁, 하고 문이 정갈히 닫히는 소리가 들리자마자 정신이 퍼뜩 들었다.

유은우는 무의식중에 침대에서 뛰어내렸다. 흘렸던 땀이 식어 그런지 온몸에 오한이 들었다. 딱딱 떨리는 이를 악물었다. 황급히 슬리퍼를 발에 꿰고 복도로 뛰어나갔다. 유은우가 아무렇게나 손을 놓아 문이 쾅 닫히는 소리에, 서재희가 돌아보았다. 병실의 어두운 노란빛이 드리워져 꿈처럼 흐린 그를 보다가, 복도의 쨍한 빛 아래서 또렷이 마주하니 마치 다른 사람 같았다. 그가 눈을 크게 뜨고 유은우를 응시했다. 유은우는 달려가서 불쑥 오른손을 내밀었다.

"우리 악수해요. 처음 페어 맺을 때도 악수 했잖아요. 마무리 기념으로."

잠시 정적이 흘렀다. 동그래졌던 서재희의 눈이 사륵 가라앉았다. 다른 학생들에게 짓던 부드러운 낯을 그대로 재현하고는, 노트북과 재킷을 왼쪽으로 몰아들더니 오른손을 내밀었다. 손이 가볍게 잡히고 조금 힘이 더해진 뒤에 깨끗하게 떨어져 나갔다. 그리고 돌아서서 가 버렸다.

그는 나를 정리했다. 나는 그를 정리하지 못했지만.

병실로 돌아오자 유예된 감각이 밀려들었다. 창틈으로 새어 들어오는 바람. 늦은 오후의 가라앉은 빛. 정윤환의 서늘한 온도. 그리고 심장이 쿵쿵 손끝까지 울리는 소리.

탁자에 머그컵이 놓여 있었다. 컵 바닥에 찻물이 옅게 남아 있었고, 한 번 더 우려먹으려 했는지 티백이 걸쳐져 있었다. 간이 의자에는 서재희의 담요가 반쯤 미끄러져 있었다. 유은우는 담요를 걷어 냈다. 온디딤에 관한 법조문이 있었다. 줄을 치고, 포스트잇을 붙이고, 모서리가 나달나달한. 의자 밑에는 서재희의 슬리퍼가 나란히 놓여 있었다.

이제 끝이라고 해 놓고.

서재희는 늘 닦고 치워 댔다. 다시는 돌아오지 못할 수도 있다는 강박으로. 무언가를 마신 흔적이 고스란히 남은 머그컵이나 반쯤 미끄러진 담요는 그와 전혀 어울리지 않았다. 그는 모든 일에 마침표를 찍었는데, 유은우의 주변에만 온통 쉼표를 뿌려 두었다.

침대 끝에서 서재희의 이름이 새겨진 인터컴까지 발견하자, 유은우는 더 이상 가만히 있을 수 없었다.

무거운 공급기를 끌고 나가면 놓칠 수도 있을 것 같아, 유은우는 치료기 두 개를 전부 떼어 냈다. 급한 대로 서재희의 인터컴만 챙겼다. 병실 문을 박차고 뛰어나가다가 등줄기로 통증이 찌르르 내달려 잠시 멈춰 섰다. 엘리베이터를 타고 1층으로 내려갔다.

막 로비로 나가려던 차였다.

다소 사람이 없어 그늘이 진 복도 한쪽에, 서재희가 서 있었다. 등지고 있어 표정은 보이지 않았다. 그러나 유은우는 가까이 가지 못했다. 약간 숙인 뒷모습이, 아래로 드리운 그림자가 차고 쓸쓸했다. 유은우는 서재희의 인터컴을 꼭 쥔 채, 가까이 다가가지도 못하고 그렇다고 외면하고 돌아서지도 못한 채, 한참을 바보같이 그냥 서 있었다.

카트를 밀며 반대쪽을 지나던 간호사가 서재희를 발견하고 말을 걸었다.

"학생, 왜 이러고 서 있어요? 어디 아파요?"

서재희가 흠칫 고개를 들었다. 유은우는 여전히 그의 뒤에 있어 얼굴을 볼 수 없었으나, 그의 정면을 마주한 간호사는 놀라는 기색이었다.

"어머, 재희 학생 아니에요? 얼굴이 너무 안 좋은데. 괜찮아요?"

"아, 속이 조금…….''

"체했어요? 소화제라도 줄까요?"

"아뇨. 지금은 좀 힘든데, 괜찮아질 것 같아요. 그냥 참을게요. 제가 참는 걸 잘해서요."

"많이 아파 보이는데…….''

"괜찮습니다. 감사해요."

서재희가 꾸벅 인사를 하고 돌아섰다. 유은우는 그와 시선이 딱 마주쳤다. 서재희는 낯이 창백해 핏기가 하나도 없었다. 마치 다른 사람 같았다. 그가 유은우를 보더니 즉각 세련된 미소를 지었다. 서재희가 뚜벅뚜벅 걸어와 유은우의 손에서 인터컴을 정중히 가져갔다.

"내가 이것저것 너무 늘어놨지? 내 자리도 아닌데. 내가 지금 약속이 있어서. 내일 올라가서 다 정리하고 치울게. 몸도 불편한데 여기까지 나오게 해서 미안해. 조심해서 올라가."

유은우는 겨우 고개만 끄덕였다. 서재희는 다시 한번 매끄럽게 웃더니 성큼성큼 로비를 가로질렀다. 막 병원 입구를 나서려는 그를, 누군가 불러 세웠다.

"서재희!"

중년 남자였다. 정장을 차려입었으나 부스스한 머리에 정신이 하나도 없어 보였다. 묘한 기시감에, 유은우는 눈을 가늘게 뜨고 그를 살폈다. 저 사람 누구지? 어디서 본 것 같은데…….

서재희가 회전문에 발을 들이다가 멈춰 섰다. 그가 낯을 굳혔다. 바로 예의 바른 미소가 덮어씌워졌다.

"백정명 의원님, 그렇지 않아도 뵈러 가려던 참이었습니다. 절 찾으셨다고요."

백정명이 서재희의 팔을 움켜쥐고 매달리듯 고개를 숙였다. 낮은 신음에 말이 드문드문 섞여 나왔다.

"나는, 도저히……, 왜, 상태가, 왜 그렇게까지……. 게다가 다 있지도 않아. 일부가……."

"의원님, 이리 앉으시고……."

서재희가 백정명을 부축해 의자에 앉히더니 목소리를 낮추었다. 뒷말은 작아 들리지 않았다. 다만 지극히 공손한 자세로 조곤조곤 무언가 말하는 모습만 보였다. 백정명은 악마에 씌인 것처럼 텅 빈 눈을 하고 있었으나 서재희의 말을 끝까지 들었다. 이윽고 백정명이 자리에서 일어났다. 그는 의자 옆에 놓인 쇼핑백을 서재희에게 건넸다.

"가지고 돌아갈 수가 없어. 아내는 아직 몰라. 해독에 도움이 되는 약재인데 새벽 내내 달여서 날 주더라고. 자네가 먹든가 버리든가 알아서 해 주게."

서재희는 백정명에게서 쇼핑백을 건네받았다. 백정명은 몇 번이고 서재희를 돌아보며 병원을 나갔다. 서재희는 단정하게 배웅하고는 백정명이 앉았던 의자에 걸터앉았다. 그는 눈을 감고 관자놀이를 꾹꾹 눌렀다. 그리고 이마를 짚은 채 한참을 그러고 있었다. 늘어뜨린 다른 손끝이 가늘게 떨렸다.

"이거 303호 학생 거죠?"

카운터에서 그 모양을 지켜보고 있던 간호사가 다가와 쇼핑백을 집어 들며 물었다. 서재희가 고개를 끄덕였다. 간호사가 쇼핑백을 가지고 카운터로 돌아갔다. 다른 간호사가 다가오더니 낮게 질책하는 소리를 내며 쇼핑백을 빼앗아 들었다. 그녀는 주위를 쓱 둘러보더니, 뒤쪽 쓰레기통에 쇼핑백을 넣고 보이지 않도록 꾹 눌렀다.

유은우는 속에서 뭔가가 치미는 것을 느꼈다. 목이 멍울지듯이 꽉 메워졌다.

저도 모르게 몇 발짝 걸어갔다. 어두침침한 복도에서 밝은 로비로 들어서자 갑자기 눈이 부셨다.

"재희야!"

차예원이 입구로 들어오고 있었다. 서재희는 느리게 자리에서 일어났다. 차예원이 서재희의 한쪽 팔을 당겨 안았다.

"요새 왜 이렇게 병원에 자주 와? 이번 파견 말인데……."

"내가 좀 피곤해서. 다음에 얘기해. 나가자. 나 지금 나가려고 했어."

서재희가 차예원에게 잡힌 팔을 자연스럽게 비틀어 빼냈다. 차예원이 다시 그 팔을 잡아당기다가 유은우를 보았다. 그녀가 꽃이 만개하듯 활짝 웃었다.

"은우야!"

차예원이 손을 우아하게 흔들어 인사했다. 유은우는 어이가 없어 그 모양을 빤히 보기만 했다. 서재희가 흠칫하더니 뒤를 돌아보았다. 그가 단호한 표정으로 고개를 살짝 저었다. '올라가.'라고 서재희가 입모양으로 말하는 것이 보였으나, 유은우는 손을 번쩍 들고 화답했다.

"안녕하세요!"

차예원의 웃음이 잠깐 그대로 굳었다가 다시 불이 켜지듯 환해졌다. 차예원이 서재희의 팔을 놓고 이쪽으로 다가왔다. 서재희가 차분한 표정으로 뒤따라왔다.

"많이 다쳤다던데 다 나은 모양이네? 벌써 치료기도 다 떼고? 우리 팀 교체되고 나서 윤환이랑 한판 붙었다며? 걔도 널 어지간히 좋아하나 봐. 결국 져 준 걸 보면."

"아무리 그래도 선배가 서재희 선배 좋아하는 것에 비하겠어요. 새 발의 피죠."

유은우가 겸손하게 대꾸했다. 차예원이 예쁘게 웃으며 서재희의 팔을 잡아당겨 팔짱을 꼈다. 서재희는 그 손길을 뿌리치지 않았다. 다만 단정한 얼굴로 유은우만 뚫어져라 보고 있었다. 서재희의 시선만이 아니라, 로비에 있는 간호사며 학생들이며 학부모며, 힐끗힐끗 보는 눈들이 선명하게 느껴졌다.

"응. 너도 잘 아네. 내가 재희 많이 좋아해."

"네, 전교생은 물론 지나가던 응용학교 학생들까지 서재희 선배를 많이 좋아하더라고요."

유은우도 방긋 웃어 주었다.

"그럼 너도 재희 좋아해?"

……뭐? 유은우는 말문이 막혀 차예원을 빤히 보았다. 차예원은 여전히 웃고 있었다.

"너도 재희 좋아해?"

"저는……."

유은우는 저도 모르게 차예원 옆에 선 서재희를 올려다보았다. 즉각 시선이 공중에서 콱 얽혔다. 서재희가 미리 덫이라도 쳐 둔 것 같았다. 그는 유은우를 빤히 응시하고 있었다. 눈도 깜박이지 않고. 숨도 쉬지 않고.

"은우야, 선배가 묻잖아."

차예원이 낮춰 말했다. 유은우는 그제야 서재희에게서 시선을 떼고 차예원을 보았다.

"저는……."

"그만해."

서재희가 유은우의 말을 끊어 냈다. 그가 무감한 미소로 유은우와 차예원 사이를 가로막았다. 한 손으로는 부드럽게 유은우의 어깨를 잡고, 다른 손으로 차예원을 밀어냈다. 차예원이 날카롭게 서재희의 팔을 내쳤다.

"궁금해서 묻는 것뿐이야. 그것도 안 돼? 왜? 솔직히 재희 너도 궁금하지 않아? 왜 막아? 대답 듣는 게 두려워?"

"차예원, 그만해. 유치하게 이게 무슨 짓이야. 은우야, 올라가. 올라가서 쉬어."

유은우는 서재희가 차예원에게 어떤 식으로 웃었는지 기억했다. 그가 왜 그랬는지는 자명했다. 서재희가 유은우보다 차예원을 더 좋아하거나, 혹은 그저 차예원이 필요해서. 전자가 아니라는 건 가슴으로 알았다. 서재희는 차예원에게 얻을 것이 있었다. 미소를 지어야 해서 지었다. 서재희가 해야만 했던 일들 중 하나였을 것이다.

'찾는 게 있어. 용의 심장. 심장 한가운데 칼을 박을 거야.'

깊이 품어 살피던 말을 꺼내던 그때, 서재희의 눈빛이 어땠는지 유은우는 기억했다.

명치가 꽉 막혀 왔다.

서재희가 유은우를 향해 고개를 살짝 저어 보였다.

"은우 올라가서 얼른 자."

"나 아직 대답 못 들었어."

차예원이 딱 잘라 말했다. 서재희의 낯에서 웃음이 완전히 가셨다.

"차예원, 그만해. 내가 너 좋아해. 그걸로 부족해? 아픈 애 그만 붙들어."

말끝이 조용히, 그러나 사납게 갈라졌다. '내가 너 좋아해.'라고 했으나 누가 들어도 그건 반어법으로 들렸다. 서재희는 피로한, 더없이 지긋지긋하다는 표정을 짓고 있었다. 고상하게 다듬어진 차분함은 열기에 싹 증발하고 없었다.

유은우는 차예원을 보았다. 그녀는 한 마리 영양 같았다. 높이 올려 묶은 머리칼 아래 상아 같은 목에서 시작되는 우아한 선, 낭창한 목소리가 그랬다. 또한, 보이지도 들리지도 않지만 그 모든 것을 웃도는 출신이 그랬다. 앞이 훤히 밝아 어디든 원하는 곳으로 갈 수 있는 차예원은 서재희의 약혼녀였고, 서재희를 좋아했다.

유은우는 지금이야말로, 삶의 궤도에서 이탈한 서재희를 다시 원래 자리로 돌려보낼 기회라고 생각했다.

"저 서재희 선배랑 페어 해제한 거 아시죠?"

유은우가 또박또박 말했다.

"저 서재희 선배 안 좋아해요. 좋아했던 적도 없고, 좋아하게 될 리도 없어요. 저 혼자만으로도 정말 빠듯해서. 여유가 없어서요. 이제 이런 무례한 질문은 그만 받았으면 해요."

차예원의 얼굴에 화색이 도는 것을 응시하며 유은우가 다부지게 말을 맺었다.

"저랑은 아무 상관없는 일이라서요."

그날 유은우는 저녁을 굶었다. 정확히 말하면, 간호사가 식사를 가지고 오긴 했는데 이불 속에 처박혀서 엉엉 통곡하느라 손도 대지 못했다. 한참을 울고 나자 힘이 다 빠져서 더 이상 눈물도 안 나왔다. 유은우는 데친 시금치처럼 침대에 늘어졌다. 오른쪽을 바라보고 누우면 서재희가 생각났기 때문에, 어쩔 수 없이 왼쪽으로 누워 있었다. 자연히 옆 침대의 정윤환이 건너다보였다. 공급기의 약물 실린더는 이제 열 개 중 네 개만 가동되고 있었지만 여전히 안색이 창백했다. 유은우는 베개를 끌어안고 코를 훌쩍이면서 과거의 파편을 곱씹었다.

'분쇄기에 갈릴 뻔한 걸 내가 데려와서 살렸어.'

누가 날 그런 식으로 죽이려고 했을까?

거기까지 생각이 미치자 서럽고 답답한 나머지 다시 눈물이 터져 나왔다. 마른 줄 알았던 눈물샘이 그새 찬 모양이었다. 그리 재차 울고 나자 두통이 오면서 눈알이 빠질 것 같았다. 유은우는 정윤환을 안 보려고 끼끼대며 오른쪽으로 돌아누웠다. 그러고 보니 또 서재희가 두고 간 컵이며 슬리퍼가 보였다.

'난 네가 아무것도 모른 채로 안정된 곳에 소속되어 잘살았으면 좋겠다. 행복하게. 선택의 고통 없이.'

유은우는 이번엔 천장을 똑바로 보고 누웠다. 이불을 끌어당겨 젖은 얼굴을 힘차게 닦아 내고 나니 눈앞이 반짝거렸다. 오른손에 찬 시계에서 작은 태엽과 나사가 삐져나와 민들레 홀씨처럼 날고 있었다. 너무 예뻐서 또 눈물이 났다.

그리 울다 지쳐 잠들었을 때, 유은우는 꿈을 꾸었다.

끝도 없이 붉은 바다. 마찬가지로 한없이 연장된 흰 하늘. 세계가 깨끗한 직선으로 나뉘어 있었다.

유은우는 손을 뻗어 바람을 가늠했다. 공기의 흐름에서 실핏줄이 도드라졌다. 땅이 갈라지며 피가 왈칵왈칵 배어 나오더니, 고이고 차올라 발목까지 찰랑거렸다. 발가락 사이로 감기는 핏덩이가 뜨끈뜨끈했다.

꿈이구나.

늘 비슷하게 끔찍한 악몽. 유은우는 발을 한번 굴러 보았다. 피가 철썩 튀면서, 무릎을 덮은 하얀 원피스 끝자락이 붉게 젖었다.

꿈이라면 그 용도 있겠지.

고개를 들었다. 아니나 다를까, 새빨간 수평선 저만치, 무언가가 섬처럼 둥실둥실 떠다니고 있었다. 찰박찰박 가까이 다가가서 보니, 녹색 연잎 위에 작고 까만 용이 나붓이 실려 있었다. 용은 몸을 둥글게 말고 있어, 마치 초록 쟁반에 담긴 못생긴 초코케이크 같았다.

유은우는 쪼그려 앉았다. 궁둥이가 피바다에 자박하게 잠겼으나 개의치 않았다. 찬찬히 살폈다. 용은 언제나 그랬던 것처럼 아파 보였다. 가르랑가르랑 힘겨운 숨소리를 따라, 야위어 뼈마디가 드러난 등줄기가 힘없이 오르락내리락했다. 텅 빈 눈구멍에서는 피가 줄줄 흘러나와 피바다로 스며들고 있었다. 가만가만 인사했다.

"안녕."

유은우는 손을 뻗어 용의 날개를 어루만졌다. 어찌나 메말랐는지, 낡은 종이처럼 버석거렸다.

"어쩌다 이렇게 망가졌니?"

유은우는 용의 머리 양쪽에 솟은 두 개의 뿔을 만져 보았다. 딱딱하고 차가웠다. 왠지 눈물이 날 것 같았다. 유은우는 자신이 놓아주었던 어린 용을 생각했다. 서툴렀지만 얼마나 생동감에 넘쳤는지, 촘촘히 덮인 비늘이 얼마나 반짝였는지 기억했다. 그에 반해 지금 이 용은 어떤가. 차라리 목숨을 끊어 주고 싶을 만큼 앙상하여 안타까웠다. 유은우는 조용히 물었다.

"왜 자꾸 내 꿈에 나타나? 왜 죽여 달라고 애원했어? 너무 아파서? 어쩌다 이렇게 됐어? 혹시 너⋯⋯."

용의 까칠한 앞발을 어루만지는 유은우의 손등 위로, 용의 꺼질 듯한 숨이 닿았다.

"⋯⋯도시를 지탱하고 있는 용의 혼이라든가 그런 거니?"

용이 느리게 자세를 고치며 고개를 들어 올렸다. 눈이 있어야 할 자리엔 동굴 같은 구멍만 뚫려 있었지만, 유은우는 용이 자신을 보고 있음을 알았다. 용이 천천히 말했다. 쇳소리가 났다.

"네 말이 맞기도 하고 틀리기도 해. 나는 파편 중 하나야. 나는 도처에 쓰레기처럼 널려 있어. 진실이 그런 것처럼."

유은우는 문득 명치에 서늘한 통증을 느꼈다. 더듬어 보았다. 딱딱한 것이 만져졌다. 힘을 주어 쑥 뽑아냈다. 희고 단단하고 날카로운, 칼의 형상을 한 기계 덩어리가 뱀처럼 줄줄이 뽑혀 나와 피 웅덩이로 첨벙첨벙 떨어졌다. 서재희와 함께 들여다본 과거가 뇌리를 스쳤다. 그 강렬한 고통을 떠올리는 것만으로 반사적으로 식은땀이 솟았다.

"반란군이 내 몸에 기계를 삽입했어. 그런데 스스로는 기억이 안 나. 이상하지? 내게 일어난 일인데, 나의 과거인데, 내가 제일 모르고 있어. 너무 답답해. 안개 속에 있는 것 같아. 길도 안 보이고. 사방이 적이야. 과거를 알면 앞으로 나아갈 수 있을까? 내가 알았으면 하는 게 있다면 무엇이든 말해 줘."

용이 천천히 몸을 일으켰다. 구겨진 날개를 활짝 펼치며 목을 꼿꼿이 세웠다. 그럼에도 여전히 초라해 보였다. 용이 말했다.

"가여운 것. 넌 내 그릇이야."

우르릉, 바람이 몰아쳤다. 묵직하여 귀보다 피부로 먼저 닿았다. 유은우는 일어서서 새빨간 바다와 하얀 하늘이 맞닿은 지점을 응시했다. 거대한 기운이 빠르게 몰려오고 있었다. 발목에서 피바다가 거칠게 출렁거렸다. 용을 실은 연잎이 이리저리 나부꼈다. 연잎이 뒤집어지기 직전에, 유은우는 용을 껴안았다. 삐죽삐죽 고르지 못한 비늘에 피부가 쓸려 따가웠지만, 바람에 휩쓸려 가지 않도록 품속으로 단단히 감추었다. 용이 쏟는 피눈물로 가슴팍이 흥건해졌다. 용이 속삭였다.

"네 몸속으로 기계가 스미며 너무나 괴로웠기 때문에, 너는 절대로 스스로 과거를 떠올릴 수 없어. 기계를 제거한 지금도, 그 고통이 못처럼 네 기억을 관통하고 있으니. 넌 날 동정하지만 나 또한 널 동정해. 나는 알고 인내하지만, 너는 아는 것 없이 최악으로 치닫고 있구나. 그러나 한편으로는 미치도록 기뻐. 나는 너무 오래 기다렸으니까. 이제 그만 끝내고 싶어."

바람이 거세어졌다. 유은우는 몸을 낮추려다가 중심을 잃고 엎어졌다. 피바다가 출렁이며 유은우를 덮쳤다. 하늘로부터 거대한 두 손이 뻗어 내려오더니 품에서 용을 앗아 갔다. 유은우는 간신히 몸을 일으켜 앉아, 몰아치는 바람을 그대로 맞으며, 거대한 손이 용의 날개를 북 잡아 뜯는 것을 바라보았다. 뜯긴 날개 한 짝이 툭 떨어졌다. 날개는 피바다에 반쯤 잠겨 들다가 푸들푸들 떨며 그 속에서 작은 도시를 뿜어냈다. 회색 빌딩이 쭉쭉 솟아오르고 견고한 오염 철책이 뻗어 나왔다. 이어서 날개 한 짝이 마저 떨어졌다. 다리 네 짝, 뿔 두 개, 긴 꼬리, 붉은 자궁이 뚝뚝 떨어졌다. 그 사체를 둥지 삼아, 삽시간에 여덟 도시가 건설되었다. 거대한 두 손이 용의 몸통을 바스러뜨리고 발라낸 뼈들을 흩뿌렸다. 흰 뼈들이 늘어서며 도시와 도시를 잇는 철도가 되었다.

피바다가 증발하자 온통 붉은 안개로 축축했다. 유은우는 제 원피스를 당겨 보았다. 희고 깨끗했다

툭, 무언가가 발치로 뚝 떨어졌다. 작고 빨간 심장이 팔딱팔딱 뛰었다.

순간 머리 위로 그늘이 드리워졌다. 유은우는 주춤 뒤로 물러섰다. 거대한 손 하나가 뻗어 오더니 삽시간에 유은우를 휘감아 쥐었다. 투박한 손가락이 유은우의 몸을 꽉 죄었다. 또 다른 손이 용의 심장을 집어 들고 눈앞으로 다가왔다.

"삼켜."

유은우는 눈을 꼭 감았다. 뜨뜻미지근한 심장이 입술로 밀어 붙여졌으나 끝까지 입을 열지 않았다.

"꼭꼭 씹어서 삼켜."

유은우는 꿋꿋하게 버텼다. 그러나 참았던 숨을 토하는 순간, 벌어진 입 사이로 심장이 욱여넣어졌다. 들큼한 피비린내. 생생한 박동. 강제로 턱이 맞물리면서, 입 안에 가득 찬 용의 심장이 팍 터졌다.

소스라쳐 깨어났다. 몸이 속절없이 기울었다. 쿠당탕, 유은우는 침대에서 떨어져 굴렀다. 치료기와 연결된 공급기가 요란한 소리를 내며 바닥에 나동그라졌다. 겨우 몸을 일으키는데

손이 달달 떨렸다. 온몸이 식은땀이었다. 익사하기 직전에 건져진 것처럼 정신이 하나도 없었다.

별거 아니야.

유은우는 쓰러진 공급기를 도로 세우고 다시 이불 속을 파고들었다. 한기가 들어 이가 딱딱 부딪혔다.

몸이 약해져서 그래. 피곤해서 자꾸 악몽을 꾸는 거야.

유은우는 잡념을 없애기 위해 집중하여 시계를 움직였다. 작은 톱니바퀴 스물일곱 개를 허공에 일렬로 세우고 나니 이젠 꿈이고 용이고 지쳐 생각도 나지 않았다. 유은우는 다소 기분이 좋아져서, 전날 저녁 식사를 거른 것을 맹렬히 후회하며 늦은 점심을 배부르게 먹었다. 깨끗이 비운 식사를 정리하는데, 봉투에 502호라고 인쇄된 게 보였다. 유은우의 병실 호수였다.

'이거 303호 환자 거죠?'

됐어. 신경 쓰지 마.

그러나 쉽게 잊히지 않았다. 혼자서 시계를 조물딱 다루었다가, 까무룩 잠들었다가, 간호사의 당부를 듣고 저녁을 먹는 내내 끊임없이 303호로 뇌가 근질거렸다. 결국 유은우는 침대에서 내려와 슬리퍼를 신고 정윤환의 서랍을 열었다. 유은우가 어제 팽개쳤던 이프와 배터리 사이에 파랗게 빛나는 동그라미가 있었다. 단순한 3학년 배지가 아니라, 학생회 권한도 같이 부여되어 있을 터였다. 손을 뻗어 그것을 그러쥐었다.

유은우는 이프를 확인했다. 오후 8시.

공급기와 연결되어 거추장스러운 치료기를 떼어 냈다. 오른쪽 정강이에 재활기를 달았다. 병실을 빠져나왔다. 늦은 시간임에도 불구하고 복도엔 활기가 돌았다. 의료진이 바쁘게 돌아다녔다. 왜 안 자고 돌아다니냐는 질책에 유은우는 낮잠을 많이 자서 잠이 안 오니 빨리 낫고 싶어 재활을 하고 있다고 해맑게 대답했다. 걱정하는 간호사를 뒤에 두고 자못 태연하게 엘리베이터를 타고 로비로 내려갔다.

카운터 뒤쪽 벽면에 작은 칸들이 가득했다. 칸마다 병실 호수가 적혀 있었다. 유은우는 환자복 주머니에 손을 넣고 자판기 앞을 어슬렁거리면서 칸을 여러 번 훑어보았다. 오른쪽 구석에 303호가 있었고 백일서의 이름표가 붙어 있었다. 그러나 그 칸은 굳게 닫혀 있었고 새것처럼 깨끗했다. 바로 옆 301호와 302호 칸도 마찬가지로 말끔했다. 자주 열고 닫는지 손 탄 흔적이 확실하며, 입구로 약 봉투가 비어져 나오기까지 한 다른 칸과는 확연히 달랐다.

말만 병실이고, 실은 다른 용도로 쓰는 것 같은데.

검은 새벽, 백일서가 실려 나가는 걸 똑똑히 보았다. 그다음 날 백일서가 입원했다는 소문이 돌았다. 유은우도 백일서가 살아 있을 가능성을 아예 배제한 건 아니었다. 피를 많이 흘렸다고 해서 꼭 죽는 건 아니니까. 그러나 그때 백일서의 몸뚱이를 짐짝처럼 다루던 직원들의 태도와 그 뒤에 이어진 임원들의 대화를 떠올리면, 백일서가 살아 있을 확률은 희박했다.

유은우가 로비에 머문 잠깐 사이에 2학년 학생 둘과 4학년 학생 하나가 차례로 카운터를 찾아와 백일서의 병문안을 요청했다. 약물 과다 남용으로 침식된 동조자의 근처에 가면 위험했기에 찾아온 학생들의 용기가 가상했으나, 간호사들은 매번 단호하게 거절했다.

백일서는 죽었어. 그럼 303호는 그저 비어 있는 건가, 아니면 비공식적인…….

유은우는 303호 칸을 뚫어져라 노려보았다.

……시체 안치실인가?

"유은우."

누군가 속삭여 부르는 소리에, 유은우는 소스라쳐 뒤로 돌았다. 그 바람에 자판기에 팔꿈치를 쾅 부딪쳤다. 악, 소리와 함께 눈물이 찔끔 났다. 유은우는 주춤 뒤로 물러서다가 상대를 확인하고 안심했다.

"도연아."

"미안. 놀라게 하려던 건 아니었는데."

손도연이 덤덤하게 말을 이었다.

"오늘 와 보길 잘했다. 계속 병문안 오고 싶었는데 안 된다고 하더라고. 여기서 만날 줄이야. 너 괜찮아? 너 정윤환 이겼다며? 진짜야?"

유은우는 헛웃음을 지었다.

"비겼어."

"와."

손도연이 짧게 감탄했다. 그러더니 힐끔 주위를 둘러보았다. 평소 무던한 손도연이라 조심스러워하는 기색이 낯설었다. 이어 손도연이 이프를 켜더니 가까이 오라는 손짓을 했다. 유은우는 그쪽으로 고개를 숙였다. 손도연이 심각한 표정으로 소곤거렸다.

"너 이거 봤어?"

손도연이 이프에서 화면 하나를 띄워 유은우에게 내밀었다. 신문 기사였다.

사해에서 '용' 출현

용 연구소는 지난 17일 제5도시와 제7유적지 사이 오염 철책 21구역에 용이 나타났다고 밝혔다. 탐색 중 용 연구소 직원의 드론 촬영에 의해 발견되었으며, 크기는 1미터 20센티미터로 용 연구소의 성체 목표인 1미터를 훨씬 웃돌아 세간에 충격을 주고 있다. 용 연구소 관계자는 '사해에 용이 나타난 것은 이번이 처음으로, 연구소에서 밀반출된 용이 부화하여 사해로 탈출해 그곳에서 성장한 것으로 보이므로 모든 것이 연구소의 불찰이며 반드시 포획하여 새로운 도시를 건설하는 밑거름이 되도록 하겠다.'고 밝혔다.

유은우는 기사에 딸린 동영상을 재생시켰다.

새까만 비늘이 촘촘히 덮여 윤이 반질반질한 전신. 가느스름하게 찢어져 새빨간 눈. 날카로운 발톱. 분명 본 적이 있는, 그러나 마지막으로 봤을 때보다 네 배 가까이 커진 용이, 이따금 날개를 펄럭대면서 사해에 널브러져 있는 덤프트럭 밑에 코를 박고 킁킁거리고 있었다.

"……."

유은우는 멍하니 고개를 들어 손도연을 보았다. 손도연이 속삭였다.

"이거 네 용 아니야?"

유은우는 말문이 막혀 다시 화면을 빤히 들여다보았다. 손도연이 재차 속삭였다.

"은우 네 용이 말이야……."

"잠깐. 이게 진짜 내 용인지 확실한 건 아니잖아. 그리고 정확히 말하면 내 용이라고도 할 수 없지. 뭘 해 준 것도 없는데. 그냥 단순히 닮았을 수도 있고……."

"아냐. 확실해. 왼쪽 뒷다리 첫 번째 발톱이 조금 흰 거랑 주둥이 끝에 비늘 세 개가 거꾸로 나 있는 것까지 완전 판박이야."

유은우는 뜨악해져서 눈을 깜박였다.

"언제 그렇게 자세히 봤어?"

"네 용이 난리 쳐서 내 용 스트레스로 다 죽게 생겼을 때 하루 종일 가서 지켜봤지."

"눈썰미가 대단하네."

"태평하긴. 네 용 때문에 내 용 먹이 붙임 실패할 뻔한 거 생각하면 아직도 자다가도 벌떡 일어나. 남들 거저먹는 수업 나만 F 받아 봐. 예상 점수 계산해서 아슬아슬하게 괜찮길래 모의 전투 신청도 안 했는데. 아무튼."

손도연이 이프를 눌렀다. 손도연이 링크해 둔 또 다른 창들이 우수수 쏟아졌다.

"내가 계속 검색해 봤거든? 용 연구소에서 포획을 계속 실패하고 있…….."

"실패?"

유은우는 뒷목을 꾹꾹 누르던 손을 멈췄다. 황당하기 짝이 없었다.

"아니, 이렇게 작은 걸 왜 못 잡아? 기사가 잘못된 거 아냐?"

"기사가 아니야. 오히려 기사엔 별 정보가 없고. 처음에 용 발견되었다고 언론에 발표되자마자, 환경 보호 단체에서 바로 추적 드론 띄웠어. 도시연합 허가도 안 받고 불법으로. 일단 보호 단체 쪽에서는 드론을 띄운 이유가, 연구소에서 용을 포획할 때 비인간적인 방식을 쓰는지 감시한다는 명목인데, 뭐 뻔하지. 환경 보호 단체랑 용 연구소랑 사이 안 좋잖아. 아무튼, 인터넷 검색해서 들어가면 실시간으로 동영상 볼 수 있어. 도시연합에서 동영상 계속 막으려고 하는데, 정규망 안 쓰고 유적지 불법망 끌어다 쓰면 그깟 동영상 유포야 아무것도 아니거든. 사람들이 동영상 편집해서 글도 올리고 상황 정리도 막 하는데, 보고 있으면 좀 귀여워. 못생기긴 했는데, 뭐라고 해야 하나. 못생겨서 더 귀여워. 너도 볼래?"

손도연이 여러 화면 중 하나를 확대했다.

화질이 깨끗했다. 용의 비늘에 지저분하게 낀 하얀 모래알까지 세세하게 다 보였다. 용이 제 몸에 비해 커다란 날개를 바닥에 질질 끌면서 돌아다니다가 굴러다니는 쓰레기란 쓰레기마다 죄 앞발로 쿵쿵 때려 납작하게 만드는 것까지 보고, 유은우는 멍하니 손도연을 응시했다. 백번 양보해도 귀엽지는 않았다. 손도연은 고개를 기울여 동그란 안경 너머로 용을 보고 있었는데, 그 시선이 아주 따뜻했다. 유은우는 그런 표정을 어디선가 본 것 같았다. 가령 서재희가 자신을 볼 때라든가.

"너무 사랑스럽지 않아?"

유은우는 목을 가다듬었다.

"……왜 용을 못 잡고 있대?"

손도연이 눈을 번쩍거렸다.

"정말 정말 정말 빨라."

유은우는 다시 화면을 보았다. 용은 이제 우람한 뒷발로 땅을 파헤치고 있었다. 사해의 흰 모래와 자잘한 쓰레기가 용의 발길질에 맞춰 사정없이 튀어 올랐다. 신이 나는지 비늘로 까슬까슬한 꼬리를 살랑살랑 흔들고 있었다. 가끔 동작이 격해져 꼬리가 담벼락에 쾅쾅 닿을 때마다 벽에 우득우득 금이 갔다.

"빠르다고?"

"응."

손도연이 고개를 끄덕이며 말을 이었다.

"이렇게 한량처럼 건물 부수고 땅 파고 쓰레기에 코 박고 돌아다니니까 잡기 쉬워 보이는데, 막상 다가가서 잡으려고 하면 진짜 빠르게 도망쳐. 여기 동영상에 찍힌 게 있는데 화면에 제대로 안 잡힐 정도야. 연구소 포획팀에서 하늘에서 그물을 내리는 작전도 써 봤는데, 땅으로 쑥 파고들었다가 나중에 몇 킬로미터 떨어진 곳에서 발견됐대."

유은우는 화면을 유심히 들여다보았다. 여러 창 중 하나가 유독 지지직거렸다.

"이건 화질이 안 좋네."

"아, 그거. 용이 지금 제5도시랑 제7유적지 사이를 배회하는데, 근처에 1급 보안지역이 있거든. 그쪽으로 다가가면 영상이 이렇게 찍혀."

"1급 보안지역? 위치가 정확히 어디야? 위성 지도로 볼 수 있어?"

"나도 궁금해서 찾아봤는데, 좌표 찍어 봤자 뭐 보이는 것도 없어. 도시연합에서 막아 놔서 그냥 가짜 평지만 나타나거든."

"거기 대체 뭐가 있길래 막아 놨어?"

"나도 궁금해. 촬영만 안 될 뿐이지, 용이 거기도 왔다 갔다 잘 들락거리더라고. 그거 때문에 이번에 도시연합이랑 용 연구소랑 크게 부딪히기도 했어. 연구소에서는 용을 포획하는 게 더 급하니까 보안지역이라도 포획팀 진입을 허가해 달라고 하고, 도시연합에서는 절대 안 된다면서 용이 보안지역 외에 있을 때 무조건 사로잡으라고."

"도연아, 있잖아. 지금 우리가 사는 이 도시 말이야. 여기도 용으로 건설되었잖아. 이렇게 빠른 용을, 옛날에 인간들은 어떻게 사로잡았을까?"

"글쎄……."

유은우는 악몽을 곱씹었다. 천천히 이어 말했다.

"옛날에 용들은 뭘 먹고 살았을까? 말린 무당벌레가 자연에

흔할 리는 없잖아. 생각해 봐. 애초에 먹이 붙임이 왜 필요해? 자기가 알아서 찾아 먹는 거지. 왜 인간이 정해진 시기에 특정한 먹이로 용을 길들이냐는 말이야. 원래 야생의 용은 그렇게 안 자랐을 거 아니야."

"먹이 붙임을 안 하면 죽어 버린다고 책에서…… ."

"근데 내 용은 무당벌레 날개 쪼가리 하나 안 먹고도 멀쩡하게 살아 있잖아."

"어디 학교 구석구석 돌아다니다가 말린 무당벌레 부스러기 흘린 거 주워 먹었을지도 모르지."

"설마."

"근데 그게 아니면 설명이 안 돼. 실제로 먹이 붙임 실패해서 용이 굶어 죽는 사례가 많아. 나 졸업하고 용 연구소에 취업하는 게 꿈인데, 같이 준비할래? 일주일에 두 번 스터디도 하는데."

"난 지금 당장 알고 싶어. 어디 가면 알 수 있지? 용 연구소 연구원들은 알지 않을까? 거기 견학도 받나?"

"그냥 예약하고 가면 돼. 두 시간 정도 가이드가 안내해 줘. 되게 재밌는데. 난 기초학교 다닐 때 몇 번 다녀왔어. 제5도시에 맛집도 엄청 많은데. 용 모양 크림 카스텔라가 유명해."

손도연은 잠시 말을 멈추었다가 덧붙였다.

"근데 1학년은 외출 안 되는 거 알지? 아, 맞다. 넌 임원들이랑 친하니까 같이 가 달라고 하면 되겠구나. 사진 많이 찍어 와."

손도연이 평온하게 말했으나, 유은우는 속이 편치 않았다. 서재희와는 거리를 두고 싶었고, 정윤환은 생각도 하기 싫었으며, 차예원과는 여러 번 부딪힌 전적이 있었고, 나머지 임원은 이름조차 가물가물했다.

유은우는 그 후로도 한참 동안이나 손도연과 꼭 붙어서 용을 구경했다. 1000년 만에 나타난 용의 성체는 생각보다 작고 사나웠으며 조금은 모자라 보였다. 신성하다기보다 짐승에 가까운 그 까맣고 튼튼한 생물을 정신없이 보다가 문득 고개를 드니 해가 저물어 밖이 캄캄했다. 기숙사로 돌아가는 손도연을 병원 입구에서 배웅하고, 유은우는 한 차례 기지개를 켜며 시간을 확인했다.

자정이 가까웠다.

그러나 여전히 보는 눈이 많아, 유은우는 엘리베이터 대신 계단으로 3층에 올라갔다. 재활기는 빼서 계단 입구에 기대어 놓았다. 부산한 다른 층에 비해 3층은 당황스러울 정도로 조용했다. 301호. 302호. 303호.

303호 문손잡이를 잡고 살짝 돌려 보았다. 턱 걸리는 느낌이 났다. 유은우는 잠시 주위를 살피다가 정윤환의 배지를 보안장치에 가져다 댔다. 삑. 손잡이가 매끄럽게 돌아갔다. 찰칵. 빠르게 문을 열고 들어갔다. 조심스레 문을 닫고 사위를 살폈다.

평범한 병실이었다. 침대 두 개가 텅 비어 있는 것만 빼면, 유은우가 머무는 병실과 같았다.

그리고 피비린내가 났다. 어찌나 짙은지 손으로 공중을 저으

낙원의 이론 2　　　353

면 묻어날 것 같았다.

어디서 쏴아 물소리가 들렸다. 왼쪽 벽에 문이 하나 있었다. 유은우의 병실로 치면 화장실이 있는 위치였으나, 그보다 훨씬 견고해 보이는 문이었다. 게다가 보안장치까지 걸려 있었다. 화장실에 웬 보안장치. 그것도 안쪽이 아닌 바깥에. 유은우는 여차하면 도망갈 기세로 몸을 바짝 긴장시킨 채 정윤환의 배지를 가져다 댔다. 삑. 보안이 해제되었다. 살며시 문을 열었다. 고개만 쑥 집어넣었다.

피 냄새가 한층 짙어졌다.

조명이 희미하여 안이 잘 보이지 않았으나 입이 딱 벌어질 정도로 넓었다. 바로 옆 301호와 302호 병실까지 한꺼번에 터서 쓰는 게 아닐까 싶을 정도로 탁 트여 있었다. 유은우는 눈을 깜박여 어둠에 시야가 익숙해지기를 기다렸다.

희끄무레하던 사위는 곧 선명해졌다. 그럼에도, 대체 이 장소의 용도는 무엇인가 도무지 감이 잡히지 않았다. 우선 한쪽에 세탁기가 있었다. 하나도 아니고 무려 세 대나 있었다. 그리고 정체를 알 수 없는 기계장치들이 대여섯 개 놓여 있었고, 그 옆으로 또 다른 문이 하나 있었다. 아무래도 저쪽이 진짜 화장실, 혹은 샤워실 같았다.

유은우는 함부로 들어가지 못하고 눈만 도록도록 굴리며 안을 살폈다. 그도 그럴 것이, 샤워실에 누군가 있었다. 쏴아아 물소리가 났다.

한쪽 벽면에 원목 선반이 있었다. 수없이 많은 유리병이 빼곡하게 놓여 있었다. 유리병 안에 들어 있는 것이 무엇인지까지는 어슴푸레하여 보이지 않았다. 유리병마다 라벨이 붙어 있었다. 집중하면 읽어 낼 수도 있었겠지만, 시간이 없는 관계로 유은우는 굳이 읽지 않고 넘어갔다.

너무 위험해. 그냥 가자. 사람도 있고, 피비린내도 심해. 저번처럼 발작이라도 하면 어떡하려고.

내가 여기 왜 왔나 갑자기 회의감이 들었다. 유은우가 천천히 물러서려 할 때였다. 선반의 많은 유리병 중 하나가 시선을 갈퀴처럼 잡아챘다. 라벨에 적힌 익숙한 이름. 희미한 빛에도 선명하게 그것만 또렷이 보였다. 마치 그가 유은우를 여기까지 불러낸 것 같았다.

백일서.

유은우는 물러서려던 몸을 딱 멈추었다. 힐끗 샤워실을 보았다. 쏴아아 물소리는 여전했다.

들어가지 마. 위험해. 너 분명 후회해.

이를 악물고 한 걸음 뒤로 몸을 뺐다. 문을 조심스레 밀었다. 그러나 완전히 닫지는 못했다. 문손잡이를 꾹 쥔 손아귀에 땀이 흥건했다.

얼른 보고 나오자.

유은우는 기민하게 문을 열고 들어섰다. 발소리가 나지 않도록 조심하며 선반으로 다가갔다. 훑어보니 전부 사람 이름이었다. 일부러 자세히 살피지 않아도, 유리병 안에 든 것이 무엇인지 대강 짐작이 갔다. 뒷덜미에 소름이 돋았다. 손을 뻗어 백일서 라벨이 붙은 유리병을 꺼냈다. 맑은 액체가 찰랑이며 내용물이 흔들렸다. 붉고 넓적하고 부드러워 보였다. 유은우는 더 이상 자세히 보지 않고 눈을 감아 버렸다.

혀.

유리병을 쥔 손이 덜덜 떨렸다. 짧은 순간, 유은우는 수많은 갈등을 했다. 선반에 다시 올려놓을 것인가, 아니면 가져가 태워 줄 것인가. 설마 백일서가 자신의 혀를 뿌리까지 빼어다가 보관해 달라고 요청하진 않았겠지. 병문안을 왔다가 그냥 돌아간 그의 아버지도 마찬가지일 것이다. 어젯밤 서재희에게 매달리다시피 하던 백정명이 떠올랐다.

'게다가 다 있지도 않아. 일부가…….'

뒤가 서늘했다. 다 있지 않다는 건 시체가 온전하지 않았다는 걸까.

손이 떨렸다. 쥐고 있던 유리병도 흔들렸다. 안에 들어 있던 백일서의 일부가 느리게 부유했다.

가져가서 태워 주자.

결심은 빨랐다. 자꾸만 땀으로 미끄러지는 그것을 두 손으로 꼭 감쌌다. 가져가야겠다. 마음을 단단히 먹었을 때였다. 문득 스산했다.

쭉 들리던 물소리가 없었다. 입 안이 바싹 말랐다. 천천히 고개를 돌렸다.

서재희가 샤워 가운을 걸치고 유은우를 빤히 바라보고 서 있었다. 망연한 표정이었다. 그가 유은우에게서 시선을 떼지 않으며 제 젖은 머리에 얹은 하얀 수건을 한 손으로 천천히 잡아당겼다. 수건이 바닥으로 툭 떨어졌다. 그의 흐트러진 머리끝에서 물방울이 후드득 떨어졌다.

유은우는 그만 유리병을 놓치고 말았다.

쨍강!

발치에서 유리 조각이 산산이 튀어 올랐다. 그와 동시에 경고음이 요란하게 울려 댔다.

— 303호 환자 긴급 상황입니다!

말이 환자 긴급 상황이지, 보나마나 침입자 경고음이었다. 유은우는 이를 악물고 문 쪽을 향해 뛰었다. 문을 확 열어젖히는데 서재희가 손을 내밀어 강하게 도로 닫았다.

"지금 나가면 안 돼."

유은우는 서재희를 올려다보았다. 피비린내로 메스꺼운 곳에서 왜 그는 샤워를 하고 있었던 걸까. 유은우를 막고 선 서재희의 단정한 손끝이 붉었다. 정확히는 손톱 밑이. 미처 씻어 내지 못한 핏기가 남아 있었다.

"은우야."

유은우의 시선을 알아챈 서재희의 목소리가 꽉 잠겼다. 그가 한 차례 침을 삼키더니 절박한 눈으로 유은우를 보았다.

"은우야, 믿어 줘. 제발. 지금 나가면 안 돼."

서재희의 입술이 파르르 떨렸다. 유은우는 잡고 있던 문손잡이를 놓았다. 서재희가 눈을 꾹 감고 깊이 한숨을 쉬었다. 그러더니 가볍게 유은우를 안아 들고 빠르게 세탁기로 가서 문을 열었다.

"조금만 참아. 알았지?"

서재희는 대답을 기다리지 않고 유은우를 세탁기 안으로 훌쩍 집어넣었다. 유은우는 혼란스러운 와중에도 꼭 웅크려 앉았다. 머리 위로 빨랫감이 다급히 쏟아졌다. 피 냄새가 밀려왔다. 서재희 명찰이 그대로 달린 교복 셔츠가 있었다. 온통 피로 붉었다. 세탁기 안에서, 푸릇한 섬유유연제 냄새가 어슴푸레 감돌았다. 몸이 덜덜 떨렸다. 유은우는 무릎을 세워 끌어안은 뒤에 고개를 폭 파묻었다. 피 묻은 서재희의 교복을 보고 싶지 않아 눈을 꼭 감았다.

삽시간에 소란해졌다. 문이 열리는 소리. 여러 사람이 한꺼번에 들이닥치는 소리. 그제야 요란하던 경보음이 그쳤다.

"서재희 학생, 이게 대체……."

"죄송합니다. 제 부주의로 깼습니다."

서재희가 침착하게 대답했으나 상대는 날카롭게 지시했다.

"보안 점검해! 누가 출입했는지 내역 다 뽑아!"

발소리. 기계가 웅웅 돌아가는 소리. 금속이 부딪혀 달각이는 소리. 침묵보다 견고한 소음 사이로 누군가 말했다.

"정윤환 학생으로 나옵니다."

"코드 다시 확인해. 아파서 드러누워 있는 학생 이름이 여기서 왜 나와?"

"제가 좀 빌렸습니다. 들어올 때는 제 배지로 열고 들어왔는데 일하다 보니 어디로 갔는지 안 보여서요. 가서 정윤환 배지

가지고 오니까 문이 잠겨 있어서 다시 열고 들어왔습니다. 큰 문제는 아니라고 봅니다만. 아마 제 이름으로 한 번, 정윤환 이름으로 한 번, 이렇게 두 번 보안 해제 찍혀 있을 겁니다."

"잠깐 둘러봐도 되나?"

"물론이죠."

"자넨 여기서 뭐 하고 있었나?"

"교장 선생님께서 직접 지시하신 것이 있어 수행했습니다."

"일정에 없는데."

"제 말 못 믿으시겠다면 임유현 교장 선생님께 직접 여쭤 보십시오. 그럼 전 바빠서 제 일 마무리 짓겠습니다. 천천히 살펴보고 돌아가시죠."

불쾌함을 노골적으로 드러내는 서재희의 목소리가 머리 위에서 들렸다. 동시에 부스럭거리는 소리와 함께 흰 가루가 사르륵 옷 사이로 스며들었다. 세제 가루였다. 세탁기 뚜껑이 닫히고, 삑삑 버튼 누르는 소리가 났다. 머리 위로 얼음장처럼 차가운 물이 콸콸 쏟아졌다.

물은 점점 차올랐다. 서재희의 옷에서 핏기가 배어 나와 물에 섞이며 안개처럼 떠돌았다. 유은우는 턱 끝까지 물이 채워졌을 때 힘껏 숨을 들이마신 다음, 두 손으로 입을 막고 꾹 참았다. 물이 귀까지 차오르자 이제 바깥 소리는 제대로 들리지 않았다. 눈을 질끈 감았다. 웅웅거리는 세탁기 진동 소리만 온몸을 꽉 채웠다.

더 이상은 한계다 싶을 때, 쏟아지던 물이 뚝 멈췄다. 다급히 세탁기 문이 열렸다. 강한 힘으로, 빨랫감 사이에서 쑥 들어 올려졌다.

"미안해. 괜찮아?"

유은우는 서재희의 품에 안겨 정신없이 콜록거렸다. 서재희가 커다랗고 두툼한 수건으로 유은우를 통째로 감싸 물기를 닦아 주었다.

"괜찮아. 다 갔어. 많이 춥지. 머리 말려 줄게."

너무 추워 이가 딱딱 부딪혔다. 유은우는 서재희가 하는 대로 달랑 안겨서 탈의실로 간 뒤에, 수건에 말린 번데기처럼 그의 품에 꼭 안긴 채로 뜨거운 드라이기 바람을 맞았다. 머리칼이 뽀송뽀송해지자 그제야 정신이 들었다. 서재희가 유은우의 목덜미에 남은 물기를 수건 끝자락으로 조심스레 닦아 냈다. 그가 까맣고 말간 눈으로 유은우를 들여다보았다.

"여기 왜 왔어?"

"그냥요. 어쩌다 보니……."

"은우야. 나는 네가 아무것도 모르고 떠났으면 해. 이렇게 깊숙이 파고드는 건 좋지 않아."

서재희가 단호하게 말했다. 그럼에도 그의 손길은 부드러웠다. 그는 유은우가 체온을 되찾도록 연신 도닥이고 있었다. 유은우는 잠깐 기침을 했다.

"저도 이런 데인지 몰랐어요. 진짜예요. 뭔가 수상하다고는 생각했지만……."

유은우는 저도 모르게 핏기가 남은 서재희의 손톱 밑을 바라보았다. 서재희가 즉각 그 시선을 알아채어, 유은우는 자신이 실수했음을 깨달았다. 유은우는 입을 꼭 다물고 어색하게 그의 품에서 벗어나려 했다. 이제 춥지 않았다. 오히려 열기로 더웠다.

"내가 무섭지는 않아? 이런 곳에 이런 모습으로 있어서……."

서재희가 가만히 묻기에 유은우는 고개를 저었다.

"사정이 있을 거라고 생각해요."

조금 벗어난 것이 무색하도록, 서재희가 눈을 질끈 감더니 유은우를 바싹 끌어안았다. 전신을 감싸고 있던 도톰한 수건이 흘러내렸다. 유은우는 얇은 환자복만 하나 걸치고 있었고, 서재희는 가운 사이로 단단한 가슴팍이 그대로 드러나 있었다. 쿵쿵 심장이 빨리 뛰었다. 널뛰는 심장박동이, 그의 것인지 자신의 것인지 뒤섞여 알 수 없었다. 물기에 젖은 그의 머리카락이 느껴졌다. 더운 숨도. 유은우는 이러다가 심장마비로 죽을지도 모르겠다고 생각했다. 세탁기에 숨었을 때보다 지금이 더 숨 막혔다.

"선배, 저 이만……."

"은우야."

서재희가 유은우를 살짝 놓아주었다. 딱 한 뼘만. 늘 깊이 잔잔하던 그의 새카만 눈동자가 흔들리고 있었다.

"난 네가 무사히 군으로 돌아가 온전한 삶을 살았으면 좋겠어. 진심이야. 우리 앞으로 볼 날도 얼마 남지 않았네."

서재희의 시선이 유은우에게 못 박혀 떨어질 줄 몰랐다. 유은우는 자신의 등과 뒤통수를 안아 든 그의 손이 가늘게 떨리는 걸 느꼈다.

"딱 그동안만 내가 너 좋아해도 돼?"

서재희의 눈가가 붉어졌다.

"많이 안 좋아할게. 조금만 좋아할게. 너한테 이것저것 바라지 않을게. 그냥 예전처럼만 대해 주면 안 돼? 나도 너한테 더 이상 가까이 가지는 않을게. 밀어내지만 마. 응?"

반쯤 열린 창문으로 밤바람이 불어 들어와 그의 젖은 머리카락을 흩뜨려 놓았다. 그의 눈빛도 흔들렸다. 그리고 나도.

"선배, 나는……."

유은우는 그의 품에서 벗어났다.

"……미안해요."

"은우야."

손목이 잡혔다. 깨질까 조심스럽던 손길이 이번엔 단단했다.

"우리 첫 만남이 그렇게 좋지는 않았지. 내가 미안해. 사과할게. 너를 조금만 더 일찍 좋아했다면 어땠을까. 그때는 미처 몰라서 그랬어. 내가 정말로……."

"저도 선배 속였어요. 그때 전 기억이 없는 줄 알았는데, 선배 보호 설계 받으려고 있는 척 거짓말했어요. 선배 이용했어요. 사과하지 말아요. 우리 관계는 딱 그만큼이에요. 저는 선배에게 기억을 보여 줬고, 선배는 절 보호해 주셨어요. 저 이만 가 보겠습니다."

유은우는 서재희의 손아귀에서 손목을 비틀어 빼냈다. 다리의 힘이 풀려 이를 악물고 일어서려 했다. 서재희가 팔을 강하게 붙잡아 당기는 바람에 도로 주저앉았다.

"우리가 주는 만큼 받는 그런 관계라면……."

서재희의 목소리는 거칠었고 눈은 절박했다.

"……그럼 나 너한테 보답 받아도 돼?"

한쪽 손이 유은우의 뒤통수를 단단하게 감싸 당겼다. 다른 쪽 손에 턱이 잡혔다. 그의 차가운 엄지손가락이 아랫입술을 부드럽게 스치고 지나갔다. 서재희의 입술이 다가왔다. 아주 조금의 틈만 남겨 두고, 젖은 눈으로 그가 애원했다.

"내가 방금 너 구해 줬잖아."

그때 정윤환은 반쯤 졸고 있었다.

사람 드나드는 법 없는 창고였다. 바람에 빛이 찰랑거려 좋았고, 조용해서 좋았다. 1학년 때 처음 발견하자마자 마음에 쏙 들었다. 고양이가 너른 곳을 두고 굳이 틈새로 몸 비집고 들어가듯, 정윤환도 멀쩡한 1인실 기숙사를 두고 수시로 그 좁은 창고를 드나들었다. 한번 가면 몇 시간이고 죽치고 앉아 있었다. 창틀에 턱을 괴고 교정을 내려다보면 시간이 물처럼 흘렀다. 어디 돌부리에 걸리는 법 없이 술술 넘어가는 그 느낌이 좋았다. 사해에서는 모든 것이 더뎠으니까.

'이번엔 서재희와 같이 다녀와. 기상이 좋지 않아. 시야 확보

하려면 최소 둘은 있어야 할 거다.'

임유현의 판단이었다. 이상 기류로 사해에 모래 폭풍이 몰아친다는 예보가 있어, 한 명은 위험하다고 했다. 고로 서재희와 함께 다녀오라는 지시가 떨어졌다. 임유현도 달리 선택지가 없었을 것이다. 정윤환 아니면 서재희, 항상 둘이서 번갈아 다녀왔으니. 어떻게 눈가림해 보아도 어쨌든 차예원은 자격 미달이었다.

갑작스레 자신까지 가게 되어 불평할 법도 한데, 서재희는 평소처럼 감정을 삼키고 그리하겠다고 깔끔히 대답했다. 그런 서재희가 정윤환은 그저 불편했다. 둘은 이미 한 번 뭉쳤던 전적이 있었다. 가까워지자마자 상극도 이런 상극이 없음을 깨닫고 치를 떨며 돌아서야 했지만. 서재희는 예민하게 신중했고, 정윤환은 불같이 밀어붙이니, 하나부터 열까지 사사건건 틀어지며 종국엔 남보다 더 못한 사이가 되고 말았다. 같은 곳을 바라본다는 이유만으로는 같이 걸을 수 없음을, 그때 뼈아프게 알게 되었다.

차라리 처음부터 어그러졌더라면. 그랬다면 수고스럽게 시간 낭비하지도 않았을 텐데. 미약하게나마 가졌던 희망도 돌이키면 아까웠다.

정윤환은 연합대회에서 서재희를 처음 만났다.

정윤환은 당시 열여섯 살, 응용학교 2학년이었다. 제1도시 대표 팀으로 뽑혀 출전하였으나, 머리에 피도 안 마른 주제에 성질이 더럽기로 유명하여 당연하게도 리더로 발탁되지는 못했다.

"아악, 짜증 나. 나도 리더 하고 싶다고! 왜 나는 안 돼? 내가 설계 싹 다 깔아 주면 다들 그 위에서 딱 그대로만 뛰면 되잖아. 그 쉬운 길이 있는데 왜 나는 리더 안 시켜 줘? 왜? 왜? 왜!"

연합대회장으로 가는 길, 정윤환은 차 뒷좌석에 길게 드러누워 떼를 썼다. 그가 제 분에 못 이겨 발로 차 문을 쾅쾅 걷어차자 운전을 하고 있던 아버지가 한숨을 쉬었다.

"환아, 똑바로 앉아."

"나도 리더 시켜 줘! 나도!"

"아무리 내 아들이라지만 넌 리더감은 아니다."

"내가 왜?"

"동조율이나 설계, 타격 같은 것은 인간이 가진 능력의 극히 일부일 뿐이야. 도시연합의 핵심 정치인들을 살펴봐. 비동조자도 상당히 많아. 통찰력과 배려심, 희생정신, 사회 구조에 대한 탁월한 이해도. 리더가 되기 위해서는, 버릴 것과 취할 것을 가늠하는 데는 그런 것들이 필요해. 넌 그게 없어. 난 널 그렇게 키우지 않았다."

"싸우는 데 그딴 게 뭐가 필요해?"

땅이 꺼져라 다시 한숨을 쉬는 아버지 옆에서 어머니가 뒤를 돌아보았다. 입이 삐죽 튀어나온 정윤환을 향해 어머니가 엄하게 말했다.

"환이 너 최근 들어 점점 심해지고 있어. 상대 팀도 모자라서 본인 팀까지 싹 다 발을 묶어 놓고 죄다 죽여 버리는, 그게 사람이 할 짓이니? 학교에서 선생님들이 뭐라고 하는지 알아? 너한테 당한 애들은? 너 지금 학교에서 뭐라고 불리는지 알고는 있니?"

"어차피 진짜로 죽는 것도 아닌데, 뭐. 너무 심심하단 말이야. 손 하나 까딱하면 그만인데 다들 헉헉거리며 뛰어다니는 게 웃기잖아."

부루퉁하게 대꾸했다. 아버지가 차를 세우며 딱딱하게 말했다.

"긴말 안 한다. 이번 대회에서, 더도 말고 덜도 말고 딱 하나만 봐. 서재희. 너보다 세 살 어리다고 하더라. 그 애가 어떻게 싸우는지 똑똑히 봐. 진짜 리더란 그 애를 두고 하는 말이다."

정윤환은 튕기듯 몸을 일으켰다. 앞좌석에 바짝 몸을 붙이며 물었다.

"어디 출신? 이름이 뭐라고?"

"제8도시. 서재희."

정윤환은 바람 빠지는 소리를 내며 뒷좌석에 몸을 기댔다. 팽개쳐 두었던 총을 쥐고 습관적으로 서너 바퀴 빙빙 돌렸다.

"전기도 안 들어가는 시골 촌구석에서 무슨……."

무료했다. 고만고만한 동갑내기들이 다 그렇지. 도시연합 중앙학교로 진학한다 하여도 크게 다르진 않을 것 같았다. 지금 옆에 있는 놈들이 그대로 올라갈 테니까. 이 지루한 학교는 하루라도 빨리 접고 수준 맞는 곳으로 가고 싶었다.

가령 도시연합군이라든가.

얼마 전에 김서혁이 직접 집으로 찾아오기도 했다. 그는 정윤환을 군으로 데려가고 싶다는 의사를 분명히, 아주 적극적으로 표현했다. 응용학교 졸업도 전에 군으로 발탁됨은 전무후무한 사례였다. 아버지는, 눈을 빛내며 당장 따라가겠다는 정윤환을 방으로 몰아 가둬 놓고, 나이도 어리고 정신은 더 어리니 좀 더 지켜보고 결정하겠다고 했다. 그리하여 정윤환은 이번 연합대회만큼은 재미를 포기하기로 했다. 아군도 적군도 모두 죽이고 혼자 살아남는 짜릿함은 접어 두고, 적당히 팀에 맞춰 뛰어 우승하면 아버지도 입대를 허락하시리라 믿었다.

정윤환은 인터컴 하나만 달랑 들고 외따로 앉아 스크린을 응시했다. 같은 팀원은 멀찍이 모여 있었다. 모여서 회의를 해도 정윤환이 듣는 둥 마는 둥 하니 그들은 이제 부르지도 않았다. 정윤환도 미리 말해 두었다.

'너희는 너희끼리 알아서 싸워. 나는 적당히 맞춰 줄게. 미리 전략을 가르쳐 줄 필요 없어. 너희 하는 게 뻔하지. 너무 땀 빼지는 마. 어차피 내가 있어 이길 텐데, 뭐.'

돌려 말하기 귀찮아 솔직하게 말했더니 응용6학년 리더가 멱살을 잡으려 했다. 피하면서 발을 걸어 넘어뜨렸다. 그 뒤엔 서로 냉랭했다. 개의치 않았다. 그렇게 내가 싫으면 애초에 팀에 넣지 말지 그랬어. 나 싸가지 없기로 유명한 건 너희도 귀가 있으면 들었을 것이고, 팀원이 되었다는 것은 내 성질 감수하기로 암묵적으로 합의한 것 아닌가.

— 제8도시 대기합니다. 리더 기초6학년 서재희. 팀원 응용

6학년 류나영, 응용6학년 김인제, 기초6학년 박효진. 차단벽 해제까지 10, 9, 8…….

스크린에 학생 넷이 비춰 보였다. 명찰을 쓱 훑어보았다. 서재희. 또래보다 키가 훌쩍 크고, 눈이 유난히 새까맣고, 굉장히 침착해 보이는 남학생이 스타트 신호와 함께 총을 뽑았다.

정윤환은 왼쪽 귀에 인터컴을 장착하고, 제8도시 팀 청취로 맞추었다.

— 나영 누나, 적이 하나라도 빠지면 안 되니까 최대한 뒤로 돌아서 위협하면서 몰아 줘요. 인제 형, 효진 누나랑 너무 붙었어요. 간격 둬요.

6학년 상급생들을 먼저 내보내고 서재희는 뒤에 빠져 있었다. 그가 담담히 지시하면서 연사했다. 서재희가 땅으로 뿌려대는 새파란 패턴들이 사방팔방으로 뻗어 나갔다. 고급 설계는 없었다. 기초학교 1학년도 구사할 줄 아는, 기본 중의 기본이었다. 주로 온의 흐름을 끌어 잡아 돌리는 방향 설계였다. 잘 쓰면 상대방의 타격을 그대로 받아칠 수 있으나, 잘못 겹쳐 내면 미로처럼 엉켜 폭발할 터인데, 서재희는 딱히 아래를 보지도 않고 그냥 땅으로 총을 갈겨 대고 있었다. 시선은 앞서 달려 나가는 본인의 팀원들에게 박혀 있었다.

— 효진 누나, 잘하고 있어요. 쭉 들어가요. 맞아도 되니까 머뭇대지 마요. 경직이랑 추락만 피하면 되니까. 저한테서 최대한 멀리 떨어져 줘요.

서재희가 앞서 보낸 박효진은 선두에서 적의 공격을 그대로 두드려 맞고 있었는데, 회피 속도가 실로 암담했다. 경직 설계나 포박 설계만 겨우겨우 피하고 있었지, 살짝만 몸을 틀어 피할 수 있는 공격도 고스란히 얻어맞아 안쓰럽기까지 했다. 스스로 건 보호 설계도 진작 깨져 맨몸이라, 자살 시도나 다름없었다. 게다가 맞아도 된다니? 정윤환은 팔짱을 끼고 눈을 가늘게 떴다. 팀원 하나만 죽어도 급격히 승세가 기우는데, 서재희는 뭘 믿고 맞아도 된다고 하는 걸까.

— 좀 더 접근.

박효진은 서재희의 황당한 지시에 별다른 항변 없이, 상대 팀을 향해 직진에 직진이었다. 박효진의 뒤를 따라 적의 사정거리에 들어가자마자, 이젠 또 김인제가 추락 설계에 걸려들었다. 그 뒤가 가관이었다. 바로 매듭을 끊고 나와야 함에도 그는 그러지 못했다. 정윤환이 보기에, 김인제는 손 떨림이 심했다. 섬세한 조준이 거의 불가했다.

실력이 형편없네.

시골 촌구석이 그렇지, 뭐. 제8도시는 여태 쭉 하위권이었다. 땅에 붙어 있는 이끼 수준. 도시 순서가 곧 우승 순서였다. 정윤환은 아버지의 탁월한 안목에 혀를 찼다. 그럼에도 인터컴을 탈착하지는 못했다. 보기 드물게 엉성한 팀이라 당최 속셈이 궁금해서라도 끝까지 보고 싶었다.

서재희 팀의 구성원 넷 중, 하나는 체력이 절반이나 깎이고, 하나는 추락 설계에 걸려 아래로 곤두박질치고 있었다.

서재희 팀과 맞붙은 제3도시 팀은 처음엔 냅다 돌진하는 박효진을 경계하며 주춤했다. 그도 그럴 것이 폭탄이라도 이고 오는 것처럼 당당했으니까. 그러나 박효진이 적의 타격을 피하려 애쓰나 피하지 못하고, 뒤에 따라붙던 김인제마저 꼴사납게 추락 설계에 걸려드는 걸 보자, 제3도시 팀은 이제 둘을 집중적으로 공격하고 있었다. 전투 시작 5분 경과 전에 상대 팀 과반수를 먼저 제거하게 되면 가산점을 얻으니 당연한 태도였다.

정윤환은 이해할 수 없었다. 애초에 저렇게 이를 악물고 적의 중심부까지 갈 필요가 없었으니까. 정윤환이 보기에 서재희 팀에서 그나마 쓸 만한 팀원은 류나영이었다. 사격도 깨끗하고, 동조율도 74로 그럭저럭 봐 줄 만했다. 전투가 시작되자마자 가장 빨리 적의 뒤편으로 날아가 적을 강력히 밀어붙여 가운데로 몰기도 했다. 하지만 이제 그녀는 멀찌감치 떨어져서 서포트에 힘을 낭비하고 있었다. 아주 한가로운 태도로, 서재희에게 강화, 박효진에게 속도를 번갈아 걸어 주며 실력을 낭비하고 있었다. 이따금 총을 다른 곳으로 겨누기도 했으나, 땅바닥에 처박혀서 적의 타격을 골고루 얻어맞고 있는 김인제에게 선심 쓰듯 방패를 씌워 주는 게 다였다.

— 재희야, 나 갈고리 준비해도 돼?

김인제였다. 여태 이상할 정도로 서재희 외엔 죄다 침묵을 지키더니, 그제야 누군가 한마디 한 것이다. 땅바닥에 누워서 폭격에 얻어터지면서도 묘하게 즐거운 목소리였다.

— 그래. 이만 끝내자. 우리 이러다 지겠어.

류나영이 말했다. 팀의 자멸을 애도한다기엔 표정도 목소리도 사뭇 밝았다.

— 나 5초 안에 죽을 것 같은데 마무리하지요, 리더님?

사망 직전의 박효진이 장난스럽게 엄살을 부렸다. 서재희는 땅으로 휘갈기던 사격을 멈추고, 여유롭게 물러나며 말했다.

— 다들 수고하셨습니다.

그리고 터졌다. 모든 설계와 타격이 빠르게 이어져, 마치 동시에 일어난 것 같았다. 김인제가 포획 설계를 이용해 서재희의 발밑에 차곡차곡 쌓여 있던 수십 개의 방향 설계 덩어리를 제 쪽으로 바싹 끌어당겼다. 알코올중독자처럼 손을 덜덜 떨어대던 김인제가 했다고는 믿기 힘들었으나 정윤환은 즉각 이해했다. 서재희가 워낙 두껍게 쌓아 올렸으니 세밀한 조준은 필요 없었다. 다만 순간적으로 강력히 당기는 힘이 필요했는데, 그게 바로 김인제의 장점이었다.

김인제가 서재희의 설계와 하나가 되자마자, 체력이 제로가 된 박효진이 그 위로 정확하게 떨어졌다. 류나영이 그 위로 힘껏 타격했다. 박효진의 시체가 촉매제가 되면서 서재희의 방향 설계가 연달아 터지며 넓은 범위를 불꽃으로 삼켰다. 고막을 뒤흔드는 폭음에 정윤환은 황급히 인터컴을 뺐다.

마지막에 살아남은 건, 줄곧 전투와 멀리 떨어져 있었던 서재희뿐이었다. 그는 이미 총을 홀스터에 꽂아 갈무리하고, 밖으로 나가려고 문 앞에 대기하고 있었다. 한바탕 전투를 치렀다기보다는, 학교 마치고 집에 가서 엄마한테 문 열어 달라는 모양처럼 한가로워서 어이가 없을 정도였다. 하긴, 남들 피 터지게 뛰어다닐 때 본인은 가만히 서서 기초 설계나 쌓아 댔으니 땀 한 방울이라도 흘렸다면 그게 더 이상하겠지.

— 제8도시 1승. 제3도시 1패. 전투를 종료합니다.

쭉정이 모아서 한 방을 만드셨네. 웃음이 터졌다. 같이 놀면 재밌겠다.

정윤환은 발로 바닥을 긁어 대며 부릉부릉 시동만 걸다가 서재희가 전투실에서 나오자마자 달려 나갔다. 손을 뻗어 서재희의 팔을 잡아챘다.

"야, 서재희!"

서재희가 눈을 동그랗게 떴다. 시선이 마주쳤다. 서재희의 뒤를 따라 나온 팀원 셋이 경계하듯 정윤환을 둘러쌌다. 연합 대회 중에 서로 시비를 걸다 몸싸움으로 이어지는 사고는 빈번했다. 도시연합 중앙학교 진학이 걸려 있다 보니 감정이 쉽게 격해졌다.

서재희가 너 누구냐는 표정을 지어서 정윤환은 충격을 받았다.

"……나 몰라?"

그렇다고 나 정윤환이다, 대놓고 말하기가 묘하게 쑥스러웠다. 그러고 보니 남에게 먼저 자신을 소개하는 일이 드물긴 했다. 보통은 남이 먼저 정윤환에게 자신을 소개하곤 했으니까.

서재희가 난처한 표정으로 제 팀원을 바라보았다. 누군가 정윤환이라고 작게 일러 주는 것이 들렸다. '아아.' 서재희가 고개를 끄덕이더니 한결 명료해진 눈빛으로 정윤환을 보았다. 정윤환은 그의 반응이 자신에 대한 감탄이기를 내심 바랐다. 서재희가 방긋 웃으며 말했다.

"안녕하세요."

아니, 인사를 하자는 게 아니고. 정윤환은 답답하여 서재희의 팔을 꽉 잡고 흔들어 댔다.

"나랑 너희 팀이랑 1대 다수로 연습 게임 한 번만 하자! 우리 아빠한테 말하면 빈 전투실 쓸 수 있어."

"아니요. 선배하곤 안 할래요."

서재희가 빙그레 웃었다. 제8도시의 촌스러운 사투리가 그대로 배어 나옴에도, 이상하게 분위기가 고상했다.

"저도 선배 영상 봤어요. 전 개싸움은 안 해요."

예의 바르게 직구를 던지고, 서재희가 제 팔을 비틀어 빼냈다. 초면에 욕을 얻어먹어 정윤환은 어이가 없었으나 일단 마음이 급하여 해명은 미뤄 두기로 했다. 포기하지 않고 다시 서재희의 팔을 잡아당겼다.

"룰 다 지킬게. 매너 없게 안 할게. 그냥 붙어 보고 싶어서 그래."

"그래도 안 해요."

"왜?"

"선배랑 하면 지니까. 전 지는 싸움은 안 해요."

"어차피 우리 붙어. 대진표 보면 우리 팀이랑 너희 팀 모레 시합이야. 그 전에 나랑 연습 게임 한 번 해 보면 실제로 우리 팀이랑 맞붙을 때도 도움 되지 않겠어?"

이렇게 남에게 같이 연습 게임을 해 보자고 매달리기는 또 처음이라 정윤환은 당황스러웠다. 서재희는 정윤환이 쏟아 내는 말을 막지도 않고 가만히 듣더니 서글서글하게 대답했다.

"아, 그건 기권하려고요. 전 이기는 싸움만 할 거라서. 계산해 봤는데 선배가 있는 제1도시 팀한테는 계속 기권하고, 나머지 전투는 전부 다 오늘처럼 클리어하면 1등 할 수 있더라고요. 선배 팀 작년에 룰 위반으로 페널티 먹어서 점수 깎이고 들어왔잖아요."

정윤환은 말문이 막혔다. 서재희는 고개를 갸웃 기울여 정윤환을 말끄러미 보다가, '그럼 가 보겠습니다.' 하고 몸을 돌리려 했다. 정윤환은 자존심이고 뭐고 다 팽개치고 다시 한번 서재희를 잡아당겼다. 초면인데 자꾸 잡아 세우는 것이 짜증 날 법도 하건만 서재희는 그저 잠자코 멈춰 서서, 정윤환이 무슨 말이든 뱉어 보려고 애쓰는 것을 기다려 주었다.

"그럼 너 중앙학교 입학할 거지? 너라면 합격할 테니까. 거기 들어가면 우리 꼭 같이 팀 먹자."

"저 중앙학교 지원 안 해요."

뭐? 그 실력으로? 왜? 너무 황당해서 말이 안 나왔다. 정윤환의 멍한 시선에, 서재희가 덧붙였다.

"저는 기초랑 응용만 졸업하고 아버지 따라 농사지을 거예요."

"미쳤냐?"

"아니요."

그 대답을 하고 서재희는 배시시 웃었다. 아무래도 정윤환

같은 반응을 빈번하게 접한 모양이었다.

"……너 그럼 여긴 왜 나왔어?"

"재밌기도 하고. 형이랑 누나들이 나가자고 해서요. 부모님도 허락해 주셔서. 마을 입구에 플래카드도 걸어 준대요."

서재희가 또박또박 정확하게 대답을 하는데도, 도무지 이해가 되질 않았다. 정윤환은 더는 뭐라 말도 못 하고 서재희를 놔주었다. 쟤 머리가 어떻게 된 거 아닌가 의심하면서.

2주에 걸쳐 진행된 연합대회에서, 정윤환은 서재희와 종종 마주쳤다. 정윤환이 대놓고 제8도시 숙소 주변을 어슬렁거린 덕이 컸다. 왠지 지고 들어가는 기분을 한껏 느끼며 서재희를 찔러 보았으나 그는 친절하게 맹한 소리만 해댔다.

"싸우는 것도 재밌긴 한데 그래도 고향에서 농사짓는 게 더 재밌어요. 이건 그냥 마실 나온 건데. 근데 선배, 새벽에 우리 숙소 문 앞에 쭈그리고 앉아 있는 거 그만하면 안 돼요? 누나들이 좀 무섭대요. 미친 거 아니냐고."

"어, 미안……. 아니, 그게 아니고, 너 근데 왜 저런 사람들이랑 해?"

"저런 사람들?"

"못하잖아."

"그래야 재밌는데. 서로 보완하고 이끌어 주라고 팀이 되는 거 아닌가요? 그리고 여기서 제일 부족한 건 저예요."

겸손이 지나쳐 재수가 없었다. 차라리 나처럼 잘난 척을 하든가. 그러나 그리 대답하는 서재희의 얼굴이 깨끗하게 말개서,

그런 불평조차 하지 못했다. 정윤환은 얻어걸리라는 심정으로 아무 말이나 던져 보았다.

"그럼 나랑 팀 먹고 연습 게임 하면 안 돼? 나도 하자 있어."

서재희가 눈을 동그랗게 떴다.

"무슨 하자?"

"성격."

"……지금 저한테 장난치는 건가요?"

연합대회가 하루 이틀 지나면 지날수록, 서재희의 전투를 보면 볼수록, 정윤환은 안달이 났고 대회 끝물에 가서는 잠도 이루지 못할 만큼 초조해졌다. 미친놈 소리를 들어 가며 매일 구석진 제8도시 숙소를 찾아갔다. 그러나 무슨 말로 회유해도 서재희는 그저 담백하기만 했다. 이대로 대회가 끝나고 서재희가 제8도시로 돌아가게 되면 다시는 못 볼 가능성이 농후했다.

연합대회 마지막 결승전을 하루 앞두고 정윤환은 큰마음 먹고 서재희를 불러냈다. 서재희는 거의 보름간 정윤환에게 이리 불리고 저리 불렸으나 불평 한마디 없이 얌전하게 나왔다.

"우리 이제부터 친구야."

정윤환은 한쪽 손을 들고 선언했다. 서재희는 반응이 없었다. 여태 서재희가 듣고도 대답을 하지 않는 건 또 처음이라, 정윤환은 꽤 민망했다. 그러나 다른 사람에게 하듯 욕을 할 수는 없었다. 어떻게든 연을 이어 가야 했다. 재차 힘주어 말했다.

"친구끼리는 연락을 하고 지내잖아. 멀리 떨어져 있어도."

제1도시와 제8도시는 단순히 물리적인 거리뿐 아니라, 뿌리

깊은 심리적 거리가 더욱 컸다. 정윤환은 서재희 앞에서 제8도시를 빈민 소굴로 여기는 속내를 비치지 않기 위해 부단히 애를 써야 했다. 그러나 그리 잘 감춘 것 같지는 않았다.

서재희는 여전히 대답이 없었다.

"너 집에 가서도 도시 연결 서비스 안 끊을 거지?"

"끊어야죠."

비로소 서재희가 입을 열었으나 대답은 실망스러웠다.

"지금은 부모님이랑 전화해야 돼서 필요한데, 집에 가면 바로 끊을 거예요. 비싸서요."

'내가 대신 내줄게.'라는 말이 목구멍까지 올라왔다. 서재희가 혹여 자존심이 상해 이나마 유지하고 있는 관계마저 틀어질까 정윤환은 바로 대안을 찾아보았다.

"그럼 메일. 집에 컴퓨터는 있지? 메일을 주고받는 거야. 어때?"

"인터넷이 잘 안 돼서 메일이 끊겨서 오기도 하고 아예 전송이 안 되기도 해요."

아오, 이놈의 깡촌, 진짜! 정윤환은 팔자에도 없는 인내심을 발휘하느라 머리에 쥐가 날 지경이었다.

"괜찮아. 내가 메일 하나 쓰면 열 번 반복해서 보낼게. 그중 하나는 가지 않겠어? 너도 나한테 답장 보낼 때 열 번 재발송해."

서재희는 잠자코 눈을 내리깔았다. 정윤환은 숨넘어가기 일보 직전이었다. 이거 지금 싫다는 거지. 정윤환은 유독 이런 쪽으로 미숙한 뇌를 열심히 굴려 보았다. 친구라고 확실히 각인시키려면 어떻게 해야 하나.

"너 그럼 나한테 반말 써도 돼."

처음으로, 서재희가 곤혹스러운 표정을 지었다.

"그건 좀……."

"반말해, 반말. 막 불러. 윤환아 막 이렇게 불러. 이젠 친구니까."

정윤환은 서재희를 열렬하게 바라보았다. 그 상태로 수 초가 흐르자, 서재희는 마지못해 고개를 주억거렸다. 정윤환은 이때다 싶어 냉큼 대답까지 강요했다. 그러자 서재희는 겨우 목소리를 냈는데, 고작 열세 살 주제에 백 세 먹은 노인처럼 희미해 잘 들리지도 않았다.

"……응."

"좋아. 너 방금 반말한 거 맞지? 이제 친구니까 메일 주고받는 거야. 알았지? 어? 왜 대답이 없어? 지금 친구 말 무시하는 거야?"

연합대회에서 제8도시는 도시 건설 이후 처음으로 1등의 영광을 거머쥐었다. 우승팀을 이끈 리더의 우승 소감이 한동안 뉴스를 도배했다. 스크린에서 서재희는 희고 말끔한 얼굴로 사투리를 드문드문 섞어 가며, 익히 정윤환에게 했던 말을 반복했다.

"개개인의 능력은 좀 떨어질지 몰라도 팀이 되어 서로를 보완하거나 단점을 드러내어 적에게 틈을 보이다가 역으로 치는 게 정말 재밌기도 하고, 동네에서 친하게 지내는 형이랑 누나들이 같이 나가자고 하기에, 마침 방학이라 시간도 남고 부모님도 허락해 주셔서 나오게 되었습니다."

여덟 도시의 전 시민이 주목하는 연합대회 우승자의 소감치고는 소박하여 풋내가 났다. 그래서 먹잇감이 되었는지도 모른다.

연합대회가 끝나고도 둘은 가끔 메일을 주고받았다. 처음에는 정윤환이 일방적으로 서재희에게 메일을 스팸 수준으로 날려 댔다. 정윤환은 설계나 타격에 대한 최신 정보와 그에 대한 자신의 의견을 빽빽하게 적어 보낸 뒤, 제때 답장을 하지 않는다며 서재희를 들들 볶아 댔다. 정윤환의 무분별한 발송으로 메일함이 꽉 차기까지 하자, 서재희는 예의상 짤막하게 답장하기 시작했다. 그러다 점차 소소한 일상 이야기가 덧붙여졌다.

오늘 눈이 많이 왔어. 비닐하우스가 무너져서 부모님이 걱정이 많으셔. 딸기들이 절뚝거리면서 전부 기어 나오기에 일단 창고에 넣어 두었어. 이럴 때면 식물에 기계 뿌리가 달려서 꼬물꼬물 움직이는 게 다행인 것 같아.

그놈의 딸기랑 고구마 얘기 좀 그만하면 안 돼? 야, 나 군에 들어가는 거 아빠한테 허락받았다? 학교에서 말썽 안 부리고 2년만 딱 더 다니면 보내 주시겠대! 부럽지? 너도 들어오면 안 돼? 거기서 흙이나 만지는 것보다 백배 재밌다니까. 너는 그 깡촌이 지루하지도 않아?

메일을 본격적으로 주고받게 된 어느 날, 서재희는 정윤환에게 이제 메일은 한 번만 보내도 된다고, 사실은 끊기거나 수신이 안 되는 일은 거의 없다고 실토했다. 정윤환은 쌍욕을 퍼붓고는, 그럼 초반에 보낸 메일들은 일부러 보지 않은 거냐고 추궁했다. 서재희는 정말 미안하다며 지금은 다 읽었다고 사과했고, 정윤환은 화를 버럭 냈지만 이미 다 풀려 있었다.

그러다 정윤환이 본격적인 입대 준비로 바빠지고, 서재희 또한 수해를 입어 집에 설치했던 인터넷망이 끊어지는 바람에 시내까지 나가야 답장을 보낼 수 있게 되어, 2년간 이어지던 연락은 자연스레 끊어졌다.

그로부터 다시 1년이 흘러, 정윤환은 응용학교 5학년 2학기를 맞이했다. 그는 당시 학교를 거의 나가지 않았다. 다른 학생들은 6학년에 올라갈 차례일 때, 정윤환은 입대가 확정되었다. 김서혁의 적극적인 협조로 모든 서류가 순식간에 갖춰졌다. 정윤환은 안 그래도 시시하던 학교에 더욱 드문드문 가게 되었다. 처음엔 이삼일에 한 번꼴로 가다가, 교사들이 달리 제지하지 않자 2주에 한 번꼴로 간격이 길어졌다.

하얗게 눈이 내리던 날, 정윤환은 모처럼 학교에 들렀다. 현관에서 우산을 접어 툭툭 털고, 하얀 목도리를 끌러 하아 숨을 뱉었다. 흩어지는 입김 사이로, 왠지 낯익은 얼굴이 보였다.

새까만 머리칼의 키가 훌쩍 큰 남자애가 하얀 코트에 까만 목도리를 돌돌 감고 시선을 아래로 한 채 타박타박 교정을 가로지르고 있었다. 코트 깃 사이로 익숙한 까만 교복이 보였다. 정윤환이 입고 있는 제1도시 응용학교 교복이었다. 눈이 마주쳤다. 정윤환은 우산을 팽개치고 뛰어갔다.

"야, 서재희! 진짜 반갑다. 너 어떻게 된 거야? 교복 뭐야? 이거 우리 교복인데? 언제 이사했냐? 딸기랑 고구마 열심히 키우더니 돈 좀 벌었나 봐. 8에서 1까지 신분 상승 축하한다. 나 지금 가슴이 벌렁거려서. 그런데 왜 나한테 연락도 없이, 아니다, 연락은 내가 먼저 안 했나? 미안, 내가 정말 너무 정신이 없어가지고. 와, 진짜 오늘 학교 오길 너무너무 잘했다……."

공중으로 입김이 흩어지고, 흥분하여 높아졌던 목소리는 낮게 사그라졌다. 사방으로 눈 내리는 소리만 가득했다.

서재희는 서재희인데, 서재희 같지가 않았다. 물론 마지막으로 사진을 주고받은 지 1년이나 흘렀으니 그새 둘 다 키도 훌쩍 크고 선도 굵어져 있었다. 특히 서재희는 예전에도 고상한 편이었으나 이제는 완전히 촌티를 벗고 제법 귀티까지 났다. 하지만 정윤환이 직감한 것은 그런 외적인 것이 아니었다. 무슨 말인고 하니, 속이 크게 비틀린 것 같은 위화감이 있었다.

정윤환은 잠시 말문이 막혀, 서재희의 서늘하게 가라앉은 새카만 동공을 마주 보았다. 서재희가 천천히 손을 들어 올려 제 입을 가리고 있던 까만 목도리를 잡아당겨 내렸다. 드러난 입매는 전처럼 단정했다. 그러나 그리 건조한 목소리는 생전 처음 들어 보았다. 예의상 하는 말에도 늘 온기가 돌던 서재희였는데, 이제 그런 것은 없었다. 없어진 지 오래인 것 같았다.

"고향에 폭격이 떨어졌어."

감히 위로하지 못했다. 변명도 어려웠다. 나는 몰랐다고, 언론 어디서도 제8도시 폭격에 대한 기사는 보지 못했다고 입이 떨어지질 않았다. 대신 정윤환은 매일같이 학교에 출석 도장을 찍었다. 그래 봤자 고작 몇 주였지만, 그래야 할 것 같았다. 그러나 정윤환의 걱정과는 다르게, 서재희는 놀랍도록 제1도시에 잘 적응하고 있었다. 특유의 성숙하고도 유려한 분위기에 다른 학생들 또한 서재희에게 매료됨이 당연했다. 그에 반해 정윤환은 한 걸음씩 물러났다. 서재희는 여전히 통찰력 있게 팀을 구성하고 이끌었으나, 거기에 예전과 같은 즐거움은 없었다.

'재밌기도 하고, 형이랑 누나들이 나가자고 해서요. 부모님도 허락해 주셔서. 마을 입구에 플래카드도 걸어 준대요.'

서재희가 밝게 말했던 우승 소감의 그 어떤 것도 남아 있지 않았다.

정윤환은 텅 빈 서재희 옆에서 어쩔 줄을 몰라 주위만 뱅뱅 맴돌았다. 서재희가 견고한 가면을 쓰고 있다고 느꼈다. 더는 그의 재능이 빛나 보이지도 않았다. 따뜻함도 사라지고 없었다. 정윤환은 안타깝게 과거를 상기하기도 하고, 서재희를 이해해 보려고도, 하고 가끔 저도 모르게 불쑥 화를 내기도 했다. 서재희는 자신은 달라진 게 없다고 했다. 정윤환은 너는 다른 사람 같다고 했다. 왜 그런 말을 했는지는 모른다. 말한다고 해서 달라지는 것은 없었고 멈출 수 있는 것도 없었는데.

그렇게 서툴게 시간이 흘러가 버렸다. 정윤환은 도시연합군 소속이 되어 김서혁 밑으로 들어갔다. 서재희는 제1도시 응용 학교를 수석으로 졸업한 뒤, 갈 생각이 없다던 도시연합 중앙학교 역시 수석으로 입학했다.

그리고 2년이 흘렀다. 서재희는 스물셋, 정윤환은 스물여섯이 되었다.

그런데 도시연합 중앙학교 모의 전투실에서 다시 보게 된 서재희는, 정윤환의 세계를 순식간에 뒤집어 놓았다. 당시 정윤환은 막 특례 입학하여 교복을 어색하게 꿰어 입은 지 일주일도 안 된 불량한 신입생이었고, 서재희는 정규 코스를 착실히 밟아 3학년 배지에 번듯한 학생회장 직함까지 달고 있었다.

정윤환이 군과 반란군 사이에서 박쥐 짓을 하며 속이 문드러지는 동안, 서재희는 어마어마하게 성장해 있었다. 그가 통솔하는 전투는, 이제 충격 그 자체였다. 서재희의 리드에는 기본적으로 따뜻한 인간미가 깔려 있었다. 이제 볼 수 없다고 체념했기에 더욱 반가웠다. 냉철한 판단이 승패를 가르는 전투에서, 서재희는 아주 드문 케이스였다.

따뜻하고 똑똑한 사람.

정윤환이 굶주렸던 인간상이었다. 대부분의 인간들은 두 가지 중 하나만 겨우 충족시키거나, 아니면 하나의 반의반도 가지지 못했다. 따뜻함에 이끌려 다가가면 그 멍청함에 실망하기 마련이었고, 좀 똑똑하다 싶어 말을 걸었다가 차가운 속내에 움츠러들기를 반복했다. 그러면서도 찾아 헤맨 이유는, 타인에게서라도 형을 다시 마주하고 싶어서였다. 물론 그것은 쉽지 않았기에, 정윤환은 군에서 학교로 내려오며 그 모든 이상을 접어 두었다.

그랬는데. 서재희의 전투 스타일을 보자마자, 미뤄 두었던 꿈이 와르륵 쏟아졌다.

인간미와 재능을 두루 갖춘 사람은 귀했다. 다시는 만날 수 없을 거라고 생각했는데. 정윤환은 그 자리에서, 서재희에게 구원받으리라 필연적으로 믿어 버렸다. 불행은 항상 얄팍한 행운을 뒤집어쓰고 찾아온다는 것을, 아무리 학습해도 자꾸만 잊는다는 게 문제였다.

서재희 팀의 턴이 끝나고, 그다음 팀이 전투실로 들어가려는 것을, 정윤환이 밀치고 들어가 먼저 총을 뽑았다. 팀전으로 세팅되어 있던 시스템을 개인전으로 바꾸지도 않고, 정윤환은 혼자서 신기록을 세우고 나왔다. 바로 서재희를 찾아 불렀다.

"우리 구면이지?"

바로 본론을 꺼냈다.

"나 네 팀에 들어갈래."

서재희는 가만히 정윤환을 응시하다가 조용히 대답했다.

"그때도 사양했던 걸로 아는데. 미안하지만, 안 돼."

예상했던 거절이었다. 정윤환이 짐작한 대로, 서재희는 친절한 설명을 덧붙였다.

"넌 완성되어 있잖아. 팀으로 뛰는 의미가 없어. 대신……."

서재희가 빙긋이 웃었다.

"……학생회 들어올래?"

뜻밖의 제안이었으나, 정윤환은 깊이 생각해 보지도 않고 선선히 승낙했다. 학교 분위기가 뒤숭숭한 것을 조금이나마 완화하기 위해 정윤환을 가까이 두고 살피려 한 서재희의 뻔뻔한 속내는 나중에 알았지만 그건 큰 문제가 되지 않았다. 그 정도는 눈감아 줄 수 있다고 생각했다. 유적지에 묻어 두고 온 것들을 서재희 앞에서 다시 펼쳐 놓을 수만 있다면.

한 학기를 서재희와 붙어 지냈다. 서재희는, 과거의 아픔을 딛고 단단해진 것 같았다. 보면 볼수록 사람이 괜찮았다. 가끔 벽이 느껴지기는 했으나, 그건 과거에 대해 함구하는 정윤환도 마찬가지였으니 흠이라 하기는 어려웠다. 정윤환은, 대체 언제쯤 서재희에게 말을 꺼내면 좋을까, 그가 나를 믿어 줄 것인가 호시탐탐 기회를 노리며 그를 제 잣대로 가늠했다.

"도시연합에서 배포한 사해 지도에 온 오염도 평균치가 나오잖아. 그런데 실제로 사해에 나가면 지도하고 안 맞을 때가 있어. 특히 제7유적지로 가면 지도에 표기된 것보다 온 오염도가 훨씬 떨어지는데, 그 낮은 수치를 따라가다 보면 1급 보안지역 경고가 뜨면서 진입할 수가 없거든. 이번에 대규모 파견팀을 꾸려서 일부러 낙오할 거야. 그리고 제7유적지부터 보안지역 경계까지 일직선으로 달리면서 오염도 수치를 우리 손으로 직접 측정하고 싶어. 그러면 도시연합이 온 오염도를 거짓 표기했다는 증거를 만들 수 있어. 운이 좋으면 보안지역 안에 들어가 볼 수 있을지도 몰라."

정윤환은 서재희의 눈에서 정성민의 그림자가 어른거리는 것을 보았다. 자각하기도 전에, 이미 입이 멋대로 말하고 있었다.

"내가 도와줄게."

결과는 참담했다.

둘은 각자의 방식으로 치열하게 낙원의 이론을 파헤쳤으나, 문득 정신을 차리고 보니, 그 한가운데 들어와 있었다. 들어올 땐 마음대로라도 나갈 땐 목숨이 필요한, 그 끔찍한 거미줄의 바로 정중앙에.

항상 이게 문제였다.

선한 의도의 두 사람이 모여 파헤치는데 어째서 결론은 큰 도랑으로만 흘러가는가.

처음엔 서로를 원망했으나, 곧 스스로 그 가혹함을 소화했다. 정윤환은 체념하는 쪽을 택했다. 서재희는 더욱 말수가 적어졌으며, 그 무렵 표정이 한층 더 단순 깔끔해졌다. 서재희가 반듯이 그려 내는 미소를 보면서, 저놈도 제정신 잡고 있기 힘든 모양이구나 생각했다. 둘은 자연스레 데면데면해졌다. 정윤환은 서재희가 어떤 재목으로 가능성이 있는지에 대해 더는 관심을 두지 않기로 했다. 그래도 가끔 건너다보면, 서재희는 정윤환의 조력 없이, 이제 혼자서 다른 것에 집중하는 듯했다. 물어볼 생각은 없었으나, 다만 판을 너무 흔들지는 않았으면 했다. 도시연합이 살벌한 숙청을 되풀이하는 것은 더 이상 보고 싶지 않았으므로.

차인호가 도시연합장이 되고 난 다음 학기에, 서재희는 학생회장 직을 반납하고 파견부장을 맡았다. 그 무렵 둘은 용의 심장박동을 재러 주기적으로 번갈아 사해에 나가게 되었다. 어느 날, 유황 냄새를 풍기며 돌아온 서재희와 마주쳤다. 그냥 스쳐 지나가려다가, 무심코 물었다.

"이제 그만둘 거야?"

앞뒤 다 잘라먹은 질문도 서재희는 즉각 알아들었다. 그는 고개를 저으며 대답했다.

"아니. 계속할 거야."

"그러다 죽으면? 다른 애들처럼."

"그럼 내가 걸어가던 방향으로 쓰러져 죽겠지."

서재희가 담담하게 대답했다.

한세연 연구관이 그런 비슷한 말을 했던 것도 같았다. 밤바람에 여름이 묻어 더웠다. 정윤환은 바로 지금이 적기라고 판단했다. 포기했어도 자꾸만 불쑥불쑥 다시 시작하는 것이 내 업보인가 보다 생각하면서.

"나 실은 말할 게 있는데."

서재희가 가만히 정윤환을 보았다. 이제 그만 씻으러 들어가고 싶다거나, 피곤하니 내일 이야기하자는 등의 말은 역시 하지 않았다.

"나 사실 예전에······."

"미안. 잠깐만."

서재희가 진동이 울리는 인터컴을 꺼냈다. 그가 몇 걸음 떨어져서 전화를 받는 사이, 정윤환은 입 안으로 단어들을 고르고 굴려 보았다.

"······어디가 어떻게 미비하다는 말씀이신지. 인감까지 첨부했습니다. 동의서도요. 네. 네. 지금 말씀하시는 것까지 하면 이번이 열두 번째 반려입니다. 대체 무슨 말씀이신가요? 제가 가족입니다. 신청을 반려하는 법적 근거를 말씀해 주십시오. ……그게 말이 됩니까? 그는 단지 제 후원자일 뿐입니다. 제 진짜 가족은……."

서재희가 통화하며 이마를 짚었다. 목소리는 차분했으나 드문드문 이를 악무는지 이마에 핏줄이 불거졌다. 길어질 것 같던 통화는 짤막하게 끝났다.

"미안해. 어디까지 얘기했지?"

서재희가 돌아섰다. 정윤환은 서재희의 이프에서 익숙한 번호가 통화 종료를 알리며 깜빡이는 것을 보았다. 준비했던 모든 말마디가 증발했다. 질문이 튀어 나갔다.

"무슨 일 있어?"

"별거 아냐."

서재희가 매끄럽게 시선을 피했다. 정윤환은 한 걸음 다가섰다.

"그거 우리 아빠 번호인데. 무슨 통화야?"

서재희가 그제야 고개를 들어 정윤환을 보았다.

"중앙병원장이 너희 아버지라고?"

"어."

"정선재 의원이 아니고?"

"그 사람은 우리 큰아버지. 사정이 있어서 큰아버지 밑으로 호적을 올렸어."

아무한테도 말하지 말라는 부탁은 생략했다. 서재희는 입단속이 필요 없는 사람이었으니까.

서재희는 잠시 말이 없었다. 정윤환은 인내심 있게 기다렸다. 이윽고 서재희가 특유의 낮은 톤으로 차분히 말했다.

"안락사 신청했는데 자꾸 반려돼. 법적으로 문제 될 게 하나도 없는데, 병원 측에서 온갖 핑계를 대고 있어."

정윤환은 멍하니 그를 마주 보았다. 이럴 때는 대체 뭐라고 말해야 하는 건지 알 수 없었다. 입만 벙긋거리다 조심스레 말했다.

"……너희 부모님?"

"응."

"아까는 안 그만둔다며. 계속한다며. 부모님 복수하려는 거 아니었어? 그런데 왜 갑자기 안락사야."

"나 죽기 전에 부모님 먼저 보내 드리고 싶어. 남겨 두고 떠나면 우리 부모님 장례 치러 줄 사람이 없어."

"네가 왜 죽어? 대의를 위해서 여태 그렇게 버틴 거 아니었어?"

"대의? 무슨 대의?"

서재희가 피식 웃었다. 정윤환은 서재희가 코웃음을 칠 수 있다는 사실에 놀랐다.

"난 그런 대단한 건 몰라. 난 그냥 복수할 거야. 다 무너뜨려 버리고 나도 죽을 거야. 그 뒤는 몰라. 알고 싶지도 않고. 새로운 세상이라니 가당키나 해? 시스템은 무너져도 인간은 그대로야. 달라지는 건 없어. 그냥 지금이 무너지는 걸 보고 싶어. 그럼 억울한 게 좀 풀릴 것 같아서."

"왜?"

"왜냐니. 그러고 싶으니까."

"고작?"

"그래. 고작."

"더 나은 세상이라든가 바라는 것 하나도 없어? 나는, 네가 개인적인 사정이 아니라, 조금 더. 뭐라고 해야 하나. ……아무튼 그런 게 있을 줄 알았어. 네가 팀을 이끌 때 한 수 두 수 멀리 앞을 내다보는 것처럼, 낙원의 이론을 추적하는 것도 그런 이유가 있을 거라고."

"있어야 돼?"

정윤환은 자신이 나약하여 서재희에게 지나친 기대를 걸었음을 깨달았다. 아픔을 극복하고 예전으로 돌아온 줄 알았는데. 따뜻하고 똑똑한 사람인 줄 알았는데. 너무 똑똑해서 따뜻함을 가장할 줄 알았던 것이다. 그것도 아주 노련하게.

어떻게 말해야 서재희가 반란군에 합류해 줄까, 팽팽하게 긴장하며 단어를 고르며 문장을 재배치한 자신이 우스웠다. 내가 이렇게 사람 보는 눈이 없네. 그래서 유은우를 감싸 안고, 서재희를 동경했다.

자신이 정윤환의 마지막 기대였음을 까맣게 모르는 서재희가 부드럽게 물어 왔다.

"그래서 할 말이라는 게 뭐야?"

"아니, 됐어. 들어가."

"중요한 거 아니야?"

"아니. 하나도 안 중요해."

정윤환은 자신을 질책하듯 덧붙였다.

"너무 사소한 거라 벌써 까먹었어."

그래도 서재희라는 사람 자체만 놓고 보면 꽤 괜찮다는 건 정윤환도 인정했다. 아군이라기엔 가치관이 정반대고 적군이라기엔 처지가 비슷하여, 서재희는 언제나 정윤환에게 최소한의 예의를 차렸다. 서재희 기준에서 최소한의 예의는, 남들 기준으로 최대한의 배려와 같았다.

둘은 서로를 본체만체하며 무려 보름에 걸쳐서 사해에 다녀왔다. 사해에서의 보름은, 아무리 노련한 동조자라 하더라도 버티기 고단했다. 그 황량하게 오염된 땅에서, 시간은 흐른다기보다 기어갔다. 서재희는 며칠간 칩을 물어 입 안이 엉망진창으로 헐어 버리자, 안 그래도 적은 말수를 더욱 아끼기 시작했다. 정윤환은 영양제와 시럽 따위로 대체하는 식사에 대해 가벼이 불평했지만, 내심 괴로운 것은 따로 있었다. 그는 제3유적지를 가로지르고 싶지 않았다. 그러나 서재희가 최단 경로를 제안했을 때, 정윤환은 제3유적지를 빙 둘러서 가자고 말하지 못했다. 서재희가 이유를 묻는다면 대답할 수 없었으니까.

사흘째 되던 날, 괴물 하나가 빠르게 철컥이며 다가왔을 때, 정윤환은 총을 뽑는 것을 잊었다. 철골로 이루어진 여덟 개의 다리가 흙바닥을 파헤치며 삽시간에 코앞까지 다가올 동안, 그는 그저 바라만 보고 있었다.

캉!

괴물은 지척에서 타격을 맞고 무너졌다. 기계 부스러기가 튀면서 녹물이 후드득 쏟아졌다. 깔끔한 직선 설계에, 모자라거나 과하지도 않은 타격이 얹혀 정직했다. 기본 중의 기본으로, 제대로 급소를 쳤다. 서재희답다고 정윤환은 멍하니 생각했다.

"너 왜 그래?"

서재희가 총을 거두며 조용히 타박했다.

정윤환은 습관처럼 주머니를 뒤졌다. 손끝에 매끈한 케이스가 걸리자 안심했다. 막 꺼내는데, 서재희의 손이 다가왔다. 피하려다 서로의 손이 거칠게 부딪혔다. 신경안정제가 바닥에 떨어졌다. 서재희가 그것을 밟아 부수었다. 정윤환은 하마터면 서재희를 칠 뻔했다.

"열 받게 하네. 네가 내 엄마라도 되냐?"

"너 지금 반응 너무 느려. 신경안정제는 최대 이틀에 하나야. 너 오늘 대체 몇 개째야?"

"신경 꺼."

"여기 제대로 된 동조자 한 사람만 더 있었어도 나 너 상관 안 해. 그런데 지금은 너랑 나 둘뿐이잖아. 난 신경 써야겠어."

정윤환은 대답 대신 총을 뽑았다. 즉각 서재희 쪽으로 겨누고 바로 방아쇠를 당겼다. 탕, 하고 서재희 뒤편에서 소리 없이 흔들거리던 길쭉한 괴물이 갈기갈기 찢겼다. 놀랄 만도 한데, 서재희는 뒤를 돌아보기는커녕 눈 하나 깜짝하지 않고 정윤환을 응시하고 있었다. 말은 반응이 느리니 어쩌니 해도 믿는다는 소리였다. 정윤환이 실수로라도 자신을 다치게 하지 않을 것을.

정말 사람 짜증 나게 했다. 사람 머리 꼭대기에 앉아 있는 듯한 저 태도가 싫었다. 그래 봤자 너도 나도 결국 아무것도 아닌데.

"너나 잘해. 어디서 훈수질이야."

"피차 서로 기분만 안 좋아지니 얼른 끝내고 돌아가자. 정신 똑바로 차리고."

서재희가 마지막 말에 힘을 주었다. 그러나 그도 곧 평정을 유지하지 못했다.

"죽어 가는 것 같아."

서재희가 중얼거렸다. 사해의 온맥에 심장박동 측정기를 꽂고 가동한 지 30분이 지나 있었다. 정윤환은 말없이 모니터를 바라보았다. 옆에서 서재희가 재차 말했다.

"죽어가는 것 같아."

"심장박동이 느려지고 있네."

정윤환이 고쳐 말했다.

"그럼 이 세계는 어떻게 되는 거지? 용이 죽으면 도시가 무너져. 도시가 무너지면……."

"상관없다며?"

정윤환이 서재희의 말을 잘라 내며 뱉었다. 서재희가 가라앉았던 눈을 들어 정윤환을 보았다. 정윤환은 서재희의 시선을 피하며 모니터를 응시했다. 날카롭게 말했다.

"세계가 무너지든 말든 그냥 다 부숴 버리고 너도 죽을 거라며. 그 뒤는 어떻게 되든 상관없다며."

아직도 미련을 못 버렸나. 정윤환은 자신에게 화가 났다. 치사하게 떠보기는. 맺고 끊는 것을 그리 못 해서야. 그러니 유은우를 그 지경으로 만들었지. 그러면서도 서재희의 대답에 온통 신경이 쏠렸다.

서재희는 한참이나 대답이 없었다. 삐. 측정 완료 메시지가 떴다. 서재희는 무미건조하게 측정기에서 메모리를 뽑아냈다. 굽혔던 허리를 펴며 그가 지나가듯 말했다.

"그래. 상관없지. 가자."

모래바람이 불어닥치는 사해에서 되돌아오면서, 둘은 더는 한마디도 나누지 않았다.

서재희를 탓할 수 없었다. 변한 것은 서재희만이 아니다. 정윤환 자신도 변했다. 그때는 서재희가 고향을 잃은 아픔으로 달라졌다고 생각했으나, 지금에 이르러서는 그 이유만이 아님을 알았다. 물밑에 깔린 많은 것들이 서재희의 재능을 보고 각다귀처럼 달려들어 저리 만들어 놓았을 것이다. 직접 겪어 보고 나서야, 정윤환 또한 그것을 짐작할 수 있게 되었다. 그러나 서재희 탓이 아님을 알면서도, 그래도 그만은 똑바로 서 있길 바랐었다. 혼자 싸우는 것은 힘들었으니까.

정윤환은 비로소 포기했다.

꿈은 파도처럼 밀려왔다 스러져 흔적만 남았다. 그 뒤는 색깔 없이 지루하고 때때로 피로했다. 정윤환은 창가에 오른팔을 올려 턱을 괴었다. 햇살이 나른하여 졸음이 쏟아졌다. 오늘은 악몽을 꾸지 않았으면 했다.

달칵, 문손잡이가 돌아가는 소리가 들렸다. 작은 인기척도.

정윤환은 느리게 뒤를 돌아보았다. 눈을 찡그렸다.

"뭐야."

작은 여자애가 이쪽을 말끄러미 응시하고 있었다.

늘 창백하던 낯이 혈색으로 싱그러웠다. 깜박이는 눈은 동그 랬고, 속눈썹이 순하게 처져 있었다. 두 발로 똑바로 서 있었으 며, 군인답게 자세가 바르고 곧았다. 키는 조금 큰 것 같았다. 살이 포동하게 오른 것 같기도 했다. 수많은 밤 필사적으로 끌 어안고 잠들었으니 가늠할 수 있었다.

익히 아는 모습으로, 또는 너무나 낯선 모습으로 유은우가 거기 있었다. 살아서 거기 있었다. 평범한 여자애로 만났다면 어땠을까, 수십 번 그려 보던 모습으로.

그토록 보지 않으려 애썼는데.

"죄송합니다. 사람 있는 줄 몰랐어요."

유은우가 꾸벅 인사를 했다. 긴 머리카락이 쏟아졌다가 유 은우의 손길에 가볍게 뒤로 쓸려 넘어갔다. 유은우가 바로 뒤 돌아섰다. 정윤환은 이미 그때 유은우의 지척으로 다가가 있었 다. 동그스름한 어깨에서 가방이 툭 떨어졌다. 유은우가 지체 없이 가방을 주워 메며 일어섰다. 손잡이를 잡아당겼다.

"잠깐."

유은우의 어깨 너머로 손을 훌쩍 뻗어, 문을 눌러 닫았다. 이

어 달칵하고, 문을 잠갔다. 유은우는 몸을 굳히더니, 바로 문을
잡아 열려고 했다. 그녀의 어깨를 틀어잡아 돌려세웠다. 가방
이 툭 떨어졌다. 가까이 붙었다. 유은우는 뒤로 몸을 물리려 하
다가 문에 등이 닿아 막히자, 빠르게 홀스터로 오른손을 가져
갔다. 거칠게 붙잡아 제지했다.

　익숙한 온기. 수없이 덧그리던 동그랗게 예쁜 뺨의 선. 틈이
벌어진 입술.

　나를 기억 못 하는 말간 눈.

　떨지 마, 정윤환. 정신 똑바로 차려. 이번엔 할 수 있어.

　총을 뽑았다.

　스무 살 생일은 모든 것이 완벽했다.

　군인으로 타고났음을 증명이라도 하듯, 정윤환은 입대 3개
월 만에 유례없는 특진으로 정예군에 합류했다. 넘치는 힘을
주체 못 하고 애꿎은 또래들 엿이나 먹이며 재능을 낭비하다가
비로소 딱 맞는 옷을 입었다. 그제야 숨통이 트였다. 정윤환의
부모는 양아치 같은 제 아들이 딱딱한 군에서 부적응자로 퇴
출당할까 걱정을 거듭했으나 기우였다. 정윤환은 모든 동료에
게 확실히 굽히고 들어갔으며, 때로는 애교 있게 제 입장을 관
철했다. 정윤환보다 적게는 대여섯 살, 많게는 서른 살 차이 나
는 동료들은 그를 유난히 예뻐했다. 김서혁이 직접 응용학교를

조기 졸업시키고 데려올 정도의 재능에, 언론에 오르내리는 대단한 집안에, 외모는 보는 이를 홀려 낼 만큼 화려했고, 나이는 딱 밉지 않을 만큼만 어렸으니.

"소원 빌어야지, 소원."

박민준이 정윤환의 머리를 마구 쓰다듬었다. 정윤환은 그 손길을 장난스럽게 피하면서 숨을 한껏 들이쉬었다. 케이크에 꽂힌 초에서 작은 불꽃들이 팔랑거렸다. 소원은 미리 생각해 두었다. 올해는 김서혁 대장이 나한테 칭찬 한마디만 해 줬으면. 그 외에는 바랄 것이 없었다. 온통 넘치기만 하여 부족한 것을 찾기 힘들었다.

입을 모아 막 바람을 불려는데, 누군가 똑똑 노크를 했다. 정윤환은 엉뚱한 곳으로 숨을 뱉으며 고개를 들었다. 오가다 몇 번 본 적이 있는 여자가 열린 문에 노크했던 손을 거두고 있었다. 연합군 제복을 싹 갖춰 입었고, 왼손엔 아직 귀에 꽂기 전인 인터컴이 들려 있었다. 그러나 허벅지는 홀스터 없이 비어 있었다. 군의 대부분을 차지하는 비동조자 군인이었다.

심상찮은 분위기에, 정윤환 주변에서 선물을 들고 옹기종기 모여 앉아 있던 정예군 네다섯이 경계하며 일어섰다. 정윤환은 눈을 가늘게 뜨며 그녀의 명찰을 확인했다. 이수연.

"휴식 중에 죄송합니다. 푸른 테 제5팀 이수연입니다."

이수연이 예를 갖추며 말을 이었다.

"지금 바로 출동 가능한 분 계십니까? 저희 팀 리더 자리가 비어 동조자가 단 한 명도 없습니다. 정예군 팀원을 임시 리더

로 삼아 오늘 임무를 처리하라는 임유현 총사령관님의 지시입
니다.”

정윤환 바로 왼쪽에 앉아 있던 소연주가 알록달록한 폭죽을
든 채 되물었다.

“정성민은 어쩌고?”

이수연은 잠시 눈을 깜박였다.

“자살했습니다.”

시신은 이미 거두어 가고 없었다. 언제나처럼 군은 모든 일
을 신속하게 처리했다. 그러나 핏자국은 어슴푸레 남아 있었
다. 정윤환은 그리 친하지도 그리 멀지도 않았던 사촌 형의 흔
적을 눈으로 차근차근 더듬었다. 정성민이 제 목숨을 끊을 이
유가 전혀 없다고 생각했으나, 불과 며칠 전 그의 불안한 눈과
마주했었다.

‘나한테 무슨 일 생기면, 이것 좀 전달해 줘.’

새벽에 전투를 마치고 온 정윤환을 불러내, 정성민이 당부에
당부를 거듭하며 쥐어 준 것은 작은 메모리였다. 당시엔 큰 의
미가 없는 줄 알았다. 전투에 나갔다가 죽으면 가족들에게 전
달해 달라며 군인들은 동료들에게 유품으로 남길 만한 것을 자
주 부탁했다. 그런 흔한 일이라 여겼다. 그 대상이 하필 나라는
게 좀 이상하긴 했지만.

‘이수연. 푸른 테 제5팀. 우리 팀원이야. 부탁할게.’

‘형이 좋아하는 여자야?’

심드렁하게 물었다. 좋아하면 그냥 살아 있는 지금 고백해. 왜 남한테 맡겨, 귀찮게. 그런 말은 삼켰다. 정성민의 눈이 너무 절박해서. 정윤환은 투덜대며 그것을 받아 줘었다. 속으로는 전달할 일 따위 없을 거라고 생각했다. 정예군에 미치지는 못해도 푸른 테 또한 탁월한 부대였다. 팀이 위험해진다면 팀원인 이수연이 먼저 죽었으면 죽었지 리더인 정성민은 죽지 않을 것이라 여겼다. 새벽이라 감성에 취해 어린 사촌 동생에게 사랑 고백을 부탁하다니. 낯간지럽다고 생각했다. 그뿐이었다.

그런데 자살했다.

스산했다. 거대한 그림자의 끝에 스친 것처럼.

"누가 애 데리고 왔나."

질책이 낮게 날아왔다. 정윤환은 흘깃 뒤를 돌아보았다. 김서혁이 차가운 눈으로 정윤환을 응시하고 있었다. 그가 옆에 선 소연주에게 지시했다.

"데리고 나가. 어린애를."

소연주가 바로 정윤환에게 다가와 팔을 잡아끌었다. '가자.' 하고 그녀가 속삭였으나 정윤환은 버티고 서서 김서혁에게 말했다.

"자살할 이유가 없습니다."

"정예군이면 사건 현장에 함부로 드나들어도 되나? 나가."

소연주에 박민준까지 달라붙어, 정윤환은 그대로 질질 끌려 나왔다. 죽은 형이 자신을 주시하고 있는 것처럼 발바닥이 끈적거려 걸음이 자꾸 느려졌다.

“이상한데. 자살할 사람이 아냐.”

박민준의 손을 뿌리치며 정윤환은 발칵 화를 냈다.

“성민이가 좀 심약하긴 했지. 다른 애들이랑 두루두루 상성이 맞고 온화한 편이라 그나마 리더로 있었던 거지, 강한 애는 아니었어. 위태롭다는 소문 자주 돌았어. 처음 군에 들어왔을 때 사람을 못 죽여서 엄청 고생하기도 했고. 내가 그 녀석 동기라서 잘 알아. 전투 다녀오면 밥도 못 먹고 그랬어, 걔가.”

박민준이 달래듯 말했다. 소연주가 덧붙였다.

“푸른 테 제5팀은 리더 정성민 말고 동조자가 단 한 명도 없어. 전원 비동조자로만 구성된 팀만 주야장천 배정받는다는 게 무슨 의미인지 알지? 입대하고부터 하급 팀만 담당하고 승진도 밀리고 스트레스 받을 만해. 자살 동기가 아예 없진 않다는 뜻이야.”

정윤환은 제복 주머니에 손을 쑥 집어넣었다. 손끝에 차가운 메모리가 걸렸다.

“나 여기서 좀 기다렸다가 갈게. 이수연인가 그 여자한테 최근에 무슨 일 있었는지 물어봐야겠어.”

정윤환은 고집스럽게 복도 벽에 등을 딱 기대고 섰다. 박민준이 소연주와 난처한 시선을 교환했다. 소연주가 부드럽게 말했다.

“군에서 정식 발표할 때까지 외부에 유출하면 안 되는 거 알지? 정성민 부모님은 물론이고 네 부모님한테도 말씀드리면 안 돼. 군에서 직접 유가족에게 연락을 취할 거야.”

"나도 알아."

대충 고개를 주억거렸다. 박민준과 소연주가 저만치 멀어지고 사방이 조용해졌을 때 정윤환은 반짝 고개를 들었다. 아무도 없는 복도 그늘에 서서, 메모리를 꺼냈다. 오른쪽 손목의 이프를 실행시켰다. 메모리를 꽂아 넣었다.

동영상이 떠올랐다. 시야가 흔들렸고, 사위가 어두웠다. 정윤환은 오른쪽 손목을 눈높이까지 들어 올린 뒤, 화면에 코를 집어넣을 정도로 가까이 붙어 집중했다. 화면 오른쪽 아래에 촬영 시기가 적혀 있었다.

제8도시 1018년 12월 4일 03:00

4년 전이었다.

처음에는 산처럼 쌓인 빨래 더미인 줄 알았다. 켜켜이 쌓인 시체라는 것은, 손가락으로 확대하고 나서야 깨달았다. 그중엔 정윤환보다 한참 어려 보이는 아이도 있었다. 숨이 끊어져 낯이 창백한 다른 이들과 달리 야트막한 가슴이 오르락내리락했고 눈이 감겼다가 가느다랗게 뜨이기도 했다. '살아 있어.'라고 누군가 외치는 소리가 났다. 그리고 잠시 뒤 '내가 할게, 카메라 좀 들어 줘.'라는 익숙한 목소리가 들렸다. 스크린이 흔들리더니 갑자기 아래로 훅 꺼졌다. 이윽고 다시 들려 올라간 시야에, 초라한 어린아이를 엉킨 시체로부터 끌어내는 정성민이 있었다. 그는 땀과 오물에 찌든 더럽고 지친 몰골로, 기어코 아이를 건져 안았다. 정성민이 손을 들어 아이의 손목을 잡았다. 손목에 흰 라벨이 붙어 있었다. 정윤환은 동영상을 멈춰 라벨을 확인했다.

유온우. 10세. **동조율** 100.

동조율 100? 정윤환은 눈을 찡그렸다. 끔찍한 상황이 갑자기 우습게 느껴질 정도로 비현실적인 수치였다. 멈췄던 동영상을 재생시켰다.

— 얘가 왜 여기 있지? 우리 실험체 아니었어? 설마 이제 필요 없어졌다고 연합군에 돈 받고 판 거야?

정성민이 화를 냈다. 그는 홀스터 바로 옆에 차고 있던 연속 주사기를 꺼내 아이의 팔뚝에 맞췄다. 아이 몸이 크게 흔들리고, 곧 숨이 트이는지 격렬하게 기침을 했다.

— 그 애 설계 난독증이라 흰 칼날 프로젝트에 안 맞는다던데.

카메라를 든 남자가 말을 이었다.

— 폐기 처분한다고 들었는데 역시 군에 갖다 팔았나 보네. 반란군의 의미가 퇴색되긴 했어. 이거 무슨 장사꾼도 아니고.

정성민이 아이를 안고 카메라 쪽으로 다가왔다. 그가 말했다.

— 우리가 데려가 살리자. 우리가 실험체로 쓰며 괴롭혔으니까, 우리에게 책임이 있어. 프로젝트에 부적합하다니 차라리 잘됐어. 김승훈 연구사님께 부탁해서 지금이라도 삽입된 기계를 빼면…….

— 넣었던 기계 다시 빼는 거 어려워. 그보다 윗분들이 받아줄까? 자기들이 판 걸 다시 가져왔다고 뭐라고 할 것 같은데.

정성민이 아이를 단호하게 고쳐 안았다.

— 상관없잖아. 돈은 이미 두둑하게 받았을 테고 팔았던 실험체도 도로 데려가는 셈인데 설마 뭐라고 하시겠어. 난 얘 다시 데려갈래. 아직 살아 있고, 여기 방치되면 죽어. 더 이상 무슨 이유가 필요해.

정윤환은 이프에서 메모리를 뺐다. 속이 메슥거렸다. 고개를 들었다. 이수연이 자신을 보고 있었다.

"형이 전해 주라고 했어요."

정윤환은 메모리를 내밀었다. 손끝이 약간 떨렸다. 이수연이 주위를 살피더니 그것을 받아 갔다. 정윤환은 괜한 호기심에 메모리를 실행시킨 것이 너무나 후회스러워서 속이 뒤집힐 것만 같았다.

"안에 내용 어디까지 봤니?"

"멋대로 봐서 죄송해요. 못 본 걸로 하겠습니다. 아무한테도 말 안 할게요."

"성민 오빠 자살 아니야."

정윤환은 뭐라 대꾸 없이 입을 꾹 다물었다. 도시연합의 치부가 담긴 영상을 정성민이 가지고 있었고, 그는 자살로 위장되었다. 여기서 그에게 동조하면 도시연합과 척을 진다. 정확히 말하면 반란군을 지지하는 것과 다름없었다. 정윤환은 반사적으로 CCTV의 위치를 확인하며 물러섰다.

"유감이네요. 이만 가 보겠습니다."

단호하게 돌아섰으나, 이수연에게 팔을 잡혔다. 손아귀 힘이 어찌나 센지 정윤환은 그만 뒤로 자빠질 뻔했다. 그가 당황한 사이, 이수연이 정윤환의 귓가에 다급히 속삭였다.

"오빠가 정말 너한테 이것만 전달해 달라고 했어? 다른 말은 없었어? 우린 사람이 필요해. 그 사람이 널 데려오겠다고 했는데……!"

"미쳤어? 이거 놔! 난 아무 상관도 없어!"

이수연을 거칠게 뿌리치고 그 자리를 벗어났다. 식은땀이 등골을 따라 줄줄 흘러내렸다. 샌님처럼 얌전하던 사촌 형의 사상이 그토록 불순할 줄은 짐작도 못 했다. 설마 이렇게 휘말리는 건 아니겠지. 소매로 거칠게 이마의 땀을 닦아 냈다. 가슴은 여전히 쿵쿵 뛰었다.

아직 어리던데.

정성민이 조심스레 안아 들던 아이의 얼굴이 선연했다. 다 죽어 썩기 시작하는 그 지옥에서 어떻게 혼자 숨을 붙들고 있었는지 의문이었다. 동조율이 100이라 그런가. 정윤환은 저도 모르게 마구 고개를 저었다. 동조율과 체력은 별개의 문제다. 설계와 지능이 상관관계가 없고 타격과 악력이 따로 놀듯. 무엇보다 동조율 100이 사실일 리도 없었다. 어쩌다 운이 좋아 살았겠지. 그것도 4년 전 일. 신경 꺼야 했다.

'폐기 처분한다고 들었는데 역시 군에 갖다 팔았나 보네. 반란군의 의미가 퇴색되긴 했어. 이거 무슨 장사꾼도 아니고.'

죽은 사촌의 그림자에서 벗어나듯 서둘러 걷던 걸음은 자꾸만 느려졌다. 정윤환은 아래층으로 내려가는 계단에서 멈춰 섰다. 입술을 짓씹었다. 팔다니. 표현이 이상했다. 언제부터 반란군과 연합군이 무언가를 사고팔 정도로 사이가 돈독했나? 아니, 그보다 구도가 이상했다. 시체 더미에서 아이를 구출하는 것은 도시연합이 되어야 하지 않나. 그런데 왜 그걸 반란군이 하고 있나.

됐어, 무슨 상관이야. 난 아무것도 몰라. 아무것도 못 봤고, 아무것도 못 들었어. 할 수만 있다면 아무 생각 없이 메모리를 건네받았던 제 손을 잘라 내고 싶을 정도였다. 정윤환은 깔깔한 입 안으로 마른침을 간신히 삼키고 계단을 내려갔다.

형이 뭘 잘못했어. 죽어 가던 여자애 살린 것뿐인데.

발을 헛디뎠다. 난간을 잡아챈 덕분에 꼴사납게 구르지는 않았다. 대신 몸이 크게 휘청거리며 제복에 붙어 있던 기장이 떨어졌다. 정윤환은 그것을 향해 손을 뻗다 멈추었다. 반짝거리는 군화가 바로 코앞에 있었다. 이어 메마른 손이 넝쿨처럼 뻗어 내려오더니 떨어진 기장을 주워 들었다.

"잘 간수해야지. 첫 전투 공적으로 받은 기장이 아닌가."

정윤환은 뻣뻣하게 굳어서, 임유현 총사령관이 주워 내미는 기장을 건네받았다. 임유현은 마른 가지처럼 앙상하여 군인이라기보다 학자처럼 보였다. 정윤환은 반듯하게 예를 취한 후 최대한 정중하게 임유현의 시선을 피했다. 그러나 임유현은, 뒤에서 기다리고 있는 간부들은 신경도 쓰지 않고 정윤환을 빤히 보았다.

"정성민과 사촌 지간 아니던가?"

망했다. 숨이 탁 막혔다. 정윤환이 대답하지 않자, 임유현 뒤에서 대기하고 있던 간부 중 하나가 그렇다고 대신 대답했다.

"상심이 크겠군."

임유현의 손이 거미처럼 뻗어 오더니 정윤환의 어깨를 두어 번 두드렸다. 그러고는 스쳐 지나갔다. 뚜벅뚜벅 군화 소리 사이로 따라붙는 서늘한 시선이 느껴졌다. 김서혁은 임유현보다 나이는 한참 젊었지만 순식간에 성장하여 벌써 총사령관 자리를 위협하고 있었다. 김서혁이 아직도 임유현을 밀어내지 못한 이유는, 순전히 나이 말고는 이유가 없다는 것이 정설이었다. 고로 김서혁이 직접 데려온, 그것도 유망한 기대주인 정윤환을 보는 임유현 측의 시선은 곱지 못했다.

생일 선물 한번 거하게 받네.

비단처럼 매끄럽게, 지루하도록 다디달게 넘어가던 인생에 처음으로 닥친 고난이었다. 여태 무탈하게 지내 왔던 것을 비웃기라도 하듯, 유예된 불행이 집약된 아주 강력한 한 방이었다. 반란군과 엮이면 삼대가 무사치 못했다. 그 집 마당 풀 한 포기까지 박멸되었다.

다음 날, 푸른 테 제5팀은 해체되었다. 리더를 잃은 팀원들은 뿔뿔이 흩어져 다른 팀으로 흡수되었다. 그중 이수연은 본부에서 한참 떨어진 현장으로 배치되었으며, 야간 탐색 중 실종되었다.

정윤환은 제힘으로 어찌할 수 없는 불운에 너무나 골몰한 나머지 탈모가 올 것 같았다. 정성민의 팔에 안겨 옅게 숨이 붙어 있던 작은 여자애가 잔상처럼 꿈에 나타나 잠도 깊이 들지 못했다. 그리 속으로 끙끙 앓자 훈련 성과도 크게 떨어졌다. 무슨 일 있냐는 물음에는 피곤하다고만 답했다. 어디 허심탄회하게 털어놓을 만한 주제도 아니었고, 늘 자신을 받아 주는 부모님께 어리광을 피울 수는 더욱 없었다. 게다가 부모님 또한 불안에 떨기는 마찬가지였다. 자식이 죽은 슬픔이 가시기도 전에 비리가 드러나면서 사회적으로 순식간에 매장당하는 형제를 목도하니 혹시 그게 본인들 차례가 될까 제정신이 아니었다. 정윤환은 차마, 사촌 형이 반란군이었다는 말을 뱉지 못했다. 일거수일투족이 감시되고 있었다. 다 잘될 거라는 말만 반복했다.

살얼음판처럼 며칠이 이어졌다. 정윤환은 집무실로 오라는 임유현의 전언을 받았다. 불안이 도를 넘자 오히려 초연해졌다. 드디어 올 것이 왔다는 느낌이었다.

"사촌이 아니더군."

임유현의 첫마디였다. 정윤환은 발끝만 바라보던 시선을 들어 그를 보았다. 거대한 의자에 파묻히듯 앉은 임유현은 역광에 드리워져 표정이 잘 보이지 않았다. 목소리는 가벼웠다.

"너의 친형이던데."

"……네?"

정윤환은 멍하니 그를 바라보았다. 임유현은 바싹 말라 마디가 불거진 손가락으로 톡톡 가볍게 책상을 내리쳤다.

"네가 친아버지라 믿고 있는, 정선재 의원 내외는 불임이지. 아이를 갖지 못해. 그에 반해 정언재 병원장에겐 아들이 둘 있었고. 형이 동생의 둘째를 맡아 기르기로 한 거지. 동조자를 낳으면 그 가정에 정부의 혜택이 상당하니까 나누어 가진 모양이야. 흔한 일이지. 본인만 모를 뿐. 아니면, 모르는 척하는 건가?"

시야가 어지러웠다. 정윤환은 고개를 떨어뜨렸다. 두통 탓인지, 바닥의 복잡한 문양들이 으스스하게 들고일어나는 것만 같았다. 정윤환은 정신을 똑바로 차리려고 노력했다.

"메모리 봤나?"

드디어 본론이 나왔다. 정윤환은 어깨를 폈다. 상대는 정윤환이 모르는 것까지 알고 있었다. 반면에 정윤환은 아는 것이 없었다. 지금 중요한 것은, 자신의 무지를 얼마나 확실히 설득시킬 것이냐.

"봤습니다."

"어디서 어디까지?"

정윤환은 기억나는 전부를 말했다. 시체 더미. 작은 여자애. 라벨. 정성민이 다른 누군가와 주고받았던 대화. 자신의 짐작은 섞지 않고 자신의 입장을 덧붙였다. 내용에 대해 전혀 모르고 메모리만 전달받은 것이라고. 이수연의 그런 당혹스러운 행동에 그냥 돌아 나온 것은 복도의 CCTV를 살피면 알 수 있다고. 고로 나는 관계가 없다고.

임유현이 평온하게 말했다.

"명단에는 네 이름이 있던데."

명단? 무슨 명단? 정윤환은 말문이 탁 막혔다. 작정하고 자신을 반란군으로 꾸며 내려는 세력이 있는지, 아니면 임유현이 자신을 그리 몰아가려 하는지 알 수 없었으나 한 가지만은 확실했다. 발끝만 잘못 디뎌도 바로 처형이었다. 이를 악물고 띄엄띄엄 말했다.

"저는, 정말로, 모르는 일……."

"정말로 그런 것인지, 아니면 그렇게 말하고 싶은 것인지 나는 알 수가 없다네. 이 늙은이가 갈수록 눈이 어두워져 당최 알 수가 있어야지. 그렇다면 자네가 내게 보여 줘야 하지 않겠나. 그 모른다는 말만 반복할 것이 아니라."

"제 속이라도 까뒤집어 보여 드릴 수 있다면 그렇게 하겠습니다만……."

"좋은 자세네. 그럼 흰 칼날 프로젝트의 핵심 설계를 자네가 빼 와. 없으면 만들어서라도."

"……무슨 프로젝트 말씀이십니까?"

"흰 칼날 프로젝트. 자넨 정말 모르는 척하는 데에 도가 텄어. 그렇지? 그렇기에 지금까지 모두를 속였겠지만."

"아닙니다, 총사령관님. 저는 정말로……."

"자네가 진짜 반란군이라면 흰 칼날 프로젝트에 당연히 참가했겠지? 그 대단한 설계 실력을 그놈들이 가만히 묵혔을 리가 없어. 또한, 설사 자네가 결백하여 충직한 도시연합군이라 하더라도, 자네 친형이 반란군이었음은 자네 또한 인정하지 않았는가. 죄를 저지른 정성민이 스스로 편해지고자 목숨을 끊어 버렸으니 남은 가족이 책임져야 하지 않겠나. 나는 아직도 결정하지 못했어. 중앙병원장 자리에서 정언재를 완전히 내몰 것인가, 아니면 회생의 기회를 줄 것인가에 대해. 나이가 들면 깜박깜박하거든. 사리 판단도 흐리고 말이야. 자네가 분명히 해 주면 좋겠어. 젊고 유능한 자네가."

임유현이 몸을 일으켰다. 그는 책상에서 은색으로 반짝이는 작은 메모리를 집어 들었다. 그리고 버석거리는 낙엽처럼 다가왔다. 역광이 가시면서 그의 낯이 드러났다. 그는 자애롭게 웃고 있었다.

"이건 총사령관인 내가 직접 지시하는 임무이자, 누명을 벗을 기회 혹은 타락에서 구원받을 계기가 될 것이니⋯⋯."

정윤환은 손을 내밀었다. 임유현이 엄지와 검지로 정윤환의 손바닥에 메모리를 떨어뜨렸다. 메모리가 어찌나 차갑던지, 손바닥이 꿰뚫리는 것만 같았다. 어깨를 움찔했다.

"⋯⋯여기에 잘 담아 오게. 기한은 따로 주지 않아. 자네 양심에 맡기겠네. 하지만 저대로 두면 자네 진짜 친부모는 완전히 밑바닥으로 내려앉을 거야. 그때는 아무리 나라도 손을 쓸 수 없을지도 모르지. 자네 형이 그랬던 것처럼."

남들 아등바등 살아갈 때 한가로이 뒷짐 지고 적당히 재미나 찾던 시절은 그 순간 끝이 났다. 정윤환은 메모리를 꾹 쥐고 그리하겠다고 분명히 대답했다. 최대한 빨리 흰 칼날 프로젝트를 찾아내어 임유현의 메마른 면상에 갖다 바치고, 반드시 그의 손아귀에서 풀려나리라고. 엉망으로 우습게 된 호적은 그때 정리하겠다고 마음먹었다.

임유현이 의심하는 것과는 달리, 정윤환은 반란군과 전혀 연이 없었으므로 직접 제 발로 찾아 들어가야 했다. 유일한 접점인 이수연이 실종되었으니 달리 방법이 없었다. 해체되어 뿔뿔이 흩어진 푸른 테 제5팀의 팀원들을 하나하나 찾아가서, 자연스레 말을 걸었다. 정성민에게 받을 것이 있는데 혹시 맡아 두었느냐고. 형이 죽기 전에 나에 대해 무슨 말을 전하지 않았느냐고. 다들 고개를 저어 당혹스러웠다. 어디 반란군 모집 공고라도 뜨면 당장에 들어갈 텐데. 마지막 팀원까지 허탕으로 끝나자 인생도 끝난 것 같았다.

그날 밤 잠이 오질 않았다. 어쩐지 말랑한 유년 시절을 거쳐 이목구비가 정착되고부터 유독 엄마가 세간의 이목에 예민하더라니. 정윤환이 유명 영화배우인 작은엄마와 판박이라며 주위에서 수군거릴 때마다, 피도 안 섞였는데 무슨 망발이냐며 얼굴이 벌겋던 엄마를 떠올리니 그제야 아귀가 맞았다. 입 딱 다물고 혈연관계를 감춘 부모님에 대한 배신감, 도대체 무엇을 위해서 반란군에 몸을 담았는지는 몰라도 남은 사람 고단하게 만드는 형에 대한 분노, 잘나가다 말아먹은 내 인생 어디서부터 살려 나가나 싶은 암담함이 엉켜 잠을 이룰 수가 없었다. 정윤환은 뒤척이다 새벽에 겨우 잠이 들었다.

다음 날, 입이 까끌까끌해 배급받은 식사를 그대로 버렸다. 사담을 나누는 동료들과 조금 떨어져서, 영양제만 하나 달랑 들고 쭉쭉 빨고 있는데 한 남자가 다가왔다. 김승훈. 낯선 이름이었다. 홀스터 옆에 때 묻은 조종기가 걸쳐져 있었다. 그는 주머니에서 카드를 꺼내 자판기에 꽂더니 버튼을 눌렀다.

정윤환은 입에 영양제를 문 채 그를 한번 쳐다보고 말았다. 그러다 다시 보았다. 김승훈이 자판기에서 떨어진 캔 음료를 주우면서 오른손을 빠르게 움직였다. 수신호. 인터컴이 파괴되고 사방에 적이 있을 때 아군끼리 주고받는 최후의 수단이었다.

오늘. 사출구로부터 4시 방향. 사각지대. 무장해제.

긴장으로 가슴이 꼭 죄었다. 정윤환은 입에 물고 있던 영양제를 마지막으로 당겨 빨고는 쓰레기통에 던져 넣었다.

"윤환아, 영양제 내 거 하나 더 먹을래? 딸기맛이라 싫다."

소연주가 불쑥 다가와 제 영양제를 내밀었다. 정윤환은 그것을 받으며 지나가는 말처럼 물었다.

"오늘 임무 있나?"

"별건 아니고. 오후 2시에 제4유적지 정찰. 나랑 이선규랑 당번이야."

"원래 내 차례 아냐? 나랑 가."

"어? 됐어. 그냥 훈련실이나 다녀와. 너 요새 컨디션이……."

"괜찮아. 간만에 몸 좀 풀려고. 너무 처져 있어서."

정윤환은 본정찰기에 타기 전에 정찰자 명단을 확인했다. 부속 정찰기 조종사 김승훈. 사출구에서 강하하자마자, 정윤환은 인터컴으로 개인 정찰을 선언했다. 소연주는 조금 당황했으나 시간이 훨씬 단축될 거라는 정윤환의 강력한 주장에 그러라고 수락했다. 정윤환은 홀로 4시 방향으로 쭉 달렸다. 앞을 가로막는 장애물을 부수는 척하면서, 자신을 따라붙어 촬영하는 나노 드론을 파괴했다.

김승훈은 1인용 부속 정찰기를 착륙시켜 놓고, 판판한 날개 위에 앉아 있었다. 총은 정확히 정윤환의 가슴을 향했다.

"정성민이 그렇게 널 영입하겠다고 했는데. 그때는 꿈쩍도 않더니 이제 와서 들쑤시고 다니는 이유가 뭐야."

김승훈이 차갑게 이어 말했다.

"민폐라는 것 모르나? 네가 남은 팀원들에게 접근해서 의미심장한 질문을 던지면 아무 죄도 없는 그들이 군으로부터 의심받을 수 있어."

정윤환은 제 총을 멀찌감치 던지고 두 손을 든 채, 천천히 그에게 걸어갔다. 속이 착잡했다. 반란군은 끊임없이 정성민에게 정윤환을 꾀어내라고 압박을 넣었고, 정성민은 그리하겠다고 말만 해 놓고 정작 정윤환에게는 그런 내색을 하지 않은 것 같았다. 어쨌거나 이렇게 제 발로 들어오게 되었네. 형이 보고 있다면 뭐라고 하려나. 정윤환은 해사한 미소를 지어 올렸다.

"제가 워낙 신중하게 고민하다 보니 반란군 가입 절차에 대해 형도 정확히 얘기해 주지를 않더라고요. 하지만 명단에는 들어가 있을 텐데요."

지레짐작과 임유현에게 주워들은 부스러기를 마구 조합해서 던졌다. 저쪽에서 헛소리하지 말라고 하면, '제가 잘못 알았나봅니다.' 바로 꼬리를 내릴 작정이었으나, 김승훈은 정곡을 찔린 듯 눈을 찌푸렸다.

"대기 명단에는 들어 있더군. 하지만 네 의사 없이 간부 중 누군가가 일방적으로 집어넣었다는 의견이 우세해서, 네가 직접 오기 전까진 보류하기로 했다. 그런데 네가 요령 없이 다른 무고한 사람들까지 위험에 빠뜨리는 것 같아 내가 먼저 접근한 거야."

"까다로우셔라. 제가 어디 가서 찬밥 신세 당할 사람은 아니거든요. 물론 아시겠지만."

"넌 임유현의 사람 아닌가?"

"씨……, 아니, 너무 화가 나서 욕이 다 나오려 하네. 섭섭한데요. 전 엄연히 김서혁 사람입니다. 대세를 알아보는 제 안목을 그렇게 무시하시나요."

"김서혁 사람인 척하면서 임유현에게 정보를 물어다 주는 놈들이 많아. 너도 며칠 전에 임유현의 집무실에서 그와 일대일로 대면하지 않았나?"

"그럼 사촌이 반란군으로 찍혀 자살을 가장한 타살을 당했는데 혈육인 제가 안 불려 가고 남아나나요? 제 머리통이 아직도 붙어 있어 대화가 가능한 것에 감사하셔야 할 텐데요."

"명단은 명단일 뿐이야. 높으셔서 현장을 모르는 간부들의 조언이지. 결정은 우리가 한다. 네 형이 살아 있을 때는 우릴 없는 사람 취급하더니 이제 와서 접근하는 이유가 뭐야? 네 첫 전투 때 우리 쪽이 얼마나 죽어 나갔는지 알아? 다 네가 죽인 것 아닌가?"

아차. 정윤환은 제 옷깃에 달린 기장을 당장에 떼어 내서 팽개치려다가 너무 과장하는 것 같아 그러지는 않기로 했다.

"말했잖아요. 신중하게 고민했다고. 형이 맡았던 자리에, 나 넣어 줘요."

김승훈이 한쪽 눈썹을 치켜세웠다. 그가 차갑게 대꾸했다.

"정성민이 무슨 임무를 맡았는지는 알고 하는 소린가?"

"흰 칼날 프로젝트?"

무시무시한 침묵이 이어졌다. 김승훈의 서슬 퍼런 기색에 눌려 정윤환은 하마터면 시선을 피할 뻔했다.

"너 그게 뭔지나 알고……."

"몰라요. 형이 맡았던 임무 아니었나? 자주 들어서 형이 진행하는 걸로 알고 있었네요. 뭐, 아니라도 상관없어요. 그냥 형이 맡았던 일이면 돼요. 나도 거기서 일하게 해 줘요."

"갑자기 왜 심경의 변화가……."

"갑자기. 그렇죠. 저도 후회합니다. 저도 형이 갑자기 그렇게 될 줄은 몰랐으니까요."

정윤환은 해사하던 미소를 싹 지웠다. 연기할 필요는 없었다. 임유현의 그 뻔뻔한 낯짝을 떠올리기만 해도 충분했다. 정윤환의 표정이 삽시간에 뒤집히는 것을 목도한 김승훈은 이내 눈시울을 붉혔다.

"네 형은 좋은 사람이었어."

댁한테나 좋은 사람이었겠지. 정윤환은 속으로 투덜거렸다. 아무리 친형이라 해도 엮인 인연이 실감이 나질 않았다. 그도 그럴 것이 워낙 데면데면했다. 1년에 한두 번 명절 때나 보았으며, 군에 들어와서도 드문드문 오다가다 눈인사 정도였다. 밥

한 끼 함께 먹자는 말은 언제나 빈말로 그쳤다. 그와 가장 길게 나눈 대화는 다름 아닌 그 빌어먹을 메모리를 전달해 달라는 부탁을 받았을 때였다. 그때만 떠올리면 치가 떨렸다. 잘살고 있던 나를 한순간에 지옥으로 끌어내렸으니. 반드시 재기하고 만다.

"이제 와서 이런 부탁 죄송합니다만, 저는 여태까지 반란군의 사상에는 관심 없었습니다. 흥미가 있었다면 진즉 들어왔겠지요. 하지만 지금은 달라요. 형이 하고 있던 일은 꼭 제 손으로 마무리 짓고 싶습니다. 형이 목숨을 걸면서까지 했던 일이라면 분명 가치가 있을 거라고 생각해요. 지금부터 배워 가고 싶습니다. 제게 남겨진 유산이라고 생각하면서요. 사실 집안 사정으로 형과는 대외적으로 친하게 지내지 못했지만, 사실, 아시지요? 저는 형이 정말로……."

밑천이 떨어져 말끝을 뭉개 보았다. 시선을 자연스레 피하고 고개를 숙였더니, 김승훈의 목소리가 날아왔다.

"오늘 복귀하고 나면 지령이 하나 전달될 거다. 수행 실적을 보고 다음 주 정찰 때 다시 얘기해 보지."

그 후로 거의 3개월을 꼬박 바쳤다. 위치는 계속 바뀌었다. 주로 제3유적지나 제4유적지 변두리였다. 정윤환은 신뢰를 얻기 위해 가타부타 불평 않고 사람 놀리듯 수시로 변경되는 좌표를 성실히 찍으며, 주어지는 간단한 일들을 수행하는 것부터 시작했다.

안타깝게도, 정성민은 반란군에서 그렇게 요직은 아니었다.

그가 맡은 일은 주로 도시연합군의 루트를 정리하여 다음 동료에게 전달하는 단순한 업무였다. 특별한 능력을 요한다거나, 철저한 기밀과는 거리가 멀었다. 이런 일을 하는 사람은 많았기 때문이다. 정윤환은 의외로 상당한 숫자가 도시연합군에서 반란군으로, 혹은 그 반대로 정보를 나른다는 사실을 알게 되었다. 얼마나 조직적인지 마치 협력 업체 같았다.

어쨌든 정윤환은 모든 지령들을 수월하게 처리했다. 남는 시간에는 형이 남겨 두고 간 메모들을 뒤적였다. 처음에는 반란군들이 워낙 정윤환에 대한 불신의 눈초리를 드러냈기 때문에, 형과의 추억을 팔며 조금이라도 경계심을 늦추기 위해서 시작한 행동이었다. 그러나 정윤환이 그 노트에서 미처 몰랐던 형의 재능을 발견하며, 그 보여 주기 위한 행동들은 곧 습관이 되었다. 형은 글씨를 매우 아름답게 썼다. 어떤 것들은 너무나 정교하여 예술 작품 같았다. 그리고 자신만의 신념이 또렷했다. 그것은 도시연합에서 떠먹여 주는 사상만을 납죽납죽 받아먹으며 숙고라고는 한 톨도 없던 정윤환의 특징 없는 세계를 조금씩 허물었다.

……우리는 정보의 배분에서 일어나는 계획적인 차별에 대해 생각해야 한다. 도시연합 중앙학교의 모의 전투실에서 구현되는 가상현실을 떠올려 보라. 동조자가 아닌 일반학교에서 이뤄지고 있는 수업에서는 그런 기술은 볼 수 없다. 동조자 출신의 한 일반학교 교사가 역사 수업을 할 때 가상현실을 구현하고 싶다고 모금 활동

을 시작하자 도시연합은 그를 반란군으로 몰아 처형했다. 도시연합은 고급 기술을 손에 꽉 쥐고 동조자를 비롯한 사회 기득권에 한하여 집중적으로 풀고 있다. 그들은 언제나 유적지에 묻힌 옛 기술을 발굴하러 가겠다고 시민들의 세금을 걷고 저임금 노동자들을 사해로 끌고 가나, 그곳에서 건져지는 고대의 아름다운 기술은 결국 어디에 쓰이고 있는가. 정보는 공유되지 못하고 고여 있다…….

정윤환은 위험하다는 것을 알면서도 가끔은 메모를 찢어 간직하였다가, 군의 기숙사에서 잠을 청할 때 여러 번 읽어 보곤 했다. 마지막엔 꼭 태워 없앴다. 어떤 글귀는 마음을 할퀴어 차마 태우기 아까울 때도 있었다. 그럴 때는 암기했다. 여태 무언가를 이리 열심히 한 적이 있었나 싶을 정도였다.

……용의 자궁은 늙어 가고 있다. 용 연구소에서 생산되는 알의 양은 매년 급격히 하락하고 있다. 도시연합에서 아무리 수치를 조작한다 하더라도, 용의 자궁으로 세워진 제5도시의 노동자들의 일감이 줄어드는 것이 그 증거다. 그렇다면 쇠락하는 것은 용의 자궁뿐인가. 도시연합은 용이 영원히 산다고 주장하나 정확한 과학적 근거는 없다. 용은 어쩌면 천천히 죽어 가고 있는지도 모른다. 용은 불멸하는 것이 아니라, 단지 수명이 압도적으로 길 뿐이고, 이제 그 질긴 수명이 다하고 있으며, 도시연합이 용의 죽음으로 인한 인류의 종말을 함구하고 있다면. 우리는 새 용을 찾아야 한다. 하지만 도시연합이 제5도시를 통제하고 생산되는 모든 알을 기록 관리하

는 상황에서 어떻게 새로운 시도가 있겠는가. 용 연구소의 많은 연구원이 새끼 용을 철저하게 관리하나 모두 성체가 되기 전에 죽어 버린다. 그 이유는 아직도 모른다. 제국시대에는 달랐다. 도시연합은 그 기록들이 거짓이라 주장하지만, 도시연합 초기만 하더라도 사해에는 용의 뼈나 무너진 둥지 등 많은 흔적이 실재했다. 도시연합에 의해 열람이 금지된 기록에 의하면 제국시대 말기에 성체가 된 용이 세 마리, 새끼 용은 두 마리였다. 이 희귀한 짐승은 아주 오래 살고 당연하게 죽었다고 한다. 그렇다면 지금은 어떤가. 여덟 개로 찢기고 심장을 뺏긴 채 기계적으로 알만 낳는, 느리게 죽어 가는 검고 초라한 용 한 마리뿐이다. 그리고 아무런 근거 없이 도시가 영원히 건재할 것이라고 장담하는 도시연합이 있다…….

정윤환은 그 뒤부터, 모함을 타고 이동할 때 창가에 붙어 밖을 보는 것이 일상이 되었다. 예전 같으면 전투 영상을 돌려 보거나 낮잠을 잤겠지만, 이제 그럴 수가 없었다. 정윤환은 특히 부모님이 계시고, 본인이 나고 자랐으며, 도시연합과 도시연합군, 도시연합 중앙학교가 동시에 위치한 제1도시를 눈여겨보곤 했다.

까마득한 하늘에서 내려다보면, 제1도시는 황량한 사해에 박힌 은색 보석처럼 휘황하게 빛났다. 도시의 겉을 빙 두른 견고한 벽과 그 안에 계획적으로 설계된 건물과 도로가 살아 있는 생물처럼 아름답게 역동했다. 도시는 건설되고 1000년이 지났음에도 여전히 건재했다. 쇠락한다고 보기는 어려울 만큼 아름다웠으나 어딘가 불안한 느낌을 지울 수 없었다.

"정찰은 왜 하는 거야? 아무것도 없는데."

하루는 모함에서 총을 점검받고 있었는데, 불쑥 그런 말이 튀어나왔다. 정윤환은 새까만 장갑을 끼고 단추를 잠그면서 중얼거렸다.

"반란군은 우리를 먼저 공격하지도 않는데 군인이 이렇게 많이 필요한가? 동조자들은 왜 다들 도시연합 중앙학교를 거쳐 군으로 오고 싶어 하는 거야?"

순간 묘한 침묵이 찾아와서 정윤환은 퍼뜩 정신이 들었다. 이거 너무 위험한 발언인가. 핏기가 싹 가시는데, 옆에서 이선규가 장난스럽게 정윤환의 등을 툭 치며 말했다.

"월급 많고 신분 보장되고. 일단 제복이 멋지잖아. 그거면 됐지. 여기보다 돈 많이 주는 데 아냐? 가르쳐 줘. 그럼 나도 거기로 갈란다."

다들 피식 웃었다. 정윤환도 하하 웃었으나 목덜미가 차게 식어 있었다. 힐끗 눈치를 살폈다. 그러다 김서혁과 마주쳤다. 그는 코트를 걸치면서 정윤환을 보고 있었다. 정윤환은 그때까지도 김서혁에게 이렇다 할 칭찬 한마디 못 들어 본 상태였다. 그렇게 군에 들어오라고 수시로 집을 드나들어 부모님을 설득하더니, 막상 군인이 되어 활약하는데도 김서혁은 정윤환을 본 체만체했다. 김서혁을 리더로 두고 뛴다고는 하나 평소에는 눈도 잘 안 마주치는데, 하필이면 이런 헛소리를 할 때. 정윤환은 짐짓 자연스럽게 고개를 돌리고는 이를 악물었다. 미쳤어, 정윤환. 조심 좀 해라.

"야, 정윤환. 너 요새…….."

이선규는 더럽게 눈치가 빨랐다. 그의 기민한 상황 판단은 언제나 거기서 나오곤 했다. 정윤환은 방어하듯 이선규를 바라보았다. 이선규는 주위를 한 차례 살피고는 목소리를 낮추었다.

"……이상한 책 읽고 그러는 거 아니지?"

"이상한 책 뭐? 내가 형인 줄 알아?"

아무렇지도 않게 웃으며 말했다. 이선규는 주의 깊게 정윤환을 보았다. 표정이 진지했다.

"우리는 반란군과 최전선에서 맞붙으니까 그들의 사상이 많이 흘러들어 와. 나도 몇 번 접한 적이 있어. 막 솔깃할 때도 있지. 인정해. 그도 그런 것이 꽤 그럴듯하거든. 사람을 꾀어다가 자기편으로 만들어야 하는데 당연히 말을 잘해야 하지 않겠냐? 그런데 한 귀로 듣고 한 귀로 흘려야 해. 이게 진짜인가 가짜인가 고민하는 순간, 너는 중심을 잃어버려. 우린 매일 생사를 달리해. 사해는 위험해. 굳이 전투가 아니더라도 괴물이 있어. 멀쩡한 정신으로 있어도 목숨이 오락가락하는데, 구름처럼 붕 떠서 철학자 노릇 하면 너 저세상 가는 거 금방이야. 호기심에 발담갔다가 큰일 난다. 중심 잘 잡아."

"……하지만 진실은 알아야 하는 거 아니야?"

정윤환의 대답에, 이선규는 정말로 깜짝 놀라는 표정을 지었다. 그는 '상태가 심각하네.' 하고 중얼거리더니, 정윤환의 팔을 우악스럽게 붙잡아 사출구에서 떨어졌다.

"정윤환, 중요한 건 진실을 밝히느냐 아니냐가 아니야. 정말로 중요한 건, 진실이든 거짓이든 네 자신과 네 주변이 감당할수 있느냐, 그것뿐이야. 본인이 책임지지 못할 진실로 다른 사람이 피해를 본다면 그게 옳은 거야? 어쨌든 지금은, 우리가 정의야. 그렇지? 너는 내 동료고. 우린 안정적인 직장이 있고, 많은 월급이 나오고, 남들은 만져 보지도 못하는 제복을 입어. 거짓이라 하더라도. 그게 네가 알아야 할 사실이야. 다른 것은 필요 없어. 아무것도. 내가 비겁해 보이겠지만……."

이선규는 빠르게 말을 맺었다.

"……한번 그쪽 사상으로 넘어가면, 다시 돌아오기 힘들어. 경험자가 하는 말이니, 잘 들어. 다 널 위해서 하는 말이야."

이선규의 필사적인 조언은 정윤환에게 그대로 먹혔다. 정윤환은 그동안 형의 아름다운 메모들에 마음을 빼앗기면서도 동시에 너무나 괴로웠다. 차라리 몰랐으면 좋았을 것을. 알게 되니 무엇 하나 마음 편한 것이 없었다. 거기다 본격적으로 정윤환을 신뢰하게 된 반란군의 태도 변화도 그의 부담에 크게 한몫하고 있었다. 이제 정윤환은 제3유적지 지하의 반란군 본부까지 드나드는 수준이었다. 연합군 제복을 입고 지하도를 걷고 있으면, 형이 정말 자살한 게 맞을지도 모르겠다는 생각마저 들곤 했다. 도시연합에 발을 붙이면서도 마음은 반란군에 둔다는 것은 때때로 자해처럼 고통스러웠다. 현실에 안주하면서 이상을 기웃대는 자신이 끔찍했으므로.

그래서 정윤환은 이제 그만두기로 했다. 마침 신이 도운 것인지, 그에게도 기회가 왔다.

유은우와의 첫 만남은, 아니다, 그것은 목격에 가까웠다.

"네가 그토록 바라던 흰 칼날 프로젝트."

거대한 유리 기둥이었다. 공기 방울이 보글보글 떠도는 유리 기둥 속에 많아 봤자 10대 중반으로 보이는 여자아이가 희고 얇은 옷만 걸친 채 나붓이 떠 있었다. 두 눈은 잠긴 듯 감겨 있었고, 입은 조금 벌어져 있었다. 머리칼이 연약한 수중식물처럼 나부꼈다.

"흰 칼날 프로젝트는 이가연이 고안했어. 그녀는 전 반란군 수장 유태헌의 아내였는데, 난민들이 낳은 어린 동조자를 도시 연합에 빼앗기느니 우리가 활용하자고 제안했지. 인격을 삭제시키고 전투력을 극대화해서 살아 있는 병기로 만드는 게 골자야. 여태 단 한 번도 성공한 적이 없어. 늘 문턱까지 갔다가 엎어지곤 해. 이 실험체도 그 실패작 중 하나야."

김승훈의 말에 정윤환은 멍하니 기억을 헤집었다. 이름이 뭐라고 했더라. 유은우……? 확실치 않았다. 그러나 나이만은 또렷하게 기억났다. 충격적으로 어렸으니까. 4년 전, 열 살이었으니까. 그럼 지금은 열넷. 그러고 보니 그때 동영상으로 봤을 때보다 훨씬 자라 있었다.

"버리려던 실패작이긴 한데 너 시험 삼아 써 보라고 내가 일단 폐기 물품에서 빼냈어. 동조율은 100인데 설계 난독증이야. 프로그램은 돌아가는데 실전에서 버벅거려서 쓸 수가 없어. 그래도 가상으로는 돌아가니까 너 손도 풀 겸 한번 써 보고 그 뒤에 진짜 귀한 실험체 작업 들어가 보자."

속에서 분이 치밀었다. 이놈이나 저놈이나.

"형이 구해 온 애예요. 메모리에서 봤어요."

김승훈이 미간을 좁혔다.

"메모리? 그 메모리는 지금 어디 있어?"

"이수연이라고 군인이 가져갔는데 그 사람 실종되었어요."

김승훈은 잠시 침묵하다가 입을 열었다.

"우리는 실험체가 실패하면 두 가지 경로로 처분해. 팔거나, 갈아서 원료로 쓰거나. 어쨌든 동조자는 귀한 자원이니까 땅에 그냥 묻지는 않아. 이 실험체는 그래도 겉은 꽤 멀쩡한 편이라 도시연합에 팔았었어. 그런데 하필 정성민 팀이 도시연합 인신매매 함선을 급습하는 바람에 일이 우습게 되어 버렸지. 도시연합이 어린 동조자를 빼앗기지 않으려고 가스를 살포한 뒤 도주했는데, 그 속에서 얘만 간신히 숨이 붙어 있었던 모양이야. 정성민은 얘를 다시 데려와서 기계를 빼고 살려 보자고 제안했지만, 한번 삽입한 기계는 제거하기 어려워. 그런 정교한 작업은 제1도시 중앙병원 의료진이나 가능하겠지. 이미 삽입해 버린 거 어쩔 수 없어. 최대한 쓰다가 버리는 거지. 정성민만 헛수고했어. 원래 그런 놈이지만."

"그럼 도시연합이랑 다를 게 뭡니까?"

김승훈의 눈에 광채가 돌았다.

"뭐가 다르냐고? 그걸 질문이라고 해? 목표가 달라. 도시연합은 우릴 인간 취급도 하지 않아. 하지만 우리 반란군은 인류의 화합을 꿈꾼다. 도시연합은 용의 성체가 생기면 도시를 확장하는 데 쓰겠지만, 우리는 신도시를 건설해 난민을 수용할 거야."

같은 길을 걸으면서 목표가 다르다고. 정윤환은 한숨을 삼켰다. 결국 말마디가 기어 나왔다. 어쩔 수 없이 날카로웠다.

"예전에 동영상에서 봤을 때보다 좀 더 자란 것처럼 보이는데……."

"지금도 자라고 있지. 그러나 살아 있는 건 아니다. 거의 죽었다고 보면 돼. 시체나 다름없지. 오해는 말길 바란다."

거의? 정윤환은 입술 안쪽 살을 자근자근 씹었다. 거의? 웃기지도 않았다. 이제야 이 지긋지긋한 반란군을 미련 없이 뜨겠구나.

"네가 할 일은 이 여자애한테 삽입된 기계를 구동시키는 거야. 설계 난독증이라 그런지 설계가 조금만 거칠어도 먹히지가 않아. 패턴들을 정교하게 쪼개서 피를 돌리듯 빠르게 집어넣어야 하는데 그게 너무 어려워. 그래도 넌 설계 꽤 하니까 연습차 한번 써 봐. 너덜해지면 폐기 처분실 직원 불러서 가져가라고 해. 새 실험체 줄게. 그리고 이거 금 갔어."

김승훈이 턱짓으로 유리 기둥을 가리켰다. 아래쪽에 실금이 거미줄처럼 뻗어 있었다.

"지금 실험체가 워낙 많아서 기둥이 모자라 옮기질 못했어. 안 깨지게 조심하고. 이 연구실은 이제 네가 써도 좋아."

"프로그램은요? 그래도 일단 기본으로 짜 둔 설계 틀은 있을 거잖아요.”

“이쪽 노트북에. 암호 알려 줄게, 이리 와서 앉아 봐. 오래 걸릴 테니까. 메모할래?”

정윤환은 눈에 불을 켜고 그 모든 과정을 완벽하게 숙지했다. 김승훈으로부터 모든 설명이 끝났을 때는 자정이 넘어 있었다. 이제 그만 숙소로 들어가 자라는 김승훈의 걱정에, 정윤환은 조금만 더 보고 가겠다고 넘치는 열정을 가장했다. 김승훈이 문을 닫고 나가자마자 코트 주머니에서 메모리를 꺼냈다. 임유현으로부터 건네받은 지 무려 반년이 지나 있었다. 그동안 정윤환이 다른 정보들을 끊임없이 물어다 주지 않았다면 집안은 폭삭 망했을 게 분명했다.

설계 틀은 무거워서 메모리로 옮기기까지 두 시간이나 걸렸다. 정윤환은 지쳐 졸다가 완료되었다는 신호음에 겨우 깨어났다. 벗어 두었던 제복 코트를 집어 들어 걸쳤다. 메모리를 빼는데 손이 헛돌아 바닥으로 톡 떨어졌다. 그제야 정신이 번쩍 들었다. 정윤환은 황급히 바닥으로 납작 엎드렸다. 책상 밑을 더듬는데 툭 하고 옆을 잘못 치는 바람에 책이 위태롭게 쌓여 있던 의자가 쓰러졌다. 그 바람에 가까이 있던 바퀴 달린 실험대가 훅 밀려 유리 기둥에 쾅 부딪혔다. 실금이 우두두둑 찢겨 올라가는 것이 똑똑히 보였다.

어어, 메모리.

유리 기둥 앞에, 그리 찾아 헤매던 메모리가 반짝반짝 놓여 있었다. 정윤환이 정신없이 달려가 메모리를 움켜쥐는 것과 유리 기둥이 산산이 부서져 터지는 것은 거의 동시에 일어났다. 정윤환은 바닥으로 넘어지면서도 왼손으로 메모리를 단단히 움켜쥐고 유리 기둥에서 쏟아져 나오는 끔찍한 액체가 닿지 않도록 손을 높이 쳐드는 데에 성공했다. 오른손으로는 유리 조각과 액체 세례를 피하고자 얼굴을 가렸지만 그리 효과는 없었다. 품으로 묵직한 것이 확 떨어져 내렸다. 역한 소독약 냄새가 치밀었다.

파지직, 전자기기들이 액체를 뒤집어쓰고 오작동을 일으키며 꺼졌다. 쏟아져 나온 푸르스름한 액체는 사방으로 번지다가 이내 멈춰 섰다. 정윤환은 왼손을 움직여 보았다. 손아귀 안은 건조했다. 다행스럽게도 메모리는 안전했다. 온몸은 홀딱 젖었지만.

정윤환은 메모리를 쥐지 않은 오른손 손가락을 하나만 펼쳐서, 자신의 몸 위에 겹쳐져 있는 유은우의 어깨를 쭉 밀어 보았다. 시체랑 포옹 비슷한 걸 하고 있다고 생각하니 소름이 다 돋았다.

아, 기분 잡치게.

그래도 메모리에 정보는 담았으니까. 좋은 일에는 마가 끼는 법. 긍정적으로 생각하려 애썼으나, 의외로 시체는 잘 밀려나지 않았다. 정윤환은 손바닥으로 유은우의 어깨를 확 밀어붙였다.

콜록.

정윤환은 그대로 얼어붙었다. 내가 잘못 들었나 했다.

죽었다며? 시체라며?

유은우가 한 차례 바르르 떨었다. 그러더니 정윤환의 제복 코트 사이를 헤치며 가슴팍에 제 뺨을 꼭 가져다 대었다.

정윤환이 새파랗게 얼어붙어 있는 동안, 유은우는 얕은 기침을 몇 번 더 뱉고, 정윤환의 가슴 위로 뺨을 비볐다. 작은 새가 자기 전에 부리로 깃을 정리하듯 나름대로 열심이었다. 그리 한참을 사부작대더니, 유은우는 마침내 잠들었다. 희고 가느다란 손가락으로 정윤환의 제복 코트 양 자락을 꼭 붙잡은 채였다.

정윤환은 꼼짝도 못했다.

어릴 때 아버지가 희고 작은 강아지를 한 마리 데려온 적이 있었다. 자연스레 들어서 안고 쓰다듬는 부모님과는 달리, 정윤환은 딱 한 번 시도만 해 보고 그 뒤로는 손도 못 대고 바라만 봤다. 막 태어나 하얗게 보송보송한 강아지는 손을 대자마자 심장이 팔딱팔딱 뛰는 것이 적나라하게 느껴져 겁이 났다. 혹시나 잘못 잡았다가 터져서 죽어 버릴까 봐.

정윤환은 엉거주춤 메모리를 쥐고 있던 팔을 천천히 내렸다. 위에서 새근새근 자는 여자애는 안쓰러울 정도로 가볍고, 따뜻했으며, 쌉쌀한 소독약 냄새가 났고, 살아 있었다.

맙소사. 이걸 어째.

"으아, 이게 다 뭐야."

정윤환은 화들짝 깨어났다. 눈을 떴다가, 아침 햇볕이 강렬하게 내리쬐는 바람에 다시 눈을 꾹 감았다. 반사적으로 유은우를 끌어당겨 안았다. 도톰한 담요로 돌돌 말아 놓은 작은 여자아이는 뜻 모를 말을 웅얼거리면서 필사적으로 정윤환에게 달라붙었다. 턱 아래로 파고드는 정수리가 생경하게 보드라워, 그제야 정신이 들었다.

"개판이네."

정윤환은 튕기듯 일어났다. 그 바람에 유은우가 간이침대에서 가볍게 미끄러졌다. 황급히 끌어안아 당겼다. 유은우는 그 와중에도 정윤환의 제복 재킷을 생명줄처럼 꼭 붙들고 있었다. 정윤환은 새벽부터 수없이 반복한 짓을 재차 시도했다. 조심스러운 손길로 유은우의 손을 붙잡고 바깥으로 살짝 당겨 보았다. 떨어지기는커녕 유은우의 손아귀 힘만 더 강해지면서 제복이 아래로 꽉 당겨졌다. 정윤환은 차마 매몰차게 하지 못하고 고개만 들었다. 유은우에게 꼼짝없이 붙들려 허리를 굽힌 엉거주춤한 자세였지만, 눈빛은 사나웠다.

"죽었다며? 시체라며? 살아 있는 사람 가지고 대체 뭐 하는 짓이야. 지금 얘 상태 좀 봐. 사람한테 매달려서. 너희들이 도시연합 그 쓰레기들이랑 다를 게 뭐야?"

그러나 강진욱은 정윤환을 보고 있지 않았다. 정윤환이 반란군에서 말을 트고 지내는 유일한 또래인 그는, 팔짱을 낀 채 지저분하게 젖어 엉망인 연구실을 둘러보고 있었다. 강진욱이 신경질적으로 실험대를 끌어당기더니 그 위를 손으로 대강 쓸어 냈다. 그러고는 스크린이 먹통이 된 설계 입력기, 전원이 나간 산소 공급기, 회생이 불가능해 보이는 노트북을 차례로 실었다.

"김승훈 연구사님이 너한테 조심하라고 하지 않았어? 아아, 이거 다 어떡할 거야. 비싼 건데 다 망가졌어."

"……지금 그게 중요해?"

정윤환이 멍하니 되물었다. 강진욱은 혀를 차더니 성큼성큼 다가왔다. 정윤환이 뭘 어떻게 할 새도 없이, 강진욱이 유은우의 손목을 잡고 거칠게 정윤환에게서 떼어 냈다. 유은우가 훅 떨어져 나가자 빈 품으로 서늘한 아침 공기가 들이쳐, 정윤환은 부르르 몸을 떨었다. 강진욱은 유은우를 대충, 정말로 대충 들쳐쥐고, 이미 기계들이 실린 실험대의 빈 공간에 팽개치듯 실었다.

"나도 처음에 실험체를 지정받았을 때 어떻게 해야 좋을지 몰랐어. 인간인지 아닌지, 살았는지 죽었는지 알 수 없었으니까. 숨을 쉬고 심장도 뛰고 가끔 눈도 뜨고 한 달에 한 번 정도는 새벽에 헛소리도 중얼거리니까 이거 살아 있는 건가 싶었어. 그런데 또 섭식이나 배설은 전혀 없고 하루 종일 잠만 자니까 죽은 건가 싶고. 당최 이런 상태의 무언가를 본 적이 있어야 말이지. 그러니까, 기계에 침식되었음에도 썩어 들어가지 않고 희박한 확률로 생이 유지되는 인간 말이야. 일종의 식물인간인데, 이게 또 겉으로는 너무 멀쩡해 보여서 다루는 연구원 미치게 만든단 말이지. 나는 그때 매일 울고, 밤마다 기도했어. 지금은 실험용 쥐 다루듯 아주 능숙하지만. 너 종교는 있냐? 가지는 게 좋아. 이 바닥에서 오래 버티려면."

정윤환은 이불을 그러쥐었다. 자신의 온기인지 유은우의 온기인지, 아직 따뜻했다.

"악에는 악으로 맞선다. 선은 승자만이 누릴 수 있어. 우린 전쟁 중이야. 한가하게 평화주의자 노릇이나 하고 싶으면 번지수 잘못 찾았어. 하지만 여기 남고 싶다면 우리 방식에 따라. 우리는 반드시 이겨야만 해. 그래야 이 모든 죄가 정당해지니까. 감당 못 하겠으면 지금 나가. 처음에 우리는……."

강진욱이 딱딱하게 말했다.

"……정말로 기대했어. 태어나자마자 동조율 100. 희망을 품고 돌봤어. 8년을 길렀어. 그런데 설계 난독증이라니 미칠 노릇이지. 우리 연구실 사람들, 이 실험체 얘기만 나와도 치를 떨어. 투자 대비 성과가 하나도 안 나왔어. 너 얘 쓸 거야, 안 쓸 거야?"

"뭐, 뭐라고?"

"너 못 쓰겠으면 원래 계획대로 폐기 처분하고, 쓰겠다면 튼튼한 표본 기둥 하나 주고."

강진욱이 너무나 대수롭지 않아 보여서 정윤환은 도리어 자신이 이상한가 했다. 정윤환이 멀거니 강진욱을 쳐다만 보자, 강진욱이 설레설레 고개를 젓더니 실험대 손잡이를 움켜잡았다.

"연구사님이 워낙 네게 기대가 커서 맡겨 보려고 했는데. 역시 무리였나 보네. 됐어. 신경 쓰지 마. 넌 이 프로젝트에서 빠져. 내가 너 이 일에 안 맞는다고 말해 둘게."

강진욱이 실험대를 밀었다. 묵직한 바퀴가 바닥에 널브러진 유리 조각을 산산이 부수며 날카로운 소리를 냈다. 정윤환은 빛의 모래처럼 흩어지는 유리를 보면서 자신의 처지를 상기했다.

자신이 왜 이곳에 있는지. 알량한 동정심을 발휘할 위치인지 아닌지. 답은 뻔했다.

정윤환은 코트 주머니 위로 손을 더듬었다. 딱딱한 메모리가 느껴졌다.

원하는 것은 얻었다. 이제 본래 자리로 돌아가야 할 때였다. 형의 메모는 아름다웠으나, 신념으로 삼기엔 위험했다. 그는 겁이 났고, 또 자신이 없었다. 언제나 이 모든 것을 알기 전으로 돌아가기를 맹렬히 기도했다. 임유현에게 이 메모리만 넘기면, 이제 다 끝날 것이다. 그러면 반란군과는 오직 전투에서만 맞붙을 터였다. 그러니 유은우는 아무래도 상관없었다.

하지만 그럼에도 불구하고, 정윤환은 힘주어 말했다.

"놓고 가."

강진욱이 쭉 밀고 가던 실험대를 멈추었다. 정윤환을 돌아보지도 않은 채, 그가 반문했다.

"뭘? 내가 지금 가져가려고 하는 게 네 가지나 되는데 이중에 뭘 두고 갈까?"

정윤환은 분이 치밀었다. 강진욱은 일부러, 자신은 유은우를 노트북이나 산소 공급기 정도로 생각한다는 것을 피력하고 있었다. 내 눈에는 이 네 가지가 동등하다. 그러니 너도 익숙해지라는.

"기분 좆같으니까 두 번 말하게 하지 마. 유은우 놓고 가라고."

일부러 이름 석 자에 힘을 주었다. 강진욱이 깊게 한숨을 쉬었다.

"그거 설마 얘 이름이냐? 가지가지 한다, 정말."

"나한텐 형 유품이나 다름없어. 놓고 가."

강진욱이 고개를 돌려 정윤환을 보았다. 시선이 측은했다.

"나는 너의 그 급조된 신념보다, 유약하게 타고난 성정이 염려돼. 우리가 실험체를 굳이 표본 기둥에 보관하는 데는 다 이유가 있어. 기계장치가 덜 부식된다는 장점도 있지만, 일단 그렇게 넣어 두면 덜 사람 같거든. 어디서 주워들었는지는 몰라도 본명은 잊어버려. 차라리 다른 호칭을 붙여. 나처럼 그냥 실험체 1, 2, 3이라고 부르든가."

"사람 가르치려 들지 마. 그 빌어먹을 호칭이야 어쨌든, 두고 가. 어차피 버릴 거면 내가 쓰든 옆에 두든 끌어안고 자든 말든 상관없는 거 아냐?"

"겉으로만 뺀들뺀들하지, 성민이 형이랑 똑같네. 속은 유하게 물러 터져서. 그래도 성민이 형은 실험체 끌어안고 자지는 않았다. 변태 아냐?"

"씨발, 너 안 닥쳐?"

정윤환은 낯이 확 달아올랐다. 자신의 품으로 톡 떨어져 안긴 유은우는 너무 작았고, 여렸고, 그럼에도 살아 있었다. 정윤환은 도무지 어디서부터 손을 대야 할지도 모른 채, 아주 조심스럽게 그 작은 생명을 담요로 감싸고 혹여나 체온이 떨어질까 꼭 안고 잤다. 유은우가 자신의 옷자락을 얼마나 필사적으로 잡고 버티는지, 그녀에게 자신이 전부 같았다. 강진욱처럼 무감하게 손을 쳐 낸다는 것은, 감히 생각조차 하지 못했다. 함부로 대했다가는 금방이라도 죽어 버릴 것 같아서.

정윤환은 간이침대에서 일어나, 벗어 뒀던 군화를 황급히 꿰어 신고 실험대로 다가갔다. 유은우는 실험대 위에 몸을 웅크리고 색색 가지런한 숨소리를 내며 자고 있었다. 정윤환은 어색하게 유은우의 허리 아래로 손을 집어넣다가, 머리와 다리가 힘없이 처지자 어찌할 바를 모르고 품에 머리를 꼭 기대 두고 어깨를 잡은 뒤에 무릎 뒤로 손을 넣었다. 엉거주춤 들었다. 유은우가 몸을 뒤척이며 또 옷을 꼭 잡아 왔다. 정윤환은 유은우의 머리가 젖혀져 꺾이지 않도록 조심조심 간이침대로 걸어갔다.

뒤통수에서 강진욱의 혀 차는 소리가 똑똑히 들렸다.

"너 사람 처음 안아 보지."

집중하느라 욕으로 받아치지도 못하고 정윤환은 유은우를 침대에 조심스레 눕혀 보았다. 그러나 정윤환은 허리를 펴지 못했다. 유은우가 재킷을 꼭 붙들고 도무지 놔주질 않았다. 유은우가 이불에 뺨을 비비듯 몸을 한 차례 뒤척이더니 눈을 나붓이 떴다. 초점이 흐린 동공이 설핏 드러났다가 까무룩 도로 감겼다.

미치겠네.

정윤환은 궁색하게 쪼그려 앉은 뒤, 조심조심 재킷을 벗었다. 뒤에서 이 같잖은 꼴을 고스란히 지켜보고 있을 강진욱이 신경 쓰였지만, 차마 조막만 한 손을 강제로 떼어 낼 수 없었다. 그동안 얼마나 힘들었으면 이렇게 아무나 꼭 붙잡고 놓지도 못하는지 안쓰러웠다. 정윤환은 누가 봐도 우스운 꼴로 겨우겨우 재킷을 벗는 데 성공했다.

"별 지랄을 다 한다."

"다른 사람들한테 말하면 죽인다."

"믿지도 않을걸."

유황 냄새가 짙게 배고 드문드문 핏자국이 남았으며 사해의 모래가 희게 묻은 지저분한 제복을, 유은우는 제 품으로 꼭 끌어당기고는 아기 새처럼 고개를 파묻었다. 그리고는 깊은 잠으로 빠지듯 사지가 축 늘어졌다.

아오, 내 허리.

정윤환은 신음을 삼키며 허리를 펴고 일어났다. 뒤를 돌아보니 강진욱이 탐탁지 않은 표정으로 팔짱을 끼고 벽에 기대 있었다.

"이름이 뭐라고? 유······."

"은우."

"아아. 네가 지었어?"

"미쳤냐. 형이 남긴 메모리에서 봤어."

"아, 그거 알아. 나도 들었어. 이수연이 실종당하면서 잃어버리지만 않았어도 그걸로 도시연합 한 방 먹일 수 있었다던데. 진짜야?"

"나도 끝까지 안 봐서 몰라. 그런데 메모리로 봤을 땐 시체가 산처럼 쌓여 있었어. 난민들이 동조자를 낳는 경우가 많은가 봐? 기초학교 다닐 때는 난민들은 출산이 드문 데다 동조자는 아예 못 낳는다고 배웠는데. 비싼 보호칩을 살 수 없으니 어쩔 수 없이 정화 장치를 신체에 달아야 하고, 그러면 생식 능력이 퇴화된다고."

강진욱은 실험복 주머니에서 약물 케이스를 꺼내며 어깨를 으쓱했다.

"학교 선생들은 아무것도 몰라. 아무것도 모르는 사람만 그 자리에 앉을 수 있지. 난민들도 임신하고 아이를 낳아. 동조자 출생 비율은 도시나 사해나 비슷하고. 내가 난민 출신이라 잘 아는데, 네가 배운 건 도시연합이 겁을 주려고 퍼뜨린 헛소문이야. 그들은 용으로 협소한 공간을 만들고 시민들을 가두어 통제하고 싶어 해. 많은 시민이 용의 그림자 밖으로는 한 발짝도 나와 보지 못하고 생을 마감하지. 그나마 사해횡단철도로 이동할 때나 유리창 너머로 사해를 볼 수 있고, 그마저도……."

"군에서 철저히 관리하고 있어. 이른바 정화 사업. 사해횡단철도 반경 5킬로미터까지 괴물을 제거하고, 기차에 들러붙어 도시로 진입하려는 난민을 막아."

정윤환이 경험을 말했다. 강진욱이 약물 케이스를 이쪽으로 집어 던졌다. 정윤환은 그것을 가볍게 잡아챘다.

"가지고 있어. 한동안 약물 보기 힘들 거야. 김서혁 그 개새 끼가 보급 경로를 다 끊어 놨어. 임유현이랑 따로 놀아서 정보 도 잘 안 들어오고, 순식간에 치고 들어왔다가 빠지면서 중요 한 맥만 싹 다 잘라 놓는다니까. 하여간에 골칫덩이야. 유명하신 네 상사 말이야."

강진욱은 농담 반 진담 반이었지만 정윤환은 웃지 않았다. 속으로는 몸이 좋지 않다는 핑계를 대고 그 임무에 직접 참가 하지 않은 자신을 백번 칭찬했다. 정윤환은 약물 케이스를 도 로 던졌다. 강진욱이 의아하게 그것을 낚아챘다가 이내 고개를 끄덕였다.

"아, 넌 친정에서 가져오면 되겠구나. 거긴 넘쳐서 썩어 나 지?"

묘한 거리감이 느껴졌다. 정윤환은 짜증을 섞어 대답했다.

"나 원래 약물 안 쓰는데. 몸이 둔해져서."

강진욱이 눈을 크게 떴다.

"아예 안 써? 그럼 너 여기 지하 본부로는 어떻게 들어와? 게 이트 보안 엄청나지 않아? 그래도 강화제 하나 정도는 빨아야 하는 거 아냐?"

"보호 설계 빡빡하게 입고 속도 높여 들어오면 문제없어."

"말이야 쉽지. 새삼 대단하네."

강진욱이 정윤환을 빤히 보았다. 그 경외에 찬 시선이 낯설 었다. 한때는 당연한 축복이라 생각했는데, 지금 와 돌이켜 보니 저주나 다름없었다. 도시연합군의 다른 이들처럼 모든 것이 평범하게 적당했더라면.

그럼 임유현의 눈에 띄지 않았을 텐데.

"이게 아닌데……."

임유현이 중얼거렸다. 정윤환은 발끝에 두고 있던 시선을 확 들어 올렸다. 임유현은 한 손으로는 턱을 괴고, 다른 손으로는 스크린을 툭툭 넘기고 있었다. 마뜩찮은 얼굴이었다. 뭐지? 뭐가 잘못됐나? 가슴이 쿵 차갑게 떨어졌다.

"그리 시간을 질질 끌더니 막상 가져온 것이 쭉정이라. 실망인데."

그럴 리가 없는데. 정윤환은 입 안이 바싹 마르는 것을 느꼈다.

"최신 정보입니다."

임유현은 대답 없이 스크린에서 메모리를 뺐다. 정윤환은, 자신이 몇 달 동안 피를 말려 가며 간신히 빼낸 정보가 책상 위로 툭 던져지는 것을 하릴없이 지켜보았다. 임유현이 여위어 마디가 굴곡진 두 손을 모았다. 손끝이 느리게 맞붙었다.

"이건 우리 기술인데."

"네?"

"반란군은 하나도 발전한 게 없군. 분명히 소문에는……."

임유현은 따분한 표정이었다.

"……명령 체계를 정교하게 완성했다고 하던데. 심장이 멈추고도 사지를 움직일 수 있게끔. 그게 가능하다고 했어. 호흡도 없고 심장박동도 없어야, 감시체계를 피할 수 있으니까. 그런데 자네가 가져온 정보는 구닥다리구먼. 이 정도는 우리도 있어. 정확히 말하자면, 우리가 반란군에게 흘린 것이지. 완성되어 돌아올 줄 알았는데."

마치 하청 업체를 부리는 듯한 말투였다. 정윤환은 주먹을 말아 쥐었다. 손톱이 손바닥을 꾹 짓이겼다. 뭔가 크게 잘못 걸린 것 같다는 직감이 왔다. 어쩌면, 영원히 임유현의 손아귀에서 벗어날 수 없을지도 모른다는.

아무런 소용이 없음을 알면서도, 정윤환은 마지막으로 발악하듯 입을 열었다. 목소리가 다 쉬어 나왔다.

"그것이 반란군의 흰 칼날 프로젝트의 전부입니다. 제가 연구실에서 직접 빼 온 것입니다. 그 메모리에 나열된 설계와 연구실의 기기들은 정확히 일치했습니다. 총사령관님께서 보시기에 미완성이라 하신다면, 그것은 제가 정보의 일부를 빼돌렸거나 혹은 반란군이 제게 정보를 덜 푼 것이 아니라, 온전히 정말로 그것이 그들의 전부이기 때문입니다."

톡 톡 톡. 임유현이 손톱 끝으로 책상을 가볍게 내리쳤다. 그가 냉담하게 말했다.

"시간이 얼마나 더 필요하지?"

"총사령관님, 그게 전부입니다."

"자네는 정말로 최선을 다했다 말할 수 있나? 내가 자네에게 내린 지시는 단순히 가져오라는 것이 아니었는데. 정말 사람

피곤하게 하는군. 나가 보게. 다음번엔 좋은 소식 기다리겠네."

정윤환은 목구멍까지 짓쳐 오르는 불같은 욕설을 삼켰다. 집무실 문을 닫고 기계적으로 복도를 걸었다. 모퉁이를 돌아 벽에 등을 기댔다. 이선규에게 급하게 빌려 입은 제복 재킷은 품이 맞지 않아 어색했고, 유적지에서 군까지 이동하느라 물었던 칩으로 입 안이 헐어 따가웠으며, 시야는 어지러웠다.

'흰 칼날 프로젝트의 핵심 설계를 자네가 빼 와. 없으면 만들어서라도.'

뱃속 밑바닥부터 들끓었다. 날 이용했구나. 가져오라는 뜻이 아니라, 가서 완성해 오라고. 도시연합의 고귀한 손을 더럽히지 않고, 그러나 끔찍한 기술은 탐이 나서.

정윤환은 이마를 문질렀다. 저도 모르게 수식을 중얼거렸다. 손가락 끝이 움찔거렸다. 머릿속으로는 간밤에 김승훈으로부터 전해 들은 설계들이 빠르게 스쳐 지나갔다. 어색하게 끊어진 매듭. 온이 스미기에 너무나 좁았던 공간. 쓸데없이 겹쳐진 설계. 지나치게 낭비되는 패턴.

정윤환의 판단에 더는 개선이 불가능한 프로젝트였다. 지금 임유현에게 넘겨주고 온 메모리가 최대치.

이미 너무나 많은 것들이 누더기처럼 복잡하게 얽혀 있었다. 다양한 스타일의 설계자들이 오랜 시간에 걸쳐 조금씩 완성해 나간 것이, 오히려 독이 되어 크고 작은 결함을 일으키고 있었다. 차라리 전부 싹 지워 버리고 처음부터 세운다면…….

정윤환은 건조한 두 손을 들어 마른세수를 했다.

그리고 또 하나. 실험체로 쓰이는 동조자 자체도 문제였다. 설계를 받아들이는 방식이 실험체마다 다르면 수많은 변수가 생긴다. 다른 이가 집어넣은 설계를 자의적으로 속내에서 비틀지 않고 백지처럼 그대로 받아들이는 그런 매개체만 존재한다면…….

퍼뜩 유은우가 떠올랐다. 설계 난독증. 유은우를 대상으로 설계를 처음부터 끝까지 나 혼자 짜면 어떨까.

……가능할 것 같았다. 틀을 심는 데에 시간이 좀 걸리겠지만.

정윤환은 숨을 참으며 집무실 문을 노려보았다. 임유현과의 관계를 하루라도 빨리 끊어 내야 했다. 그러니까 비인간적인 행위에 아주 살짝만 발을 담그는 것은, 정당방위다. 자유로워지기 위한. 임유현으로부터. 그리고 임유현만큼이나 감당하기 힘든, 형의 그림자로부터.

정윤환은 두 손으로 제 머리를 감싸 쥐었다. 생각해, 정윤환. 내가 할 수 있을까?

현재 유은우의 몸에 삽입된 기계에 입력된 설계를 전부 삭제시키고 다시 처음부터 틀을 채워야 한다. 입력 과정에서 유은우는 잦은 발작을 겪을 것이다. 사람을 두 번 죽이는 일이다. 타인의 손을 빌릴 수도 없다. 그렇게 되면 또 실패작일 뿐일 테니까. 모든 과정을 나 혼자서 다 지켜봐야 해…….

유은우가, 내가, 버틸 수 있을까?

정윤환은 문득 피비린내를 느꼈다. 저도 모르게 입술 안쪽의 연한 살을 짓씹고 있었다.

이래도 되나?

안 되지, 당연히. 너 자신이 가장 잘 알고 있잖아. 끔찍한 죄가 될 거야. 결코 씻을 수 없는. 평생 네 뒤통수에 달라붙어, 새벽마다 네 영혼을 쥐어뜯을 거야.

어차피 죽었잖아. 숨만 쉬고 심장만 뛴다고, 내가 손대지 않는다고 해서 유은우가 회복될 것 같아? 아까 강진욱이 하는 말 들었지? 다들 그렇게 한다잖아. 쓰레기 재활용이야. 뭐 어때.

아까는 그렇게 비인간적이라고 반란군을 욕하더니. 정작 이제 와서 네게 유은우가 필요하다고 여겨지니, 더한 짓을 저질러도 상관없어진 거지? 유은우라는 특정 실험체에만 듣는 설계를 짠다는 것은, 임유현에게 핵심 설계뿐만 아니라 유은우 그 자체도 고스란히 상납해야 한다는 뜻이야. 너 자신 있어? 아까는 형의 유품이니 어쩌니 저 혼자 잘나서 오만하게 떠들어 대더니.

그럼 어떡할래? 이미 임유현한테 딱 걸린 마당에 군이고 뭐고 다 그만두고 시골에나 내려갈래? 그럼 네 설계 실력이 가려질 것 같아? 서재희를 봐. 그들은 서재희를 취하듯이 너 또한 귀신같이 찾아낼 거야. 도망 못 가. 기권은 없어. 죽든가 굽히든가 둘 중 하나야.

나는 정말로 하고 싶지 않아. 용서받지 못할 거야.

눈 감고 귀 막고 딱 남들 하는 만큼만 해. 너도 목매달고 죽고 싶어?

벽에 기댄 채 주르륵 주저앉았다. 정윤환은 무릎에 얼굴을 묻고 호흡을 가누려 애썼다. 심장이 걷잡을 수 없이 뛰었다. 황급히 재킷 겉주머니를 뒤적였다. 이선규 이름이 쓰인 호흡기가 나왔다. 재킷 안쪽을 더듬었다. 손이 떨리는 바람에 매끄러운 약물 케이스 서너 개가 바닥으로 찰그랑 떨어졌다. 신경안정제를 골라 집었다. 어깨너머로 봐 왔던 대로 호흡기에 끼웠다. 너무나 쉽게 딸깍 소리가 났다.

깊이 빨아들였다. 알싸한 박하맛이 목구멍으로 제법 넘어가는 듯하다가 곧바로 역류했다. 거칠게 기침했다. 필요를 느끼지 못해 적응기를 가지지 않았으므로, 그 서툰 한 모금만으로도 몽롱해졌다. 일말의 양심도 함께 흐려졌다.

할 수 있어. 하자. 해야만 하니까.

돌이켜 보면 얼마나 자만했던가.

오직 유은우의 설계 난독증과 그녀의 몸에 삽입된 기계들, 그리고 정윤환 자신의 설계 실력만 차가운 이성으로 엮어, 내가 마음만 먹으면 할 수 있다고 굳게 믿었던 것이.

미처 몰랐다. 알 수 있을 리 없었다. 그 이후로 자신이 얼마나 수많은 밤을 유은우의 한결같은 온기에 위로받으며 잠들게 될지. 한낱 시체에 의지하게 된 나약한 자신을 깊이 혐오하게 되고, 어떤 미친 연구원이 버려진 실험체를 임신시켰다는 더러운 사건에 지레 겁을 먹고 제 연구실 문을 철저히 잠그게 되며, 유은우와 평범하게 만났으면 어땠을까 수없이 상상하는 치부를 들킬까 두려워 전전긍긍하면서도, 결국 다시 한번 버려진 유은우를 제 손으로 파헤쳐 건져 오리라고는. 그리고 내가 너만은 꼭 빼내 주겠다 맹세하고, 그 직후 지키지 못할 약속이 되리라고는. 그런 것들은 채 계산하지 못했다.

유은우를 끌어안으면, 온 근육이 이완되어 새까만 세상에 둘만 있는 것 같았다. 부드럽게 잠에 삼켜지고, 악몽 없이 깨어났다.

그것은 너무나 생경한 감각이었기 때문에, 정윤환은 도시연합군과 반란군을 넘나들며 온갖 대화에서 그 목마른 따뜻함의 이름을 찾아야 했다. 하다못해 총도 매일매일 쥐면 손에 익는데, 사람 모양을 한 실험체가 신경 쓰이는 거야 당연하지 않냐. 그런 말을 들으면 안심했다. 아아, 호흡기 잃어버렸어. 기초학교 때부터 쓰던 거라 그거 아니면 싫은데. 정이 들어서. 그런 중얼거림을 들으며 위안 받았다. 이웃이 키우는 강아지를 잠시 맡아 주었는데, 아나나 다를까 되게 귀찮더라. 근데 한 일주일 머물다 돌려보냈는데 자꾸 생각나. 신경 쓰이고. 그새 정이 들었나. 그러면 정윤환은 안달하는 속을 감추고 묻곤 했다.

있잖아. 그런 게 사랑은 아니지?

그럼, 아니지. 사랑이랑은 다르지. 사랑은 두 사람이 대화를 통해 서로 알아 가며 이해하는 것이고, 이건 일방적으로 그냥 정을 주는 거지. 말도 안 통하는데. 대답을 듣고 안도했다.

정윤환에게 사랑이란, 거리마다 넘쳐 하수구로 흘러가는 유행가. 현실에선 유치하기 짝이 없는 대사를 잘도 날리는 드라마. 기념일을 외치며 좌판에 널린 싸구려 초콜릿. 개나 소나 한다는 그 진부한 사랑 때문에, 내 결정이 이렇게 흔들릴 리가 없다.

이것은 사랑이 아니어야만 한다. 반드시.

정윤환은 열에 들떠 깨어났다.

몸은 오랫동안 늘어져 있던 탓에 잘 움직여지지 않았다. 몇 번의 헛손질 끝에 겨우 호흡기를 떼어 냈다. 병실의 서늘한 공기가 닿자 정신이 차츰 또렷해졌다.

벽시계는 새벽을 가리키고 있었다. 뻣뻣한 목을 돌려 오른쪽을 바라보았다. 침대는 헝클어져 비어 있었다. 전원이 꺼진 공급기에는 차트가 걸려 있었고, 유은우 이름이 쓰여 있었다.

정윤환은 손을 들어 나른히 눈가를 문질렀다. 그러다 반사적으로 몸을 일으켰다. 뼈마디와 근육이 굳어 있어 휘청거렸지만, 손으로 뒤를 짚으며 상반신을 지탱했다. 소스라쳐 일어나 앉아, 정윤환은 왼쪽을 보았다.

"……대장."

김서혁이 팔짱을 낀 채 물끄러미 이쪽을 보고 있었다. 그는 창가에 비스듬히 기대서 있었다. 도시연합군 제복 위로 드리워진 망토가 창의 커튼과 뒤섞여 푸르스름한 새벽이 미끄러졌다.

"이래서 널 학교에 보내지 않으려고 했는데."

"그게 무슨……."

정윤환은 바싹 굳은 채 김서혁을 응시했다. 좋지 않다. 그의 예감이 그리 말하고 있었다. 평소에 자신을 쳐다도 안 보던 김서혁이었다. 그런데 왜? 병문안이라면 낮에 왔어야 했다.

"유은우를 해치려는 이유는 네가 제3유적지에서 빼돌린 그

잔챙이들 때문인가?"

숨이 탁 막혔다. 정윤환은 몸을 뒤로 주춤 물렀다. 머리로는 서랍의 총을 뺄 타이밍을 가늠했다.

김서혁이 가만히 고개를 기울였다.

"이름이 뭐라더라? 한세연 연구관?"

"난 전혀……."

"모르는 이름이라고? 너는 늘 거짓말에 서툴렀지. 감추는 것에도 소질이 없고. 그때 유은우 이름 지을 때도 넌 티가 났어."

정윤환은 숨이 거칠어지는 것을 느꼈다. 이불을 움켜쥔 손아귀에 땀이 배었다.

"꼬리가 너무 길었어. 넌 유은우에 한해 너무 갈팡질팡했다. 그런데도 여태 내 눈을 속인 걸 보니 임유현이 널 보호해 준 모양이지? 겉으론 내 라인을 타고, 뒤로는 임유현에게 정보를 나르고."

언젠가 강진욱이 했던 말이 스쳐 갔다. 좋아하는데 좋아하지 않으려고 하니까 하는 짓마다 일관성이 없어서 도리어 남의 눈에 띄는 거야.

"너는 유은우의 인큐베이터에서 코드도 한번 뽑았었지. 그래 놓고 복도를 서성이다가 다시 돌아가서 꽂은 전적이 있어. 유은우의 기억을 도무지 볼 수가 없어서 아무도 알아챌 수 없었던 것뿐이지, 그 애 기억 속에는 분명 네가 있을 거야. 내 말이 맞지?"

김서혁이 총을 뽑았다. 동시에 정윤환은 몸을 뒤로 빼며 서

랍을 확 열어젖혔다. 총은 없었다. 배터리가 분리된 이프뿐이
었다.

턱에 차가운 것이 닿았다. 김서혁의 총구가 정윤환의 턱을
매끄럽게 타고 올라갔다. 시선이 꼼짝없이 맞물렸다.

"그리고 또 하나. 이건 불과 몇 시간 전에 알게 된 건데. 유
은우의 총에 혼동 설계를 걸자는 아이디어는 네 머릿속에서 나
왔어. 그렇지? 하루 이틀도 아니고 무려 4년에 걸쳐 나를 아주
감쪽같이 속이고……."

차가운 총구가 부드럽게 턱 아래를 짓눌렀다.

"……내가 널 어떻게 할까."

엘리베이터 문이 열렸다. 유은우는 5층을 눌렀다. 문이 닫히
는 소리를 들으며 벽에 기댔다. 맞은편 거울에 자신이 비춰 보
였다.

뺨이, 눈가가, 목덜미가 붉었다. 머리칼 끝은 여전히 젖어 있
었다. 덜 말라 축축한 환자복. 서재희 것이 아닌 피 냄새와, 서재
희의 파란 냄새가 뒤섞여, 아직도 그와 입을 맞추는 것 같았다.

유은우는 천천히 제 입술을 만졌다. 손가락 끝이 떨렸다.

"내가 방금 너 구해 줬잖아."

유은우는 대답하지 못했다.

딱 한숨만큼의 간격만 남겨 두고, 서재희의 입술이 닿을 듯 말 듯 했다. 깊이 젖은, 유난히 까만 눈동자가 뚫어져라 자신을 바라보고 있었다. 뒤통수를 감싸 안은 그의 손아귀는 단단한 벽 같았고, 아랫입술을 스쳐 간 손가락은 이제 턱을 붙들어 고정하고 있었다.

늘 정중하던 서재희는 온데간데없었다. 완전히 삼킬 듯한 기세로 그의 품에 꼭 가두어져, 유은우는 숨조차 크게 쉴 수 없었다.

"싫으면 지금 말해. 계속 그렇게 아무 말도 안 하면……."

둘은 젖어 있었고, 반쯤 열린 욕실 문 사이로 더운 김이 끼쳐 나왔으며, 창으로는 서늘한 바람이 스미고 있었다.

"……나 너한테 원하는 것 받을래."

유은우는 가까스로 손을 들었다. 천천히, 그러나 단호하게 서재희의 가슴을 밀어냈다. 그러나 서재희는 꼼짝도 하지 않았다. 여태 당기면 당기는 대로, 밀면 밀리는 대로, 잡으면 잡혀 주고, 놓으면 떨어졌던 것은, 내가 널 한참 봐준 거였다고 똑똑히 말하는 듯, 그는 유은우의 손길에 조금도 흔들리지 않았다.

"선배, 나 좋아하지 마요."

마음을 단단히 다잡았음에도 눈물이 나려 해서, 유은우는 잠시 말을 멈추어야 했다.

"누구 좋아하고 아끼고 그런 거 너무 힘들어서 안 한다면서요. 그런데 왜 나 좋아해요. 감정은 통제할 수 있다면서……."

"불가능하다고 말한 건 너잖아."

"선배가 나 좋아하면, 나는 선배 약점이 돼요. 그래도 좋아요? 사람들이 날 미끼로 선배를 마음대로 휘둘러도 좋아요? 왜 이득도 없이 모험하려고 해요. 선배답지 않게 왜 그래요. 왜……."

"애들이 왜 하나같이 날 좋아하는지 알아? 내가 그렇게 행동하기 때문이야. 상대의 취약한 점을 알아내고 건드리면 알아서 내게 고백해. 네게도 그렇게 할 수 있었어. 네가 처한 상황 이용해서 계획적으로 접근한 뒤에 손쉽게 네 마음 가져올 수도 있었는데."

서재희의 눈에서 눈물이 뚝 떨어졌다. 마음 놓고 울어 본 적도 없는지, 마른 열매처럼 깨끗하게 떨어져, 유은우는 순간 잘못 봤나 했다. 그러나 서재희의 가슴을 필사적으로 밀고 있는 제 손등으로 따뜻하게 떨어져 미끄러지는 물기를 보자, 눈물은 진짜가 되었다.

"그런데도 내가 다 내려놓고 너한테 이렇게 빌고 있잖아. 내게 가장 불리한 방식으로 네게 고백하고 있어. 아무런 계산 없이. 너한테만은 솔직하고 싶어서."

서재희의 얼굴이 가까워졌다. 유은우는 눈을 감지 않았다. 서재희가 고개를 기울였다. 그의 차가운 코끝이 유은우의 콧잔등을 스치듯 미끄러졌다. 입술은 여전히 위태로운 틈만 두고 떨어져 있었다.

심장 뛰는 소리에 귀가 먹먹했다. 유은우는 서재희의 가슴을 짚고 버텼다. 힘으로는 안 될 줄 알면서도, 늘 그랬듯이 서재희가 부드럽게 져 줄지도 모른다는 희망으로 힘껏 밀어 보았다. 그러나 그는 조금도 밀리지 않고 단단했다.

"정리해요. 마음이 더 커져서 세상 사람들 다 알기 전에. 선배가 기껏 쌓아 올린 것들, 고작 나 하나 때문에 망가뜨리지 말고 제발 정신 차려요. 제발……."

"그래. 네가 그렇게 강조하는, 계산이 소수점까지 딱딱 떨어지는 건조한 관계, 좋아. 나 너 구했어. 이번만 구한 것도 아니야. 예전에 백일서 죽은 날에도 내가 널 구했었지. 그것까지 이자 쳐서 다 받을까? 그걸 원해? 내가 못 할 것 같아?"

서재희가 눈을 감았다가 떴다. 겹쳐졌다가 떨어지는 속눈썹에 눈물이 부서졌다.

"은우야."

유은우는 턱에서 서재희의 손이 떨어져 나가자 안도했다. 다음 순간, 멀어질 줄 알았던 손이 훅 다가와 눈을 덮었다. 시야가 가려졌다. 사정없이 끌어 안겼다. 뒤통수가 바짝 당겨지며 몸이 기울었다. 유은우는 반사적으로 서재희의 가운을 움켜쥐었다. 둘 사이가 틈 없이 꼭 붙었다. 온통 습한 열기로 어지러웠다. 유은우는 다급히 물러나려 했다.

서재희의 입술이 꾹 눌러 왔다. 부드럽게 몇 차례 문지르더니, 곧 입을 열고 숨이 들어왔다. 유은우는 간신히 손을 들어 서재희의 양 뺨을 더듬어 밀어냈다. 입술이 떨어졌다. 눈을 가렸던 서재희의 큰 손이 유은우의 머리칼을 부드럽게 쓸어 넘겼다. 시선이 마주쳤다. 반쯤 감긴 까만 눈이 유은우를 보고 있었다.

"너는 아무렇지도 않아? 나랑 키스하는데도 아무 느낌 없어?"

서재희는 자신의 뺨을 붙잡은 유은우의 두 손을 차례로 걷어 내고 한꺼번에 움켜잡았다. 유은우의 얼굴을 부드럽게 매만지는 그의 손이, 가늘게 떨리고 있었다. 이내 서재희는 유은우의 손을 놓았다. 그러고는 샤워 가운 사이로 드러난 자신의 명치를 꾹 짚어 보였다.

"여기 이쪽 아프거나 그러지 않아? 숨이 잘 안 쉬어진다거나. 전혀 없어? 나만 그런 거야?"

유은우는 시선을 떨어뜨렸다. 자신의 차갑게 식은 손아귀 위로 서재희의 손이 부드럽게 깍지를 껴 오고 있었다. 다시 서재희를 보았다. 그가 한 차례 침을 삼키더니 유은우의 얼굴을 찬찬히 살폈다. 아주 조금의 기척이라도 건져 내려는 그 샅샅이 치밀한 시선에 유은우는 더욱 긴장했다.

"선배, 지금 이거 생각하고 하는 행동이에요?"

서재희가 눈을 꾹 감았다. 동공을 일렁이던 눈물들이 눈가로 내려앉고 뺨 위로 둥글게 흘러내렸다. 그가 고개를 저었다.

"수백 번 생각해도 모르겠어."

끌어 안겼다. 유은우의 어깨로 그가 고개를 파묻었다. 따뜻하게 거친 숨. 귓가로 그가 속삭였다.

"날 좋아하지는 않더라도, 아주 싫은 건 아닌 거지?"

유은우는 눈을 감았다. 뭐라고 답하고 싶은지는 젖혀 두었다. 뭐라고 답해야만 할까. 서재희 본인도 감당 못 하는 감정을 내가 받아들인다면. 나는 그럼 학교를 벗어날 수 있을 것인가.

지금도 이렇게 함께 있고 싶은데.

심장엔 불이 붙어 마지막처럼 타고 있었고, 디디고 선 발아래는 살얼음판이었다.

유은우, 정신 똑바로 차려. 네가 흔들리는 순간 서재희까지 함께 침몰하는 거야. 저사람 눈빛 좀 봐. 스쳐 지나만 가도 저 사람이 날 좋아한다는 사실이 열병처럼 번져 나올 텐데.

"선배."

버텨야 했다. 사랑으로부터.

"받을 거 받아 가요."

유은우를 꼭 껴안은 서재희의 몸이 빳빳하게 굳었다. 그는 아무 말도 하지 않았다. 다만 전신에 힘만 꽉 들어갔다. 한참을 그렇게 있더니, 서재희가 고개를 들었다. 눈이 마주쳤다. 서늘하게 가라앉은 까만 눈.

그의 두 손이 다가와 뺨을 감쌌다. 유은우는 밀어내지 않았다. 대신 눈을 감았다. 서재희가 유은우의 입술을 빨아 당겼다. 다시금 입 맞추고, 매끈하게 틈 사이를 비집고 들어왔다. 혀가 한 차례 감기었다가 빠져나갔다. 입술이 잠시 떨어졌다. 이마를 반듯하게 맞대고 서재희가 숨을 골랐다. 유은우는 살짝 눈을 떴다. 그는 눈을 감고 있었다. 나붓이 처진 속눈썹 아래로 눈물 자국이 반짝였다. 유은우는 이를 악물고 다시 눈을 감았다.

서재희는 가만히 유은우를 붙들고만 있다가 다시 입술을 삼켰다. 그의 젖은 앞머리가 유은우의 머리카락과 섞여 흐트러지며 사락거렸다. 그의 혀끝이 입천장을 더듬어 올 때, 유은우는 저도 모르게 더운 숨이 터졌다. 서재희는 유은우의 허리를 강하게 끌어안고, 가끔 뺨을 어루만지며 목덜미에 키스했다. 애원하던 말마디는 밀려났고, 호소하던 눈물은 말랐으며, 간절하던 눈빛은 감겨 있었다.

차갑게 식은 공간에서, 달뜬 숨만 흐드러졌다.

나를 사랑하지 않았으면 좋겠다. 내가 사랑하지 않았으면 좋겠다. 계절이 바뀌듯 이 순간도 착실히 지나가, 언젠가는 결국 빛이 바래지기를. 아주 오래 뒤에 간혹 스치듯 떠오르더라도, 꿈처럼 피어났다가 스러지는 한낱 봄꽃 같은 마음 때문에 길을 잃지는 않았으니 나 정말 대견하다고 그리 웃을 수 있었으면.

땡. 엘리베이터 문이 열렸다. 유은우는 재활기를 한 손으로 끌며 복도로 나왔다. 저 끝에서 의료진 몇이 바쁘게 오가는 것 외에는 한산했다.

눈물이 툭 떨어졌다.

유은우는 잠시 복도에 서서, 소매로 눈을 거칠게 문질러 닦았다. 코를 몇 번 훌쩍였다. 움직일 때마다 서재희의 푸릇한 냄새가 났다. 입술은 따갑게 부풀었고, 머리카락이며 옷깃이며 그가 쓰다듬은 대로 흐트러졌으며, 심장은 그 사람이 가져가고 없었다.

유은우는 복도의 쨍한 형광등 불빛을 올려다보았다. 눈을 깜박거렸다. 눈물은 금방 말랐다. 두 손으로 뺨을 수차례 문지른

다음, 유은우는 병실 문을 열었다.

불이 꺼져 있어 어두웠다. 재활기를 입구에 던져두는데, 어딘가 스산했다. 어느새 익숙해진, 정윤환의 규칙적인 숨소리가 없었다. 꽉 조인 공기. 방아쇠에 걸려 비틀리기 직전의 팽팽한 온. 정윤환 깨어났나? 가만. 한 명이 아니야. 두 명?

침착하게 벽을 더듬었다. 손끝에 스위치가 걸렸다.

찰칵.

불을 켜기가 무섭게 총성이 울렸다.

탕!

유은우는 곧바로 시계를 펼치며 그 뒤로 숨었다.

콰앙!

거대하게 펼친 시계판을 둔탁한 힘이 살벌하게 긁고 지나갔다. 유은우는 하마터면 뒤로 메다 꽂힐 뻔했다. 오른발을 뒤로 빼며 황급히 몸을 지탱했다. 이미 부러진 전적이 있는 정강이로부터 찌릿한 통증이 뻗어 올라왔다. 비명을 삼켰다. 역시 아직 덜 나았어…….

숨이 탁 막힐 정도로 강한 타격이 채 가시기도 전에, 발밑으로 푸른 설계들이 파도처럼 빠르게 밀려와 바닥과 벽을 훑고 지나갔다. 유은우는 욕지기를 삼키며 곁눈질로 패턴을 빠르게 훑었다. 방음 설계. 선이 굵고 거칠었다. 정교하다기보다는 담대한 설계의 끝에서, 유은우는 익숙한 서명을 발견했다.

김서혁.

이를 악물었다. 굳게 닫힌 문에 등을 단단히 붙였다. 시계

침 세 개를 새까만 칼처럼 공중으로 뻗어 냈다. 시야를 확보하기 위해, 앞을 봉쇄하던 시계판을 매끄럽게 옆으로 이동시켰다. 그러나 눈앞의 상황을 채 식별하기도 전에, 공간이 먼저 거칠게 찢어졌다. 유은우는 다급히 몸을 굴려 입구에서 벗어나 안으로 뛰어들었다. 김서혁의 타격은 유은우가 서 있던 자리를 험하게 긁어 놓고, 바로 방향을 바꾸며 매끄럽게 자취를 감추었다.

어디지?

소매가 말려 올라가 드러난 팔 위로 소름이 돋았다. 타격은 한 번 부딪히면 소멸하는 것이 보통이었으나, 김서혁은 달랐다. 그는 유은우를 직접 훈련시킬 때, 총을 딱 한 번만 쏴 놓고, 유은우가 이리 뛰고 저리 뛰며 그것을 완전히 부술 때까지 팔짱을 끼고 수 분간 기다리곤 했다.

머리 위가 서늘했다.

유은우는 시계판으로 안정적인 방어를 하는 대신, 시계 침을 부풀려 정수리 위로 내리꽂히는 공격의 핵을 단번에 부수어 놓았다. 김서혁의 타격이 산산조각 나면서 입고 있던 설계가 찰랑거리며 부서져 내렸다. 빠르게 몸을 일으켰다.

아윽, 어깨…….

아픈 내색은 하지 않았다. 시계판이 웅웅거리며 유은우의 왼쪽으로 다가붙었다. 창처럼 길쭉하고 날카로운 시계 침을 팽팽하게 앞으로 드리운 채, 유은우는 김서혁을 보았다.

김서혁의 총은 이미 홀스터에 꽂혀 있었다. 그는 미간을 좁히고 팔짱을 낀 채, 유은우를, 정확히는 유은우가 부리고 있는 온디딤을 찬찬히 살피고 있었다. 그가 느리게 창가에 몸을 기댔다. 거추장스럽다며 보통은 걸치지 않던 망토까지 길게 드리운, 하나부터 열까지 갖춰 입은 차림이었다. 김서혁이 유은우에게서 시선을 떼고 정윤환을 보았다. 눈이 차가웠다.

"네가 왜 부상당했나 했더니. 저것 때문인가."

정윤환은 대답이 없었다. 그는 침대에서 반쯤 일어나 앉아 있었다. 한쪽 손으로 이마를 짚은 채 고개를 숙이고 있어 표정은 보이지 않았다. 그러나 손 그늘 아래 드러난 턱은 꽉 악물려 있었고, 목선을 따라 핏줄이 불거져 있었다.

김서혁은 정윤환의 대답을 기다리지 않았다. 그는 왼손으로 오른손에 낀 장갑 단추를 똑 풀고 능숙하게 벗었다. 드러난 맨손을 가볍게 푸는 김서혁을 마주 보며, 유은우는 시계판을 제 앞으로 매끄럽게 이동시켰다. 장갑을 벗는 것은, 중요한 전투를 앞두고 모함에서 사출할 때나 유은우의 훈련을 본격적으로 받아 줄 때 나오는 김서혁의 버릇이었다. 이선규는 '대장이 맨손으로 총을 잡는다는 건 이제 봐주지 않을 테니까 너희들 다 바짝 긴장하라는 뜻이지.'라고 자주 농담했었다.

김서혁이 유은우를 빤히 보면서 홀스터에서 총을 뽑았다. 유은우는 즉시 시계 침 하나를 손톱만큼 작게 벼렸다.

탕!

그의 총구가 거칠게 튀어 오름과 동시에, 유은우는 시계판만 그 자리에 펼쳐 두고 옆으로 빠르게 굴러 나왔다. 시야를 확보

456

한 즉시, 작게 줄여 육안으로 식별이 어려운 시계 침을 김서혁 쪽으로 힘껏 날렸다. 시계 침은 김서혁의 총 가까이 붙기가 무섭게, 순식간에 한 뼘 정도 부풀어 오른 뒤, 괴물처럼 뻗어 나오며 그의 손을 거칠게 내리쳤다.

카가가가각!

김서혁의 보호 설계와 유은우의 시계 침이 끔찍한 소리를 내며 한바탕 뒤엉켰다. 이어 버티지 못하고 나가떨어진 것은, 시계 침이었다. 그것은 힘을 잃고 바닥으로 나동그라진 후에, 비척거리며 유은우에게로 돌아왔다.

여전히 건재한 보호 설계를 두르고, 김서혁은 총을 홀스터에 꽂았다. 그의 시선은 유은우가 펼쳐 둔 시계판을 향해 있었다. 시계판 위로, 수많은 톱니바퀴가 발광하듯 튀어 오르고 팽팽 돌아가면서, 김서혁이 날렸던 타격을 와작와작 부숴 내고 있었다. 거대한 분쇄기처럼 맹렬하게 돌아가는 시계판을 보면서, 김서혁이 낮게 말했다.

"정윤환을 때려눕힐 만하군. 그래도……."

시계판이 느리게 멈췄다. 미처 갈아 먹히지 않은 김서혁의 핵심 패턴들이, 시계 부품 사이에서 폭발할 듯 서서히 부푸는 것을 보며, 유은우는 다급히 몸을 일으켰다.

"……아직 익숙하진 않은 모양인데."

콰앙!

시계판 속에서 김서혁의 타격이 솟구쳐 나왔다. 푸른 설계를 입고 직격으로 날아들었다. 유은우는 힘을 잃고 무너지는 시계판을 일으켜 세워 간신히 그것을 막아 냈다. 그 뒤로 시계 침 세 개를 화살처럼 불러들여 연속으로 김서혁의 타격을 관통 했다. 날카로운 뒤척임을 끝으로, 김서혁이 주름잡아 다루었던 온은 깨끗하게 풀어져 흔적도 없이 사라졌다.

김서혁은 이프를 꾹 누르더니 중얼거렸다.

"1분 21초. 최단 기록. 2년 동안 그리 끼고 가르쳐도 2분 벽을 못 넘더니."

그러더니 고개를 들어 유은우를 보았다.

"그건 어디서 났지?"

"무슨 상관이야. 대장이야말로 이 새벽에 여기 왜 왔어. 학교에 처박아 두더니, 이제 와서 나 훈련 상대나 해 주려고 온 건 아닐 테고……."

그때였다. 문이 달칵 열렸다.

서재희였다. 그는 말끔하게 교복을 빼입고 있었다. 머리카락 한 올까지 바싹 말려 보송했다. 조금 전까지 열기로 흐트러졌던 사람이라고는 믿기 힘들었으나, 원래 서재희는 저리 정갈했음을 새삼 깨달았다.

서재희가 막 병실로 들어오려다 말고 멈춰 섰다. 그는 사방벽을 견고하게 둘러싼 방음 설계를 빠르게 훑어보더니, 벽의 모서리에서 황금색으로 작게 반짝이는 김서혁의 서명에 잠시 시선을 두었다. 서재희의 낯이 다소 굳어졌다. 그는, 반쯤 엎어졌다가 황급히 일어서는 유은우를 보고, 팔짱을 끼고 창가에 기대선 김서혁을 보고, 이마를 짚고 고개를 숙인 정윤환까지 차례로 본 다음, 다시 김서혁을 보았다. 깊이 허리를 굽혀 정중히 인사했다.

"총사령관님, 안녕하십니까. 파견부장 서재희입니다."

그리고 차분히 물었다.

"출입증 있으십니까?"

김서혁은 대답 없이 한쪽 눈썹을 치켜세웠다. 그 불쾌한 기색에도 전혀 개의치 않고 서재희는 부드럽게 말을 더했다.

"도시연합 중앙학교는 외부인의 출입을 사전에, 최소 하루 전에 접수하고 허가를 내 드리고 있습니다. 허가를 받으셨다 하더라도 꼭두새벽의 병문안은 상식적으로 납득이 되지 않습니다. 그리고 무엇보다……."

싹싹하게 말을 잇는 서재희의 눈 안에서 새파란 것이 한번 뒤채었다.

"……학생에게 무기를 겨누는 것 또한 금지된 사항입니다. 총사령관께서도 졸업생이시니 잘 아실 텐데요. 특별한 사항이라도 있으십니까? 없으시다면 나가 주십시오. 학생 두 명이 환자로 머무는 병실입니다. 아시겠지만."

김서혁은 미동도 하지 않고 가만히 서재희를 응시했다. 그가 불쑥 말했다.

"온디딤 사용은 불법이다. 관리는 누가 하나?"

"제가 합니다."

"본인은 법을 위반해 놓고 지금 나한테 고작 교칙을 어겼다고 훈수 두는 건가?"

"유은우의 온디딤 사용은 합법한 절차를 거쳐 승인받았습니다. 이 또한 아시겠지만."

김서혁은 창가에 기대고 있던 몸을 천천히 바로 세웠다. 그가 창틀에 벗어 두었던 장갑을 집어 들더니 다시 오른손에 끼꼬는 손목의 단추를 채웠다. 딱 소리가 났다. 그 짧은 시간 동안, 입술 안쪽 살을 짓씹는 듯 김서혁의 입매가 단단히 맞물렸다. 전투에서 자신이 놓친 것이 있나 필사적으로 되짚을 때 나오는 버릇이었다.

"……한시 허가?"

"제가 직접 총사령관님께 용 사육 보고서와 함께 올렸습니다. 온디딤법 제12조. 온디딤의 한시 허가. 제1항 제5호 나목. 도시연합 중앙학교가 온디딤을 사용하여 특수 실험을 수행하거나 이와 관련된 교육 훈련을 진행할 경우. 동법 시행령 제14조. 온디딤의 한시 허가를 위한 승인 등. 제1항. 도시연합 중앙학교장은 법 제12조 제1항에 따른 온디딤의 한시 허가를 위한 승인을 받으려는 경우에는 신청서에 다음 각호의 서류를 첨부하여 도시연합장과 도시연합군 총사령관에게 제출하여야 한다. 온디딤 한시 허가 신청서, 실험 검토 보고서, 혹은 교육 훈련 진행 계획서, 과거 3년 동안의 관련 연구 실적, 온 과학원의 안전성 검토 확인서 등. 전부 총사령관님께서 직접 검토하시고 제 눈앞에서 결재해 주셨습니다."

서재희가 매끄럽게 말을 이었다.

"도시연합에서는 동조자의 온디딤 사용을 엄격하게 제한하고 있습니다. 하지만 유은우는 인간이 아닙니다. 인권도 시민권도 없는 총사령관님의 전리품일 뿐입니다. 유은우가 군에서 학교로 이관되면서 폐기 처분 권한도 학교로, 정확히 말하면 제 재량으로 넘어온 지 오래입니다. 전리품도 온디딤도 제 관리하에 있습니다. 유은우가 온디딤을 사용하는 것은, 법적으로 무기의 결합 그 이상도 이하도 아닙니다. 그 효과를 검증하여 제 졸업논문으로 쓰려고 합니다. 승인도 받았습니다. 제가 놓친 부분이 있다면 말씀해 주십시오."

서재희의 공손한 말마디를 끝으로, 잠시 침묵이 이어졌다. 이윽고 김서혁이 짧게 웃었다.

"듣던 대로 아주 맹랑하군. 내 사람이었으면 좋았겠지만."

"과분한 말씀이십니다. 저는 임유현 교장 선생님의 후원을 받고 있습니다."

"페어는 해제했나?"

"네."

"확인 좀 할까."

김서혁이 총을 뽑았다. 홀스터에서 뽑아내자마자 방아쇠를 당기고, 그대로 한 차례 휙 돌렸다. 시계를 원상태로 돌리느라 집중하고 있던 유은우는 그 설계를 직격으로 맞았다. 눈앞으로 거친 패턴이 그대로 스치고 지나갔다. 설계는 유은우를 지나 서재희까지 샅샅이 거치고 나서 김서혁의 이프로 흡수되었다. 유은우는 가까스로 벽을 짚었다. 마음의 준비도 없이 패턴을 보는 바람에 속이 심하게 뒤집혔다. 서재희가 다가와 부축하려

하기에 황급히 고개를 저었다. 서재희는 내밀었던 손을 거두고 돌아섰다. 유은우를 등 뒤에 둔 채 그가 날카롭게 말했다.

"유은우는 아직 환자입니다. 제가 페어 해제했다고 방금 분명히 말씀드리지 않았습니까. 굳이 설계로 확인 사살하시는 이유가 뭡니까? 상대의 동의를 구하지 않고 타인의 설계 현황을 열람하는 것은 불법입니다. 자꾸 이렇게 교칙을 넘어서서 법까지 위반하신다면, 저도 파견부장의 권한으로 강력히 대응하겠습니다. 여긴 도시연합 중앙학교로 도시연합군과 독립된 기관이며 제 관할입니다."

"미안하게 됐군. 직접 확인해야 직성이 풀리는지라. 요즘따라 배신자가 속출하는 바람에 아무도 못 믿겠어서."

김서혁의 말에, 여태 꼼짝도 않던 정윤환이 길게 숨을 뱉었다.

"깨끗하군."

김서혁이 자신의 이프를 보며 중얼거렸다. 그리고 이프를 끄면서 서재희를 바라보았다. 눈이 차가웠다.

"청문회 소환 얘기가 있던데 위험하지 않나? 난데없이 내 전리품으로 졸업논문을 쓰겠다고 하기에는. 지나친 여유 아닌가?"

김서혁이 홀스터에 총을 꽂더니 뚜벅뚜벅 걸어 가까이 왔다.

"왜 아직도 관리자로 등록하지 않는 거지? 그 자리가 영원히 네 자리라고는 생각 안 하는 게 좋아. 상황은 바뀌고, 후보도 바뀐다. 우리 때도 그랬으니까."

"조언은 감사합니다만, 제 일입니다. 교장 선생님과 상의하겠습니다."

"임유현과 상의? 입바른 소리 하면서 뒤로 호박씨 깐다는 소문이 흉흉하여 청문회까지 언급되는 놈이 임유현과 상의한다고? 나도 귀가 있어. 네가 임유현과 그리 각별한 사이던가? 아니었던 것 같은데. 오히려 넌 지금……."

김서혁이 서재희와 서너 걸음만 남기고 멈추어 섰다.

"유은우하고는 무슨 사이지?"

"선후배 사이."

유은우는 즉각 팔팔하게 튀어 나가 김서혁과 서재희 사이를 가로막았다. 재차 강조했다.

"아무 사이도 아니에요. 군 전리품이 손상될까 봐 서재희 선배가 학교 대표로 나 페어 걸어 준 거예요. 내가 다른 학생들이랑 너무 자주 부딪혀서……."

김서혁이 유은우의 말을 잘랐다.

"켕기는 거 있을 때만 존댓말 쓰지."

"……정윤환도 나 죽이려고 했어. 진심이었어. 대장도 알고 있었지? 서재희 선배는 어쩔 수 없이 나하고 페어 맺은 것뿐이야. 파견부장이라서 그 책임감 때문에. 이게 다 아무런 조치도 취하지 않고 날 학교로 내팽개친 대장 때문에 일어난 일 아니야? 대장이 상황을 이 꼴로 만들어 놓고 왜 남한테 페어를 맺었니, 안 맺었니 무슨 관계니 아니니 따질 자격이 있어? 온디딤 없었으면 나 진짜로 정윤환 손에 이미 세상을……."

유은우는 손가락으로 정윤환을 가리키다가 저도 모르게 말끝을 흐렸다. 정윤환이 이마를 짚고 있던 손을 미끄러뜨리더니 제 양쪽 손바닥으로 귀를 막았던 것이다. 그러더니 다친 새끼 짐승처럼 바짝 웅크렸다.

아니, 쟤 갑자기 왜 저래?

"지, 지금은 아파서 저렇게 힘이 없긴 한데. 내가 이렇게 다친 것도 전부……."

"알고 있어. 네 총에 혼동 설계도 정윤환이 걸었지."

유은우는 잠시 멈칫했다.

"뭐?"

"혼동 설계. 네가 군에서 학교로 오게 된 이유. 임무수행 전에 검사할 땐 아무 이상 없다가 출동하고 나서 혼동 설계 걸렸다고, 내부자 소행이라고 네가 그랬었지. 나 혼자 수습하기엔 사건이 컸어. 네 타격이 여러 갈래로 펼쳐지는 바람에 임무는 시작도 못 하고 부상자만 수습하고 복귀해야 했다. 위원회가 열리고 네 처분이 특례입학으로 결정 났을 때 나는 널 보호하지 못했어. 혼동 설계 하나 풀지 못하는 널 어떻게 변호하나. 이건 순전히 네 능력 문제로, 적이 역이용하기 쉽다는 점이 있었어."

"그때 정윤환은 군에 없었잖아."

"정확히는 정윤환 지시로. 그날 우리가 출동할 때 내부에서 누군가 정윤환의 지시를 수행한 거지. 그 끄나풀은 색출했으니 앞으로 그런 일 없을 거다. 내가 널 정윤환에게 위임했으니까."

유은우가 뭐라 묻기도 전에 서재희가 먼저였다.

"위임이라뇨. 유은우는 제 소관입니다. 아까 말씀드렸지 않습니까."

"그 부분은 서재희 네 마음대로 해도 좋아. 유은우가 온디딤을 잘 다루면 나야 나쁠 것 없다. 다만, 유은우에게 우리 군 예산도 책정되어 있으니 내 전리품이 완전히 네 것이라고는 할 수 없지. 나는 군으로 돌아가야 하니, 유은우의 안위는 정윤환에게 맡기겠다. 정윤환, 대답해."

정윤환은 거칠게 제 머리를 쓸어 넘겼다. 그가 고개를 들었다. 유은우는 저도 모르게 시선을 다른 곳에 잠시 두었다가 그를 다시 보아야 했다. 똑바로 보지 못할 정도로, 정윤환의 눈빛은 살벌했다. 정신을 잃고 하루 종일 잠만 자던 때보다 어째 낯이 더 창백했다. 눈은 벌겋게 충혈되었고, 입술을 하얗게 갈라졌으며, 무엇보다 전신으로 섬뜩한 기운이 흘렀다. 지옥에서 그림자라도 끌어다 뒤집어쓴 것 같았다. 정윤환이 이를 꾹 악물다가 내뱉었다. 목소리가 탁했다.

"……사람 꺾어 놓으니 차라리 죽이고 가."

"내가 널 왜 죽이나. 쓸데없는 소리 말고 임무나 잘 수행해. 네가 인생 밑바닥까지 추락하면서 싸고돌던 그 시답잖은 무리 지키려면."

김서혁이 제복 코트 안쪽에서 지갑을 꺼내 은색 카드를 뽑아냈다.

"써. 내 신용카드니까 분실하지 말고."

그가 너무나 당연하게 내밀어서 유은우는 얼결에 그것을 받았다.

왠지 뒤가 서늘했다. 서재희가 법망을 교묘히 피해 승인까지 받아 가며 온디딤 사용을 합법화해 주었다. 김서혁은 신용카드를 내어 주며 다시 제 사람으로 들이겠다는 암시를 주었고, 이제 정윤환도 김서혁의 지시를 받았으니 유은우를 마음대로 해치지 못할 터였다. 모든 상황이 한결 나아졌음에도 불구하고, 세계는 한층 어두워진 것 같았다.

불안했다. 늘 여유가 넘쳐 나른하기까지 하던 정윤환이 엉망진창으로 망가져 있는 것도 그랬고, 김서혁과 서재희 사이에 빽빽한 적대감도 그랬고, 갑작스런 김서혁의 관심도 그랬다. 대화의 행간과 시선, 표정에서 느껴지는, 유은우가 미처 읽어내지 못한 폭풍 전야의 적막이 곳곳에 길게 드리워져 있었다.

"이제 와서 날 신경 쓰는 이유가 뭐야?"

"이제야 네가 쓸 만해졌으니까. 더 설명이 필요한가?"

김서혁이 총을 뽑아 벽을 향해 쏘았다. 방음 설계가 깨끗이 걷혀 나갔다. 그는 뚜벅뚜벅 유은우를 스쳐 지나가 병실 문을 잡았다. 손잡이를 반쯤 돌리다가, 김서혁이 돌아섰다.

"한 번만 더 사람 말하는데 먼저 끊으면, 그땐 아주 혼날 줄 알아."

김서혁이 단호한 눈을 하고, 그대로 문을 열고 나가 버렸다.

삐삐삐삐삐…….

공급기에 불이 들어오면서 요란한 경고음이 울렸다. 정윤환이 숨넘어가는 소리를 내며 무너졌다. 그가 거칠게 기침하면서 제 입을 틀어막았다. 창백한 손가락 사이로 핏기가 비치더니 곧 하얀 이불 위로 투두둑 쏟아졌다.

서재희가 달려가 벽에 있는 응급 호출을 눌렀다. 바로 공급기를 살피더니 실린더 몇 개를 빼면서 그가 다급히 말했다.

"치료기가 어디……. 은우야, 거기 반대편에 치료기 좀 주워 줘."

유은우는 정윤환의 침대 옆에 떨어져 있는 치료기를 주워 건넸다. 서재희가 그것을 받아 정윤환의 팔을 붙들고 몸을 숙였다.

"……서재희, 잠시만."

정윤환이 손을 들어 치료기를 밀어냈다. 거의 다 죽어 가는 상태에서도 눈빛이 선명해 손에 묻어날 것 같았다. 정윤환이 거칠게 입가를 닦아 냈다. 그러더니 필사적으로 서재희의 팔을 잡아 당겼다. 어찌나 힘이 센지, 서재희는 정윤환 위로 엎어지려다가 겨우 중심을 잡았다. 서재희가 당황하여 얼빠진 소리를 냈다.

"어?"

"작년 여름에 너 사해에서 돌아왔던 날, 내가 할 말이 있다고 했어."

정윤환의 목소리가 긁혀 나왔다. 서재희가 치료기를 든 채 멍하니 눈을 깜박거렸다. 정윤환이 다급히 덧붙였다.

"내가, 내가 우리 친아버지에 대해 말한 날……."

"기억나."

"그때 말했어야 했어."

정윤환이 고개를 숙였다. 그가 이마를 서재희의 팔에 기댔다. 정윤환이 꺼질 듯한 목소리로 말했다.

"……나 좀 도와줘."

쾅, 문이 열리면서 부스스한 몰골의 의사가 뛰어 들어오다가 병실 바닥이 엉망으로 부서진 것을 보고 흠칫했다. 간호사 몇이 뒤따라 들어오더니 정윤환 옆에 서 있던 유은우를 다급히 몰아냈다. 의사가 공급기를 보았다.

"실린더가……."

"제가 뺐습니다. 환자가 심적 충격을 받아, 강한 농도를 못 이기고 각혈하는 것 같아서."

서재희가 차분하게 말했다.

"상태가 왜……."

"아마 충격 때문일 거예요. 특별한 일은 없었습니다. 약물 교체해 주시고 안정제 좀 놔 주십시오. 치료기도 한 번 더 점검해 주시고요. 제가 옆에 있겠습니다."

공급기의 경고음이 너무 요란하여, 간호사가 아예 소리를 꺼 버렸다.

"아니, 옆에 있던 환자는 또 어디 갔어? 둘이 같이 실려 왔던 것 아니었나?"

의사가 소매로 땀이 솟은 이마를 훔쳤다. 옆에서 간호사가 차트를 보았다.

"두 학생이 싸우다가 부상을 입어 묶인 온이 풀리고 안정화

될 때까지 한병실에 두라고 조치하셨었어요."

"아아, 맞아. 그랬어. 다른 하나는 어디 있지?"

서재희가 바로 대답했다.

"저기 옆에 서 있습니다. 이제 둘이 같은 공간에 있을 필요는 없지요? 한쪽이 재활기 빼고 돌아다닐 정도면 온도 거의 풀어진 것 아닙니까? 이제 따로 재워도 되겠습니까? 아무래도 성별이 달라서."

의사는 망설이는 기색이었으나 곧 고개를 끄덕였다. 간호사 하나가 유은우에게 이리 오라는 손짓을 했다. 유은우는 간호사를 따라 병실을 나오면서 뒤를 돌아보았다.

정윤환은 축 늘어져 거의 죽은 것처럼 보였다. 간호사들의 능숙한 손길에 공급기의 약물이 갈아 끼워지고, 의사의 지시로 치료기의 수치가 조정되었다. 피가 묻은 이불이 신속하게 벗겨지고 새 이불이 덮였다. 너무 창백하여 파랗게 보일 지경인 팔뚝에 주삿바늘이 꽂히는 것까지 보고, 유은우는 문을 닫았다.

간호사가 바로 맞은편에 1인실을 내어 주었다. 유은우가 침대로 기어 올라가 이불을 코끝까지 끌어당기자, 간호사가 괜찮냐고 몇 번이나 물었다. 유은우는 괜찮다고 대답했다. 그러나 간호사는 결국 신경안정제를 가루로 내어 물에 탄 후, 유은우가 큰 컵으로 꿀꺽꿀꺽 마시는 것을 보고야 안심하는 표정으로 나갔다. 불이 꺼진 캄캄한 병실에서, 유은우는 취한 듯 잠에 곯아떨어졌다.

이른 아침에 깨어났을 땐 모든 것이 꿈 같았다. 맞은편 병실로 찾아갔다. 손잡이를 돌리려다가, 먼저 노크를 했다. 응답이 없었다. 문에 귀를 바짝 붙이고 선 유은우를 지나가던 간호사가 발견하고는, 얼른 떨어져서 네 병실로 돌아가라고 잔소리를 했다.

"정윤환 학생 어제 새벽에 고비였어요. 지금은 무사히 넘기고 한숨 자는 중이에요. 서재희 학생도 옆에서 자고 있을 테고. 유은우 학생도 얼른 돌아가세요. 오전에 의료진이 회진하면서 재활 들어갈 겁니다. 치료기 아니면 재활기 둘 중 하나는 꼭 차고 있으세요."

유은우는 일단 제 병실로 후퇴했다가, 문을 빠끔 열고 주위를 살펴본 다음 잽싸게 병원을 빠져나왔다.

오전의 교정은 쌀쌀했다. 바람은 불지 않았지만 날이 흐렸다. 구름 사이로 드문드문 새어 나오는 볕이 새파랬다. 유은우는 하늘색 환자복에 분홍색 병원 슬리퍼를 뀐 채 부지런히 타박타박 걸었다. 오가던 학생들의 시선이 흘끗흘끗 느껴졌다. 그중 몇몇은 유은우에게 다가오기도 했으나, 유은우가 걸음을 빨리하자 말을 걸지는 않았다.

남자 기숙사 입구는 조용했다.

아침을 함께 먹는다는 명목으로 드나드는 여학생 몇몇에 끼여서 유은우도 아무렇지도 않게 1층 입구로 들어갔다. 검색대에서 정윤환의 이름을 조회했다. 701호. 학생회 임원답게 역시 1인실이었다.

엘리베이터를 타고 올라간 7층 복도에는 남학생 서넛이 돌아다니고 있었다. 유은우는 복도를 이리저리 배회하며 사람이 없어지기를 기다렸다가 재빨리 701호 문손잡이를 잡았다. 시험 삼아 돌리니 역시나 잠겨 있었다. 보안장치에 정윤환 배지를 가져다 댔다. 잠금이 해제되고, 달칵, 문이 열렸다. 방으로 들어서자마자, 무언가를 밟고 미끄러지면서 호되게 나동그라졌다. 뒤에서 철컥 하고 문이 절로 닫히는 소리가 났다.

아윽, 아파.

아직 다 아물지 않은 정강이가 특히 얼얼했다. 유은우는 몸을 둥글게 말고 정강이를 붙잡은 채 한참을 끵끵거렸다. 그리고 고개를 든 순간, 이게 대체 무슨 일인가 했다.

방은 난장판이었다. 유은우는 태어나서 그렇게 복잡하고 너저분한 공간은 정말이지 처음 보았다. 오랜 전투를 마치고 돌아오는 모함 공동 휴게실도 이보다는 깨끗할 것 같았다. 도둑이 다녀갔다는 말로는 모자랐다. 이것은 마치, 어떤 거인이 남자 기숙사 건물에서 701호만 성냥갑처럼 쏙 뺀 뒤, 장난삼아 마구 흔들었다가 다시 7층 제자리에 톡 꽂아 넣은 것처럼, 철저하게 엉망진창이었다.

우선 바닥이 잘 안 보였다. 아무렇게나 벗어 던진 옷이 색색으로 널브러져 꽉 메우고 있었다. 걸어 다니려면 일일이 발로 옷을 밀어내거나 그냥 다 포기하고 밟고 다녀야 할 것 같았다. 게다가 옷장이란 옷장은 전부 열려 사계절 옷이 꽉꽉 들어차 있었고, 서랍이란 서랍은 죄다 바지며 양말을 한 짝씩 건들건들 혀처럼 빼물고 있었다. 한쪽 벽에는 뜯어 보지도 않은 화려한 박스들이 무더기로 쌓여 있었고, 그 옆에는 온갖 쇼핑백이 아슬아슬하게 도미노처럼 기대어져 있었다. 그리고 사방에 동전들이 많았다. 책상에 놓인 고급스러운 유리병에, 방 한쪽 구석에, 현관 옆 선반에, 동전들이 이곳저곳 소복소복 쌓여 있었다. 간혹 지폐도 구겨져 휴지처럼 돌아다녔다. 유은우는 책상 밑에 둘둘 말려 있는 양말 사이로, 얼핏 거액의 수표도 본 것 같았다.

모델하우스 같던 서재희의 방과는 다른 의미로, 정윤환 또한 물건에 애착이 없어 보였다. 소중하게 여기는 것이라고는 눈곱만큼도 찾아보기 힘들어, 방이라기보다 창고 같았다.

현관문에 쪽지가 한 장 붙어 있었다. 스프링 노트에서 대충 찢어 낸 듯 성의 없는 종이 위에, 휘갈겼으나 제법 유려한 글씨체로 몇 줄 적혀 있었다.

관리 직원 분께,
쓸고 닦아는 주시되,
물건의 위치는 절대 옮기지 말 것.
제 나름의 규칙☆이 있습니다.
특히 침대☆는 제가 직접 정리합니다.
손대지 마시고, 웬만하면 그냥 오지 마세요.
어머니께는 정기적으로 왔다 가신다고 말씀드릴게요.

'절대'에 빨간 밑줄이 북북 그어져 있었고, '규칙'과 '침대'에

472

빨간 별표가 크게 그려져 있었다.

규칙? 무슨 규칙? 유은우는 제 발을 내려다보았다. 아까 넘어지는 바람에 병원 슬리퍼는 이미 벗겨지고 맨발이었다. 유은우가 밟고 미끄러진, 부들부들한 감색 니트는 하얀 스니커즈 위에 반쯤 걸쳐져 있었다. 신발 벗어 두는 현관에 왜 니트가 널려 있는지 모를 일이었다.

규칙은 개뿔. 옷을 이렇게 아무 데나 벗어 놓고, 대체 어떻게 방 안을 돌아다니는 거야?

유은우는 괜히 심술이 나서 엎어진 그 자세로 발을 들어 니트를 힘껏 걷어찼다. 감색 니트는 기세 좋게 방 한쪽으로 날아가더니, 천장까지 높이 쌓인 책 기둥 한가운데를 정통으로 맞히고 말았다. 각양각색의 책들이 위태롭게 흔들리다가 와르르 무너져 내렸다. 유은우는 질겁하며 몸을 굴렸지만 미처 피하지 못하고 두꺼운 양장본에 그만 등을 얻어맞고 말았다. 속으로 신음을 삼키며 다급히 등을 부여잡고는, 한참을 그리 꼼짝 않고 있었다. 이내 눈물이 그렁그렁해져서 고개를 번쩍 들었다. 아픈 것은 둘째 치더라도, 얼마나 어질러졌는지 사람 목숨까지 위협하는 방 꼬락서니에 어이가 없었다.

유은우는 겨우 몸을 일으켰다. 물건이 너무 많아서 어디서부터 뒤져야 할지 감도 안 잡혔다. 일단 옷장이나 그에 딸린 서랍은 포기했다. 얼마나 빽빽하게 채워져 있는지 어설프게 옷 하나 잡아 빼는 순간 가구 전체가 무너질 것 같아 두려웠다.

우선 책상 서랍부터 열어 보았다. 첫 번째 서랍에는 망가진 총 두 개가 있었고, 딸기맛 보호칩이 낱개로 수북했다. 두 번째, 세 번째, 네 번째 서랍에는 온통 유통기한이 한참 지난 과자, 사탕, 초콜릿과, 그것들의 일부로 보이는 자잘한 부스러기뿐이었다.

유은우는 이번엔 침대 쪽을 보았다. 폭풍우라도 휩쓸고 간 듯 어지러운 방에서, 침대와 그 옆에 붙은 작은 협탁만은 유독 깨끗하여 희한했다. 침대 머리맡에는 줄줄이 향초가 놓여 있었다. 향초 케이스마다, 숙면을 위한, 깊은 잠을 돕는, 잠이 솔솔, 코 잘 자요, 따위의 앙증맞은 스티커가 붙어 있었다.

침대 이불을 훅 걷어 보았다. 잘 말라 보송보송한 냄새가 났다. 이불 안에 크기가 사람만 한 폭신폭신한 토끼 인형이 하나 놓여 있었다. 깨끗하게 세탁되었지만 제법 손이 탔는지 토끼 정수리 부분이 좀 나달나달해져 있었고, 전체적으로 색이 바래 있었다.

침대 옆 협탁 위엔 작은 유리병이 놓여 있었다. 라벨은 붙어 있지 않았다. 유리병을 들어 가까이 들여다보았다. 동그란 알약의 한쪽 면은 희었고, 다른 한쪽 면은 은색으로 코팅되어 예쁘게 반짝반짝 빛났다. 유은우는 유리병을 열고 조금 멀찍이 든 채 조심조심 냄새를 맡았다. 박하와 계피가 섞인 특유의 냄새가 났다.

수면제. 유은우도 익히 아는 수면제였다. 군에서 불면증을 겪는 군인 몇이 늘 가지고 다니곤 했다. 유은우도 긴장하여 잠을 잘 못 잘 때면 가끔 얻어먹곤 해서 잘 알았다. 하나로는 독

했다. 유은우는 주로 알약을 곱게 가루로 빻아 손가락 끝으로
아주 소량만 톡 찍어 낸 뒤 물에 희석시켜 마시곤 했다. 그것만
으로도 죽은 듯이 잘 수 있었다. 한 번에 다섯 알 이상을 삼키
면 치사량이었다.

불면증이 심한가 보네. 하도 뺀질거려서 무신경한 줄 알았
더니.

유은우는 유리병 뚜껑을 닫아 책상에 내려놓았다. 협탁 밑에
손을 넣어 더듬었다. 무언가 손잡이 같은 것이 걸렸으나 당겨
도 반응이 없었다. 유은우는 몇 걸음 물러선 뒤에 시계를 움직
였다. 시계판이 협탁을 단번에 갈라놓았다. 판판한 상판이 우
지끈 부러지며 안쪽에 숨겨져 있던 서랍을 토해 냈다. 유은우
는 부러진 상판을 걷어 냈다.

완전히 모습을 드러낸 서랍엔, 책이 한 권 들어 있었다. 집어
드니 꽤 묵직했다. 표지가 가죽으로 되어 있었고, 어찌나 많이
펼쳐 보았는지 모서리에 손때가 묻어 반질반질했다. 제목은 금
박이 너덜너덜하게 떨어져 나가고 없어 눈으로는 확인이 어려
웠다. 유은우는 손끝으로 제목을 더듬어 보았으나 매끈하게 닳
아 읽을 수 없었다.

표지를 펼쳤다. 내지에 도시연합의 금서 마크가 찍혀 있었
다. 유은우는 책을 휘리릭 훑어보았다. 특정 페이지에 붉은 책
갈피가 끼워져 있었다. 낡아서 누렇게 뜬 페이지를 천천히 손
으로 쓸어 보았다. 결이 고르지 못했다. 물방울이라도 여러 차
례 떨어진 듯, 페이지가 온통 우글쭈글했다. 연필로 여러 번 그

어진 문장이 있었다.

  ……용의 뼈는 녹슨 못과 같아, 한번 내리꽂으면 영원한 심연이 관통된다. 기억은 어둠속에 영원히 고일 것이며, 아무리 긴 두레박이라도 길어 올리지 못한다. 인간이되 인간이 아니며, 용이되 용이 아니며, 인간의 삶을 살 수도 있고, 용의 수명을 가질 수도 있으나, 그것은 오로지 선택에 달려 있으며, 그러나 결코 선택할 수 없을 것이다…….

  책을 앞뒤로 뒤적였으나 이해가 어려웠다. 책은 내려놓고 침대를 뒤졌다. 유일하게 정돈된 공간이라 필히 중요한 것이 숨겨져 있으리라 짐작했다. 매트리스를 들추어 보고 침대 밑을 살펴보았다. 여러 번 살핀 이불을 한 번 더 들추는데 토끼 인형이 굴러 떨어졌다. 주워서 주물럭거려 보았다. 어딘가 바스락거리는 느낌이 났다. 토끼 인형 봉제선을 더듬었다. 등 쪽에 틈이 있었다. 손가락을 넣어 보니 빵빵한 솜 사이로 종이가 걸렸다. 바로 빼내어 펼쳤다.
  편지였다. 글씨체가 참으로 아름다워, 편지를 든 손을 멀리 뻗으면 정교한 펜화처럼 보였다.

  한세연 연구관님께.
  지난밤 조언을 깊이 생각해 보았습니다.
  일개 변두리에서 잡일을 수행하고 있는 제게, 반란군 수장인 연구관님의 개인 호출은 굉장한 영광이었습니다. 연구관님의 지시를 기꺼이 수행할 것이나 일부 이견이 있음을 우선 밝힙니다. 대면하여 말씀드린다면 제 결심이 무너질 것을 염려하여 부득이 글로 남기니 부디 너그러이 용서해 주십시오.

돌아가신 이가연 연구사께서 흰 칼날 프로젝트를 고안하셨다고 들었습니다. 난민 출신의 어린 동조자를 그 실험 대상으로 잡았다 하셨지요. 당시 이가연 연구사님은 갓 태어난 딸이 자신의 사후에 흰 칼날 프로젝트의 실험체가 될 것이라고는 결코 예상치 못했을 겁니다.

내부에서 유은우를 두고 어미의 자업자득이라고 수군거리는 것을 들었습니다. 도덕적으로 문제가 되는 프로젝트를 밀어붙이는 집단에 속하면서, 동시에 프로젝트 고안자를 단죄하는 일의 옳고 그름은 감히 제가 판단치 않겠습니다. 하나 죄가 대물림되느냐 물으신다면 결코 아니라 말씀드립니다.

유은우가 실험체로 쓰일 그 어떤 마땅한 이유도 존재하지 않습니다.

고작 유은우 하나라고 말씀하실지 모르지만, 저는 유은우에게 삽입된 기계를 제거하는 것이 반란군 쇄신의 시작이 되리라 믿습니다. 반란군이 흰 칼날 프로젝트에 실패하여 손을 떼는 것이 아니라, 오래전 반란군이 최초 결성되던 당시 어떤 신념이 있었는지 돌이켜 스스로 그만두기를 바랍니다.

우리는 도시연합과 맞서 싸우고 있습니다. 난민 차별을 철폐하고 도시와 사해의 화합을 위해서 싸웁니다. 힘든 일입니다. 그러나 그 고단함이, 괴물의 탈을 쓰고 쉬운 길을 가도 된다는 변명이 되지는 않습니다.

연구관님께서 마지막으로 부탁할 것이 있냐고 물으셨으니 첨언합니다.

제 사촌 동생인 정윤환이 대기 명단에 들어가 있다고 알고 있습니다. 정윤환은 희대의 설계자입니다. 사방에서 탐을 내므로, 누가 추천했는지는 의미가 없겠지요.

우리는 때때로 천재를 만나면, 그에게 사회에 기여하라고 강요합니다. 조직의 수단이 되라고 강제합니다. 이는 명백한 폭력입니다.

그간 제가 충성을 다해 반란군을 위해 일한 것은 잘 아시리라 믿으며 간곡히 부탁드립니다. 대기 명단에서 정윤환을 제외해 주십시오. 여려서 버티지 못할 겁니다. 정의든 불의든 마찬가집니다.

감사했습니다.

1022년 늦가을.

정성민 드림.

유은우는 편지를 내려놓았다. 다시 토끼 인형 속에 손을 넣었다. 사람만 한 토끼 인형의 속을 휘저으니 푹신한 솜 사이로 또 무언가 매끄러운 것이 닿았다. 손끝으로 잡아 빼냈다.

그것은 사진이었다.

30대 후반으로 보이는 남녀와 갓난아기였다. 남자는 강보에 싸인 아기를 안고, 여자는 흰 실험복을 입은 채 남자의 어깨에 머리를 기댄 채였다. 둘은 활짝 웃고 있었고 아이는 곤히 잠들어 있었다. 아기를 감싼 포대기를 조심스럽게 안은 남자의 손목에서 기계식 손목시계가 매끄럽게 빛났다.

유은우는 오른쪽 손목을 사진에 천천히 가져다 댔다. 사진 속 남자의 시계와 제 시계를 나란히 두었다. 은색의 부품이 오밀조밀한 가운데 직선으로 가로지르는 까만 세 개의 침은, 판에 박은 듯 같았다.

〈낙원의 이론〉 3권에서 계속